Su Turhan

BIERLEICHEN

Ein Fall für Kommissar Pascha

Kriminalroman

Besuchen Sie uns im Internet:
www.knaur.de

Originalausgabe Januar 2014
Knaur Taschenbuch
© 2013 Knaur Taschenbuch
Ein Unternehmen der Droemerschen Verlagsanstalt
Th. Knaur Nachf. GmbH & Co. KG, München
Alle Rechte vorbehalten. Das Werk darf – auch teilweise –
nur mit Genehmigung des Verlags wiedergegeben werden.
Redaktion: Kerstin von Dobschütz
Umschlaggestaltung: ZERO Werbeagentur, München
Umschlagabbildung: Thomas Dashuber/VISUM creative
Satz: Daniela Schulz, Puchheim
Druck und Bindung: CPI books GmbH, Leck
ISBN 978-3-426-51364-4

2 4 5 3 1

Für Dagny

Ein Leben ohne Bier ist möglich,
aber nicht sinnvoll.

Bayerischer Sinnspruch

1

Außer einem Knurren herrschte Stille. Die Augustsonne hatte ihren Namen nicht verdient, unentschlossen schien sie durch die frisch geputzten Fenster der beiden Diensträume. Was für ein dummer Sommer, ärgerte sich der Sonderdezernatsleiter. Wieder knurrte sein Magen. Ein tiefer, grummelnder Ton, der ihm das Denken verleidete. Er schielte durch die offene Tür in den Nebenraum. Obwohl er Hunger als nichts Peinliches empfand, verspürte er Unbehagen. Er wollte das nicht. Wollte eben keinen Hunger haben, sondern satt sein, um seine Arbeit verrichten zu können. Es waren genügend Fälle auf dem Schreibtisch, die seine Aufmerksamkeit forderten. Sein Denkvermögen war jedoch auf einem Tiefpunkt. So war es nun einmal. Manchmal, sagte er sich, half es, sich abzulenken. Er stand auf und ging, die Hände in den Hosentaschen vergraben, zum Fenster. Zeki Demirbileks Blick wanderte unstet über die Bäume im Hof. Dann setzte er sich wieder, nur um abermals aufzustehen, denn völlig unvermittelt zog der dezente Duft von Kaffee herein. Er sehnte sich nach einer Tasse Espresso, dazu mindestens ein Liter Wasser. Erneut begab er sich zum Fenster. Im Hof entdeckte er Kollege Schneider von der Sitte. In der einen Hand hielt er einen Becher, vermutlich mit Kaffee gefüllt, in der anderen eine Quarktasche. Zu Zekis Glück fiel ihm eine Ungereimtheit bei einem aktuellen Fall ein. Schneider konnte da vielleicht helfen. Er beschloss, sich die Beine zu

vertreten und ganz zufällig Schneider über den Weg zu laufen. Möglicherweise hatte er nützliche Hinweise zu einem Animierschuppen am Hauptbahnhof, der in einem Tötungsdelikt eine Rolle spielte.
»Ich bin mal unten im Hof«, ließ er seine zwei Mitarbeiterinnen wissen und durchquerte das Büro. Sein Sakko blieb über dem Stuhl hängen, er trug ein hellbraunes Hemd zu einer schwarzen Hose.
Isabel Vierkant und Jale Cengiz, die sich den vorderen Raum teilten, sahen verdutzt von ihren Unterlagen hoch. Beide hatten das brummende Knurren seines Magens gehört und beäugten sich besorgt. Sie wussten, wie sehr das seit drei Wochen andauernde Fasten ihm das Leben und die Arbeit schwermachte. Cengiz hatte ihrer Kollegin erklärt, dass der islamische Fastenmonat nach dem Mondkalender berechnet wurde und sich von Jahr zu Jahr um rund zehn Tage verschob. Heuer mussten die Gläubigen im Hochsommer unter Beweis stellen, wie nahe sie sich Allah fühlten. Manche – wie ihr Chef – betrachteten Ramadan auch als willkommenen Anlass, überflüssige Kilos loszuwerden.
Als das Telefon läutete, hatte sich Vierkant wieder ihrem vertrackten Bericht zugewandt. Cengiz war in den Stapel ungeklärter Fälle vertieft. Auf Anweisung Demirbileks durchstöberte sie alte Ermittlungsakten auf der Suche nach Delikten, die dem Anforderungsprofil des Sonderdezernats Migra entsprachen – Kapitalverbrechen, bei denen Opfer oder Täter einen Migrationshintergrund aufwiesen. Um beim Anrufer den Eindruck zu erwecken, die Migra ersticke in Arbeit, wartete sie ab. Drei Mal zerriss das schrille Telefonläuten die Nachmittagsstille, bevor sie zum Hörer griff.
»Polizeipräsidium München, Sonderdezernat Migra. Sie sprechen

mit Jale Cengiz. Was kann ich für Sie tun?«, grüßte sie mit tiefer, lässiger Telefonstimme.
Belustigt schüttelte Vierkant den Kopf über ihre Kollegin, die immer ihre Tonlage verstellte, wenn sie in einen Hörer sprach. Sie beobachtete, wie sich Cengiz' Miene zu einem interessierten Erstaunen änderte. Die Beamtin mit dem Kurzhaarschnitt machte sich Notizen. Währenddessen klemmte sie sich den Hörer unter das Kinn und griff mit der freien Hand nach der schwarzen Jeansjacke.
»Danke. Wir kümmern uns darum«, sagte Cengiz schließlich und reichte der Kollegin den Zettel.
»Und?« Vierkant verdrehte die Augen bei dem Versuch, die Notizen zu entziffern. War das Türkisch oder Deutsch? »Kann ich nicht lesen, Jale.«
»Ein Toter liegt im Wittelsbacher Brunnen.«
»Im Wittelsbacher?«, fragte Vierkant mit verblüffter Stimme. »Wieso?«
Vierkant war klar, dass ihre Kollegin München noch nicht gut genug kannte.
»Der Brunnen ist mitten in der Stadt. Links und rechts mehrspurige Straßen. Da ertrinkt man nicht einfach.«
»Werde es ja gleich sehen. Jedenfalls besteht Verdacht auf Migrationshintergrund. Könnte jemand nachgeholfen haben«, fasste Cengiz das Telefonat zusammen.
»Aha«, erwiderte Isabel. »Dann hol Demirbilek auf dem Weg zum Auto ab. Ich bleibe hier, ich will endlich den Bericht fertigmachen.«
Während sich Vierkant wieder dem Dokument auf ihrem Monitor zuwandte, puderte Cengiz ihr Gesicht nach. Ihr Teint hatte eine natürliche Brauntönung. Die etwas zu groß geratene Nase war zu Schulzeiten Anlass für Hänseleien gewesen. Doch seit sie die

Pubertät überstanden hatte, empfand sie das hervorstechendste Merkmal in ihrem Gesicht als Ausdruck ihrer Persönlichkeit: besonders und auffällig.

»Ruf gleich an, wenn ihr mich braucht«, gab ihr Vierkant mit auf den Weg. Es amüsierte sie, wie die Deutschtürkin vor der Tür ihre Hose etwas nach unten zog, damit ihr gutgebauter Hintern besser zur Geltung kam. Eine feminine Erscheinung war Cengiz wichtig, auch wenn sie immer eine gebührende Distanz zu den Kollegen hielt. Jales Einstellung zu Männern kannte Vierkant, obwohl die beiden erst seit einigen Wochen zusammenarbeiteten. Sie hatten sich von Anfang an gut verstanden. Isabel, die aus Niederbayern stammte und als ruhige, umsichtige Beamtin geschätzt wurde, und Jale, die in Berlin geboren war und ihr türkisches Temperament mit der Berliner Schnauze gewinnbringend zu verbinden wusste.

»Du bist die Erste, die erfährt, wenn die Leiche uns gehört. Versprochen«, witzelte Cengiz, bevor sie ging.

Vierkant widmete sich wieder dem Bericht. Es fiel ihr schwer, niederzuschreiben, wie ein bosnischer Gebrauchtwagenhändler zur Strecke gebracht worden war. Sie suchte nach passenden Formulierungen, schob dabei gedankenverloren eine ihrer schokoladenbraunen Haarsträhnen aus dem Gesicht, als ihr auf dem Monitor etwas auffiel. In ihrer Konzentration ignorierte sie den mit schwarzen Härchen übersäten Zeigefinger. Erst durch die dazugehörige Stimme wurde ihr bewusst, nicht mehr allein im Büro zu sein.

»Sie haben in der zweiten Zeile ›Auto‹ mit ›Ä‹ geschrieben«, hörte sie hinter sich Demirbilek meckern.

Der Schrecken fuhr ihr durch Mark und Bein.

»Bitte machen Sie das nie wieder!«, schrie sie entsetzt auf. »Seit wann stehen Sie überhaupt hinter mir?«

»Lange genug, um festzustellen, dass der Bericht nicht fertig ist.«
»Mein Gott, haben Sie mich erschreckt!«, schrie sie ein weiteres Mal auf und bekreuzigte sich, um ihre Fassung wiederzuerlangen.
»Wo ist Jale?«, fragte er barsch. Er hatte beim Plausch mit Schneider weder die erhofften Informationen noch seine innere Unruhe in den Griff bekommen.
Vierkant stutzte. Offenbar war ihre Kollegin allein losgefahren, um die Leiche in Augenschein zu nehmen. »Sie wollte Sie unten abholen. Vielleicht hat sie Sie nicht gefunden.«
»Und wo ist sie jetzt, wenn sie mich nicht gefunden hat?«
Vierkant erzählte vom Anruf. Demirbilek verzichtete darauf, sich über Jale aufzuregen. Stattdessen holte er sein Sakko, steckte das Handy ein und griff nach dem Autoschlüssel.
»Kommen Sie«, sagte er und warf seiner Mitarbeiterin den Schlüsselbund zu. »Sie fahren.«

2

Pius Leipold, langgedienter Kriminalbeamter im Münchner Polizeipräsidium, war von Statur und Wirkung her das genaue Gegenteil seines Kollegen Zeki Demirbilek. Leicht rundlich wie ein Bierfass, trug er stets eine schäbige Lederjacke und zierte seinen einundvierzigjährigen Körper mit einem goldenen Ohrring, den er seit dem sechzehnten Lebensjahr in dem selbstgestochenen Loch trug.

Leipold hatte beschlossen, früher Schluss zu machen. Er hatte sich den morgigen Freitag freigenommen, um die Veranstaltung, die er am Abend besuchen wollte, in vollen Zügen genießen zu können. Seine Lust, zu arbeiten, hielt sich ohnehin in Grenzen. Die zweiundvierzig offenen Fälle mussten eben warten. Wie üblich vor Dienstende schweifte sein Blick über den Schreibtisch. Er überlegte, ob er das Chaos aufräumen sollte, vertagte das Vorhaben jedoch – wie meistens.

»Was ist? Kommt ihr zwei heute Abend jetzt mit?«, rief er seinen engsten Mitarbeitern Helmut Herkamer und Ferdinand Stern leicht ungehalten zu.

Die beiden saßen im Nebenraum vor einem Videosystem und durchforsteten Überwachungsaufnahmen, um den Tagesablauf einer Taschendiebin zu rekonstruieren. Mit der Lederjacke unter dem Arm gesellte sich Leipold zu ihnen, um selbst ein Auge auf die dreiste Diebin zu werfen, die unter Verdacht stand, ihren Ehemann getötet zu haben.

»Und?«, hakte er nach einer Weile nach. »Jetzt frage ich schon zum dritten Mal. Kommt ihr mit oder nicht? Ich habe keine Lust, allein hinzugehen.«
Herkamer schaltete mit der Fernbedienung das Videogerät aus.
»Zu dem Bierfestival?«, fragte Stern nach. In seiner Stimme lag eine abschätzige Unentschlossenheit. Er blickte hinüber zu Herkamer. Der blickte genauso skeptisch drein wie sein Freund.
»Glaubst du, man muss das Bier ausspucken wie bei einer Weinverkostung?«
»Keine Ahnung«, antwortete Leipold stirnrunzelnd. Die Frage hatte er sich nicht gestellt. Aber die Vorstellung, Bier zu trinken und es nicht die Kehle hinunterlaufen zu lassen, behagte dem Bayern nicht.
»Mir wird das jetzt zu blöd. Entweder seid ihr um acht an der alten Messe, oder ihr lasst es bleiben. Servus. Ich gehe jetzt«, entschied er entnervt und verließ das Dienstbüro.

3

Da kein offizieller Ermittlungsauftrag vorlag, sah Demirbilek davon ab, den Dienstwagen am Lehnbachplatz abzustellen. Er dirigierte Vierkant in eine Seitenstraße, wo sie nach langer Suche endlich einen Parkplatz fanden. Beim Aussteigen merkte er, wie entkräftet er war. Warum nur bereitete ihm das Einhalten des Fastenmonats so viel Mühe? Die Hitze war wegen des kümmerlichen Sommers erträglich. Trotzdem spürte er, wie Energie und Konzentration nachließen. Seine Gedanken kreisten um die Frage, weshalb er die Tortur auf sich nahm. Dreißig Tage lang. Von der Morgendämmerung bis zum Einbruch der Nacht war es ihm als Moslem nicht erlaubt, zu essen und zu trinken. Nicht mal eine Breze, wie er sie liebte – mit viel Butter und reichlich Salzkörnern. Auch Sex, Rauchen und sonstige überschwengliche Vergnügungen waren tabu. Ganz zu schweigen davon, während des Fastenmonats auf üble Nachreden, Verleumdungen und Beleidigungen zu verzichten. Lügen war ebenfalls verboten. Demirbilek überlegte, ob die Aufklärungsquote in muslimischen Ländern durch diese Auflage rapide anstieg. Wenn Täter nicht logen, was gab es dann zu ermitteln? Haben Sie das Verbrechen begangen? Ja. Fall gelöst.
Aber so einfach ging es in der Welt nicht zu, auch nicht während des heiligen Fastenmonats. Dem Münchner mit türkischen Wurzeln war bewusst, dass die Enthaltsamkeit ähnlich wie bei den

Christen dazu diente, die Sinne für das Wesentliche im irdischen Dasein zu schärfen. Die Nähe Gottes bei den einen, die Nähe Allahs bei den anderen an Körper und Geist zu erfahren. Demirbileks Auffassung über seinen Glauben lag aber eine besondere Auslegung zugrunde. Er nahm die religiösen Maßgaben recht locker. Er trank Alkohol, sei es Bier, Rotwein oder Rakı, aß jeden zweiten Sonntag Schweinebraten, und das vorgeschriebene fünfmalige Beten am Tag stand nicht auf seinem Programm. Manchmal ließ er sich beim Freitagsgebet blicken – wenn es Arbeit und Gemütsverfassung erlaubten. Trotz seines mannigfachen Fehlverhaltens war er überzeugt davon, in Allahs Augen ein guter Moslem zu sein – ein Menschenkind, das nicht anders konnte.

Als er und Vierkant zu Fuß die monumentale Anlage des Wittelsbacher Brunnens erreichten, entdeckte Demirbilek im angrenzenden Park abseits der neugierigen Zaungäste und Kollegen der Spurensicherung Jale Cengiz. Sie kniete mit gebeugtem Oberkörper auf der Wiese, die Jeansjacke, die ihr sein Sohn Aydin geschenkt hatte, lag neben ihr. Wenn ich mich nicht täusche, sagte er sich, übergibt sie sich gerade.

Demirbilek täuschte sich nicht. Cengiz hatte den schauerlichen Anblick der männlichen Leiche nicht ertragen. Sie hatte eine kaum verständliche Entschuldigung gestöhnt, bevor sie vor den Augen der hämisch lachenden Kollegen losgerannt war. Auf halbem Weg zu einer Böschung musste sie anhalten und sich übergeben.

»Vierkant, kümmere dich um Jale. Die ist doch sonst nicht so leicht aus der Fassung zu bringen«, wunderte sich Demirbilek. Während Vierkant zu Cengiz eilte, begab er sich zum Brunnen. Der Tote lag im als Halbkreis geformten Hauptbecken, Fontänen aus den speienden Löchern prasselten in das grünlich schimmernde Wasser. Mit Gummistiefeln standen zwei Kollegen in Plastikoveralls im Becken und hievten den Leichnam heraus, um ihn vorsichtig auf dem abgesperrten Bürgersteig abzulegen. Demirbilek wartete, bis der Polizeifotograf und der Mann an der Videokamera mit den Aufnahmen fertig waren, dann setzte er sich an den Beckenrand und forderte die beiden Männer auf, ihm nicht länger die Sicht zu versperren. Die beiden murmelten eine grantige Erwiderung, verzogen sich jedoch. Mit geschlossenen Augen sprach der Kommissar *»Bismillahirrahmanirrahim«*, den Vers aus dem Koran, den Muslime im Alltag in allen erdenklichen Situationen verwendeten. Ihm half er, das hektische Treiben und den Verkehrslärm um sich herum auszublenden. Dann konzentrierte er sich auf den Leichnam. Das glückliche Lächeln auf dem Gesicht des Toten verwunderte ihn. Er musste an Erleuchtung und Glückseligkeit denken. Eine eigenwillige Art, sich aus dem Leben zu verabschieden, urteilte er. Auf Anhieb konnte er keine Anzeichen von Gewalt erkennen. Der Mann lag friedlich vor ihm, er war etwa eins siebzig groß. Seine schwarzen Haare waren zu einem Pferdeschwanz gebunden. Demirbilek schätzte ihn auf Mitte zwanzig. Auf dem Unterarm hatte er eine Tätowierung, eine abstrakte Darstellung eines tanzenden Derwischs. Der Kommissar hatte seine Fähigkeit, zielgerichtet zu assoziieren, in seiner jahrelangen Ermittlungstätigkeit so weit kultiviert, dass er aus Physiognomie und Tätowierung die Herkunft des Mannes in der Türkei mutmaßte. Er konnte Türke sein. Musste aber nicht, wies er sich zurecht. Gleichzeitig merkte er, wie in ihm eine sinnliche Vorfreude entfacht wurde. Er verspürte Lust, die Umstände, die zum Tod des Mannes geführt hatten, zu untersuchen.

Es gab, wie ihm gleich nach der Ankunft berichtet worden war, keinen Hinweis auf die Identität des Toten. Weder Geldbeutel mit Ausweispapieren oder sonstige Dokumente. Kein Handy. Kein Schlüssel. Keine Jacke. Raubmord war nicht auszuschließen. Oder hatte der Mann seine Wertgegenstände abgelegt, bevor er in

das Brunnenbecken stieg? Er schüttelte den Kopf. Nein, das ergab keinen Sinn. Seine Hose hatte er angelassen. Er beugte sich ein Stück vor und zog die triefnasse Jeans ein wenig nach unten. Die Unterhose war schwarz. Mit der hätte er sich ohne weiteres in das Becken wagen können, urteilte der Kommissar. Dann hob er den Kopf und blickte sich um. Mehrspurige Straßen säumten den klassizistischen Brunnen. Das Verkehrsaufkommen in der Innenstadt war hoch. Auch nachts. In der Umgebung gab es einige Bars und Clubs. Durch den Park konnten Passanten gekommen sein. Wer wohl die Leiche gefunden hat?, fragte er sich. Schließlich richtete er seine Aufmerksamkeit auf das, was ihm sofort ins Auge gestochen war. Die linke Hand des Toten umklammerte den Henkel eines zerbrochenen steinernen Bierkrugs. Er beäugte das Gefäß. Auf dem Bruchstück ließ ein geschnörkeltes Wappen in Retro-Design die gute alte Zeit hochleben. Der einzige einigermaßen entzifferbare Buchstabe schien ein M zu sein.
»Kennt jemand von euch eine Brauerei, die mit M anfängt?«, fragte der Kommissar mit erhobener Stimme.
Die Kollegen packten gerade die Arbeitsutensilien zusammen. Einer der beiden jungen Mitarbeiter, die den Toten aus dem Brunnen gehoben hatten, fühlte sich trotzdem angesprochen. Er kam näher und kniete sich zum Kommissar.
»Hab ein paarmal im Oktoberfest als Sanitäter gearbeitet. Diesen Geruch kenne ich und das Gegrinse auch. Bierleichen haben so ein Lächeln auf den Lippen. Habe mich auch schon gefragt, wie der an den Bierkrug gekommen ist«, sagte er mit kollegialer Stimme, aus der Demirbilek heraushörte, nach Meinung des jungen Mannes auf der richtigen Fährte zu sein. Er wollte ihm schon unmissverständlich klarmachen, für ein Fachgespräch nicht in Stimmung zu sein, als er mit ansehen musste, wie der Beamte allen Ernstes eine Leberkässemmel hervorzauberte.

»Hatte kein Mittagessen«, erklärte er, bevor er mit Genuss einen Bissen nahm, der für zwei gereicht hätte.

Demirbileks Magensäfte reagierten wie die Fontänen des Springbrunnens auf den Reiz des wohlduftenden Imbisses. Speichel strömte wasserfallartig in den Mundraum. Er schluckte schwer, ließ sich jedoch nicht anmerken, dass er dem Mann mit der Statur eines Zehnkampfathleten am liebsten das Essen aus der Hand gerissen hätte. Nicht um es selbst zu essen, dazu wäre er nicht in der Lage gewesen – er hatte mit Allah eine Abmachung. O nein. Aus reiner Bosheit, weil der Mann essen durfte und er nicht. Statt seine Gedanken in die Tat umzusetzen, wartete er geduldig, bis er fertiggekaut und heruntergeschluckt hatte.

»Ich glaube, ich habe das mal auf einem Fest getrunken. War nicht schlecht, wenn es das war«, sagte er schließlich und biss erneut von der Semmel ab.

Wenn Demirbilek etwas hasste, dann Informationen, die nichts wert waren.

»Habt ihr die restlichen Scherben gefunden?«

»Im Brunnen ist nichts«, schmatzte der Spurensicherer und trollte sich davon.

Demirbilek schaufelte Wasser aus dem Brunnenbecken in sein Gesicht, um sich zu erfrischen. Wie Funken einer Wunderkerze tanzten die Reflexionen der Sonnenstrahlen auf dem Wasser und beschossen seine Netzhaut. Er musste sich anstrengen, um weiter nachdenken zu können. Was war mit dem Mann passiert? Wollte er sich mit dem Bierkrug im Brunnen erfrischen, wie er gerade eben? Ist er dabei gefallen und liegen geblieben? Warum aber waren dann die fehlenden Scherben des Kruges nicht im Brunnen? War er womöglich tatsächlich betrunken gewesen? Eine Bierleiche, wie der Kollege mit der Leberkässemmel meinte?

4

Etwa fünfzig Meter entfernt vom Toten erholte sich Jale allmählich. Isabel kramte aus ihrer riesigen Umhängetasche, in der sie alles aufbewahrte, was eine Frau und Polizistin brauchen konnte, Feuchttücher hervor. Jale nahm zwei von den nach Zitrone duftenden Tüchern und wischte sich Hände sowie Mund sauber. Isabel ahnte, dass etwas nicht stimmte, als sie in Jales dankbares, aber ebenso verstörtes Gesicht blickte.

»Das hat nichts mit der Leiche zu tun, oder?«, fragte sie rundheraus.

Jale schniefte, um ihre Verwunderung zu überspielen. Dann antwortete sie mit tonloser Stimme: »Ich bin überfällig.«

»Wie lange schon?«

»Keine Ahnung, ein paar Tage.«

Isabel dachte an ihren Ehemann Peter, der sehnsüchtig darauf wartete, Vater zu werden.

»Du sagst dem Chef nichts, Isabel. Wahrscheinlich ist es falscher Alarm«, stieß die Deutschtürkin eindringlich hervor.

»Ach was! Natürlich nicht!«, erwiderte sie und erklärte sich Jales unnötige Vorsicht mit ihrer augenscheinlichen Nervosität.

Die zwei Frauen hingen einen Moment lang ihren Gedanken nach. Isabel war vierunddreißig, knapp zehn Jahre älter als Jale. Beide wussten voneinander, dass ein Kind Teil ihrer Lebensplanung war. Beide waren auch der Auffassung, dass die beruflichen

Umstände derzeit dagegen sprachen, Mutter zu werden. Beinahe gleichzeitig blickten sie zu Demirbilek hinüber. Jale war am zweiten Tag bei der Migra seiner Einladung gefolgt, in das ehemalige Zimmer seiner Tochter zu ziehen, bis sie eine bezahlbare Bleibe in München gefunden hatte. Das Schicksal wollte es, dass zur selben Zeit der Sohn ihres Chefs aus Istanbul gekommen war, um für ein Jahr bei ihm zu wohnen und an der Musikakademie zu studieren. Jale und Aydin verliebten sich ineinander. Aufgrund der unvorhersehbaren Entwicklung hatte Demirbilek ihr angeboten, zu bleiben. Jales unverwüstliches Selbstbewusstsein ließ darüber hinaus die Vermutung reifen, als mögliche Schwiegertochter willkommen zu sein.

Inzwischen hatte der Kommissar eingesehen, mit seinen Spekulationen nicht weiterzukommen. Der Obduktionsbericht musste die Entscheidung herbeiführen, ob sein Sonderdezernat die Todesumstände aufklären sollte oder nicht. Er sah auf die Uhr. Noch fast vier Stunden bis zum Sonnenuntergang – bis ihn eine Butterbreze und eine Flasche Wasser von seinen Qualen erlösen würde. Wie soll ich das nur schaffen, sorgte er sich und sah zu Jale und Isabel. Während seine Mitarbeiterinnen auf ihn zuschritten, überkam ihn eine seiner spontanen Eingebungen. Eine jener Ideen, die er ausbrütete, wenn er meinte, unausgelastet zu sein.

»Hier gibt es nichts weiter zu tun«, eröffnete er den beiden, die erstaunt stehen blieben. Schließlich hatte Cengiz noch keine Gelegenheit gehabt, Informationen aus erster Hand von den Kollegen einzuholen.

»Kann ich …«, setzte sie an und bekam eine von Demirbileks verbalen Attacken zu spüren.

»Nein, kannst du nicht«, erwiderte der Chef auf eine Art, die der mögliche Schwiegervater niemals zugelassen hätte. Nach der klaren Feststellung wandte er sich an Vierkant. »Keine Überstunden heute. Du und ich machen jetzt Schluss. Nimm den Wagen und fahr nach Hause. Koch mal was Schönes für deinen Mann. Der wird sich sicher freuen.« An Cengiz gerichtet: »Geh die Vermisstenanzeigen durch. Wenn du nichts findest, mach eine Liste mit allen Brauereien, die mit M anfangen. Der Tote hat einen zerbrochenen Steinkrug in der Hand. Schieß am besten ein Foto. Der Krug muss eine Bedeutung haben, egal, ob er ertrunken ist oder Fremdverschulden vorliegt.«

Dann deutete er mit ausgestrecktem Zeigefinger zum gegenüberliegenden Gebäude – der Münchner Börse. »Da oben hängt mindestens eine Überwachungskamera. Sicher gibt es ein paar mehr in der Umgebung. Geh spazieren und sieh dich um.«

Cengiz folgte zwar mit den Augen seinem Zeigefinger, aber innerlich rotierte sie.

Kaum hatte Demirbilek seine Anweisungen gegeben, drehte er sich auf dem Absatz um und verschwand.

Seine beiden Mitarbeiterinnen sahen ihm verdutzt hinterher.

»Du hättest ihm Bescheid geben müssen …« Isabel brach mitten im Satz ab. Jales giftiger Blick durchbohrte sie. Sie verzichtete lieber darauf, eine Erklärung für Demirbileks Verhalten zu geben.

»Ach was! Ich habe doch nach ihm gesucht! Unten im Hof! Und vorne auf der Straße!«, regte sich Jale auf. »Es ist ja schon schlimm genug, wenn er nicht fastet. Aber mit leerem Magen glaubt er erst recht, er sei wirklich ein Pascha und wir die Damen seines Hofstaates. Fehlt noch, dass er uns nach jeder Einsatzbesprechung einen Bauchtanz vorführen lässt.« Mit diesen Worten stakste Jale wutschnaubend davon.

Isabel brauchte nicht lange, bis sie entschieden hatte, auf dem Viktualienmarkt Leberknödel für eine Suppe einzukaufen und dazu einen Kaiserschmarrn zu machen. Sie freute sich darauf, einen schönen Abend mit ihrem Mann zu verbringen.

5

Wenigstens im Friseurgeschäft seines Landsmannes käme niemand auf die Idee, vor seinen Augen zu essen oder zu trinken, war es Zeki in den Sinn gekommen. Nun folgte er seiner Eingebung, den überfälligen Haarschnitt zu erledigen. Nachdem er mit der Trambahn vom Stachus bis zum Mariahilfplatz gefahren war, ging er mit bedächtigen Schritten den Fußweg zum Nockherberg hoch. Er verdrängte die Idee, dem Biergarten einen Besuch abzustatten. Er hatte noch sechs Tage bis zum Ende der Fastenzeit zu überstehen. Sechs Tage, bis er wieder ein Weißbier trinken durfte.

Bei seinem Friseur Hamit, den er seit vielen Jahren aufsuchte, war nicht viel Betrieb. Der nüchtern eingerichtete Laden war dreigeteilt. Im großen Raum gab es drei Sessel für den Männerbereich, weitere zwei Plätze waren für Frauen vorgesehen. Auf einer kleinen Theke standen die Kasse und ein Laptop. Ein türkischer Radiosender lief. Durch zwei Treppenstufen abgesetzt, eröffnete sich im hinteren Bereich ein weiterer Raum. Wenn der Vorhang zugezogen war, bediente Hamits Frau Hatice dort Kundinnen, die nicht bei der Behandlung gesehen werden wollten. Offenbar waren der Kundin, der Hatice gerade Härchen auf den Wangenknochen auszupfte, unziemliche Blicke gleichgültig. Zeki tippte auf Italienerin.

Hatice grüßte mit einem Nicken, da sie mit den Zähnen einen

Faden festhielt, um genug Zug für die Schlaufe zu haben, mit der sie die Härchen aus der Haut riss. Hatices geschmeidige Bewegungen faszinierten den Kommissar. Die Frau mit Kopftuch und weitem Rock galt als Meisterin in der Zunft, Haaren den Garaus zu machen. Sie rasierte, zupfte mit Pinzette, wachste mit klebrigen Eigenkreationen oder benutzte dazu sogar einen Spezialfaden aus Anatolien.

»*Hoş geldiniz, Komiser Bey*«, begrüßte Hamit den Kommissar erfreut. Er bat ihn, auf einem freien Sessel Platz zu nehmen. Der Friseur scherte gerade mit einem surrenden Langhaarschneider einem jungen Kunden die Haare. Hässlich kurz. Mit betretener Miene verfolgte der Junge im Spiegel, wie seine schwarzen Locken auf dem Boden landeten. Möglicherweise eine Strafaktion des Vaters, schoss es Zeki durch den Kopf. Er hatte die ersten zwölf Lebensjahre in Istanbul verbracht. Als Junge musste er die demütigende Prozedur drei Mal über sich ergehen lassen. Mit Schrecken erinnerte er sich an jedes einzelne Mal. Sein Vater war mit einem Glas *çay* neben dem Friseur gestanden und hatte mit Argusaugen überwacht, ob er seine Arbeit ordentlich verrichtete. Vom Sessel aus beobachtete Zeki voller Mitgefühl, wie der vielleicht dreizehnjährige Junge mit den Tränen kämpfte.

»*Ne oldu, oğlum?*«, erkundigte er sich auf Türkisch, was passiert war. Der Junge brachte kein Wort heraus. Er schluchzte mehrmals. Da nahm Zeki das Glas auf der Ablage und stand auf. Er wusch es mit den Fingern unter dem laufenden Wasser sauber und füllte es. Dann ging er zu ihm. Hamit machte einen Schritt zur Seite, damit er ihm das Glas reichen konnte.

»Was ist passiert?«, wiederholte er auf Deutsch.

Der Junge trank das Wasser in einem Zug aus und schnappte nach Luft. »Nichts.«

»Nichts?«, fragte Zeki skeptisch nach und sah zu Hamit. Der

zuckte mit den Achseln und fuhr dem Jungen mit der flachen Hand durch das übriggebliebene Haar.

»Seine Mutter hat ihn gebracht, zwei Millimeter und kein Stück länger.«

Zeki sah nach unten: Ein Berg schwarzer Locken kräuselte sich auf dem gekachelten Fußboden. Dann schälte er sich aus seinem Sakko und setzte sich wieder an seinen Platz. Der verstohlene Blick des Jungen irritierte den Kommissar. Erst allmählich dämmerte ihm, warum er sich vor ihm zu fürchten schien.

»Ich bin nicht deinetwegen hier«, sagte er dem Jungen, der spürte, dass Zeki seine Gedanken erraten hatte. »Also, was hast du angestellt?«

Hamit beendete mit einem Klick das Surren des Langhaarschneiders. Türkischsprachige Radiowerbung aus dem Laptop erfüllte leise den Raum. Zeki überkam das Gefühl, in Istanbul zu sein.

»Muss ich das sagen, weil du ein Kommissar bist?«, fragte der Junge zurück und wischte sich die Tränen aus dem Gesicht. Ein in der Türkei großgezogener Bub hätte es niemals gewagt, ihn zu duzen, dachte Zeki. Die Selbstsicherheit in der piepsigen Stimme ließ ihn zudem vermuten, dass er es faustdick hinter den Ohren hatte. Er machte sich Sorgen, den Bengel in ein paar Jahren zu seinen anderen Taugenichtsen zählen zu müssen. Aus persönlicher Erfahrung wusste er, dass im Leben eines Heranwachsenden Schlüsselerlebnisse wegweisende Bedeutung haben konnten. Er selbst hatte die Polizeilaufbahn eingeschlagen, weil er wie ein Besessener einen Mitschüler, der einer Freundin übel mitgespielt hatte, zu überführen versuchte. Er drohte durch das Abitur zu rasseln, hätte ihn sein Vater nicht vorher vom Gymnasium genommen und auf die Polizeischule geschickt.

»Du musst mir gar nichts sagen«, antwortete er. »Ich kann mich mit Hamit auch über Fenerbahçe unterhalten.«

»Ich bin FC-Bayern-Fan«, machte der Junge klar.
»Das bin ich auch«, freute sich Zeki antworten zu können. Obwohl seine beiden Lieblingsvereine nicht unterschiedlicher sein konnten, hing sein Herz an beiden.
»Das geht gar nicht! Zwei Vereine!«, spottete der Junge dagegen. Er schien sich von seiner Strafe zusehends zu erholen.
»Warum nicht?«, gab Zeki zurück. »Besser Anhänger von zwei guten Vereinen als ein …«
»Sechziger«, unterbrach der junge Fußballfan.
Hamit und Zeki schmunzelten über die verquere Feststellung, die der Kommissar mit dem Jungen gemeinsam aufgestellt hatte.
Der Friseur schaltete den Langhaarschneider wieder an und beendete wie ein Maler mit dicken Pinselstrichen seine grobe Arbeit. Als er fertig war, riss der Junge das geblümte Tuch vom Körper und sprang auf. Verunstaltet wie ein Sträfling, lief er Zeki direkt in die Arme, der sich ihm in den Weg gestellt hatte. Er zog seinen Dienstausweis hervor. Nicht grundlos hatte der Bengel mit dem frechen Gesicht die Aussage verweigert. Zeki wollte ihm verdeutlichen, dass es besser war, nicht auf die schiefe Bahn zu geraten. Der Junge beäugte das amtliche Dokument und grinste mit spitzbübischem Lächeln, das Zeki voll und ganz vereinnahmte. Auf der Stelle verlor er die Fassung und ersetzte seinen grimmigen Gesichtsausdruck durch ein hilfloses Lächeln.
»Du kannst mir gar nichts, Herr Kommissar, weil ich nämlich gar nicht strafmündig bin«, schnauzte ihn der Junge sodann neunmalklug an und huschte flink wie ein Teejunge auf dem Bazar aus dem Geschäft.
Hamit ließ es sich nicht nehmen, ihm trotz des Ramadans ein paar türkische Flüche hinterherzuschreien, während Zeki kopfschüttelnd sein Konterfei im Spiegel betrachtete. Er sah müde aus. Er gähnte.

Der Friseur machte eine mitfühlende Geste in den Spiegel. »Ich bin heute auch müde, Zeki. Das liegt am Wetter. Wann haben wir hier den letzten guten Sommer erlebt?«
Er legte das Tuch unter das Kinn seines Kunden und band es im Nacken zusammen. Hamit hatte in Izmir sein Handwerk gelernt. Er war stolz darauf, sich *kuaför* nennen zu können und kein Friseur im deutschen Sinne zu sein. Mit zehn Jahren hatte er bei seinem Onkel angefangen, den Beruf zu erlernen. Er beherrschte weit mehr als das Handwerk des Haarschneidens.
Zeki verfolgte über das Spiegelbild, wie Hamit seine Haare nass spritzte und zur Schere griff. Der Langhaarschneider kam nicht in Frage.
»Weißt du, was der Junge angestellt hat?«, fragte Zeki nach einer Weile und schloss die Augen. Das gleichmäßige Klappern der Schere verhielt sich rhythmisch zur türkischen Popmusik aus dem Internetradio.
Hamit hielt inne. »Musst du das wirklich wissen?«
In seiner Stimme schwang die Hoffnung mit, dass sein Kunde nicht auf eine Antwort bestand.
Zeki fixierte den *kuaför*. Seinen Gesichtsausdruck interpretierte er als Respekt vor den Rechten des Jungen, gleichzeitig drückte es Sorge darüber aus, weil er etwas angestellt hatte, was der Kommissar besser nicht erfuhr. Zeki entschied sich, ihn nicht weiter zu bedrängen, stattdessen lehnte er sich zurück und schloss erneut die Augen.
Hamit war mit dem Haarschnitt zu Ende; er begann vorsichtig, seine Augenbrauen auf eine vernünftige Länge zurückzustutzen. Anschließend klopfte er ihm auf den Rücken und führte ihn zum Waschbecken. Dort massierte er beim Haarewaschen den Kopf. Länger als üblich. Zeki war Stammkunde. Als er auch damit fertig war, führte er ihn wieder zum Platz vor dem Spiegel und holte

eine Art Gabel mit Wattebausch aus der Schublade. Er befeuchtete seine Finger, bevor er mit einem Feuerzeug den in Spiritus getauchten Bausch entflammte. Mit peitschenden Bewegungen schnalzte er die Flamme über Zekis Ohren und Wangen und versengte die Härchen. Bevor es auf der Haut schmerzen konnte, fuhr er mit den feuchten Fingern über die behandelten Stellen. Der vertraute Geruch von verbranntem Haar stieg in Zekis Nase. Er schloss abermals die Augen und vertraute sich weiter dem handwerklichen Geschick seines *kuaförs* an. Vor allem auf die Arm- und Rückenmassage am Ende freute er sich besonders.

6

Manuela Weigl hatte Fieber. Sie lag an dem frühen Abend im Bett ihrer Einzimmerwohnung und wälzte sich von der einen Seite zur anderen. Schweiß entwich aus den Poren ihres zwanzigjährigen, schönen Körpers und durchsetzte den Baumwollstoff des Nachthemdes. Manuela fühlte sich elend und einsam. Zwei Meter vor ihr auf einem niedrigen Tisch stand der Fernseher. Grässliche Fratzen kreischten durch ihren Kopf. Verängstigt schaltete sie den Bildschirm aus und griff zum Glas mit Multivitaminsaft, in dem sie kurz zuvor zwei Aspirin aufgelöst hatte. In Erwartung des bitteren Geschmacks nahm sie einen Schluck von dem orangefarbenen Getränk. Es dauerte einen Augenblick, bis sie merkte, wie der klebrige Saft in ihrem Mund Übelkeit auslöste. Sie zog die Decke zur Seite und richtete sich langsam auf. Ihr Magen machte sich bemerkbar. Nur mit letzter Kraft bewältigte sie die wenigen Schritte bis zum Badezimmer.
In dem weiß gekachelten Raum blieb sie verdattert stehen. Die Übelkeit war vergessen. Sie starrte auf das Dirndl auf dem Bügel. Schlagartig musste sie an Florian denken. Er hatte vollkommen unerwartet Schluss gemacht. Nach gerade mal einer Woche. Drei Mal hatten sie sich getroffen. Heimlich, wie er es wollte. Drei Mal Sex gehabt. Und dann war Schluss. Während sie in Tränen ausgebrochen war, hatte er ihre Wange getätschelt und geraunt, sie sei jung und würde darüber hinwegkommen. Im Badezimmer-

spiegel begutachtete sie ihr mitgenommenes Gesicht. Die blonden Haare reichten ihr bis zur Schulter. Die Pupillen ihrer grüngrauen Augen waren verengt. Was für ein armseliges Bild du abgibst, stellte sie voll Selbstmitleid fest. Im selben Moment übergab sie sich.

Das Fieber interessierte sie nicht mehr, als sie nach der Dusche im Schlafzimmerschrank nach Unterwäsche suchte. Sie fand nichts Passendes und zitterte bei der Idee, die sie hatte. Spontan holte sie aus dem Wäschekorb den Slip und Büstenhalter vom Vortag. Sie hatte sich erkundigt. Sie wusste, Florian würde die Abschlussveranstaltung besuchen. Die marineblaue Spitzenunterwäsche war sein Geschenk gewesen. Ein Abschiedsgeschenk, verbesserte sie sich. Er hatte sie auf seine gewisse Art bei der Übergabe angelächelt. Sie ahnte, was er erwartete. Langsam hatte sie ihre Jeans aufgeknöpft und heruntergestreift. Danach den Rest abgelegt, bis sie nackt vor ihm stand. Ebenso langsam schlüpfte sie vor seinen gierigen Augen in die seidene Spitzenunterwäsche. Sie spürte noch einmal, wie sie gemeinsam zum Höhepunkt kamen und sich küssten, spürte noch mal die Liebe, die sie empfand. Er dagegen, so war sie sich im Nachhinein sicher, hatte nur an Sex gedacht und wie er sie wieder loswerden konnte.

Wie von Sinnen lachte sie bei dem Gedanken auf, dass er es vorher und nachher mit einer alten Schachtel getrieben hatte. Sie wusste Bescheid. Sie war ihm heimlich gefolgt und hatte beobachtet, wie er mit ihr im Nymphenburger Park spazieren gegangen war. Hass loderte auf, als sie die beiden Hand in Hand in das Café schlendern sah. Ekel ergriff sie bei der Vorstellung, dass er das alte Weib bevorzugte. Dass er ihre verschrumpelte, verwelkte Haut streichelte. Dass er in einer perversen Beziehung lebte und sie ausgenutzt hatte. Für zwischendurch, als Abwechslung. Im Gegenwert für Spitzenunterwäsche aus dem Sonderangebot.

Der Wutschrei hallte durch das Badezimmer, er kam aus tiefstem, gebrochenem Herzen. Erst als sie ein tröstender Gedanke durchströmte, gewann sie ihre Fassung wieder. Kampflustig wie eine Amazone beschloss sie, ihm sein Geschenk zurückzugeben. Dabei sollte er sie anfassen, sollte fühlen, wie jung ihr Körper war, wie prall und voller Leben. Hastig zog sie sich erneut aus und trat in die Duschkabine. Mit großer Sorgfalt rasierte sie sich die Beine nach und formte aus ihren Schamhaaren einen zwei Zentimeter breiten Streifen – so wie er es gernhatte.

Dann schminkte sie sich und legte das extravagante, etwas zu enge Dirndl an; sie hatte es für den besonderen Abend von ihrer besten Freundin geliehen, weil es perfekt zu ihren zu zwei Zöpfen geflochtenen Haaren passte. Das Make-up trug sie dezent auf, den Kajal deutlich und prägnant. Der Lippenstift glänzte rot wie ein Ferrari.

Zufrieden mit ihrer erotischen Ausstrahlung, suchte sie sodann im Wohnzimmerschrank nach dem Elektroschocker, den sie sich nach einem Zwischenfall auf dem Oktoberfest angeschafft hatte. Sie verstaute das kleine Gerät in ihrer Handtasche und begab sich zur Kochnische, um für den Abend eine weitere Vorkehrung zu treffen. Mit ruhiger Hand füllte sie ein Weinglas mit Olivenöl und trank die zähe Flüssigkeit mit kleinen Schlucken aus. Sie spürte, wie sich das Öl schützend in ihrem Magen ausbreitete. Nicht zum ersten Mal sorgte sie auf diese Art dafür, dass sie nicht zu schnell betrunken wurde. Dann war sie so weit, mit den Männern zu trinken und Florian Dietl die Demütigung heimzuzahlen. Eine Frau wie sie ließ man nicht ungestraft sitzen – vor allem nicht wegen einer, die ihre Mutter sein konnte.

7

Nach der entspannenden Massage schlug Zeki den Fußgängerweg am Bergsteig ein. Er musste noch zwei lange Stunden bis zum Fastenbrechen überstehen. Nach Hause drängte es ihn nicht, weil die Nähe zum Inhalt des Kühlschranks die Qualen nur weiter verstärken würde. Er griff in die Hosentasche, um das zweite Taschentuch für diesen Tag in Anspruch zu nehmen. Zu seiner Freude hatte er jenes eingesteckt, das er bei seinem letzten Besuch in Istanbul gekauft hatte. Die klassische, gestreifte Musterung hatte ihm auf Anhieb gefallen; die Qualität des Stoffes war exzellent und schmeichelte der Haut. Er überlegte, ob er seine Neuerwerbung zur Reinigung geben sollte, statt es mit der Hand zu waschen, wie er es für gewöhnlich tat. Mit einem Kopfschütteln über die überzogene Idee entschied er, die Marotte mit den Taschentüchern nicht zu übertreiben. An der Straßenkreuzung – keine hundert Meter entfernt von dem Wirtshaus, wo er weder Schweinebraten noch Weißbier zu bestellen gedachte, sondern mit dem Lesen einer Zeitung die Zeit bis zum Fastenbrechen totschlagen wollte – blieb er stehen. Er spürte, wie der Blutdruck in seinem Körper die Schlagzahl erhöhte. Seine Augen verengten sich zu Schlitzen, bevor er die Fassung verlor.
»Lassen Sie das!«
Zekis Stimme hatte sich überschlagen. Irritiert blickte sich ein Paar um, das sich den frühen Abend mit einem Spaziergang ver-

süßte. Die Politesse jedoch, die Zeki mit seinem Aufschrei von ihrem unerhörten Vorhaben abzubringen versuchte, dachte nicht daran, sich in der Ausübung ihrer Pflicht unterbrechen zu lassen. Sie fütterte ihren tragbaren Kleincomputer mit den Daten des Nummernschildes eines falsch parkenden Autos. Zeki war auf den ersten Blick klar, dass die Glücklichen, die den festlich geschmückten Hochzeitswagen abgestellt hatten, Landsleute sein mussten. Ein Wimpel mit türkischer Flagge war an der Antenne befestigt. Rosengesteck auf der Motorhaube. Miniatur-Gebetsteppiche auf der Ablage vorne und hinten. Zeki konnte nicht umhin, seine Landsleute ob des zur Schau gestellten Kitsches zu tadeln.

»Das können Sie doch nicht machen«, echauffierte er sich, als er die Politesse erreichte. »Was tun Sie da?«, fragte er erbost weiter und griff ohne Vorwarnung nach dem Gerät, um es der verdutzten Frau aus der Hand zu reißen.

Mit offenem Mund starrte die Politesse den schwarzhaarigen Mann an. Seine voluminösen Augenbrauen dominierten das offene, sympathisch wirkende Gesicht, und wahrscheinlich bemerkte sie zum ersten Mal, wie sehr Augenbrauen den Charakter eines Menschen prägten.

»Sie geben mir das auf der Stelle zurück!«, forderte sie nicht ganz so bedacht, wie sie es in Antiaggressions-Schulungen gelernt hatte. Als ihr Gegenüber keine Reaktion zeigte, holte sie sich kurzerhand den Kleincomputer zurück. Froh, es wieder in Händen zu halten, fragte sie mit bewusst freundlicher Stimme: »Sind Sie der Halter des Fahrzeugs?« Dabei schielte sie auf das Display. Das Autokennzeichen war noch gespeichert.

»Sehe ich aus wie der Bräutigam oder der Chauffeur?«, erwiderte Zeki unwirsch, schalt sich aber zugleich dafür, sich wieder einmal einzumischen. Was geht dich das an, wenn die Kollegin –

und das war die hübsche Frau im gewissen Sinne – ihre Arbeit machte.

»Dann kennen Sie das Hochzeitspaar?«, fragte diese weiter, während der Strafzettel ausgedruckt wurde.

»Nein. Aber ich weiß, wie teuer Hochzeiten sind«, antwortete er gereizt und ließ die Frau stehen.

Sie blickte ihm nach, als wäre sie vor der Trauung am Altar sitzengelassen worden.

Zeki erspähte einen einladenden Tisch mit Sonnenschirm vor dem Wirtshaus. Kaum hatte er, innerlich noch aufgewühlt, Platz genommen, entdeckte ihn die Kellnerin. Er sah sie zum ersten Mal, obwohl er das Wirtshaus öfter aufsuchte. Eine Aushilfe, vermutete er. Wie eine Dampflok steuerte die Kellnerin mit der in Kunstleder eingeschlagenen Speisekarte auf ihn zu. Das einstudierte Grinsen entwich aus ihrem Gesicht, als er sich anmaßte, nur die Tageszeitung zu bestellen.

»Umsonst Zeitung lesen kannst in der Stadtbibliothek. Die ist gleich da vorne, Tegernseer Landstraße«, informierte ihn die Frau wie unter Schock und fügte ironisch hinzu: »Der Tisch gehört zu einem Wirtshaus. Hier wird gegessen und getrunken. Was kriegen wir denn?«

Der abschätzige Blick und die schlechten Zähne zerrten an Zekis Nerven. Ihm wurde leicht übel. Unwillkürlich musste er an Jale denken, wie sie sich am Brunnen übergeben hatte. Ob sie wohl schon etwas über den Steinkrug in Erfahrung gebracht hatte?

»Danke für die Aufklärung. Sag dem Wirt, der Zeki ist da und will Zeitung lesen.«

»Der Chef ist außer Haus«, ließ sie den Mann mit der orientalischen Aura wissen. »Also, was trinken wir jetzt? Wollen wir ein Bier oder eine Schorle zur Zeitung vielleicht?«

Besser, sich auf das herablassende Niveau der Kellnerin einzulassen, als darauf zu spekulieren, wie ein Stammgast behandelt zu werden, entschied Zeki.

»*Wir* wollen, dass du dich jetzt schleichst und mit einer Halben Weißbier und Zeitungen zurückkommst«, entgegnete er barsch, um keine weitere Erwiderung zu erhalten.

Mit einem siegesgewissen Grinsen nahm die Kellnerin die Bestellung entgegen und tapste mit unfreiwillig komisch wirkenden Schritten in das Wirtshaus zurück.

Als Zeki wieder allein war, blinzelte er in die Abendsonne. Er spürte eine wohltuende Portion Wut in sich. Auch wenn die Frau recht hatte, wollte er nicht, dass sie recht behielt. Gleichzeitig besann er sich, den Kampf mit dem Bierdrachen nicht gewinnen zu können, ohne sie vor dem Wirt, mit dem er seit vielen Jahren eine Freundschaft pflegte, bloßzustellen. Er kramte aus seiner Hosentasche ein Bündel Scheine, suchte nach einem 5-Euro-Schein, zögerte einen Moment und legte zwei davon auf den Tisch, bevor er den Heimweg antrat.

Kurz darauf tauchte die Kellnerin mit dem Weißbier und dem Stapel Zeitungen unter dem Arm am leeren Tisch wieder auf. Verblüffung zeichnete sich auf ihrem Gesicht ab. Grantig, wie eine bayerische Kellnerin nun mal sein konnte, wollte sie schon aufschreien, als sie die zwei Geldscheine auf dem Tisch registrierte. Anerkennend nickte sie.

»Wenigstens hat er Anstand, der Ausländer«, murmelte sie vor sich hin, blickte sich verstohlen um und nahm einen ordentlichen Schluck von dem kühlen Weißbier, das sie allein schon aus Berufsehre nicht ungeleert zurücktragen wollte.

8

»Ich habe heute Abend was vor, *baba.* Tut mir leid«, antwortete Özlem ihrem Vater am Telefon.
Der Kommissar hatte bei seiner Tochter angerufen, um sie zum Fastenbrechen zu überreden. Sie wohnte in der Nähe, und er hatte keine Lust, allein in einem Lokal essen zu gehen. Der Tisch in seiner Küche war gedeckt. Oliven, Schafskäse und Weißbrot natürlich. *Sucuk,* die türkische Rindswurst, war bereits klein geschnitten, um in der Pfanne angebraten zu werden. Zwei Liter Wasser warteten darauf, getrunken zu werden. Seine Gedanken waren die vergangene halbe Stunde um nichts anderes als um seinen Durst gekreist.
»Kein Problem, mein Kind«, sagte er mit gespielter Beiläufigkeit. »Weißt du, was Aydin und Jale machen?«
»Ja«, erwiderte sie mit einem tiefen Seufzer. »Ich treffe sie um halb zehn am Königsplatz.«
Zeki hörte aus ihrer Stimme heraus, wie sie versuchte, ihm etwas zu verheimlichen, und beschloss, neugierig zu sein. Schließlich war er ihr Vater.
»Open Air?«
»Eine Hollywood-Schmonzette. Gefällt dir bestimmt nicht«, setzte Özlem schnell nach.
Natürlich zeigte Zeki Verständnis für seine neunzehn Jahre alten Zwillingskinder, die nicht darauf versessen waren, ihn mitzu-

nehmen. Um aber seinem Ruf als eigenbrötlerischer Zeitgenosse gerecht zu werden, schwieg er bedeutsam.

»Da gibt es Bier vom Fass, die Verlockung wäre zu groß«, wandte Özlem schließlich ein.

Zeki hüstelte, um zu überspielen, wie sehr ihn die unerwartete Begründung erschrak. »Danke für dein Mitgefühl, geliebte Tochter! Sag den zweien, sie sollen leise sein, wenn sie nach Hause kommen. Viel Spaß bei dem Film.«

Kaum hatte er aufgelegt, läutete sein Diensthandy im Flur. Auf dem Weg dorthin blickte er auf die Küchenuhr, Viertel vor neun – noch sechs Minuten bis zum Fastenbrechen. Entnervt zog er das Handy aus dem Sakko. Im Display blinkte Jales Büronummer auf.

»Jale, was gibt es? Es ist spät«, brummte er in den Apparat.

»Ging nicht schneller.«

»Und?«

»Auf den Überwachungsvideos von der Börse und zwei weiterer Gebäude war nichts. Ich habe über den Brauereiverband erfahren, dass es in Deutschland rund eintausendsechshundert Brauereien gibt. Raten Sie mal, wie viele es allein in Bayern gibt.«

»Ich habe keine Lust, zu raten, Jale«, antwortete er knapp und legte die Hand auf den Bauch, um das Knurren abzudämpfen.

»Knapp sechshundertdreißig! Ich habe allen, die mit einem M anfangen, eine Anfrage per Mail geschickt. Habe bisher erst zwei negative Antworten. Ist ja schon spät.«

»Gut.«

»Sonst noch was?«

»Viel Spaß beim Open Air.«

Zeki hatte in einem grundsätzlichen Gespräch mit seiner Mitarbeiterin die Regel aufgestellt, Berufliches und Privates nicht zu vermischen. Auch bestand er darauf, dass Jale ihn siezte, um

deutlich zu machen, nicht bevorzugt behandelt zu werden. Beides fiel schwer genug, da man ja zusammenwohnte. Aus dem Grund wunderte er sich nicht, dass seine Kollegin und gleichzeitige Freundin seines Sohnes wegen der persönlichen Bemerkung einen Augenblick brauchte, um sich zu sammeln.
»Danke. Ich koche morgen, okay?«, antwortete sie etwas durcheinander.
»Wie wäre es mit *dolma?*«, schlug er vor.
»Gefüllte Weinblätter sind nicht gerade meine Stärke.«
»Lass dir von Aydin helfen. Er hat das Rezept von seiner Mutter. Das schafft ihr schon«, wiegelte Zeki ihre Bedenken ab und legte auf.
Dann eilte er in die Küche und machte sich auf die Sekunde genau daran, den Fastentag zu brechen. Der saftige Geschmack der grünen Olive, die er nach dem obligatorischen Gebet in den Mund steckte, raubte ihm fast den Verstand. Die wohltuende Wirkung des Münchner Leitungswassers übertraf sogar den Geschmack eines frisch gezapften Weißbieres.

9

Pius Leipold starrte in sein Glas. Es war schon wieder leer. Mit Informationsbroschüren in der Stofftasche einer fränkischen Kellerbrauerei schlenderte er quer durch die Halle. Die Veranstalter des Bierfestivals hatten sich alle Mühe gegeben, den Saal in der alten Messe an der Theresienhöhe hochwertig umzugestalten. Tunlichst hatten sie darauf geachtet, Oktoberfestambiente zu vermeiden, um dem Saufimage des bayerischen Volksgetränkes entgegenzuwirken. Leipold schlenderte zu einem langen Tisch. In Dreierreihen waren darauf Degustationsgläser mit 0,1 Liter Fassungsvermögen bereitgestellt. Aussehen und Geschmack der Biere sollten neutral und unverfälscht beurteilt werden: Wie waren Farbe und Trübung des Gerstensaftes? Welche Eigenschaften hatte der Schaum? Waren Porengröße und Haftvermögen ausreichend? Wie entfaltete sich der Geschmack? Sortentypisch? Wie äußerte sich die Intensität des Hopfens? Typgerecht? Zu bitter?
Leipold tauschte sein benutztes Glas gegen ein frisches. Insgeheim ärgerte er sich über die Zumutung, Bier in einem Gefäß kosten zu müssen, das wie ein Weinglas geschwungen war. Ein gläsernes Bierkrügchen, dachte er, hätte den Zweck standesgemäßer erfüllt. Seinen Unmut konnte er mit seinen Kollegen nicht teilen, denn Herkamer und Stern hatten sich nicht blicken lassen. Verständnislos schüttelte Leipold den Kopf. Die beiden tranken

Bier wie er. Wie konnten sie sich eine derartige Gelegenheit entgehen lassen?

Ganz anders jene Fachleute und Bierliebhaber, die auch am letzten Tag gekommen waren, um sich einen Überblick über die Aktivitäten der Brauereien zu verschaffen. An langen Theken informierten Vertriebsleute über edle, ungewöhnliche Bierkreationen. Familiengeführte Privatbrauereien luden an liebevoll dekorierten Ständen die Konsumenten ein, die Hausmarken zu probieren.

Leipold erstand fünfundzwanzig Gutscheine, die ihn dazu berechtigten, die feilgebotenen Biere zu kosten. Er war ganz in seinem Element. Schließlich kannte er sich mit Bier aus. Zum einen war es sein Lieblingsgetränk, zum anderen beherbergte er zu Hause eine Bibliothek mit Fachbüchern zum Thema und wusste aus eigenen Bemühungen, dass Bierbrauen nicht nur handwerkliches Geschick erforderte. Es gehörten eine gute Portion Gefühl sowie Erfahrung dazu. Er jedenfalls war als Hobbybrauer kläglich gescheitert und hatte sein Brauereiset nach mehreren Fehlversuchen zum Sperrmüll gefahren. Leipold roch und schlürfte die unterschiedlichsten Sorten. Egal, ob obergärig oder untergärig, in Flaschen gereift oder im Barriquefass, Biobier oder Designerbier. Bewertete für sich die unterschiedlichen Malze und Hopfen, Antrunk und Nachtrunk. Er entdeckte sogar einen mit Swarovskisteinen geschmückten Stand, an dem Bier in Champagnerflaschen vermarktet wurde. Zwar hatte er für den einen Abend seine Überzeugung gelockert, nur Bier, das nach dem deutschen Reinheitsgebot gebraut wurde, zu trinken, wollte aber dennoch nicht jeden Unsinn mitmachen. Er empfand sich als moderner Traditionalist, was Trinken und Essen betraf. Mit Betonung auf Tradition. Und als waschechter Münchner war er stolz auf die in aller Welt geschätzten Bierköstlichkeiten seiner Heimatstadt, wenngleich er wusste, dass es allein in Deutschland

über fünftausend Biersorten gab. Die Konkurrenz war groß, im Inland wie im Ausland. Der Engländer drängte mit süffigem Ale auf den Markt. Der Amerikaner dagegen schaffte es bei allen phantasievollen Bemühungen noch nicht, den Geschmack des bayerischen Biertrinkers zu treffen.
Gegen zweiundzwanzig Uhr freute sich Leipold mit den anderen rund dreihundert Besuchern auf den Höhepunkt des Abends. Etwas angeschlagen von der anstrengenden Bierverkostung, verfolgte er, wie die zwei Veranstalter mit Jeans und heraushängenden Hemden auf die provisorische Bühne hüpften. Abwechselnd reichten sich die zwei, die nach Leipolds Einschätzung aus Dresden kommen mussten und etwa dreißig Jahre alt waren, das Mikrofon lässig hin und her. Mit launigen Formulierungen machten sie sich dafür stark, das Reinheitsgebot zu lockern, um die Kreativität der deutschen Braumeister nicht unnötig einzuschränken. Die bekennenden Kritiker des Reinheitsgebotes kapitulierten schließlich vor den Buhrufen aus dem Publikum.
»Ist euch zwei Hampelmännern eigentlich klar, wo ihr seid?«, schrie eine männliche Stimme voller Inbrunst.
Das Publikum grölte auf. Niemand anderer als Pius Leipold entpuppte sich als einer der Störenfriede. Er stand in vorderster Reihe und räusperte sich, bevor er aus tiefster Überzeugung weiter seinen Standpunkt verdeutlichte, den allem Anschein nach die meisten Besucher teilten.
»In Bayern und hier in München haben wir gerne klare Verhältnisse. Wenn wir Bayern Bier trinken, wissen wir, dass nichts anderes drin ist als Malz, Wasser, Hopfen und Hefe. Nennt das Zeug, was ihr da mischt, wie ihr wollt. Aber *Bier* wird daraus nie und nimmer!«
Manuela Weigl hörte den tobenden Applaus aus der Halle, während sie in der abgetrennten Raucherlounge auf ihren Auftritt

wartete. Es dauerte einige Minuten, bis die Veranstalter die aufgebrachten Gemüter beruhigt hatten und zur Verkündung der »Biertrinkerin des Jahres« überleiten konnten. Die Jury bestand aus drei Männern sowie drei Frauen und hatte ihre Entscheidung mit Bedacht getroffen. Sie wollte eine Person küren, die tatsächlich Ahnung von Bier hatte und es nicht nur trank. Mehrfach war man mit Persönlichkeiten aus dem öffentlichen Leben nicht gut weggekommen. Folglich kam der Vorschlag, Manuela Weigl mit dem Preis auszuzeichnen, gerade gelegen. Sie war hübsch, jung und arbeitete in der Bierindustrie.

Mit einem strahlenden Lächeln betrat Manuela die Bühne und bedankte sich mit einem Knicks für die ehrenvolle Auszeichnung. Sie nahm den Bierpokal entgegen und prostete den Zuschauern zu. Ein Meer Degustationsgläser schnellte in die Höhe. Etwas zu hastig führte sie den Glaspokal an den Mund. Die goldgelbe Flüssigkeit schwappte über ihre ferrarirot geschminkten Lippen. Schaum quoll über die Mundwinkel. Der Ausschnitt, der ihre weiße Haut vortrefflich zur Geltung brachte, erlaubte dem Bierrinnsal, den Weg zwischen ihren Brüsten bis zum Bauchnabel hinabzulaufen. Manuela kicherte, um die Peinlichkeit zu überspielen, aber auch, weil es auf ihrer Haut kribbelte. Schließlich fasste sie sich ein Herz und wischte mit der blanken Hand den Schaum von den Brustansätzen und vom Mund. Dann riss sie den Pokal noch einmal in die Höhe. Das Publikum klatschte über die unerwartete Einlage begeistert Beifall. Viele unter ihnen fanden sich in ihrer Meinung bestätigt: Bier und Erotik gehörten zusammen wie das Starkbier zur Fastenzeit.

Manuela hatte zu dem Zeitpunkt Florian Dietl längst entdeckt. Sie zielte mit dem Pokal auf ihn und dankte ihm persönlich mit einem weiteren Knicks. Er war es gewesen, der sie bei der Jury ins Spiel gebracht hatte.

10

Florian Dietl hatte sich für den Abend schick gemacht. Er trug den dunkelgrauen Anzug, den er seinem Vater abgeschwatzt hatte. Ein besonders elegantes und gut erhaltenes Exemplar aus den sechziger Jahren. Die passende Krawatte hatte er mit etwas Glück auf einem Flohmarkt erstanden. Sein akkurater Haarschnitt folgte einer Fotovorlage. Paul Newman war sein Idol. Morgens half er mit Pomade nach, damit der Seitenscheitel hielt. Lediglich das Einsetzen der hellblauen Kontaktlinsen bereitete ihm etwas Schwierigkeiten. Doch es lohnte sich, fand er, wenn er im Spiegel sein strahlendes Gesicht erblickte. Ein Lausbub mit dreiunddreißig Jahren. Mit der Kündigung als Braumeister bei einer der großen Münchner Brauereien hatte Dietl auch Image und Aussehen verändert. Seitdem fühlte er sich wie ein neuer Mensch. Frei und voller Visionen. Seine Agentur bot ein umfangreiches Portfolio an Dienstleistungen an, die im weitesten Sinne um die Vermarktung von Bier kreisten. Ohne ihn hätten die Veranstalter des Bierfestivals die alte Messe niemals bekommen. Er kannte in München ziemlich jeden aus der Branche. Und man kannte ihn, den Sohn des Hopfenbauers Hannes Dietl, der mit gewässertem Bier statt mit Muttermilch großgezogen worden war – die Anekdote erzählte er gerne bei Kundengesprächen, auch wenn sie nicht stimmt.
Florian beobachtete fasziniert die Frau, der er den Laufpass gegeben hatte. Dabei paffte er an einer Elektrozigarette, die er aus

Stilgründen im Mundwinkel hielt und weil er starker Raucher war. Wie er deutlich sehen konnte, trug die frisch gekürte Bierkönigin den marineblauen Büstenhalter, den er ihr geschenkt hatte. Er spürte beinahe körperlich, wie seine Hände unter den Büstenhalter glitten und Manuelas Brüste liebkosten. Mit ausladender Geste prostete er ihr zu. Danach zog er sein Handy aus der edlen Schutzhülle und hielt es hoch, um aus der Entfernung anzudeuten, eine Nachricht zu schicken. Manuela spürte auf der Bühne, wie ihre Beine weich wurden. Mit einem unmerklichen Nicken bestätigte sie, ihn verstanden zu haben.
Nach der Zeremonie verließ Pius Leipold das Festival, um seiner Stammwirtschaft einen Besuch abzustatten. Er hatte unbändige Lust auf eine Schlafhalbe – das eine letzte Bier, das ihm das Einschlafen versüßen würde.
In der Halle ertrug Manuela indessen die Umarmung der beiden Veranstalter, die das Blitzlichtgewitter der Pressefotografen genossen. Sie hatten bei ausgewählten Journalisten einige Partyfässer Bier springenlassen, um ihre Anwesenheit und somit einige Artikel sicherzustellen. Mit gespieltem Enthusiasmus erfüllte die Bierkönigin nach dem Pressetermin noch den Wunsch vieler Besucher nach einem persönlichen Erinnerungsfoto.
Knapp eine halbe Stunde später war ihre Arbeit beendet. Eilig durchquerte sie die Halle zur Raucherlounge, holte ihr Handy aus der Tasche und öffnete Florians Nachricht: »Wir müssen reden. Ich warte hinten bei den Bierfässern, F.« Na also, freute sie sich, hätte mich gewundert, wenn du nicht angebissen hättest. Dann kontrollierte sie den Elektroschocker in der Handtasche. Bei dem Test, den sie an einem Stück Rindfleisch gemacht hatte, zeigte sich die durchschlagende Wirkungskraft. Sie war gespannt darauf, ob Florians Körper ähnlich reagierte, wenn er in ihr war und sie ihm mit einem Stromschlag die Demütigung heimzahlte.

Unterwegs zum Hinterausgang, wo die Holz- und Aluminiumfässer der Aussteller lagerten, bemerkte Manuela nicht, wie eine ältere Dame mit hochgesteckten Haaren die Halle betrat. Karin Zeil war zu später Stunde gekommen, auf der Suche nach Florian Dietl. Es war laut. Teils wurden die Stände nach dem offiziellen Ende abgebaut. Teils standen die Leute zusammen und unterhielten sich angeregt. Sie grüßte Kollegen und Bekannte aus der Branche, denn man kannte sie.
Nervös strich sie sich über ihre Perlenkette und hielt weiter Ausschau nach Florian, als sie von der Seite von jemandem angerempelt wurde.
»Schau, dass du nach Hause kommst, Jochen!«, stutzte sie den betrunkenen Mann zurecht, der in ihrer Brauerei als Lehrling angestellt war. Mit einer entschuldigenden Geste trollte sich Jochen Vester davon. Zeil beobachtete ihn, wie er in der Menge verschwand, und dachte daran, dass Manuela Weigl nicht weit sein konnte. Es war kein Geheimnis, dass der Braumeisterlehrling in sie verliebt war. Als sie die Bierkönigin bei einem der Stände im Gespräch entdeckte, zeigte Zeil Verständnis dafür, dass sie von Männern begehrt wurde. Sie hatte Manuela nie so hübsch gesehen. Und wie unverschämt jung sie war. Sie könnte deine Tochter sein, schoss es beängstigend durch ihren Kopf. Erst vor einer Woche hatte sie mit Florian Dietl am Ammersee ihren vierundsechzigsten Geburtstag gefeiert. An jenem Abend hatte sie sich in seinen Armen jung gefühlt. Genauso jung wie Manuela Weigl, deren hin- und herschwingenden Hintern sie scharf im Blick behielt, als sie ihr durch das Rolltor nach draußen in die Dunkelheit folgte.

11

»Warum hat die drunter nichts an?«, fragte Herkamer am nächsten Morgen ins Leere.
Er stand kerzengerade vor einem leblosen Frauenkörper. Ihn fröstelte in der dünnen Kapuzenjacke. Es war kurz vor zehn, und sein Vorgesetzter Leipold war seit einer halben Stunde überfällig. Herkamers Kollege Stern unterhielt sich einige Meter entfernt am Bestattungswagen mit den Leuten von der Spurensicherung. Er nickte zustimmend, dann bahnte er sich den Weg über die Absperrung zu seinem Freund und Kollegen.
»Todeszeitpunkt so zwischen dreiundzwanzig Uhr und Mitternacht«, erklärte Stern. Er hatte sich heute Morgen – rein zufällig – auch für eine Kapuzenjacke entschieden.
»Warum hat die nichts an? Ich meine, unter dem Dirndl. Kein BH. Kein Slip«, wiederholte nun Herkamer, ohne Stern anzusehen.
»Warum wohl? Weil sie sich aus-, aber nicht wieder angezogen hat. Oder der Täter hat die Unterwäsche mitgenommen«, antwortete Stern. Auch er stierte auf die Leiche.
Der Kopf der Schönen war unnatürlich weit auf den Brustkorb geknickt. Aus dem geöffneten Mund zeichnete sich eine Bahn getrockneten Blutes ab. Der Farbton des Lippenstiftes war verblasst. Das weiße Fleisch glänzte in der Morgensonne.
Pius Leipold näherte sich ihnen mit drei Bechern Kaffee in der Hand. Er war spät dran, nicht nur, weil er mit einem freien Tag

gerechnet hatte. Die Biere vom Vorabend setzten ihm zu, und der ungewöhnlich heftige Streit mit seiner Frau, die vorhersah, dass ihre Wochenendpläne ins Wasser fallen würden, bereitete ihm Sorgen.

In der waldähnlichen Grünanlage suchten Beamte und Polizeihunde systematisch nach Spuren. Leipold entdeckte einen besonders lebhaften Vierbeiner. Die hochsensible Spürnase des Beagles war vor allem bei Tötungsdelikten gefragt. Er grüßte den Staffelführer und konzentrierte sich wieder darauf, seinen Kater wegzudenken. Sein Körper wehrte sich gegen die anhaltende Wirkung der fünf Halben Bier, die er in seiner Stammkneipe nach den fünfundzwanzig Miniportionen auf dem Bierfestival getrunken hatte. Als er auf die Frauenleiche herabsah, schluckte er betroffen. Er erkannte die lebensfrohe Preisträgerin sofort.

»Die habe ich gestern Nacht quicklebendig gesehen«, stöhnte er mit tonloser Stimme.

Herkamer und Stern beäugten ihren Chef. Stern nahm ihm zwei Kaffeebecher ab und reichte einen weiter.

»Das ist die ›Biertrinkerin des Jahres‹«, erklärte Leipold. Er schlürfte einen Schluck vom heißen Kaffee. »Schade um sie, muss ich schon sagen.«

»Ja«, bestätigten seine beiden Kollegen unisono.

Nach einer Weile fragte Stern: »Weißt du, wie sie heißt?«

Leipold schüttelte den Kopf und blickte sich um. Zum Veranstaltungsort des Bierfestivals waren es vielleicht zweihundert Meter. Die Vermutung war nicht von der Hand zu weisen, dass das Opfer dort ihrem Mörder begegnet sein könnte. Leipold rechnete trotz stechender Kopfschmerzen nach, wie viele Leute er anfordern musste, um alle zu befragen. Mit Entsetzen dachte er an die zahlreichen Aussteller, Messearbeiter, ganz zu schweigen von den vielen Besuchern. Mitten in seinen Überlegungen hielt er plötz-

lich inne und verdrehte ungläubig die Augen. Konnte die Gestalt, die er auf sich zukommen sah, eine Fata Morgana sein? Nein, stellte er fest. Niemand anderer als der Leiter des Sonderdezernats Migra schritt schnurstracks auf seinen Tatort zu.
»Was hast du denn hier verloren, Zeki?«, schrie er ihm entgegen. Das Lächeln des Türken interpretierte er als hinterhältige Masche, die einzig dazu diente, sein überhebliches Wesen zu vertuschen. »Hier hast du nichts verloren. Das ist meine Leiche.«
»Keine Sorge. Ich hatte in der Nähe zu tun. Ich nehme dir deine Leiche schon nicht weg«, antwortete Demirbilek versöhnlich und reichte ihm die Hand. Gespannt warteten Herkamer und Stern ab, ob ihr Chef den Gruß erwiderte. Leipold rang mit einer Entscheidung, als Demirbilek die Hand zurückzog.
»Manuela Weigl, zwanzig Jahre alt, alleinstehend, wohnhaft in Laim. Angestellt bei der Privatbrauerei Mingabräu im Vertrieb«, erklärte er, ohne die Augen von der Leiche zu nehmen.
»Woher weißt du das?«, fragte Stern.
»Lies selbst«, entgegnete Demirbilek und reichte ihm die Tageszeitung, in der ein Bericht über das Bierfestival abgedruckt war. In dem Artikel wurde die Leiche porträtiert; die Fotos zeigten die lachende Preisträgerin, wie sie aus dem Bierpokal trank.
Am Morgen war Demirbilek um fünf Uhr zu einem ausgiebigen Frühstück aufgestanden, um sich für den anstehenden Fastentag zu wappnen. Nach den Regeln des Ramadans war es erlaubt, bis Sonnenaufgang Nahrung und Flüssigkeit zu sich zu nehmen. Dann galt es, bis Sonnenuntergang durchzuhalten. Er hatte sich beim Frühstück in die Zeitung vertieft. Durch den Bericht im Lokalteil war er auf die Idee gekommen, wegen des Steinkrugs in der Hand der Bierleiche auf dem Festival nachzuforschen.
Nun stand er reglos vor der Frauenleiche und musste feststellen, dass die Nacktheit der Toten eine merkwürdige Faszination

ausstrahlte. Die freigelegten Brüste und die fast entblößte Scham wirkten auf beklemmende Art unschuldig und lebendig.
»Was meinst du, wollt ihr sie nicht zudecken lassen?«, fragte er nach einer Weile.
Schnell gab Leipold Herkamer ein Zeichen, der sofort lostrabte, um jemanden von der Spurensicherung zu holen.
»Sind gerade erst gekommen«, erklärte er entschuldigend und nahm einen Schluck vom dampfenden Kaffee, während die Leiche abgedeckt wurde.
»Sexualdelikt?«, fragte Demirbilek.
»Möglich. Sie hat keine Unterwäsche an.«
»Und was ist mit dem blauen Fleck am Genick?«
»Ja, das ist komisch. Ein normaler Schlag verursacht kein so riesiges Hämatom. Mal abwarten, was die Laborratten herausfinden«, meinte Leipold mit einem Seufzer. »Ich habe sie gestern auf dem Bierfestival gesehen.«
Demirbilek verzog die Augenbrauen.
»Das war rein privat, damit das klar ist!«, zischte Leipold entrüstet. »Bierbrauen ist eine Wissenschaft! Wenn ich nicht Polizist geworden wäre, dann garantiert Braumeister.«
»War interessant, oder?«, fragte Demirbilek halbherzig nach. Er hatte sich abgewöhnt, Leipolds Provokationen allzu ernst zu nehmen.
»Ja, schon.«
»Kennst du die Brauerei, wo das Opfer gearbeitet hat?«
»Du meinst die Mingabräu? Klar, kenne ich die. Sind vor paar Jahren fast pleite gewesen. Ich glaube, der Braumeister hat sich von Chinesen abwerben lassen. Auf dem Festival hatten die jedenfalls keinen Stand. Ich habe alle abgeklappert.«
Die beiden verstummten.
»Wir haben gestern einen Toten reinbekommen. Keine Papiere.

Ist aber ziemlich sicher Ausländer«, nahm Demirbilek das Gespräch im Plauderton wieder auf.
»Habe ich schon gehört. Und? Hast du Glück? Hat es einen Türken erwischt?«, fragte Leipold hämisch.
Demirbilek verzichtete darauf, seinem Kollegen aufzuzählen, wie viele nicht-türkische Kapitalverbrechen bei der Migra offen waren.
»Könnte sein.«
»Warum erzählst du mir das eigentlich? Hat dein Türke mit meiner Leiche etwas zu tun?«
»Ich weiß es nicht.«
»Sag schon«, drängte Leipold.
»Ich gebe dir Bescheid, wenn sich ein Zusammenhang ergibt«, erwiderte Demirbilek und verabschiedete sich. Nicht nur, weil er keine Lust mehr auf Leipolds Gegenwart hatte. Der nervenaufreibende Kaffeegeruch setzte ihm zu.
Als er den Tatort weit genug hinter sich gelassen hatte, nahm er sein Mobiltelefon zur Hand und rief Isabel Vierkant im Büro an.
»Fahr zur Ferner in die Gerichtsmedizin und frag nach unserem Toten.«
»Sie kennen sie doch. Auf Druck reagiert die immer komisch«, gab Vierkant zu bedenken.
»Dann sei nett zu ihr. Ich möchte in zwei Stunden wissen, ob wir einen Fall haben oder nicht.«
Er verstaute sein Telefon wieder im Sakko und schlug den Weg zur U-Bahn-Station ein. Kurz darauf läutete es. Jale Cengiz, ebenfalls die Büronummer. Gut zu wissen, dass beide ihre Arbeit erledigten, sagte er sich.
»Jale? Was gibt es?«
»M wie Mingabräu«, eröffnete Jale stolz. »Ich habe eine Abbildung des Steinkrugs im Internet gefunden. Der Krug wurde als

Werbegeschenk produziert. Wird aber nicht mehr hergestellt. Stellen Sie sich vor, die Brauerei ...«

»... ist vor zwei Wochen von einem Türken übernommen worden.« Seine frühmorgendlichen Nachforschungen auf dem Bierfestival hatten sich gelohnt.

»Woher wissen Sie das?«, fragte Cengiz erstaunt.

Demirbilek hörte ihr an, wie schwer sie sich tat, ihn zu siezen. Er wusste jedoch, dass sie zu ihrem eigenen Schutz keinen komischen Eindruck wegen der privaten Überschneidungen entstehen lassen wollte.

»Ich bin seit fünf Uhr auf den Beinen, mein Kind«, erinnerte er sie sarkastisch.

»*Allah kabul etsin*«, sagte Cengiz schnell. Der Wunsch, Allah möge seine Fastenbemühungen anerkennen, schien von Herzen zu kommen, obwohl sie ständig vergaß, dass es Fastenzeit war.

»Hol mich um eins von der Moschee ab, dann sehen wir uns die Brauerei an«, instruierte Demirbilek sie und ging weiter zur U-Bahn-Station.

12

Dass es Freitag war, hatte Cengiz glatt vergessen, und sie fragte sich besorgt, ob es daran lag, möglicherweise schwanger zu sein. Verrücktspielende Hormone, Eierstöcke in Jubellaune. In der Mittagspause, nahm sie sich fest vor, würde sie in der Apotheke einen Schnelltest besorgen. Aydin hatte an dem Abend ein Konzert; als Saxophonist verdiente er sich etwas zum Studium dazu. Auch wenn es nach dem Auftritt spät werden würde, wollte sie den Test unbedingt mit ihm zusammen machen.

Sie malte sich aus, wie Aydin auf die Nachricht reagieren würde, mit neunzehn Jahren Vater zu werden. Doch statt seines vor Glück strahlenden Gesichtes drängte sich ihr wütender Chef in ihre Vorstellung. Cengiz seufzte tief und stand auf, um in der Kantine Tee zu holen. In diesem Moment klopfte es, und die Tür wurde aufgestoßen. Kommissariatsleiter Franz Weniger blickte mit dem Aktenkoffer in der Hand in die Büroräume. Er war leger gekleidet. Bestimmt macht er früher Schluss und fährt über das Wochenende zum Golfspielen, phantasierte Cengiz, dabei wusste sie nicht einmal, ob Weniger überhaupt Golfer war.

»Was ist mit dem Toten aus dem Brunnen? Ist mir ein wenig zu spektakulär. Wie kann ein Mann mitten in der Stadt ertrinken? Gibt es irgendwelche Neuigkeiten?«

Cengiz überlegte, was sie ihrem obersten Chef sagen konnte und was nicht. Schließlich hatte die Migra bislang keinen offiziellen Fall.

»Isabel ist gerade bei Dr. Ferner. Das Obduktionsergebnis liegt noch nicht vor.«

»Geht das nicht schneller?«

»In ein paar Stunden wissen wir Bescheid«, antwortete sie zunächst ruhig, nur um kurz darauf ihre Zurückhaltung abzulegen und ihrem Temperament zu erlauben, so zu reagieren, wie sie es am liebsten hatte. Mit Verve fügte sie hinzu: »Herr Weniger, machen Sie sich keine Sorgen. Ich tippe auf Raubmord. War ja stockbesoffen, der Gute, und der Park beim Brunnen ist ja dunkler wie ein anständiger türkischer Mokka.«

Mit diesen Worten setzte sie ein Lächeln auf, das sowohl ihr gutes Aussehen als auch ihre Intelligenz unterstreichen sollte. Daher wunderte sich Cengiz über Wenigers Reaktion, als er den Raum betrat und den Aktenkoffer abstellte.

»Frau Cengiz, Sie wissen, wie sehr ich Ihre Arbeit im Sonderdezernat schätze«, erläuterte er ruhig. »Sie machen sich gut. Auch wenn es anfangs disziplinarische Defizite Ihrerseits gab. Ich muss Ihnen nicht ins Gedächtnis rufen, dass ich Sie nach Berlin zurückversetzen wollte. Aber lassen wir das. Ich weiß, wie sehr Sie wegen der Fastenzeit unter Druck stehen. Ein leerer Magen ist nicht gut für das Denkvermögen. Deshalb sehe ich über den Blödsinn, den Sie eben von sich gegeben haben, hinweg. Warten Sie ab, was Frau Vierkant bei der Gerichtsmedizinerin in Erfahrung bringt, und informieren Sie mich umgehend.«

Danach nahm er seinen Aktenkoffer wieder in die Hand und ließ seine Mitarbeiterin mit offenem Mund zurück. Cengiz tat sich nicht schwer, die Kritik des Kommissariatsleiters mit einem »Puh« aus dem Kopf zu verbannen. Dennoch überlegte sie, ob sie ihm nachgehen und darüber aufklären sollte, dass sie sich mit ihren fünfundfünfzig Kilogramm außerstande fühlte, die Fastenzeit einzuhalten, entschied sich aber dagegen, da auf dem Computer das Signal über eine eingehende E-Mail ertönte.

13

Mit einem Zigarillo zwischen den Lippen stand Pius Leipold vor dem Verwaltungsgebäude der Mingabräu. Wild gestikulierend wollte er gerade zwei Männern etwas deutlich machen, als Demirbilek und Cengiz das Gelände der Privatbrauerei erreichten. Der Größere von beiden im maßgeschneiderten Anzug interessierte sich offenbar nicht sehr für Leipolds Ausführungen. Gelangweilt verzog er das Gesicht. Leipold, dachte Cengiz, wirkt neben dem massigen Geschäftsmann wie ein Gartenzwerg, und wollte schon voreilen, um Leipold zur Seite zu stehen. Doch Demirbilek hielt sie zurück. Interessiert beobachtete er, wie der jüngere Mann mit pockennarbigem Gesicht seinem bayerischen Kollegen eine Visitenkarte überreichte. Genau in dem Moment entdeckte dieser seine türkischstämmigen Kollegen. Er ließ die beiden Männer stehen und ging auf sie zu.
»Gut, dass du da bist, Zeki!«, sprudelte es aus ihm heraus. Schnell vergewisserte er sich auf der Visitenkarte nach dem Namen. »Komm, ich stelle ihn dir vor. Mein Englisch ist ein wenig eingerostet. Der da, der aussieht wie ein Tanzbär, sagt ständig, er ist der Boss und hat keine Zeit.«
Als er sich umdrehte, waren jedoch der Geschäftsmann und sein Assistent verschwunden. Während sich Leipold darüber aufregte, warf Demirbilek einen Blick auf die Visitenkarte und reichte sie Cengiz.

»Süleyman Bayrak ist Inhaber eines Brauereiunternehmens. Hauptsitz Izmir«, erklärte Cengiz.

»Und seit zwei Wochen gehört ihm die Mingabräu«, ergänzte Demirbilek.

»Das ist nicht wahr, oder?«, schnaubte Leipold und riss Cengiz die Visitenkarte aus der Hand. »Du sagst mir jetzt nicht allen Ernstes, der Türke hat unsere bayerische Brauerei gekauft?«

»Sieht aber ganz so aus, Pius. Warum regst du dich überhaupt auf? Ist doch alles global heutzutage. Du weißt ganz genau, wem die Münchner Brauereien gehören.«

Leipold schüttelte entsetzt den Kopf. Selbstverständlich wusste er, dass die Münchner Biere bis auf eines mit ausländischem Kapital hergestellt wurden. Dennoch fiel es ihm offenkundig schwer, den Verkauf des bayerischen Traditionsunternehmens an einen Türken zu akzeptieren. Mit theatralischer Geste sog er den Rauch seines Zigarillos tief in die Lungen. Dann bekam er sich wieder in den Griff. Der ermittelnde Kriminalbeamte in ihm meldete sich zurück.

»Pass auf. Er und sein Aktenkofferträger sprechen nur Türkisch …«

»Und Englisch«, berichtigte Cengiz und lächelte Leipold gespielt freundlich an. Die beiden nutzten jede Gelegenheit, sich gegenseitig zu triezen.

Nachdem Leipold auf diese unerfreuliche Weise im Redefluss unterbrochen worden war, verzichtete er auf weitere Erklärungen, meinte jedoch: »Komm, sprich du mit ihm, Zeki. Ich habe nur ein paar Routinefragen. Mir ist schon klar, dass er mit dem Mord an Manuela Weigl nichts zu tun hat.« Kaum hatte er die Bitte formuliert, veränderte sich seine Miene. »Euch hat schon Weniger geschickt? Zur Unterstützung? Oder nicht?«, fragte er und hätte sich, wie er ahnte, die Frage gleich selbst beantworten können.

»Nein«, antwortete Demirbilek wie befürchtet und wich Leipolds Rauchschwade aus. »Weniger hat uns nicht geschickt. Es gibt die Möglichkeit, oder sagen wir, wir haben einen Anhaltspunkt, dass dein Fall und unserer miteinander zu tun haben könnten.«
Cengiz dachte an den ausstehenden Autopsiebericht der Bierleiche. Dennoch hielt sie sich tunlichst zurück, ihren Chef bloßzustellen. Stattdessen stupste sie Leipold an, um ihn auf den dunkelblauen 5er BMW an der Toreinfahrt aufmerksam zu machen. Bayrak nahm im Fond Platz, der Assistent steuerte den Wagen.
»Den schnappe ich mir später«, fluchte Leipold mit zusammengepressten Lippen und wandte sich wieder an Demirbilek. »Also, wie meinst du das? Was haben unsere Fälle miteinander zu tun?«
Leipold schwante längst, dass dieser Tag kein guter mehr werden würde. Erst hatte ihn der schnurrbärtige Geschäftsmann behandelt, als sei er fremd in der eigenen Stadt. Nun drohte sein türkischer Kollege, in seinem Fall das Heft in die Hand zu nehmen. Das war Leipold zu viel an Türkischem, was zu ertragen er bereit war. Mit verbissenem Gesichtsausdruck wartete er auf seine Antwort.
»Unser Toter hatte einen Steinkrug von der Brauerei hier in der Hand. Das ist erst mal alles, was es an Verbindung gibt. Lass uns ins Personalbüro gehen. Vielleicht war unsere Leiche hier angestellt. Eine Vermutung, nichts weiter.«
»Spar dir den Weg. Da war ich schon. Der Verein ist nicht gerade ein Musterbeispiel an Organisation.«
»Ist niemand im Personalbüro?«, hakte Cengiz nach.
»Die Assistentin der Geschäftsleitung ist im Urlaub. Die Vertretung ist eine Tippse von einer Zeitarbeitsklitsche. Die hat keine Ahnung.«
Demirbilek hatte genug gehört. Er marschierte los. Auch wenn

Leipold skeptisch blieb, folgte er ihm zusammen mit Cengiz in das Gebäude.

Der Verwaltungssitz war ein Zweckbau, den ein ehrloser Architekt erdacht und ein kostengünstiger Bauunternehmer auf die Schnelle hochgezogen haben musste. Das Gebäude lag etwas abseits von der Hauptstraße und war umgeben von altem Baumbestand, der wie eine Mauer die Sicht auf den grauen Bau verdeckte. Eine Gedenktafel erinnerte an den Brand vor dreißig Jahren, bei dem das ursprüngliche Holzgebäude den Flammen zum Opfer gefallen war. Um den Eindruck einer Traditionsbrauerei zu wahren, prangten vor dem Eingangstor zwei museumsreife Bierkutschen. Auf den Bierfässern war mit weißen Buchstaben der Name der Brauerei gepinselt.

Die Empfangsdame wunderte sich, Kommissar Leipold schon wieder begrüßen zu müssen. Nachdem aber nicht er, sondern Demirbilek das Anliegen vorgetragen hatte, kündigte die Dame im Personalbüro erneut Polizeibeamte an. Unterwegs kamen sie an einer Glasvitrine vorbei. Dort entdeckte Cengiz den gleichen Steinkrug, der in der Hand des Toten gewesen war, neben Bierdeckeln und Flaschenvariationen, die eindrucksvoll die dreihundertzwanzig Jahre alte Firmengeschichte wiedergaben.

Die Zeitarbeitskraft mit unpassendem Kostüm wählte zum wiederholten Male die Mobilnummer der Assistentin der Geschäftsleitung, Karin Zeil. Als sie wieder kein Glück hatte, wischte sie sich eine Träne aus dem Gesicht.

»Der neue Chef spricht ja nicht Deutsch. Das Geschäftsenglisch, das ich in der Abendschule gelernt habe, taugt nichts. Ich dachte, ich komme in eine bayerische Brauerei, verstehen Sie?«, jammerte sie und sah hilfesuchend zu den drei Ermittlern.

Demirbilek trat einen Schritt auf die bemitleidenswerte Frau zu.

»Jetzt mal langsam. Atmen Sie tief durch, sagen Sie sich, das geht

mich eigentlich ja alles gar nichts an. Ich bin unterbezahlt und arbeite nur auf Zeit hier.«
Sie nickte und schneuzte sich laut. Dann entspannte sich ihre Miene ein wenig. Sie schien über den Beistand des verständnisvollen Polizeibeamten froh zu sein.
»Gut. Jetzt, da Sie sich ein wenig beruhigt haben, geben Sie mir die Nummer Ihres Chefs.« Demirbilek wartete, bis sie die Visitenkarte, die ihm schon Leipold gezeigt hatte, aushändigte.
Leipold und Cengiz sahen verwundert zu, wie Demirbilek die Karte aufmerksam studierte und bedeutsam nickte.
»Also, während ich mit Ihrem Chef telefoniere, gehen Sie mit Frau Cengiz nach unten. Dort steht ein Kaffeeautomat. Rauchen Sie?«
Die Zeitarbeitskraft verneinte mit einem Kopfschütteln.
»Macht nichts. Dann holen Sie sich einen Kaffee oder was auch immer und schnappen ein wenig frische Luft.«
Als Cengiz mit der Frau das Personalbüro verlassen hatte, steckte Demirbilek die Visitenkarte ein und steuerte ohne viel Federlesens auf den Aktenschrank zu.
»Zeki! Das kannst du nicht machen!«, schrie Leipold mit unterdrückter Stimme auf.
»Wenn dir das nicht passt, geh raus. Den Gerichtsbeschluss für die Akteneinsicht kriegen wir doch sowieso. Dauert mir aber zu lange«, brummte er, ohne sich umzudrehen.
»Kein Wunder, dass deine Aufklärungsquote so hoch ist. Bei den Methoden! Auf der bayerischen Polizeischule haben sie dir das bestimmt nicht beigebracht.«
Demirbilek kramte unbeeindruckt in den Akten weiter und wurde schließlich fündig. Er reichte mit einer Hand die Personalakte von Manuela Weigl nach hinten, mit der anderen suchte er weiter.
»Vor der Tür steht ein Kopierer.«

»Sag mal, dir haben sie wohl in dein osmanisches Hirn geschissen. Ich mach mich doch hier nicht straffällig!«
Demirbilek ignorierte den Wutausbruch seines Kollegen geflissentlich. »Jetzt mach schon. Das sind drei Seiten. Die sind schnell kopiert. Auf der Polizeischule habe ich gelernt, wie wichtig die ersten zweiundsiebzig Stunden für eine erfolgreiche Aufklärung sind.«
Leipold kämpfte eine Weile mit seinem Gewissen und der Personalakte vor sich. Widerwillig traf er eine Entscheidung, die aus seiner Sicht wohl vernünftig war. »Wenn Weniger nachfragt, war ich rauchen.«
»In Ordnung.«
Daraufhin schnellte seine rechte Hand vor und griff nach der Akte. Auf dem Flur vergewisserte er sich, ob ihn jemand sehen konnte. Aber noch bevor er mit dem Kopieren angefangen hatte, hörte er Demirbilek von drinnen rufen: »Mach gleich zwei Kopien! Für deine und meine Abteilung!«
Leipold fluchte, derb und bayerisch: »Kreuz Kruzitürken noch mal! Warum muss gerade ich mit dem Pascha von einem Osmanen zu tun haben. Lieber Herrgott, hilf!«

14

Zurück in den Diensträumen der Migra, lauschten Demirbilek und Cengiz Isabel Vierkants Bericht. Sie erwartete eine Reaktion des Sonderdezernatsleiters, der hinter seinem Schreibtisch gedankenversunken auf die Wanduhr blickte.

»Das hat Dr. Ferner gesagt?«, hörte sie statt ihres Chefs Cengiz überrascht fragen.

»Ja«, bestätigte Vierkant. »Es ist so. Kein Fremdverschulden. Der arme Mann – Gott hab ihn selig – ist ertrunken.«

»Wie viele Promille?«, fragte Demirbilek, der nach wie vor auf die Uhr starrte. In den letzten zwei Minuten waren gerade mal zwei Minuten vergangen, rechnete er, bis ihm bewusst wurde, welch absurde Formen seine Gedanken annahmen.

»Wie viel?«, musste er nochmals fragen und nahm sich vor, das Fasten bleibenzulassen, wenn seine Konzentrationsfähigkeit nicht besser wurde. Die Arbeit ging vor. Das würde Allah sicher verstehen. Nachdem er das mit sich abgeklärt hatte, widmete er sich wieder dem Fall, der gar keiner zu sein schien.

»Drei Komma zwei Promille«, wiederholte Vierkant.

»Was hat er getrunken? Ich meine, was für Alkohol?«

»Bier, sonst nichts«, antwortete seine Mitarbeiterin und warf einen Blick in die Akte. »Und das auf praktisch leeren Magen.«

»Vielleicht hat er gefastet«, merkte Demirbilek an.

»Wir wissen gar nicht, ob er Moslem war«, wandte Vierkant ein.

»Ich weiß es«, stellte Demirbilek unaufgeregt fest. »Sein Name ist Ömer Özkan. Er war Student an der Filmhochschule. Erstes Semester, hat bei Mingabräu gejobbt, stundenweise als Aushilfskraft. Als Adresse hat er die Uni angegeben.«
Demirbilek holte aus der Brusttasche seines Sakkos die zusammengefaltete Kopie der Personalakte, die er ebenfalls im Büro der Brauerei gefunden hatte. Seine Mitarbeiterinnen sahen ihn mit Befremden an. Dann überflogen sie die spärlichen Eintragungen.
»Woher haben Sie das?«, wunderte sich Vierkant.
Er ignorierte die Frage. Die beiden mussten nicht alles wissen.
»Dann ist ja klar, woher der Steinkrug stammt«, bemerkte Cengiz mit Blick in die Akte.
»Genau.«
»Heißt das, wir gehen dem Fall nach?«
»Nicht offiziell. Wir stochern herum. Mehr nicht. Bei den Eltern rufst du nicht an. Ich schicke erst einen Kollegen aus Istanbul vorbei. Fahr zur Uni. Frag nach, wer ihn kennt und so weiter. Ich möchte wissen, wann und wie er nach München gekommen ist. Wenn seine Familie verständigt ist, bietest du an, bei der Überführung der Leiche behilflich zu sein. Ich habe Weniger versprochen, dass wir uns darum kümmern. Also, kümmert ihr euch darum.«
»Schon gut«, erwiderte Cengiz schicksalsergeben und machte sich an die Arbeit.

15

Özlem Demirbilek trat aus dem Lokal und verschwand um die Häuserecke, um sich eine Zigarette zu drehen. Zum Glück fing das Konzert von Aydin erst um zweiundzwanzig Uhr an – eine Stunde nach dem Fastenbrechen. Die Tochter des Kommissars kannte die Kneipe vor allen Dingen von den Großleinwandübertragungen der FC-Bayern-Spiele, weil sie ihren Vater immer wieder dorthin begleitete – weniger freiwillig denn als Gefälligkeit. Nie hätte sie es sich verziehen, wenn er sie beim Rauchen erwischt hätte, obwohl sie neunzehn Jahre alt und laut Gesetz erwachsen war. Vor einem Jahr war sie aus der väterlichen Wohnung ausgezogen und führte ihr eigenes Leben – als Studentin der Kunstgeschichte mit Ambitionen auf eine Karriere im Kunstbetrieb. Sie träumte davon, einem bedeutenden Museum vorzustehen. Am liebsten in Istanbul, da sie plante, in die Geburtsstadt ihrer Eltern umzuziehen. Bis sie mit ihrer Karriere durchstarten konnte, musste sie allerdings noch sechs Semester Studium hinter sich bringen.
Im vollen Lokal hielten Cengiz und der beste Freund ihres Vaters, Robert Haueis, zwei Plätze frei. Özlem hatte überlegt, ihren neuen Lover zum Konzert mitzunehmen, sich aber doch dagegen entschieden. Der Kommilitone, der sich mehr als angehender Künstler denn als Kunststudent verstand, hatte sich gewünscht, den leibhaftigen Kommissar kennenzulernen. Özlem befürchtete,

ihr eigensinniger Vater würde ihren Freund als Schnösel abtun, da er in einer Grünwalder Villa aufgewachsen war. Das wäre ganz sicher passiert, sagte sie sich, vermied es jedoch, ihm gegenüber die Befürchtung auszusprechen. Stattdessen flüchtete sie sich in Erklärungen über die Gemütsverfassung ihres Vaters während der muslimischen Fastenzeit. Er sei zu gereizt, erklärte sie lapidar. Meinte aber eigentlich seine unterdrückte Wut, die stets aufkam, wenn sie ihm einen Freund vorstellte. Sie malte sich aus, wie er wieder einmal den strengen türkischen Patriarchen zum Besten gab. Eines seiner Lieblingsthemen war dann die Enthaltsamkeit vor der Ehe, danach hätte er gefragt, ob ihr Freund bereit sei, sich beschneiden zu lassen und zum Islam zu konvertieren, und ihm drastisch vor Augen geführt, welche Pflichten ein Schwiegersohn in einer türkischen Familie zu übernehmen hätte. Spätestens wenn er angefangen hätte, von dem fiktiven anatolischen Heimatdorf zu schwärmen, wo er die Hochzeit mit den dreihundert Bewohnern ausrichten wollte, hätte sie ihren Freund das letzte Mal gesehen.

Jäh wurde Özlem aus diesen Gedanken gerissen, als sie ihren Vater auf sich zukommen sah. Schnell drückte sie die Zigarette aus. Er trug seinen grauen Anzug. Krawatte. Ein gebügeltes Hemd. Für einen vierzigjährigen Vater zweier erwachsener Kinder, der zwei Ehen hinter sich hatte, machte er einen eleganten, weltmännischen Eindruck. Dass er keine feste Freundin hatte, wusste sie, aber vielleicht ja eine Affäre, stellte sie sich vor, obwohl sie spürte, wie sehr er sich wünschte, wieder mit seiner wahren Liebe, ihrer Mutter, zusammenzukommen. Sie winkte ihm zu und steckte verstohlen ein Pfefferminzbonbon in den Mund, um den Zigarettengeruch zu vertuschen.

Ihr Vater blieb stehen, etwa fünfzig Meter entfernt, und winkte zurück. Da beobachtete sie, wie sich ihm eine junge Frau in den

Weg stellte. Sie hatte Jeans an, eine grüne Bomberjacke und trug ein modisch angelegtes Kopftuch. Sie schien sehr aufgeregt zu sein. Özlem verfolgte gebannt, wie sie gegen seinen Willen die rechte Hand nahm. Sie küsste den Handrücken und führte sie zur Stirn. Eine Geste des Respekts. Sie beobachtete weiterhin, wie die Frau auf ihn einredete. Es mochten nur drei oder vier Sätze sein. Diese aber zeigten offenkundig Wirkung. Er holte sein Handy heraus und rief jemanden an. Özlem war der festen Überzeugung, er versuche, sie zu erreichen. Sie kramte gerade nach ihrem Telefon in der Handtasche, als die Lokaltür aufgestoßen wurde und Cengiz herausstürmte. Ihre Jacke hatte sie bereits übergezogen.
»Sag Aydin, es tut mir leid. Ich muss los.«
Schnell gab Cengiz ihr links und rechts einen Kuss auf die Wange und eilte davon. Natürlich, schoss es Özlem durch den Kopf. Die Arbeit ruft – was sonst. Sie fingerte den Tabaksbeutel aus der Hosentasche und sah zu, wie die Freundin ihres Bruders ihrem Vater folgte. Die Frau mit dem Kopftuch konnte sie nirgendwo mehr entdecken.

16

Demirbilek wusste nicht, dass die Kneipe an der Straßenkreuzung allein schon wegen des Namens Zur Bierspritze eine gewisse Klientel anlockte. Er hatte die fremde Frau dorthin vorausgeschickt, um mit ihr zu reden, wollte sich aber vorher von Cengiz berichten lassen, was sie über den Toten an der Filmhochschule herausgefunden hatte. Das war nicht viel. Er war neu an der Uni und galt als ruhiger, unauffälliger Student. Ein Einzelgänger.
Vor der Kneipentür durchquerten die beiden Beamten eine Gruppe Nikotinabhängiger, die mit einem »Servus« Platz machten. Während sie sich im fast leeren Gastraum umschauten, wurden sie vom Wirt argwöhnisch beäugt. Neue Gäste fanden wohl eher selten den Weg in sein Lokal.
»Für mich ein Wasser«, bestellte Demirbilek. Er ignorierte die hochgezogenen Augenbrauen des Wirts. Offenbar überlegte er, ob er Wasser überhaupt vorrätig hatte.
Cengiz dachte derweil darüber nach, ob man in einer Bierkneipe das Wagnis eingehen konnte, Wein zu bestellen. Dabei durchzuckte sie der Gedanke, dass sie mit Aydin nach dem Konzert den Schwangerschaftstest machen wollte. Erschrocken entschied sie, für den Fall der Fälle auf Alkohol zu verzichten.
Demirbilek wartete, bis er das Gefühl hatte, Cengiz' Unentschlossenheit führe zu keinem Ende, und übernahm für sie die Bestellung: »Sie nimmt auch ein Wasser.«

Mit einem Seufzer folgte Cengiz ihrem Chef zu der Frau. Sie saß auf einem Barhocker im hinteren Bereich. Das Glas Bier vor sich hatte sie nicht angerührt. Sobald Demirbilek ihr gegenüber Platz genommen hatte, legte sie ihr Kopftuch ab. Die hellbraunen Haare waren mit rötlichen Hennasträhnen durchsetzt, die dunklen Augen glänzten erschöpft. Der gebeugte Körper, die Art, wie sie sich klein machte und duckte, stach dem Kommissar ins Auge. Ich brauche Hilfe, willst du mir sagen, mutmaßte er.
»Ich bin Zeki Demirbilek.« Dann deutete er auf seine Kollegin: »Das ist Jale Cengiz.«
Sie nickte der Frau zu, die mit sorgenvoller Miene aufblickte. Demirbilek hatte inzwischen die Unbekannte auf etwa dreißig Jahre geschätzt. Wobei es ihm schwerfiel, sich festzulegen. Sie wirkte verhärmt auf ihn. Ausgetrocknet. Unzufrieden. Traurig.
»Ömer und ich waren befreundet. Wir kennen uns vom Filmstudium«, begann sie.
»Ein Anfang«, meinte Demirbilek aufmunternd. »Und weiter?«
»Warum habe ich Sie heute nicht im Seminar angetroffen?«, quäkte Cengiz dazwischen.
Die Frau nippte an dem Bier. »Ich war krank«, erklärte sie anschließend.
»Gut. Also, erzählen Sie weiter«, übernahm Demirbilek wieder.
»Ich habe in der Zeitung gelesen, dass er betrunken gewesen sein soll. Das kann nicht sein. Ömer hat keinen Alkohol angerührt.«
Der Kommissar wollte abwarten, bis der Wirt, der sich mit zwei Wassergläsern von seiner Theke losgeeist hatte, an ihren Tisch gekommen war. Doch da vernahm er neben seinem Ohr Cengiz' entnervte Stimme.
»Denken Sie nach, bevor Sie antworten. Wir werden Ihre Aussage überprüfen. Woher wissen Sie, dass wir in der Sache ermitteln? Offiziell war es ein Unfall.«

»Ich war beim Brunnen. Ich habe Sie gesehen. Sie sind doch Türke wie Ömer, oder?« Bei den Worten sah sie den Kommissar an. Der Wirt stellte die Gläser ab und ging zurück zu seiner Theke. Demirbilek nickte ihm dankend zu. Er war verblüfft, wie verbissen Cengiz das Verhör führte.

»Sind Sie eigentlich immer so?«, fragte die Frau mit entwaffnender Hilflosigkeit in der Stimme.

»Wie meinen Sie das?«, entgegnete Cengiz. Sie schien ihren harten Tonfall nicht zu bemerken.

»Sie fauchen mich an, als hätte ich mit Ömers Tod etwas zu tun«, antwortete sie mit brüchiger Stimme.

»Haben Sie das denn nicht? Woher wussten Sie, dass er am Brunnen ist?«

»Das war sein Lieblingsplatz in München. Ich habe ihn nicht erreicht, daher dachte ich, er ist vielleicht dort.«

Cengiz sah unschlüssig zu ihrem Chef, der sie jedoch nicht beachtete, sondern die Frau im Blick behielt. Die wischte mit dem Handrücken über ihre feuchten Augen. Trauer machte sich in ihrem Gesicht breit, bevor sie sagte: »Er war der einzige Freund, den ich hatte.«

»Wenn Sie Freunde waren, wissen Sie sicher, wo er in der Nacht war?«, giftete Cengiz teilnahmslos weiter.

Dass ihr Chef mit zunehmend kritischer Miene das Verhör verfolgte, bemerkte sie ebenfalls nicht. Offensichtlich löste bei ihr die Frau, die ihr den Abend mit Aydin verdorben hatte, Aversionen aus.

Demirbilek spürte ihren Groll. Verständnis aber brachte er dafür nicht auf. Eine Kriminalbeamtin musste bereit sein, das Privatleben zurückzustellen. Auch wenn es schwerfiel. Im selben Atemzug machte er sich klar, dass genau aus diesem Grund seine Ehe mit Selma gescheitert war. Er hatte sie – seine große Liebe und seine Kinder – immer hintangestellt. Für ihn war es damals bequemer gewesen, als Kommissar zu ermitteln, als den Pflichten eines Ehemannes und Vaters nachzukommen. Er entschuldigte sich kurz bei der Frau, dann zupfte er Cengiz am Ärmel und hieß sie, mitzukommen.

»Du hast wohl vergessen, wer die Ermittlungen leitet«, warf er ihr vor.

»Was für eine Ermittlung?«

»Wenn du mir zickig kommst, Jale …«

»Die Frau ist merkwürdig«, unterbrach sie ihn.

»Weil sie Angst hat.«

»Vor wem oder vor was?«

»Das finden wir heraus.«

»Ich hatte keine Zeit, die genauen Hintergründe des Toten zu recherchieren.«

»Du überprüfst morgen, ob sie uns die Wahrheit sagt.«

Cengiz dachte einen Moment nach, bevor sie einlenkte. »In Ordnung.« Aber plötzlich veränderte sich ihr Gesicht. »Scheiße!«, schrie sie auf.

Demirbilek blickte zum Stehtisch.

Die Frau war nicht mehr an ihrem Platz. Er konnte sie nirgends im Lokal entdecken. Wahrscheinlich hatte sie es nach dem harten Ton bereut, sich ihm anvertraut zu haben, und ist verschwunden, ärgerte er sich. Cengiz war bereits zum Ausgang gespurtet. Demirbilek folgte ihr auf die Straße und blieb stehen. Zerbrochene Biergläser übersäten den Asphalt. Zwei Männer lagen auf dem Boden, drei weitere mühten sich ab, auf die Beine zu kommen. Der Wirt saß abseits auf einem Dreibeinhocker und amüsierte sich darüber, wie seine Gäste der zierlichen Schwarzhaarigen erklärten, wohin die Frau wie eine Furie gelaufen war.

Cengiz rannte in die Richtung, die ihr die Männer wiesen. Als sie beim Überqueren der Kreuzung an der Weißenseestraße fast von einem Auto überfahren worden wäre, brach sie die Suche ab. Das schlechte Gewissen meldete sich. Ihr wurde bewusst, die Vernehmung vermasselt zu haben. Auf dem Rückweg führte sie ein Telefonat mit dem Kriminaldauerdienst und erfuhr, dass eine aus Serbien stammende Frau mit rötlich gefärbten Haaren zur Fahndung ausgeschrieben war. Sie war aus der psychiatrischen Klinik in Haar geflohen. Der Hinweis, die Studentin der Filmhochschule sei als suizidgefährdet eingestuft, ließ ihre Knie weich werden.

17

Mit entschlossener Miene marschierte Pius Leipold vor seinen engsten Mitarbeitern Herkamer und Stern in das Luxushotel am Gasteig. Während des ganzen Tages hatte er sich immer wieder bemüht, den neuen Eigentümer der Mingabräu im Mordfall Manuela Weigl zu sprechen. Weder im Hauptsitz in Izmir konnte – oder wollte – man ihm weiterhelfen, noch nahm Süleyman Bayrak das Handy ab. Selbst bei unterdrückter Rufnummer ging niemand an das Telefon. Stern schließlich meinte, in München gebe es verdammt viele Hotels, aber nicht ganz so viele, in denen ein Mann, der gerade eine Brauerei gekauft hatte, nächtigen würde. Dennoch gab es mehr 5-Sterne-Hotels, als er vermutet hätte. Als schließlich feststand, wo Bayrak abgestiegen war, beschloss Leipold, den Mann zu verhören, ohne sich wieder wie einen Jungen ins Bockshorn jagen zu lassen. Vorsorglich bestellte er einen vereidigten Dolmetscher zum Hotel. Zähneknirschend hatte Kommissariatsleiter Weniger den Antrag dafür freigegeben, aber auch darauf verwiesen, es gebe einen gewissen Zeki Demirbilek, der der türkischen Sprache mächtig sei. Leipold pochte auf die Dringlichkeit seines Anliegens und versprach, das Verhör kurz zu halten.

Einen Augenblick lang verharrte Leipold in der Lobby und blickte sich misstrauisch um. Laut der Information, die er telefonisch an der Rezeption eingeholt hatte, musste der Tanzbär, wie er Bay-

rak für sich getauft hatte, in einer nächtlichen Besprechung mit einer internationalen Delegation von Geschäftsleuten zusammensitzen. Doch da war niemand. Auch Herkamer und Stern konnten den Gesuchten nirgends entdecken. Nicht an der Hotelbar, nicht in der Lounge und auch nicht im Innenhof, wo sich Hotelgäste bei Pianomusik unterhielten.
Allmählich hatte es Leipold satt. Es war bald elf. Er war müde und abgekämpft vom Befragungsmarathon, den er und seine Mitarbeiter auf dem Bierfestival bewältigt hatten. Die Ermordete, stellte sich heraus, war nach ihrem Auftritt nicht mehr gesehen worden. Zumindest nicht von den Leuten, die mit dem Abbau der Messestände beschäftigt waren. Und die Aussagen derjenigen, die Manuela Weigl auf der Bühne erlebt hatten, halfen nicht, eine Spur zu ihrem Mörder zu finden. Die zwei Veranstalter, die Leipold selbst verhört hatte, verhielten sich kooperativ. Sie gaben an, Weigl sei nach der Preisverleihung gegen halb elf gegangen. Da sie mit der Pressearbeit fertig gewesen waren, hatte man keinen Anlass gesehen, nach ihr zu suchen. Ihr nächster PR-Auftritt war für kommendes Wochenende auf einer Veranstaltung des Deutschen Brauereiverbandes geplant gewesen. Zudem erwiesen sich die Dresdner als ausgebuffte Geschäftsleute. Der gewaltsame Tod ihrer »Biertrinkerin des Jahres« bescherte unerwartet viel Presseaufmerksamkeit. Um des Ansturms an Journalistenanfragen Herr zu werden, hatten sie kurzerhand eine der Praktikantinnen zur Kommunikationschefin ernannt und sie beauftragt, eine Pressekonferenz zu organisieren. Leipold verwarf den kurz aufflackernden Gedanken, die beiden hätten Weigl aus PR-Gründen um die Ecke gebracht.
Seine Laune hatte einen kritischen Tiefpunkt erreicht, als er durch die Hoteltür eine Frau kommen sah. Die schwarzen Haare hoben sich von einem roten Abendkleid ab. Er erkannte die elegante,

feminine Erscheinung sofort wieder. Was machte sie in München?, fragte er sich verwundert. Er hatte Selma, die erste Ehefrau seines türkischen Kollegen, vor einigen Wochen an dessen Geburtstag im Biergarten kennengelernt. Der Mann, der sie damals begleitete, entpuppte sich als Taxifahrer, der mit den Koffern behilflich gewesen war. Selma war überraschend aus Istanbul gekommen und hatte nicht genügend Euro bei sich gehabt, um die Taxifahrt zu bezahlen. Lebhaft konnte er sich an Zekis Wut erinnern, der in dem Taxifahrer den neuen Lebensgefährten seiner geschiedenen Frau vermutete. Nahtlos ging seine Wut in Erleichterung über, als sich der vermeintliche Konkurrent als harmlos erwies. Die Stimmung danach war bestens. Leipold hatte fast den Eindruck, Demirbilek habe sich frisch in Selma verliebt. Er beobachtete, wie Selma mit ihrem Begleiter, der mit Jeans und aufgeknöpftem Hemd jugendlicher erscheinen wollte, als er war, gutgelaunt die Lobby durchschritt. Der Mann, da war sich Leipold sicher, war bestimmt kein Taxifahrer. Er stellte die Vermutung an, dass die beiden gerade von einem Abendessen zurückkehrten. Selma trat zur Rezeption, während der Mann mit einer Aktenmappe unter dem Arm zur Hotelbar ging. Er setzte sich auf ein Zweiersofa und öffnete die Mappe. Leipold registrierte, wie Selma neben ihm Platz nahm und seine Aktenmappe zuschlug. Offenbar hatte sie keine Lust mehr auf Arbeit.
Leipold fragte sich gerade, ob Demirbilek wusste, dass sich seine große Liebe in der Stadt aufhielt, als Herkamer ihn aus seinen Gedanken riss.
»Kennst du die Frau?«, fragte er interessiert.
Ohne eine Antwort zu geben, besann sich Leipold wieder auf den Grund seines Besuches. Er nahm den distinguierten Herrn an der Rezeption ins Visier, der Selma eben noch den Schlüssel ausgehändigt hatte, und marschierte auf ihn zu.

»Haben wir telefoniert?«, brummte Leipold missmutig.
Der Empfangschef des Luxushotels beendete seinen Eintrag am Computer, um sich dem Herrn in Lederjacke zuzuwenden.
»Einen guten Abend. Sie sind sicher Kommissar Leipold«, stellte er mit gedämpfter Stimme fest. »Herr Bayrak hat Ihnen eine Nachricht hinterlassen.«
Seine rechte Hand löste sich von der Tastatur. Der Griff nach hinten zu den Postfächern wirkte formvollendet und elegant. Mit einer dezent dienenden Kopfneigung überreichte er dem Kommissar das Kuvert. Dieser griff zu seinem Ohrring. Eine nervöse Geste, die er unbewusst machte, wenn er beim Durchdenken einer Situation ins Stocken geriet. Er schnappte sich das Kuvert, riss es mit zwei schnellen Handgriffen auf und las den Text.
»Scheißdreck! Bin ich hier auf einem anatolischen Bazar, oder was?«, schnaubte er und machte somit seiner Entrüstung Luft.
Danach drückte er Stern die Nachricht in die Hand und stakste Richtung Ausgang. Er hatte genug. Er wollte nach Hause und endlich seine Ruhe haben. Stern und Herkamer folgten ihm, wobei Stern grinste, als er die kurze Nachricht im Gehen las. Schließlich reichte er sie an Herkamer weiter. Herr Bayrak hatte den von Leipold bestellten türkischen Dolmetscher gebeten, die Nachricht zu verfassen. Bayrak ließ Leipold wissen, dass er bei der Mingabräu dringende Angelegenheiten zu erledigen habe. Um elf Uhr am nächsten Vormittag werde er sich beim türkischstämmigen Kommissar Demirbilek einfinden, um eine Aussage zu machen – selbst wenn diese nichts zur Aufklärung des Mordes an seiner Mitarbeiterin beitragen würde. Amüsiert steckte Herkamer das Kuvert ein.

18

Seine Unruhe machte ihm zu schaffen. Zeki drückte immer wieder auf die Taste seines Handys, um die Uhranzeige aufleuchten zu lassen. Es war halb drei Uhr morgens. Stimmen drangen aus dem Flur in das Schlafzimmer. Sein Sohn kam nach Hause, mit ihm Jale. Nicht aufregen, besänftigte er sich. Jale war nach der vergeblichen Suche nach der geflohenen Frau zu Aydins Konzert aufgebrochen. Die beiden hatten mit Sicherheit im Anschluss gefeiert. Ihr gutes Recht.
Die Fahndung war bislang ergebnislos geblieben. Das wusste er, sonst hätte das Handy neben dem Ehebett, in dem er allein schlief, geläutet. Es war auf höchste Lautstärke gestellt. Er spitzte die Ohren und vernahm Wortfetzen vom Flur. Sie zogen Schuhe und Jacken aus. Offenbar schien Jale wegen des von ihr zu hart geführten Verhörs kein schlechtes Gewissen zu haben. So war sie.
Demirbilek kannte sich selbst gut genug, um zu wissen, dass er nicht mehr einschlafen würde. Laut Abreißkalender in der Küche ging die Sonne um 05:51 Uhr auf. Es war noch genug Zeit, um für den Fastentag etwas zu sich zu nehmen. Ungeduld ergriff ihn. Er wollte Klarheit in den Fall bringen, der laut Obduktionsergebnis gar keiner war. Auch wenn ihm das Schicksal der geheimnisvollen Frau zu Herzen ging, war sie allem Anschein nach für die Ermittlungsarbeit nicht von Bedeutung. Mit ein paar

nächtlichen Telefonanrufen hatte er Leuten zugesetzt und sich bestätigen lassen, dass die Verschwundene seit einem Jahr wegen mehrerer Selbstmordversuche in psychiatrischer Behandlung war.

Plötzlich schrillte das Handy. Unheimlich und laut. Das Läuten ließ ihn zusammenzucken. Langsam zog er die Decke beiseite und setzte sich auf die Bettkante. Sein verknitterter, grün-weiß gestreifter Schlafanzug kam zum Vorschein. Er ließ sich Zeit, zog die heruntergerutschte Hose etwas nach oben, dann griff er zum Telefon. Hätte er einen Wunsch frei, schoss es ihm durch den Kopf, würde sich Selma nun, von dem nächtlichen Anruf geweckt, neben ihm im Bett aufrichten und ihn mit müden, vorwurfsvollen Augen ansehen. Er stellte sie sich auf der leeren Bettseite vor, mit den langen Haaren, die sie nachts offen trug, weil er es so liebte.

Bevor er den Anruf annahm, hörte er ein leises Klopfen. Die Schlafzimmertür öffnete sich vorsichtig. Jale verharrte bei der Tür, offenbar hatte sie das Telefon gehört.

»Haben Sie sie gefunden?«, fragte sie besorgt.

Er bedeutete ihr, einzutreten, dann drückte er auf die Taste des Handys. »Demirbilek.«

Er lauschte, ohne sich anmerken zu lassen, was die Bereitschaft des Kriminaldauerdienstes zu berichten hatte. Jale setzte sich während des Gespräches vorsichtig zu ihm auf die Bettkante.

»Danke für den Anruf. Gute Nacht.« Er legte das Handy zurück neben das Bett. Jales fragender Blick störte ihn. Er wäre lieber allein gewesen.

»Sie hat sich vor eine S-Bahn geworfen.«

Cengiz starrte auf den Parkettboden. »Wo?«, fragte sie nach einer Schrecksekunde.

»Ist doch völlig egal«, antwortete Demirbilek müde.

In seiner Gefühlswelt wirbelte ein Tornado. Er fühlte sich schuldig am Freitod der Fremden. Der einzige Trost war der Hinweis, dass Ömer Özkan keinen Alkohol trank. Zumindest nicht freiwillig, setzte er in Gedanken hinzu.

19

Nur wenige Stunden später stand Demirbilek vor einem bescheidenen Einfamilienhaus in Berg am Laim, einem der bodenständigen Stadtteile Münchens. Zum zweiten Mal drückte er die Klingel über dem bunten, von Kinderhand gestalteten Namensschild. Die umliegenden Häuserzeilen mit den Eisenbahnerwohnungen verliehen dem Viertel einen tristen Charme. Das Wetter unterstrich den Eindruck. Dicke, schwarzgraue Wollknäuel verdrängten die morgendliche Augustsonne. Demirbilek verfluchte den Sommer, der es nicht wert war, als Kalendereintrag zu existieren. Er vertiefte sich in die Betrachtung des Vorgartens, der zu seinem Gefallen nicht das Aushängeschild der Hausherrin zu sein schien. Im Plastiksandkasten türmte sich Spielzeug. Fußbälle lagen im Gras. In der Hecke entdeckte er eine vergessene Frisbeescheibe.

Abgehetzt öffnete Gerichtsmedizinerin Dr. Sybille Ferner die Haustür. Demirbilek erschrak ob ihres Anblicks. Sie empfing ihn in einem hautengen, roten Fahrradanzug mit blauen Streifen und trug einen Helm über den natürlich blonden Haaren.

»Zeki! Es ist Samstag!«, warf sie dem Kommissar ohne Umschweife und Begrüßung vor. »Woher weißt du eigentlich, wo ich wohne?«, fügte sie hinzu, als ihr einfiel, dass der türkische Kollege nie bei ihr gewesen war. Wie auch? Sie gab von ihrem Privatleben nichts preis.

»Der Tote aus dem Brunnen. Du musst ihn noch mal untersuchen«, überfuhr Demirbilek sie mit seinem Anliegen.
Ferner trat einen Schritt auf ihn zu und schloss die Tür hinter sich.
»Du hast doch den Bericht. Da ist nichts. Er war schwer alkoholisiert und ist ertrunken. Such lieber die, die nicht geholfen haben. Das ist das eigentliche Verbrechen.«
Demirbilek nahm die Gefahr in Kauf, sich unbeliebt zu machen, als er sagte: »Sybille, tu mir den Gefallen und nimm den saublöden Helm ab. Du bist eine schöne Frau und verunstaltest dich mit dem Ding auf dem Kopf.«
Ferner verzog die Mundwinkel. Sie riss sich zusammen, dem Kollegen, der sich Frauen gegenüber durchaus abschätzig verhalten konnte, nicht vor Freude um den Hals zu fallen. Es war lange her, seit ihr ein Mann mit einem Kompliment geschmeichelt hatte, war sie doch im dritten Jahr alleinerziehend.
»In fünf Minuten brechen wir zu einer Fahrradtour auf«, erklärte sie. »Helm muss sein. Wegen der Kinder.« Dann tat sie ihm den Gefallen, löste den Schnappverschluss und setzte ihn ab.
Demirbilek wartete, bis sie mit den Fingern die Haare geordnet hatte. »Danke«, sagte er und lächelte erleichtert auf.
Sie sah ihn etwas verschämt an. »Ich kenne das vom Oktoberfest, Zeki. Da kriege ich Bierleichen wie deine immer wieder rein. Wenn einer mit fünf Maß oder mehr glaubt, in der Isar schwimmen gehen zu müssen …«
»Meiner hat keinen Alkohol angerührt.«
Ferner ging im Kopf die langwierige Obduktionsarbeit durch. Es gab definitiv keinen Zweifel über den Befund. »Das kann nicht sein«, antwortete sie. »Im Magen und im Blut haben wir Bier nachgewiesen.«
»Ich habe Hinweise, dass er es nicht freiwillig zu sich genommen hat. Könntest du das nachweisen?«

Das war also der Grund, weshalb er den Weg bis zu ihr gefahren war, überlegte die Gerichtsmedizinerin.
»Ob ihm das Bier eingeflößt wurde oder nicht, kann ich gerichtsmedizinisch nicht nachweisen. Tut mir leid.«
»Dachte ich mir«, sagte Demirbilek ohne Enttäuschung. Er hatte mit der Antwort gerechnet. Dann kam er zum eigentlichen Grund seines unangemeldeten Besuches. Am Telefon hätte er sie dazu nicht überreden können, das wusste er genau. Außerdem wäre sie gar nicht an den Apparat gegangen, weil sie keine Bereitschaft hatte. Sie hielt es mit den Arbeitszeiten sehr genau. »In deinem Bericht steht nichts darüber, was es für ein Bier ist.«
»Wie bitte?«
»Ich möchte wissen, welche Sorte er im Blut hatte.«
»Helles, Weißbier?«
»Dunkles, Pils ... filtriert, naturtrüb. Wenn du herausbekommst, welche Marke es ist, wäre das phantastisch.« Die Idee zu dem Ermittlungsansatz, auch wenn sie aussichtslos erschien, war ihm in der Nacht eingefallen.
Die Gerichtsmedizinerin stutzte, die Aufgabe erschien ihr nicht uninteressant. »Dafür brauche ich Zeit und eine Genehmigung von oben«, erwiderte sie.
»Wir haben weder eine Genehmigung noch Zeit. Der Leichnam wird bald in die Türkei überführt.«
Deshalb das nette Kompliment, verstand nun Ferner. Dennoch war sie ihm nicht böse. Auch sein Ruf, ein ermittlungstechnischer Wadenbeißer zu sein, war im Präsidium bekannt.
»Dafür brauche ich die Leiche nicht. Am Montag kümmere ich mich darum. Vorher nicht.«
»Montag. In Ordnung«, willigte Demirbilek ein. Er dachte an ihre Kinder, es war sinnlos, mit Ferner zu verhandeln. »Kein schöner Tag heute«, sagte er abschließend und blickte in den Himmel.

Es begann zu regnen. Schwere Tropfen prasselten herab, ohne Vorwarnung, als hätte jemand den Wasserhahn aufgedreht.
»Vielleicht bleibt ihr lieber zu Hause oder fahrt ins Hallenbad«, riet er, bevor er zum Abschied nickte.
Ferner sah ihm nach, wie er in seinen Dienstwagen stieg. Hallenbad musste schon am vergangenen Wochenende als Alternative herhalten. Da hatte es ebenfalls geregnet. Sie überlegte, was sie stattdessen mit ihren zwei Kindern unternehmen könnte, ertappte sich aber dabei, wie sie im Kopf eine Versuchsreihe zusammenstellte, um die Biersorte zu ermitteln – wofür das gut sein konnte, darüber zerbrach sie sich angesichts des stärker werdenden Regens nicht mehr den Kopf.

20

Der Asphalt wurde von dem Platzregen zusehends schmieriger. Bei der Autofahrt horchte Demirbilek in sich hinein. Der Unruhe, die ihn seit der Nachricht über den Selbstmord der psychisch kranken Frau plagte, versuchte er, mit rationalen Argumenten beizukommen. Doch das war schwierig. Sie hatte ihn angesprochen, weil er wie der Tote türkischer Herkunft war. Einem deutschen Kollegen hätte sie sich wahrscheinlich nicht anvertraut, stellte er nüchtern fest. Damit wurde ihm wieder einmal vor Augen geführt, wie sein Schicksal mit der Geburt in Istanbul vor vierzig Jahren besiegelt worden war. Er war Türke. Und er war Polizist. In der Reihenfolge. Andersherum wäre es ihm lieber gewesen.

Was die Frau erreichen wollte, lag auf der Hand. Er sollte den Mörder ihres Freundes Ömer Özkan finden. Einen Studenten, der bei derselben Brauerei gearbeitet hatte wie Manuela Weigl. Auch sie war nicht mehr am Leben. Kommissar Leipold, sagte er sich, war in der komfortablen Lage, davon ausgehen zu können, dass es sich bei seinem Fall um Mord handelte. Er dagegen musste sich mit dem Hilferuf einer Selbstmörderin zufriedengeben, die ihm einen Brocken hingeworfen und damit alleingelassen hatte.

Er bog gerade auf den Mittleren Ring ein, als sein Telefon auf dem Beifahrersitz summte. Er hatte auf Vibrieren geschaltet. Eine

Nummer aus Istanbul leuchtete im Display auf. Demirbilek nahm den Anruf an und fuhr mit einer Hand weiter.

Sein Amtskollege Selim Kaymaz aus Istanbul, den er gebeten hatte, bei Familie Özkan vorbeizufahren, meldete sich zurück. Nach den üblichen Floskeln, was Gesundheit und das allgemeine Befinden betraf, erfuhr er, alle relevanten Informationen per Mail zugeschickt bekommen zu haben. Kaymaz, mit dem er seit einigen Jahren ein freundschaftliches Verhältnis pflegte, gab sich Mühe, die Wohnadresse des Ertrunkenen in München auszusprechen. Demirbilek erlöste ihn schließlich von seiner aussichtslosen Bemühung. Deutsch war eine unmögliche Sprache für Türken. Nachdem er sich für die inoffizielle Amtshilfe bedankt hatte, nahm er sich vor, ihn beim nächsten Besuch in seiner Geburtsstadt mit einem Mitbringsel zu erfreuen. Eine Flasche Obstler wäre das Passende, entschied er, dann bog er vom Mittleren Ring ab, um auf schnellstem Weg ins Büro zu kommen. Er fragte sich, wie er an einen richterlichen Durchsuchungsbeschluss für die Wohnung des Toten kommen sollte, bei einem Mordfall, der offiziell keiner war.

Dreißig Minuten später ordnete der Sonderdezernatsleiter die Unterlagen auf seinem Schreibtisch und wartete, bis sein Computer hochgefahren war. Da er sich nicht oft allein in den Diensträumen der Migra aufhielt, war ihm das knatternde Geräusch der Festplatte nie aufgefallen. Das Passwort war einfach, zu einfach, wie die Mitarbeiter der IT-Abteilung mahnten. Demirbilek kämpfte, starrköpfig, wie er manchmal sein konnte, eine Ausnahmeregelung durch. Er tippte »Fenerbahce-1907« ein.

In dem Postfach lagen einhundertzweiundvierzig ungelesene Nachrichten. Aus reinem Selbstschutz hatte er Cengiz angewiesen, seine Mails in Kopie zu empfangen. Er ersparte sich die Mühe, sie durchzugehen, und öffnete nur die Nachricht seines

Istanbuler Kollegen. Erstaunt stellte er fest, wie sorgfältig und übersichtlich die Informationen zusammengestellt waren. Wie hatte Kaymaz das in der kurzen Zeit nur geschafft? Er überflog die biographischen Eckdaten. Ömer Özkan war zweiundzwanzig Jahre alt geworden. Geboren in Istanbul. Gestorben in München, ergänzte er in Gedanken. Eltern Inhaber mehrerer Möbelgeschäfte. Istanbul wuchs beharrlich. Die Menschen kauften Betten, Sofas und Schränke. Familie Özkan wohnte standesgemäß auf der europäischen Seite im Stadtteil Bakırköy. Im Anhang der Mail fand er zwei Dokumente. Das eine war ein komprimiertes Handyvideo der Befragung, die Kaymaz im Haus der Eltern durchgeführt hatte. Krisselige Bilder erschienen auf Demirbileks Monitor. Steif wie Puppen saßen Herr und Frau Özkan auf einem schwulstigen Sofa. Sie weinte mehr, als sie sprach. Er hatte seinen Arm um sie gelegt und unterdrückte seine Tränen. Am Ende der aufwühlenden Ansprache baten die Eltern den ihnen unbekannten türkischen Kommissar, den Mörder ihres Sohnes zu finden. Das zweite Dokument war eine schriftliche Genehmigung, in der Zeki Demirbilek auf Türkisch und Deutsch erlaubt wurde, sich in der Wohnung ihres verstorbenen Sohnes umzusehen. In dem Schriftstück wurde der Hausmeister genannt, an den er sich wenden sollte. Demirbilek wollte abwarten, bevor er Kommissariatsleiter Weniger über Kaymaz' Amtshilfe informierte. Er deklarierte seine Recherche als Freundschaftsdienst für die trauernde Familie. Türken helfen sich gegenseitig im Ausland. Da war es wieder. Sein Schicksal.

21

»Bierbarone schuld am Tod von bayerischer Bierkönigin?«, titelte die Samstagsausgabe der Zeitung, die Pius Leipold auf seinem Schreibtisch ausgebreitet hatte. Der glich allerdings mehr einem Frühstücksbuffet: zwei belegte Semmeln, eine Cola light, ein Becher Milchkaffee. Er biss in die Salamisemmel und schüttelte den Kopf über die Ausführungen des Journalisten. Leipold kannte ihn. Ein windiger Tunichtgut, der mit Worten jonglierte. Meisterlich verstand er es, aus Andeutungen und Fakten Wahrheiten zu schaffen, die darauf abzielten, seine Fabulierkunst als investigative Bravourstücke hinzustellen. So stellte er in dem Artikel über die Ermordung Manuela Weigls eine These in den Raum, die sich aus vermeintlich sicheren Quellen nährte. Ohne Namen zu nennen, illustrierte er den hart umkämpften Biermarkt, erläuterte die Macht der Bierbarone, die nicht davor zurückschreckten, mit drastischen Maßnahmen Marktanteile zu halten. Der im Untergrund gärende Bierkrieg forderte nun ein erstes Todesopfer, führte er allen Ernstes aus. Wusste die bildhübsche »Biertrinkerin des Jahres« aufgrund ihrer Tätigkeit als Mitarbeiterin einer Brauerei zu viel? Der Journalist untermauerte seine Theorie mit Interviews, die er auf dem Bierfestival geführt haben wollte. Seine Schlussfolgerungen liefen darauf hinaus, dass Manuela Weigl sich prostituierte. Und zwar mit Persönlichkeiten aus der oberen Etage der Bierszene, wodurch sie an sensible Informationen gekommen war, die ihr den bedauerlich frühen Tod bescherten.

Leipold verschluckte sich an der zweiten Semmel, die mit Schinken belegt war. Mitten in seinem Hustenanfall klopfte es an die Tür. Demirbilek öffnete sie und beobachtete eine Zeitlang den hustenden Kollegen. Dann gewann seine Hilfsbereitschaft die Oberhand. Er versetzte ihm drei kräftige Schläge auf den Rücken.

»Wegen der Wurstsemmel oder wegen des Artikels?«, fragte er.

Leipold spülte mit einem Schluck Cola seine Speiseröhre frei. »Der Dreck da ist nicht auszuhalten«, meinte er dann verächtlich und deutete auf den Artikel.

Demirbilek kannte ihn nicht; er überflog die Schlagzeile. »Was steht drin?«

»Dass sie herumgehurt und … Ach! Vergiss es, Zeki, alles Blödsinn.«

»Was machst du eigentlich im Büro?«

»Was wohl? Arbeiten! Ich muss einen Mordfall klären. Hat sich der Tanzbär nicht bei dir angekündigt? Er macht um elf seine Aussage.«

»Du meinst, Bayrak?«, erkundigte sich Demirbilek erstaunt. »Davon weiß ich nichts.«

Leipold erzählte von der Nachricht, die er in der Nacht zuvor an der Hotelrezeption entgegennehmen musste.

»Vielleicht hat er eine Mail geschrieben?«, spekulierte Demirbilek und verwarf den Gedanken, die restlichen einhunderteinundvierzig ungelesenen Nachrichten durchzugehen. »Ist auch egal. Bayrak kann uns nicht vorschreiben, wann wir ihn vernehmen sollen.«

»Er fliegt heute Abend nach Istanbul.«

»Dann sollten wir ihn gemeinsam sprechen.«

»Warum?«

»Mein Toter hat schließlich bei ihm gejobbt. Hat sich denn bei dir etwas ergeben?«

Leipold schlürfte von seinem Kaffee. »Soll ich dir jetzt Bericht erstatten? Oder wie stellst du dir das vor?«

»Abteilungsübergreifende Zusammenarbeit heißt das wohl.«

Leipold grinste. »Übst du schon, wie man als Polizeipräsident geschwollen daherredet?«

Demirbilek grinste zurück. »Gibt es was Interessantes, oder nicht? Sonst lass es bleiben.«

»Schon gut. Pass auf, folgender Ermittlungsstand«, begann Leipold. »Wir haben die Wohnung der Toten durchsucht. Ein Netzteil für ein Notebook ist auffällig. Das Gerät selbst war nicht in der Wohnung. Sie hat allein gelebt. Keine Anzeichen auf einen Lebensgefährten. Die Eltern haben seit drei Jahren praktisch keinen Kontakt zu ihr. Herkamer und Stern habe ich das Wochenende gestrichen, sie sind gerade unterwegs, um Kollegen und Freunde zu befragen. Mal sehen, was sie herausfinden. Was wir definitiv schon wissen: Sie hatte Geschlechtsverkehr, bevor sie umgebracht wurde. Auf der Haut Spuren von Gras und Erde. Sieht aus, als hätte sie im Freien Sex gehabt. Wahrscheinlich im Park, wo sie gefunden wurde. Normale Penetration. Keine Hinweise auf Vergewaltigung. Einvernehmlich, wie es so schön heißt. Allerdings gab es keine Spuren auf Ejakulation. Der Kerl muss mittendrin aufgehört haben.«

»Oder hat verhütet«, merkte Demirbilek an. »Keine Kampfspuren? Kratzer, irgendwas?«

Leipold nahm einen Bissen von der Semmel und nuschelte etwas, das Demirbilek als Verneinung interpretierte.

»Habt ihr die Unterwäsche gefunden?«

Leipold schluckte hinunter. »Negativ. Ist vielleicht in ihrer Handtasche, die wir noch suchen. Möglicherweise vergnügt sich auch der Täter damit, wenn er sie als Souvenir mitgenommen hat. Oder er hat den Fummel entsorgt, verbrannt, weggeworfen. Was weiß ich.«

Demirbilek blinzelte bei der Vorstellung, wie der Täter die Leiche auszog. Oder hatte sie nach dem Stelldichein die Unterwäsche nicht wieder angezogen?

»Todesursache? Und Zeitpunkt?«

»Ungewöhnlicher Halswirbelbruch. Hat etwas auf den Schädel bekommen, sagt die Ferner. Der Kopf war nach unten geneigt, so, schau.« Leipold schlug sich mit der Hand auf den Hinterkopf, um zu veranschaulichen, was er meinte. »Mit einer Wucht, dass es geknackst hat. Kann nur etwas Schweres gewesen sein. Im Umfeld vom Fundort haben wir aber keine Tatwaffe gefunden«, erklärte Leipold und schlürfte vom Kaffee.

Demirbilek gierte danach, ihm den Becher abzunehmen und selbst einen Schluck zu trinken. Er riss sich jedoch zusammen. Unter keinen Umständen wollte er sich mit einem Magenknurren vor seinem Kollegen bloßstellen.

»Und der Zeitpunkt? Konzentrier dich besser, Pius«, provozierte er ihn, um seine Aufmerksamkeit zu bekommen.

»Ja, spinnst du, du Depp«, regte Leipold sich auf. »Jetzt mal langsam. Bei deinen zwei Grazien kannst du so viel auf Pascha machen, wie du magst! Aber nicht bei mir!«

»Also, der Todeszeitpunkt?«, forderte er unbeeindruckt, die Beleidigung steckte er mühelos weg.

»Irgendwas zwischen elf und Mitternacht. Noch was?«

Demirbilek überlegte. Es war zu spät, um vor der einseitigen Verabredung mit dem türkischen Geschäftsmann Özkans Wohnung aufzusuchen.

»Bayrak soll warten, bis wir zurück sind. Wir geben unten Bescheid.«

»Wieso? Wo willst du hin?«
»Ich habe da eine Idee. In fünf Minuten beim Auto. Du fährst.«
Kaum hatte Demirbilek die Worte geäußert, drehte er sich um und hastete hinaus.
Leipold quälte sich aus seinem Drehstuhl und packte die angebissene Semmel in die Tüte zurück, um sie später fertigzuessen. Er wurde das Gefühl nicht los, dass der Türke sich zu seinem Schicksal entwickelte. Rein beruflich, natürlich.

22

»Sag ihm, er soll warten, sonst lass ich ihn verhaften!«, bellte Demirbilek in den Hörer und legte auf. Der Beamte am Empfang hatte angerufen, weil ein Mann – groß wie ein Bär – behauptete, mit ihm und Leipold verabredet zu sein.
Demirbileks bayerischer Kollege lenkte gerade den Wagen auf das Gelände des Bierfestivals. Die Abbauarbeiten waren durch den Staatsanwalt vorsorglich gestoppt worden. Auf dem Platz vor dem Haupttor parkten zwei Gabelstapler und mehrere Transporter.
»Was macht Isa denn hier?«, schrie Leipold plötzlich auf. Er hatte Vierkant entdeckt, die mit dem Fahrrad an das Haupttor des Veranstaltungsortes vorfuhr.
»Sie wohnt im Westend, gleich in der Nähe«, erklärte Demirbilek knapp.
Nachdem Leipold den Wagen abgestellt hatte, schlug Demirbilek in Eiltempo den Weg um die Halle herum ein. Vierkant folgte ihm, ohne zu wissen, wofür sie ihren samstäglichen Wohnungsputz aussetzen musste. Als sie bei dem hinteren Rolltor ankamen, blieb Demirbilek unvermittelt stehen und begutachtete die aufgetürmten Bierfässer. Aluminium- und Holzvarianten waren getrennt voneinander. Eine Phalanx leerer Bierkästen wartete in Reih und Glied darauf, abtransportiert zu werden.
»Vergiss es, Zeki. Daran habe ich auch schon gedacht«, sagte Leipold abfällig.

»Ich möchte auch mitdenken!«, warf Vierkant ein. Sie wollte endlich erfahren, weshalb sie herbestellt worden war.
»Unser Pascha glaubt, die Tote hatte hier hinten Sex und ist mit einem der Fässer erschlagen worden«, fasste Leipold zusammen.
»Warum soll es nicht so gewesen sein?«, fragte Vierkant.
»Weil hier hinten Mordsbetrieb war. Direkt nach der Preisverleihung haben die Abbauarbeiten begonnen«, erklärte Leipold gelangweilt. Gleichzeitig ärgerte er sich, warum nicht er, sondern der Türke wieder die Marschrichtung vorgab.
Demirbilek sah sich in alle Richtungen um. »Pius hat recht. Wenn man beim Sex gesehen werden will, wäre das ein guter Ort, sonst nicht.« Dann deutete er zu den drei hellblauen Toilettenhäuschen, die weiter entfernt am Rand des angrenzenden Parks aufgestellt waren – für die Notdurft der Besucher und des Personals.
Wieder preschte er vor. Vierkant und Leipold folgten ihm zu den Toilettenhäuschen, ein Gehweg führte ein paar Meter daneben durch die Grünanlage.
»Schaut ja ein wenig aus wie auf dem Oktoberfest. Da geht es bei den Toilettenbuden auch ganz schön wild her. Hinter den Dixi-Klos sieht dich kein Mensch, wenn es dringend sein muss. Aber schon sehr unappetitlich, wenn du mich fragst. Oder, Isa?«, Leipold zwinkerte Vierkant zu. Recht zweideutig, wie sie fand.
Auch sie prüfte, ob die Kabinen genügend Sichtschutz vor neugierigen Blicken boten, als sich plötzlich wie von Geisterhand das Toilettenhäuschen vor ihr zu bewegen begann. Hastig sprang sie einen Schritt zur Seite, denn es kippte direkt auf sie zu und fiel knapp an ihr vorbei ins Gras. Irritiert blickten sie und Leipold in Demirbileks erfreutes Gesicht, das nun zum Vorschein kam. Er hatte die Hände mit Stofftaschentüchern umwickelt, um bei der Rekonstruktion des möglichen Tatherganges keine Spuren zu verwischen.

»Geht leichter, als ich dachte«, sagte er mehr zu sich selbst als zu seinen verblüfften Kollegen und umrundete das Häuschen. Dann bemühte er sich nach Leibeskräften, es wieder aufzustellen – hatte aber keinen Erfolg.

»Isabel, hilf mir mal«, forderte er seine Mitarbeiterin auf. Vierkant holte aus ihrer Umhängetasche Plastikhandschuhe hervor und zog sie über. Demirbilek bot sie keine an. Sie wusste, wie allergisch er auf Plastik reagierte. Leipold beobachtete interessiert, wie sie zu zweit das Häuschen problemlos aufstellten. Deutlich zeichneten sich niedergedrückte Stellen im Gras ab.

»Wenn es so war, wie du glaubst, dann war das Opfer auf dem Weg zurück zum Rolltor«, stellte Leipold fest.

»Genau. Sie muss die Wucht mit dem Kopf abgefangen haben, wie die Gerichtsmedizinerin gesagt hat. Wahrscheinlich hat sie ihn eingezogen, weil sie das Ding auf sich zukommen sah«, bestätigte Demirbilek zufrieden. »Sie und – wer auch immer – hatten irgendwo im Park einvernehmlich Sex. Danach ist sie den Weg zurück …« Demirbilek beendete den Satz nicht, denn er hatte im Gras hinter dem mittleren Toilettenhäuschen Druckstellen entdeckt. »Du holst am besten noch mal die Spurensicherung.«

Leipold nickte nachdenklich und kniete sich zu ihm.

»Warum haben wir sie dann nicht hier gefunden, sondern im Park?«, fragte er kritisch.

Vierkant gesellte sich zu den beiden Männern. »Sie wurde weggetragen.«

Die Männer hoben den Kopf und sahen in die Richtung, wo die Leiche gefunden worden war. Schleifspuren waren nicht zu erkennen.

»Glaubst du, die waren zu zweit?«, fragte Leipold.

»Wie schwer war sie?«, erkundigte sich Demirbilek.

Leipold zuckte mit den Achseln. »Keine Ahnung. Aber schwer war die nicht. Gute Figur. Kein Gramm Fett.«
»Du meinst, jemand schulterte sie?«
»Ja«, bestätigte Leipold. »Der Täter könnte sie abseits vom Gehweg durch den Park getragen haben. Ist ja wie ein Wald. Dunkel genug. Irgendjemand hält ihn aber von seinem Vorhaben ab.«
»Was für ein Vorhaben?«, fragte Vierkant.
»Weiß auch nicht. Die Leiche verstecken zum Beispiel.«
»Keine unvernünftige Hypothese«, pflichtete ihm Demirbilek vorsichtig bei. »Wenn es ein Einzeltäter war, muss er kräftig genug gewesen sein, das Dixi allein wieder aufzustellen. Dann war er auch kräftig genug, eine Frauenleiche zu schultern.«
»Die Dixis standen alle, als wir am Morgen angerückt sind«, versicherte Leipold ihm.
»Isabel, du wartest, bis die Techniker kommen. Wir sehen uns Montag um acht im Büro, schönes Wochenende, Grüße an Peter.« Dann wandte er sich an Leipold: »Pius, wir zwei nehmen uns den Türken vor.« Ohne einen Abschiedsgruß abzuwarten, marschierte er zurück zum Wagen.
Leipold atmete geräuschvoll aus. »Ein waschechter Sultan ist nichts gegen unseren Münchner Pascha.«
Vierkant klopfte ihm freundschaftlich auf die Schulter und scheuchte ihn Demirbilek hinterher.

23

Flink wie ein Jugendlicher tippte Süleyman Bayrak mit den Daumen eine Textnachricht in sein Smartphone. Ihm gegenüber saß Leipold am großen Tisch im Verhörraum und verfolgte fasziniert die Fingerbewegungen des Geschäftsmannes. Beide warteten. Demirbilek hatte sich vor dem Beginn des Gespräches entschuldigt, um zu telefonieren. Er stand auf dem Gang und wählte zunächst die Nummer des Hausmeisters, der den Schlüssel zu Ömer Özkans Wohnung hatte. Er kündigte an, in etwa einer Stunde bei ihm zu sein. Dann rief er Cengiz an. Als sie abhob, nahm er laute Musik und ein Fahrgeräusch wahr. Sie war im Auto, vermutlich mit Aydin, dachte er. Es war schließlich Samstag. Sie hatte frei.

»Hast du um eins Zeit?«, fragte er.

»Arbeit?«

»Was sonst?«

»Ich rufe in einer Minute zurück«, meinte Cengiz und legte auf.

Tatsächlich saß Cengiz im Auto. Und am Steuer neben ihr lenkte Aydin den Wagen. Beide waren aufgekratzt, weil sie im Begriff waren, den in der letzten Nacht verschobenen Schwangerschaftstest nachzuholen. Aydin wollte aus der Stadt hinaus, sie hatten sich für den Starnberger See entschieden.

»Was soll ich machen?«, fragte sie Aydin, der die Musik wieder laut stellte.

»Ich dreh um, was sonst?«, antwortete er schicksalsergeben.
»Bist du sicher?«
»Ich kenne das von meinem Vater. Du hättest keine ruhige Minute. Lass uns morgen fahren. Am Sonntag ist der Starnberger See besonders malerisch und besonders voll«, schlug er mit ironischem Lächeln vor.
Cengiz gab ihm einen Kuss auf die Wange. »Gut, dann rufe ich jetzt zurück.«
»Mach das.«
Cengiz wählte Demirbileks Nummer. »Wo soll ich um eins sein?« Der Kommissar gab die Adresse durch. Doch kaum hatte er aufgelegt, spürte er etwas, was ihm aus Prinzip fremd war: Unsicherheit. Berufliche Entscheidungen traf er nie aus einer unsicheren Haltung heraus. Er konnte sich auf seine jahrelange Erfahrung als Kriminalbeamter verlassen. Der Polizist in ihm signalisierte, dass es richtig war, seine Kollegin zur Durchsuchung der Wohnung zu bestellen. Sein Bauchgefühl sprach sich jedoch deutlich dagegen aus. Er hatte keinen offiziellen Ermittlungsauftrag. Es war vernünftiger, seine Nachforschungen weiterhin als »Freundschaftsdienst« zu betrachten. Er drückte die Wahlwiederholung.
»Ich habe es mir anders überlegt. Sag Aydin, er soll vorsichtig fahren, macht euch einen schönen Tag.«
Froh, durch die Entscheidung seine Sicherheit wieder zurückgewonnen zu haben, betrat er den Verhörraum.

Leipold stand hinter Bayrak und blickte über seine Schulter auf ein piepsendes Handyspiel, mit dem er sich die Zeit vertrieb. Die Versuche, in der jeweiligen Muttersprache zu kommunizieren, waren offenbar fehlgeschlagen.
»Erst du? Oder erst ich?«, fragte Demirbilek.
»Du«, entschied Leipold. »Aber übersetzen!«

Leipold setzte sich wieder auf seinen Platz. Demirbilek blieb neben ihm stehen und übersetzte im Stile eines Simultandolmetschers seine Fragen und Bayraks Antworten.
»Kennen Sie Ömer Özkan?«, begann Demirbilek.
Bayrak nickte. »Natürlich kenne ich Ömer. Deshalb fliege ich heute Abend nach Istanbul. Ich bin mit seinen Eltern befreundet und möchte ihnen beistehen.«
Diese Information hatte ihm sein Istanbuler Kollege nicht mitgeteilt. Auch wenn er überrascht war, baute er den neuen Sachverhalt gleich mit ein.
»Haben Sie Ömer den Job bei Mingabräu vermittelt?«
»Ja«, gab der Geschäftsmann zu. »Er sollte sich für mich umsehen und umhören. Dass ich die Brauerei kaufe, war ja längst beschlossene Sache. Mit war wichtig, etwas über das Arbeitsklima zu erfahren, über das Personal. Schließlich hatte ich die Absicht, den Mitarbeitern anzubieten, in die Türkei mitzukommen.«
»Und? Was hat Ömer für Sie herausgefunden?«
»Praktisch nichts! Ich bereue es, die Idee je gehabt zu haben. Es war ein tragischer Fehler.« Er schluckte betroffen. »Wissen Sie, dass Ömer keinen Alkohol trank? In der Zeitung hieß es, er sei betrunken gewesen.«
»Das wissen wir«, entgegnete Demirbilek. Der Zweite, der das betonte, zählte er. »Wir untersuchen die Todesumstände.«
»Sie gehen von Mord aus?«, wollte Bayrak wissen.
»Nein«, erwiderte Demirbilek knapp. Dann gab er Leipold ein Zeichen, mit seinen Fragen weiterzumachen.
»Kennen Sie die Ermordete, Frau Weigl?«, begann Leipold.
»Ja, ich habe ihr bei der Begrüßung der Belegschaft die Hand geschüttelt, sie ist mir natürlich ein paarmal über den Weg gelaufen in der Brauerei«, antwortete Bayrak und legte sein Smartphone auf den Tisch. Es fing zu bimmeln an.

Demirbilek war vor ihm am Gerät und drückte den Anruf weg. Dann reichte er es Bayrak, der ihn entgeistert anstarrte.
»Ausschalten«, sagte Demirbilek unaufgeregt. »Es stört und hält auf.«
Der Geschäftsmann tat wie befohlen und konzentrierte sich wieder auf Leipold, der den Faden verloren zu haben schien.
Doch Demirbilek richtete ohnehin wieder das Wort an den Befragten und lieferte die deutsche Übersetzung nach. »Frau Karin Zeil, die Assistentin der Geschäftsführung, ist für die Personalbelange verantwortlich. Die Dame ist im Urlaub. Herr Bayrak schlägt vor, sie zu befragen. Sie ist diejenige, die den Betrieb am besten kennt.«
»Aha«, gab Leipold nur von sich.
Bayrak sah Leipold erwartungsvoll an. Der aber wandte sich an Demirbilek.
»Willst du ihn nicht lieber gleich selbst verhören?«, fragte er mit bitterer Ironie in der Stimme.
Der türkische Kommissar nahm den Ball, der ihm unverhofft zugespielt wurde, gerne an. Ohne sich bewusst zu sein, dass Leipold das Angebot nicht ernst gemeint hatte, übernahm er das Verhör. Er stellte weitere Fragen. Die Antworten kamen ohne Zögern. Am Ende fasste er für seinen bayerischen Kommissar zusammen.
»Herr Bayrak hat ein Alibi. Er war am Abschlussabend des Bierfestivals mit einer internationalen Delegation bei der Besichtigung der Brauanlage, also auf dem Gelände der Mingabräu, dann in einem Lokal zum Abendessen mit seinen Gästen. Um Mitternacht lag er im Bett seines Hotelzimmers. Du wüsstest, welches Hotel er meint.«
Leipold warf ihm einen stechenden Blick zu. »Was sind das für Leute? Und ich brauche die Namen, von allen.«
»Herr Bayrak hat Geschäftsleute aus der Türkei und Dubai nach

München geladen. Er sucht Investoren für die Mingabräu. Die Mail mit den Namen hat er dir vorhin geschickt, als ihr auf mich gewartet habt.«
Leipold senkte seinen Blick in die Unterlagen und schüttelte verärgert den Kopf.
»Gut gemacht, Herr Kollege!«, stellte er bissig fest.
»Gern geschehen. Schreib in deinen Bericht, wie viel Geld wir für den Dolmetscher gespart haben. Das wird Weniger freuen.«
»Ach ja?«, spottete Leipold. Er suchte nach einer Möglichkeit, Demirbilek nicht als Sieger aus dem sinnlosen Verhör hervorgehen zu lassen.
»Frag Herrn Bayrak doch, ob er, rein zufällig, Selma kennt.«
Demirbileks plötzlich einsetzender innerer Aufruhr war unübersehbar. Der Geschäftsmann, der bereits aufgestanden war, nahm wieder Platz.
»Wie kommst du auf Selma?«, fragte Demirbilek so perplex wie jemand, der völlig unerwartet vom Tod eines Freundes erfahren hatte. Er konnte sich beim besten Willen nicht vorstellen, warum Leipold ihn das fragen lassen wollte und dabei ein derart dummdreistes Gesicht aufsetzte.
Leipold kostete den Moment aus. »Ich habe Selma im Hotel gesehen, als ich …« Er deutete zu Bayrak, der vergebens darauf wartete, vom türkischen Kommissar eine Übersetzung geliefert zu bekommen.
»Du sprichst von Selma? Von meiner Selma?«, hakte Demirbilek sicherheitshalber nach. Er erinnerte sich daran, wie Leipold sie bei der ungeplanten Geburtstagsfeier vor einigen Wochen kennengelernt hatte.
»Sag bloß, du weißt nicht, dass sie in München ist?«, fragte Leipold mit unverhohlener Häme.
Demirbilek verweigerte eine Antwort darauf. »War sie allein?«

»Eine Klassefrau wie Selma ist doch mitten in der Nacht nicht allein. Aber mach dir keine Sorgen. Wenn du mich fragst, war ihr Begleiter höchstens ein guter Bekannter. Sie haben in der Lobby was getrunken, war spät, ein Schlummertrunk wahrscheinlich«, erläuterte Leipold.
Demirbilek hatte wie versteinert zugehört und presste schließlich tonlos hervor: »Welches Hotel?«
Leipold nannte es ihm und merkte im selben Moment, einen Fehler gemacht zu haben. Demirbilek liebte Selma. Das war an dem Tag, als sie seinen Geburtstag feierten, allen, die zwei Augen und ein Herz hatten, aufgefallen.

24

Während der Fahrt mit der U-Bahn führte Zeki tausend Gründe und mehr in Gedanken auf, warum Selma nichts erzählt hatte. Sie war in München. In einem Luxushotel. Mit einem Mann. Keinen der ihm in den Sinn kommenden Gründe hielt er für gewichtig genug. Erst vor zwei Tagen hatten sie miteinander telefoniert. Sie wollte Aydin wegen eines Schreibens des Istanbuler Musikkonservatoriums sprechen. Bei der Gelegenheit hätte sie ihm sagen müssen, dass sie nach München kommen wollte. Die aufkeimende Eifersucht wuchs zu einem gewaltigen Problem heran. Er konnte nicht mehr klar denken, bemerkte er und verglich sich selbst mit einem Kind, das man beim Spielen ausgeschlossen hatte.
Am Max-Weber-Platz stieg er aus und eilte die Rolltreppen hinauf. Links gehen, rechts stehen, das war die Devise auf Münchens Rolltreppen. Der auf der linken Überholspur musikhörenden Göre musste er auf die Schulter klopfen, damit sie den Weg frei machte. Er wollte die Durchsuchung der Wohnung so schnell wie möglich durchführen, um danach im Hotel nach Selma zu fragen. Er brauchte Gewissheit. Vielleicht hatte sich Leipold ja getäuscht? Die Trambahn erwischte er gerade rechtzeitig. Sein Herz raste, wie es oft raste, wenn er an Selma dachte. Nach zwei Haltestationen erreichte er etwas verspätet das Gebäude in der Ismaninger Straße.

Der Hausmeister, der vor der Tür auf ihn wartete, war Türke. Mitte dreißig, korpulent, unrasiert, ausgeleierte Turnschuhe, Arbeitshose mit unverständlich vielen Taschen. Der Mann, der zu allem Überfluss eine Baseballkappe mit dem Wappen von New York City tief im Gesicht trug, zeigte sich hilfsbereit. Das aber nicht von ungefähr, wie Demirbilek aus den Ausführungen des Istanbuler Kollegen wusste. Der Hausmeister erhielt von Ömers Eltern monatlich einhundert Euro extra zugesteckt, um ein Auge auf ihren Sohn zu haben und bei der Eigentumswohnung nach dem Rechten zu sehen. Nach seinen Informationen war der offizielle Mieter der Dreizimmerwohnung ein Verwandter, der geschäftlich regelmäßig in München zu tun hatte. Ömer hatte eines der Zimmer bezogen.

Der Hausmeister reichte ihm wortlos die Hand, dann stiegen sie die Treppen des vierstöckigen Hauses hinauf. Der Gang des vor ihm schreitenden Mannes war bedächtig. Demirbilek vermutete, dass ihm der Tod seines Schützlings zusetzte. Sicher jedoch war er sich nicht, weil er sein Gesicht kaum zu sehen bekam. Vor der Wohnungstür im zweiten Stock räusperte er sich und sagte mit dem Rücken zum Kommissar: »Ömer war ein guter Junge. Bitte sagen Sie mir, wenn ich Ihnen helfen kann.«

Er wartete, bis der Hausmeister die Wohnung aufsperrte und ohne Aufforderung den Schlüssel aushändigte.

»Ömers Zimmer ist ganz hinten. Ich warte unten. Rufen Sie an, wenn Sie was brauchen. Sie haben ja meine Handynummer.«

Demirbilek betrat einen langen Flur. Die Tür zur Linken führte in das Wohnzimmer. Die Einrichtung zeigte unverkennbar die Handschrift der Eltern, deren Salon er auf dem Handyvideo zu sehen bekommen hatte. Könnte sogar dasselbe Sofamodell sein, staunte er. Der riesige Wandschrank raubte dem Raum seine großzügigen Ausmaße. Er fröstelte bei dem Gedanken, er stünde

in der Katalogseite für ein türkisches Möbelfachgeschäft mit Zielgruppe mittleres Einkommen, traditionell lebend. Er trat zum Schrank und zog eines der Schubfächer auf. Es war leer. Neu. Unbenutzt. Auch im zweiten Fach war nichts. Ebenfalls leer. Überhaupt hatte es den Anschein, als sei der Raum unbewohnt. Er beließ es bei der oberflächlichen Durchsuchung und ging zur Küche. Immerhin gab es dort Anzeichen von Bewohnern. Tassen und Gläser standen herum. Ein paar leere Saftflaschen. Kein Wein. Kein Bier. Er öffnete die Spülmaschine; ein ekelerregender Duft sprang ihm entgegen. Tomatensoße klebte auf dem einzigen Teller in der Maschine. Schnell ließ er die Tür wieder zuschnappen.
Im Schlafzimmer entdeckte er ein Doppelbett mit Rückenstütze und Bettkasten. Eine einfache Tagesdecke lag darauf. Unberührt. Wie frisch bezogen vom Zimmermädchen, kam Demirbilek in den Sinn. Ohne große Überraschungen zu erwarten, öffnete er die Flügeltür des Schranks. Ein einziger Anzug begrüßte ihn. Blau. Zwei Krawatten hingen an einem Haken an der Seitentür. Die anderen Plastikbügel baumelten ohne Daseinsberechtigung herum. In den Schubfächern fand er einige Socken und Unterhosen. Baumwolle mit Eingriff. Altmodischer Schnitt. Der Verwandte liebte es offenbar gediegen.
Özkans vielleicht achtzehn Quadratmeter großes Zimmer hatte ein Doppelfenster zur Ismaninger Straße. Es war passabel aufgeräumt. Filmbücher und DVDs mit Hollywoodfilmen waren in einem Regal aufgereiht. Ein LCD-Fernseher thronte in der Ecke. Den Schreibtisch dominierte ein Monitor. Er befühlte mit dem Handrücken die Scheibe. Sie war warm. Leicht nur, aber die abstrahlende Wärme war deutlich auf der Haut zu spüren. Vermutlich wurde er vor einer Stunde ausgeschaltet. Was fehlte, war der dazugehörige Computer. Ein angehender Filmemacher zog

Sicherheitskopien von seiner Arbeit, da war sich Demirbilek sicher. Wahrscheinlich auf einer externen Festplatte. Er suchte in den Schubläden und fand technisches Zubehör für eine Videokamera. Die Kamera selbst konnte er nicht entdecken, dafür weckte die leere Verpackung eines Richtmikrofons seine Neugier – hatte er vielleicht in der Mingabräu heimlich Aufnahmen gemacht?, spekulierte er. Bayrak hatte nichts dergleichen erwähnt.

Der Kommissar fragte sich, wie er mit der Entdeckung über das Fehlen des Computers umgehen sollte. Da er vor Ort war und sichergehen konnte, dass niemand unbefugt die Wohnung betreten würde, wollte er sofort den Hausmeister befragen. Er stellte sich ans Fenster und holte die Nummer aus dem Wahlspeicher. Die Trambahn knatterte gerade vorbei, als das Freizeichen ertönte. Zeitgleich läutete es im Zimmer. Verwundert drehte er sich um und folgte dem melodischen Klingelton. Er erkannte den Popsong. Der türkische Beitrag zum letztjährigen Eurovision Song Contest war auf dem vorletzten Platz gelandet. Kein Wunder, er war grottenschlecht. Er spürte das Telefon unter dem Bettkasten auf und beendete den Anruf. Die einkehrende Ruhe half, seine Gedanken zu sortieren. Sobald er sich über die Tragweite seines Fundes klargeworden war, verließ er das Zimmer.

Er nahm zwei Treppenstufen auf einmal. Einige Meter vom Eingang entfernt stand der Hausmeister rauchend auf dem Bürgersteig. Er fastete nicht, stellte Demirbilek sachlich fest, als der türkische Popsong in seiner Sakkotasche erneut zu dröhnen begann und den Hausmeister aufschrecken ließ. Demirbilek machte keine Anstalten, das Handy auszuschalten. Es war zu spät. Fieberhaft schien der Mann zu überlegen, wie der Kommissar an sein Handy gekommen war. Was tun?, fragte sich Demirbilek und entschied, ihm nicht nachzujagen. Er fühlte sich nicht in der Verfassung dazu. Es war Mittagszeit. Hunger und Durst setzten ihm zu. Aus dem Grund löste der Spurt des Hausmeisters, den er vorhergesehen hatte, bei ihm nichts aus. Weit wird er nicht kommen, sagte er sich und beobachtete, wie er in die nächste Querstraße einbog. Dann verständigte er die Leitzentrale, um ein Team der Spurensicherung in die Ismaninger Straße zu bestellen und die Beschreibung des Hausmeisters für eine Personenfahndung durchzugeben.

25

Die Dame an der Hotelrezeption ließ nicht mit sich diskutieren. »Wenn Sie keinen offiziellen Auftrag haben, oder wie das heißt, Herr Kommissar, dann darf ich Ihnen keine Auskunft geben. Entschuldigen Sie, ich muss wieder an meine Arbeit.«
Sie senkte den Blick, um den stechenden Augen des dunkelhaarigen Mannes mit den wuchtigen Augenbrauen auszuweichen. Demirbilek sah sich um und überlegte, wie er herausfinden konnte, ob Selma tatsächlich in dem Luxushotel abgestiegen war. Er hatte den Gedanken verworfen, bei seinen Kindern nachzufragen. Falls Aydin und Özlem mit ihrer Mutter unter einer Decke steckten, dann hatte das seinen Grund. In dem Fall war es ihm lieber, so tun zu können, als wüsste er von nichts. Dann kam ihm eine einfache Lösung in den Sinn. Er telefonierte mit Robert Haueis, seinem alten Freund, erklärte ihm die Situation und bat ihn, im Hotel nachzufragen. Robert kannte Selma seit vielen Jahren, die beiden waren ebenfalls befreundet.
»Nein, Zeki, das mache ich nicht«, sagte Robert entschieden.
Demirbilek hatte sich mittlerweile in die Lobby gesetzt, um zu telefonieren.
»Komm schon, tu mir den Gefallen. Ich will nur wissen, ob sie wirklich in München ist.«
»Wenn sie gewollt hätte, dass du es weißt, hätte sie dir Bescheid gegeben, oder?«

Natürlich hatte der Antiquitätenhändler recht. Er wechselte das Thema.
»Heute Abend eine Partie?«
»Komm nach dem Fastenbrechen in den Laden. Ich verspreche auch, das Bier zu verstecken.«
Demirbilek schmunzelte. Robert hatte als Journalist einige Jahre in Istanbul gelebt und sich in der Zeit erschreckend viel Wissen über seine Herkunftskultur angeeignet.
»Gut. Bis später. So um zehn.«
Der Kommissar legte auf und sah auf die Uhr. Bis zur Verabredung mit seinem Freund waren noch einige Stunden zu überbrücken.

26

Leipold hörte nur mit einem Ohr zu. Der Kollege der Spurensicherung, jener, der bei der Leiche am Brunnen mit klugen Kommentaren aufgefallen war, fasste zusammen, dass es sich bei dem Toilettenhäuschen tatsächlich um die Tatwaffe handelte. Manuela Weigl wurde zweifelsfrei mit dem Dixi-Klo erschlagen. Es gebe eindeutige Spuren.
»Wie viel wiegst du?«, rief er ohne erkennbaren Zusammenhang Vierkant zu, die etwas abseits die anfallenden Überstunden verfluchte. Sie ahnte, was Leipold mit ihr vorhatte. Da kam ihr der Spurensicherer auf dem Weg zum Einsatzwagen gerade recht. Sie packte den Mann am Oberarm und entgegnete: »Nimm ihn, den kannst du schultern, ich bin doch viel schwerer als die Weigl.«
Als der Spurensicherer Vierkants Kommentar hörte, wand er sich aus ihrem Griff und brachte sich in Sicherheit.
»Komm! Ich lade dich ein. Gleich heute Abend, auf ein Bier«, beharrte Leipold freundlich und verzweifelt zugleich.
Vierkant wieherte auf. »Du willst mir ein Bier ausgeben?« Wenn Leipold Bier trank, dann in der Regel viel.
»Dann eben eine Weinschorle! Komm, Isa. Ist sonst weit und breit keine Frauenleiche da.«
»Nein!«, weigerte sich Vierkant uneinsichtig. Sie deutete mit dem Zeigefinger den Gehweg entlang. Da stand plötzlich Demirbilek vor ihr.

»Lohnt sich, glaub's mir, Isabel«, bemerkte ihr Chef seltsam eindringlich.

»Warum mischst du dich ständig in meinen Fall ein, Zeki? Mir geht das langsam an die Nieren!«, zischte Leipold, als auch er ihn entdeckte.

»Ich habe eine Fahndung laufen, ich habe nichts anderes zu tun«, antwortete Demirbilek – aus seiner Sicht so ehrlich es ging.

Kurz darauf lag Vierkant an der Stelle im Gras, wo Manuela Weigl erschlagen worden war. Leipold und Demirbilek packten sie unter Armen und Beinen, nachdem Leipold vergeblich versucht hatte, sie auf die Schulter zu hieven. Vierkant ließ den Kopf nach vorne sacken, um sich die kichernden Gesichter der Kollegen zu ersparen. Dann trugen sie ihre etwa fünfundsiebzig Kilo Lebendgewicht davon. Sie schlugen einen Pfad abseits des Gehweges ein, zwischen den Bäumen und Büschen hindurch. Nach etwa fünfzig Metern erreichten sie den Fundort der Leiche und legten ihre Kollegin ab. Da Leipold rückwärtsgegangen war, hatte er den kleinen Parkplatz nicht im Blick, der für das Personal reserviert war.

»Was hatte sie an?«, fragte Demirbilek unvermittelt.

»Ein neumodisches Dirndl, knapp geschnitten. Hast sie doch selbst gesehen.«

Vierkant verharrte am Boden und hörte regungslos zu.

»Ich meine Selma. Was hatte sie im Hotel an?«

Leipold schluckte. »Du, Zeki, es tut mir leid … Das war nicht gerade …«

»Ich will wissen, was sie anhatte.«

Leipold verdrehte die Augen. »Ein rotes Abendkleid. Der Mann hatte eine Arbeitsmappe. Der war nur ein Kollege, ganz bestimmt. Sie haben in der Lobby Unterlagen studiert«, antwortete er mit einer Notlüge, um den Kommissar zu besänftigen. Selma, erinnerte er sich, stand nicht der Sinn nach Arbeit.

Demirbilek nickte verhalten.
Leipold konnte ihm nicht ansehen, ob er erleichtert war oder innerlich weiterhin brodelte.
Ansatzlos wechselte Demirbilek das Thema. »Möglicherweise wollte der Täter die Leiche im Kofferraum eines Autos verschwinden lassen«, sagte er ruhig.
Leipold drehte sich zum Parkplatz um. Vierkant richtete sich auf.
»Er hat sie zurückgelassen, weil sie jemand gesehen hat«, überlegte Vierkant laut.
»Oder *er* hat jemanden gesehen. Vielleicht ist ihm aber einfach nur die Leiche zu schwer geworden«, mutmaßte Demirbilek, dann wandte er sich an Leipold. »Überprüf mal, wer seinen Wagen dort abgestellt hatte. Auf den Personalparkplatz kommt ja nicht jeder.«
»Mach ich«, versicherte Leipold.
»Gut«, antwortete Demirbilek, als wäre Leipold Mitglied seines Teams. »Ich finde nur merkwürdig, warum der oder die Täter die Leiche überhaupt beseitigen wollten.«
»Hast du eine Idee?«, fragte Leipold interessiert.
»Ja«, erwiderte Demirbilek trocken.
»Und?« Leipold ließ sich auf das Geduldsspiel ein. Notgedrungen.
»Das Opfer kannte ihren Mörder«, schlussfolgerte Vierkant. »Sie ist ja nicht vergewaltigt worden.«
»Das glaube ich auch«, bestätigte Demirbilek und wandte sich ihr zu. »Sie hatte einvernehmlichen Sex. Entweder hat sie Geld genommen, wie in der Zeitung spekuliert wurde, oder sie kannte ihn.«
»Und?«, fragte Leipold abermals mit Nachdruck. »Du glaubst also nicht, dass der, mit dem sie geschlafen hat, sie auf dem Gewissen hat?«

»Nicht unbedingt. Von Ejakulat war ja keine Spur. Sie wurden unterbrochen und sind auseinandergegangen, das wäre auch eine Variante.«

Leipold schnaufte tief ein.

»Sie hatte keinen Freund, hast du gesagt?«, sprach Demirbilek weiter.

»In der Wohnung war nichts, was darauf hinweist. Keine Fotos oder Briefe. Ihr Notebook haben wir noch nicht gefunden. Derzeit gehen wir davon aus, dass sie Single war«, half Leipold in bester Assistentenmanier aus.

Demirbilek sah skeptisch drein. »Vielleicht hatte sie einen heimlichen Liebhaber?«

Leipold überprüfte mit Blick zum Personalparkplatz Demirbileks Hypothese. Als er aufschaute, war sein türkischer Kollege nicht mehr da.

»Musst ja nicht selbst den Parkplatz überprüfen. Lass Herkamer das machen«, munterte Vierkant Leipold auf. »Darfst ihm nicht böse sein. Er meint es nicht so, wie es aussieht.«

»Wie meint er es dann?«

»Eben anders.«

27

Zeki hatte nach dem Überraschungsbesuch an Leipolds Tatort beschlossen, ein türkisches Lebensmittelgeschäft aufzusuchen. Es war nicht weit entfernt; zu Fuß etwa zwanzig Minuten vom Veranstaltungsort des Bierfestivals. Unterwegs erkundigte er sich nach der Fahndung des Hausmeisters. Noch war er nicht gefasst worden. Der Kommissar in ihm machte sich keine Sorgen. Sie hatten seine Personalien, er war ordentlich gemeldet, seit zwölf Jahren unter derselben Adresse. Der Gesuchte war Familienvater. Ehefrau und vier Kinder warteten zu Hause. Er würde sie nicht im Stich lassen. Sie würden ihn finden. Früher oder später.
Zeki bog in die Landwehrstraße ein, wo unweit des Hauptbahnhofes viel Betrieb war. Er flanierte an emsigen Arbeitern vorbei, die Waren vor den Lebensmittelgeschäften stapelten, hielt ein Schwätzchen über den unsäglichen Sommer mit einem Bekannten, der auf einem Schemel vor einem 1-Euro-Laden seine Gebetskette wirbelte. Direkt auf der anderen Straßenseite glitzerte eine Tabledancebar mit Fotos aufreizender Tänzerinnen. Im angrenzenden Geschäft wurden mit vergilbten Plakaten Computer feilgeboten. In den unzähligen Shishalokalen war wenig Betrieb. Am Abend, das wusste Demirbilek, war dort kaum ein Platz zu bekommen. Dönerbuden und Esslokale mit orientalischem Schnellessen und Pizzastücken lockten Touristen und Einheimische an. Demirbilek genoss die großstädtische Atmosphäre im

Bahnhofsviertel. Er meinte sich zu erinnern, Robert habe es in einem Zeitungsartikel als »Dönersquare« bezeichnet. Die Wortschöpfung passte.
Er betrat sein bevorzugtes Lebensmittelgeschäft, in dem jeder Quadratzentimeter mit Regalen vollgestellt war. Auch dort herrschte Hochbetrieb. Türken, Araber und Osteuropäer unterhielten sich in ihren Landessprachen. Eine gebrechliche, russische Babuschka verhandelte in gebrochenem Türkisch über den Preis für ein halbes Kilo Rinderhack. Der Metzger lächelte anerkennend über ihre Hartnäckigkeit und gab einen Schlag drauf, nachdem er das Fleisch von der Waage genommen hatte.
Zeki ließ sich Zeit. Die Angestellten in weißen Kitteln, die unermüdlich Ware nachlegten, grüßten freundlich. Man kannte ihn. Aus den Gesichtern glaubte er Unverständnis zu erkennen, weil er als Mann – obendrein angesehener Kommissar und Vorzeigetürke – selbst einkaufen ging. Warum erledigte das nicht seine Frau oder Tochter für ihn? Zeki hatte sich selbst die Frage gestellt. Er nahm an, Jale würde die Einkäufe tätigen, um sich als zukünftige Schwiegertochter von einer guten Seite zu zeigen. Doch die einschlägige Erfahrung, die er mit seiner leiblichen Tochter gemacht hatte, ließ ihn den Gedanken schnell beiseiteschieben.
Zeki schlenderte mit einem Einkaufskorb unter dem Arm durch die Reihen und deckte sich mit Lebensmitteln ein, die er dringend benötigte. Er kaufte eine Sechserpackung *sucuk;* grüne, dicke Oliven; offenen Schafskäse von der Theke – keine Konservenware, die schmeckte nicht. *Çay* wanderte in Form einer Großpackung in den Korb. Aydin und Jale tranken wie er Unmengen von dem Schwarztee. Dann suchte er sich aus dem Überangebot an *turşu* – in Knoblauch und Essig eingemachtes Gemüse – ein großes Glas aus. Früher hatte seine Mutter Karotten, Blumenkohl,

Weißkohl, grüne Tomaten, Paprika und Peperoni in zehn Liter großen Plastikbehältern selbst eingelegt. Er erinnerte sich daran, wie er ihr als Kind zur Hand ging, das Gemüse klein zu schneiden. In den letzten Jahren in Deutschland, bevor seine Eltern endgültig nach Istanbul zurückkehrten, hatte sie aufgehört, das Gemüse selbst einzulegen. Das missmutige Gesicht seines Vaters, als er die gekaufte Plastikdose in der Küche entdeckte, hatte da schon keine Konsequenzen mehr. Seine Mutter war im Laufe der Jahre zu einer emanzipierten Frau geworden und dachte nicht daran, ihre kostbare Zeit in der Küche zu verbringen.
Gerade als Zeki sich in die lange Schlange an der Kasse einreihte, läutete sein Telefon. Er stellte den schweren Einkaufskorb ab, um den Anruf anzunehmen. Es war der Pförtner aus dem Präsidium.
»Demirbilek«, meldete er sich.
»Die Streife hat gerade einen gebracht, der ist für Sie, sagen sie.«
»Wer soll das sein?«
»Der Hausmeister aus der Ismaninger Straße.«
»Gut«, sagte der Kommissar. Er war zufrieden mit der Entwicklung seines Falles. »Wo haben sie ihn gefasst?«
»Gefasst nicht. Er hat in der Inspektion am Prinzregentenplatz nach Ihnen gefragt.«
Zeki staunte über die Information. »Er soll warten. Ich verhöre ihn selbst.«
Die interessiert lauschenden Kunden in der Schlange zuckten bei der Feststellung leicht zusammen.
»Und wann, Herr Kommissar?«
Demirbilek wollte nicht von seinem Vorhaben abweichen, sich eine Stunde hinzulegen. Er kontrollierte die Uhrzeit. In Gedanken rechnete er eine dreißigminütige Verspätung ein.
»Um fünf. Er soll ruhig ein wenig schmoren.«
Dann legte er auf und wollte nach seinem Korb greifen, doch der

war nicht mehr da. Er kannte die Kassiererin, die Tochter des Ladenbesitzers. Sie winkte ihn heran, da sie seine Einkäufe gerade mit dem Scanner erfasste. Ein Junge stand neben ihr. Es war ihr Bruder, der wohl seinen Korb an der Schlange vorbeigeschmuggelt hatte. Ohne schlechtes Gewissen über die bevorzugte Behandlung drängte sich der türkische Kommissar an den wartenden Kunden vorbei. Die abschätzigen, darunter auch einige ehrfurchtsvolle Blicke, ignorierte er. Irgendetwas Gutes musste sein Beruf ja mit sich bringen.

»*Kolay gelsin,* Hülya«, begrüßte er die junge Kassiererin mit dem bunten Kopftuch. Das Piercing im Nasenflügel fand er unpassend.

»*Merhaba! Komiser Bey.* Sie waren lange nicht mehr bei uns«, freute sich Hülya, ihn zu sehen. Sie sprach lauter als nötig, um den Wartenden zu signalisieren, eine Respektsperson zu bedienen.

Zeki schmeichelte die höfliche Anrede, was er sich jedoch nicht anmerken ließ. »Wie geht es der Familie?«, fragte er stattdessen.

»Alle sind wohlauf, danke der Nachfrage«, erwiderte Hülya strahlend.

»Du heiratest nicht etwa, mein Kind?«, versuchte er sein Glück. Das strahlende Lächeln kam ihm bekannt vor. Nebenbei steckte er dem Jungen ein Trinkgeld zu.

»Das können Sie doch gar nicht wissen!«, antwortete Hülya konsterniert. Beschämt blickte sie zu den grinsenden Gesichtern in der Schlange. Eine junge Frau mit Schleier klatschte sogar begeistert Beifall.

»Man sieht dir an, wie glücklich du bist. Ich gratuliere von Herzen«, beglückwünschte er sie. »Wer ist denn der Auserwählte?«

»Ich habe ihn vor zwei Wochen in Ankara kennengelernt. Nächste Woche will er um meine Hand anhalten«, erklärte sie stolz.

»Möge Allah euch eine gesegnete Ehe und viele Kinder schenken, mein Kind. Vergiss nicht, deinen Eltern meine Glückwünsche auszurichten.«
Hülya bedankte sich mit einem süßen Lächeln, Zeki bezahlte und verließ mit drei Plastiktüten das Geschäft.
Eine halbe Stunde später zog er Hose und Hemd aus und legte sich mit der Unterwäsche ins Bett. Trotz Nachmittagssonne, die durch die Vorhänge in das Schlafzimmer fiel, schlief er sofort ein. Es dauerte nicht lange, bis er sich selbst in Istanbul wiederfand, oben auf dem Rundlauf des Galataturms. Die Stadt lag vor ihm – menschenleer. Kein einziges Boot und kein einziges Schiff waren auf dem Meer zu entdecken. Getöse und Lärmen der Großstadt waren verstummt. In der unheimlichen Stille entdeckte er sie. Sie stand unten vor dem Turm. Direkt an der Mauer. Der Kopf war weit in den Nacken gelegt. Mit scharfen Augen starrte sie zu ihm nach oben. Als sie die Arme ausstreckte und spinnengleich an der Mauer hinaufkletterte, bemerkte er das Kleid, das sie trug. Es war rot, und es war aus Blut und hinterließ auf dem Mauerwerk Spuren.

28

»Wie heißen Ihre Kinder?«
Mit dieser Frage hatte er nicht gerechnet. Adnan, der Hausmeister, fuhr mit der Hand durch das Gesicht und wackelte nervös auf dem Stuhl herum, als wüsste er, dass der Kommissar es nicht gut mit ihm meinte. Auch wenn er freundlich dreinblickte und erholt aussah.
»Wollen Sie das wirklich wissen?«, fragte er überrascht.
»Aber ja«, entgegnete Demirbilek. Er hatte mäßig gut geschlafen. Immerhin musste er eine Stunde lang nicht an etwas zu essen und trinken denken. Kurz bevor er zum Verhör aufgebrochen war, hatte sich sein Sohn gemeldet und angekündigt, mit Jale spontan am Starnberger See zu übernachten. Er war nicht unglücklich darüber, seine Wohnung eine Nacht für sich zu haben.
»Mehmet ist mein Ältester, dann habe ich drei Mädchen. Kader, Bircan und Selma«, zählte Adnan auf.
Schon wieder Selma, ratterte es in Demirbileks Kopf. Der Traum vom Nachmittag holte ihn ein: Selma im maßgeschneiderten Kleid aus Blut, die eine triefende Blutspur beim Hinaufklettern am Galataturm hinter sich herzog. Schnell schüttelte er den Gedanken ab. Er musste alle Kraft sammeln, um das Verhör durchzuführen, wie er es sich zurechtgelegt hatte.
»Aydin und Özlem«, sagte der Kommissar.

»Ihre Kinder?«, vergewisserte sich der Hausmeister.
»Ja. Zwillinge. Beide erwachsen. Na ja, einigermaßen wenigstens. Sie führen ihr eigenes Leben.« Er legte eine Pause ein. »Ich liebe meine Kinder.«
Adnan schwieg. Was hatte es für einen Sinn, festzustellen, dass auch er seine Kinder liebte?
»Was wollen Sie wissen?«, fragte er verunsichert.
Demirbilek antwortete nicht. Er ging zum Fenster und öffnete es. »Rauchen Sie, wenn Sie wollen.«
Adnan verzog erstaunt das Gesicht. Meinte er das ernst? Bekam er die Erlaubnis, in einer bayerischen Behörde zu rauchen? Seit er sich freiwillig gestellt hatte, war er nicht mehr dazu gekommen. Er kramte die angebrochene Packung Zigaretten aus einer der vielen Taschen seiner Arbeitshose und ging ebenfalls ans Fenster. Demirbilek blickte hinaus auf den Hof.
»Wollen Sie eine?«, bot Adnan eine Zigarette an. Er holte sie aus der Packung und hielt sie zwischen den Fingern. Wie ein Türke, stellte Demirbilek fest. Deutsche beließen die Zigarette in der Packung.
»Nein danke. Ramadan«, lehnte er ab.
Adnan schien die Bemerkung nicht weiter zu interessieren. Mit einem tiefen Zug füllte er seine Lungen.
»Warum haben Sie sich gestellt?«
»Wegen so einer dummen Sache will ich nicht ins Gefängnis.«
»Dumm?«
»Hätte ich dummerweise nicht mein Handy in Ömers Zimmer verloren, wären Sie niemals auf mich gekommen.«
»O doch! Früher oder später. Amateure wie Sie erwischen wir immer. Ihr macht immer Fehler«, erwiderte Demirbilek. In seine Stimme legte er ordentlich Schärfe. »Erzählen Sie!«
Seine Rechnung ging auf. Der Hausmeister besann sich, einge-

schüchtert gestand er: »Als Sie mich anriefen, war ein Mann bei mir.« Er sog an der Zigarette. Zwei Mal schnell hintereinander.
»Und?«
»Er wollte in Ömers Wohnung.«
»Und?«
»Hat mir zweihundert Euro in die Hand gedrückt.«
»Für was?«
»Als Aufwandsentschädigung.«
»Natürlich. Sie haben ja vier hungrige Kinder zu Hause«, war Demirbileks ironischer Kommentar.
»Sie sagen es! Wissen Sie, was ich als Hausmeister verdiene?«
»Mit oder ohne die hundert Euro extra im Monat von Ömers Eltern?«, konterte Demirbilek.
»Woher wissen Sie das?«, fragte er perplex.
Demirbilek gab ihm keine Antwort, woraufhin Adnan den Kopf schüttelte und den Zigarettenrauch durch das Fenster entließ.
»Sie haben Ömers Computer aus dem Zimmer gestohlen?«, fuhr Demirbilek mit der Befragung fort.
»Nein.«
»Wer dann?«
»Na, der Mann. Ich habe die Wohnung aufgesperrt und ihn allein gelassen. Vielleicht zehn Minuten später bin ich ihm auf der Treppe begegnet. Er hatte einen Computer dabei.«
»Ömers Computer?«
»Er hat behauptet, er gehöre ihm.«
»Und das haben Sie geglaubt?«
»Warum nicht? Für zweihundert Euro glaube ich fast alles.«
»Und?«
»Er hat ihn kaputt geschlagen und weggeworfen.«
»Wie bitte?«
»Ehrlich, so war es. Er hat mir noch einen Hunderter gegeben,

damit ich ihm einen Hammer besorge. Ich stand direkt neben ihm, als er draufgeschlagen hat.«

»Wo ist der Computer jetzt?«

»Sie meinen, die Trümmer? Die liegen in der Mülltonne. Ich weiß, es ist Sondermüll, aber ...«, ergänzte er mit schlechtem Gewissen.

»In welcher Tonne?«, unterbrach Demirbilek ihn entnervt.

»Im Nebenhaus.«

Der Kommissar griff zum Telefon. »Hausnummer?«

»Zweiundvierzig. Im Hinterhof.«

Er beauftragte eine Streife, den Computer, beziehungsweise das, was von ihm übrig geblieben war, zu sichern. Vielleicht konnten die Spezialisten ja was retten. Adnan wartete, bis der Kommissar fertigtelefoniert hatte, dann kratzte er sich umständlich am Kinn.

»Was, wenn ich Ihnen helfe, den Mann zu finden?«

Er betonte die Frage wie ein Angebot. Ein geschäftliches, wie Demirbilek unschwer erkannte. Darauf wollte er also hinaus – einen Handel abschließen, sagte er sich. Doch ganz so einfach wollte er es ihm nicht machen. Er schürzte die Lippen, um zu zeigen, über sein Angebot nachzudenken. Dann entfernte er sich zur Gegensprechanlage, die neben der Tür montiert war. Er drückte den Knopf und sprach in das Mikrofon.

»Schick zwei Mann hoch. Ich habe hier einen dringend Tatverdächtigen. Wir nehmen ihn fest. Mal sehen, wann der Haftrichter Zeit für ihn hat.«

Als Adnan das hörte, schnippte er hastig die Zigarette aus dem Fenster und eilte zum Kommissar.

»Jetzt warten Sie! So war das nicht gemeint.«

»Wie dann?«

Der Hausmeister zuckte mit den Achseln. »Mein Anwalt hat mir geraten, mich zu stellen.«

»Guter Anwalt, warum ist er nicht mitgekommen?«
»Er sitzt im Knast. In Stadelheim«, gab Adnan kleinlaut zu.
Demirbilek lachte herzhaft auf.
Adnan ignorierte das Lachen. »Ich habe ein Gespräch mitgehört.«
Die Aussage ließ Demirbilek aufhorchen. Adnan aber zögerte immer noch. Statt wütend zu werden, entschied sich der Kommissar für eine diplomatische Vorgehensweise.
»Passen Sie auf. Ich mache keinen Handel. Grundsätzlich.« Er betonte die Wörter wie ein Richter einen unumstößlichen Schiedsspruch. »Wenn Sie uns helfen, den Mann zu finden, verspreche ich Ihnen, dass Sie heute Nacht bei Ihrer Frau schlafen und Ihren Kinder gute Nacht sagen können. Das biete ich Ihnen an, mehr nicht. Suchen Sie sich einen anständigen Anwalt.«
»Der Freund im Gefängnis meinte, ich soll fragen, ob es überhaupt zu einer Anzeige kommen muss, wenn ich mich kooperativ zeige«, druckste er herum.
»Ach, so ist das!« Demirbilek pfiff anerkennend. »Daher weht der Wind. Na, dann lassen Sie mal hören. Seien Sie kooperativ. Wie sah der Mann aus?«
»Geschäftsanzug, nicht billig, keine Ahnung, Armani oder Boss, in die Richtung, dunkle Sonnenbrille. Hatte scheußliche Narben im Gesicht. Strohhut auf. Wollte sich unkenntlich machen.«
»Noch was?«
»Ja.«
»Was?«, half ihm Demirbilek mit überhöhter Lautstärke auf die Sprünge.
»Als er mit dem Computer fertig war, ist er zu einem fetten Mercedes gegangen. Da saß eine Frau hinten drin. Das war seine Chefin, hundertprozentig. Keine, die sich selbst die Hände schmutzig macht. Den Computer hat er für sie vernichtet. Da bin ich mir

ganz sicher. Geschäftsfrau, wenn Sie mich fragen. Braungebranntes Gesicht. Schwarzes Haar. Habe sie aber nicht richtig gesehen.«
»Warum?«
»Sie trug ein Kopftuch und eine Sonnenbrille. Die Gläser waren groß wie CD-Scheiben. Sie saß ja im Auto, die Fenster waren heruntergefahren.«
»Wie finden wir die beiden? Und ich warne Sie! Kommen Sie mir nicht wieder mit Ihrem Anwalt!«
Adnan sah auf seine Armbanduhr. Dann erzählte er, als wäre er nicht Augenzeuge gewesen, sondern Zuschauer eines Kinofilms: »Der Armanityp stand an dem heruntergelassenen Autofenster bei der Frau. Ich habe gehört, wie sie zu dem Kerl sagte, dass er sie zum Flughafen fahren soll. Er darauf: Jetzt schon? Der Flug geht doch erst am Abend. Sie, so richtig von oben herab: Tun Sie, was man Ihnen sagt, dafür bezahlt Sie Ihr Chef ... Alles auf Türkisch übrigens ... Muss was Besseres sein, die Dame. Dann er wieder: Wie Sie wollen. Steigt ein und fährt im fetten Mercedes los. Bevor er Gas gibt, wirft er seinen Strohhut aus dem Fenster.«
Er kramte aus einer der Taschen den zusammengeknüllten Hut und reichte ihn dem Kommissar. Demirbilek nahm ihn und warf ihn in die Ecke.
»Das erzählen Sie erst jetzt?« Demirbilek kontrollierte die Uhrzeit. Es war halb sechs. »Hat sie gesagt, wann sie fliegt?«
»Nein.« Adnan grinste wie ein unartiger Junge, der einen von langer Hand geplanten Streich erfolgreich zu Ende brachte. »Aber ich habe im Internet nachgesehen, dachte mir schon, dass Sie sie sprechen wollen. Turkish Airlines fliegt um neunzehn Uhr zweiundzwanzig. Die Lady fliegt nicht Lufthansa, wenn Sie mich fragen.«
Demirbilek überlegte kurz. Dann ließ er sich über die Zentrale

mit der Polizeidirektion am Flughafen verbinden. Es gab an dem Abend zwei Maschinen nach Istanbul. Die eine, wie Adnan angegeben hatte, der spätere Flug um halb zehn. Nach dem Telefonat vergewisserte er sich nochmals auf seiner Armbanduhr. Sie konnten es schaffen. Er griff wieder zum Telefon, um den Bereitschaftsdienst zu verständigen, als die Tür geöffnet wurde. Pius Leipold trat ein.
»Zeki, ich muss dich sprechen.«
»Um was geht's?«, fragte der Kommissar mit dem Hörer in der Hand.
»Um die Bierkönigin.«
Demirbilek stutzte. Warum sollte sich Leipold über seinen Fall mit ihm austauschen? Seine professionelle Neugier war jedoch leicht zu wecken. »Ich muss zum Flughafen. Fahr mit, wir können im Auto reden.«
Danach wandte er sich dem Hausmeister zu: »Und Sie kommen auch mit und identifizieren die Frau.«
Der Fahrer, den er von der Beschreibung her als Süleyman Bayraks Assistenten ausmachte, interessierte ihn nicht. Meist waren Frauen die spannenderen Menschen. Diese Lebensauffassung bewahrheitete sich in Demirbileks Leben immer wieder, beruflich wie privat.

29

Mit zufriedenem Gesicht saß Demirbilek hinten im Streifenwagen neben Leipold, der irritiert an seinem Ohrring zupfte, weil sein Kollege seinen rechten Schuh auszog. Er entledigte sich auch des Strumpfes und massierte mit sichtlichem Wohlbehagen seinen Fuß. Den Streifenwagen lenkte mit gelassener Gleichgültigkeit ein uniformierter Beamter. Die Nadel der Geschwindigkeitsanzeige variierte zwischen hundertsechzig und hundertachtzig. Der Verkehr auf der Autobahn Richtung Flughafen war dicht. Wie immer. Auf Höhe der rot strahlenden Allianz Arena öffnete Leipold das Fenster, um frische Luft hereinzulassen.
Demirbilek verstand den Hinweis und zog den Strumpf und seinen schwarzen Halbschuh wieder an. Sobald das Fenster geschlossen war, wies er den Fahrer an, die lärmende Sirene auszuschalten. Sie hatten genügend Zeit bis zum Abflug der Maschine. Der Fahrer tauschte über den Rückspiegel einen verärgerten Blick aus, schaltete die Sirene ab und setzte den Blinker. Auf der rechten Spur hielt er sich an die Geschwindigkeitsbegrenzung. Demirbilek amüsierte sich über seinen gelangweilten Gesichtsausdruck, als Leipold von den Ergebnissen der Spurensicherung in seinem Fall zu erzählen begann.
Wie es seine Art war, wunderte sich der Sonderdezernatsleiter nicht, recht behalten zu haben, was den Tathergang beim Tötungsdelikt Manuela Weigl betraf. Leipold ließ ihn auch wissen,

dass das Opfer entgegen ihrer Annahme doch einen Freund hatte. Herkamer hatte das bei der Befragung der besten Freundin der Ermordeten herausgefunden. Ihrer Aussage nach hatte der Freund die Beziehung beendet. Weigl soll darüber sehr niedergeschlagen gewesen sein, weil sie geglaubt hatte, ihren Traummann gefunden zu haben.

»Und wer ist der Freund?«

»Da wird es komisch. Die Freundin wollte den Namen erst nicht nennen, weil sie es Manuela versprochen hatte. War wohl eine geheime Liebschaft.«

»Was ist jetzt daran komisch? Wäre nicht die erste heimliche Affäre.«

»Ja, schon. Aber er ist nicht verheiratet und hat auch sonst keine feste Partnerin, meinte die Freundin.«

Demirbilek runzelte die Stirn. Das war tatsächlich komisch. »Hat er auch einen Namen, der heimliche Freund?«

»Florian Dietl, dreiunddreißig Jahre. Polizeilich nicht registriert. Er ist Inhaber einer Marketingagentur für Bier.«

»Das gibt es?«

»Gibt es was, was es nicht gibt?«, meinte Leipold. »Dietl war bei der Abschlussveranstaltung auf dem Bierfestival. Derzeit ist er nicht auffindbar.«

»Warum er Schluss gemacht hat, wusste die Freundin nicht?«

»Nein, sie hat Manuela angerufen, weil sie sich krankgemeldet hatte. Aber das Opfer wollte nicht reden. Sie hatte sich in ihrem Appartement verkrochen. Laut Autopsiebericht war es nicht nur das gebrochene Herz. Sie war wirklich krank. Irgendein Grippevirus. Aber nichts Schlimmes.«

»Merkwürdig, oder?«, fragte Demirbilek mit Blick aus dem Fenster. Sie überholten gerade einen Bierlaster. Wie passend, sinnierte der Kommissar.

»Was ist jetzt schon wieder merkwürdig, Zeki? Kannst du nicht mal in ganzen Sätzen denken?«
Adnan, der sich auf dem Beifahrersitz wohl fühlte wie auf einem Betriebsausflug, drehte sich grinsend um. Ihn amüsierte allem Anschein nach das Gespräch der ungleichen Ermittler.
»Zu Ihnen komme ich gleich!«, stutzte ihn Demirbilek zurecht. Er empfand sein Grinsen als anmaßend. Außerdem fühlte er sich plötzlich wieder matt und erschöpft. Hunger und Durst meldeten sich zurück, obwohl er sich ausgeruht hatte. Widerwillig schluckte er Speichel herunter, um seinen Körper auszutricksen. Manchmal half das. Manchmal auch nicht. Die letzten Stunden waren immer die härtesten. Im Geiste stellte er sich einen Marathonläufer vor, der die letzten Kilometer hechelte, angetrieben von der Vorstellung, nach dem Zieleinlauf erschöpft auf den Boden zu fallen.
»Merkwürdig ist, dass Manuelas Kollegen in der Brauerei nichts von einem Freund wussten. Am Arbeitsplatz spricht man über solche Dinge. Ihr habt doch nachgefragt, oder?«
»Natürlich!«, schoss es erbost aus Leipolds Mund. »Warum die Heimlichtuerei, weiß ich auch nicht. Jedenfalls ist ihr Ex-Freund ledig. Vielleicht hatte er ja mehrere Freundinnen gleichzeitig.«
»Und deshalb wolltest du mit mir reden?«
»Du hast doch gesagt, du interessierst dich für meinen Fall!«, antwortete Leipold gekränkt. Seinen eigentlichen Grund behielt er für sich. Er hatte auf eine passende Gelegenheit gehofft, sich für seine unnötige Bemerkung über Selma zu entschuldigen.
Indessen hatte Demirbilek Leipolds Bericht abgehakt und klopfte mit dem Zeigefinger auf Adnans Schulter. Der Hausmeister drehte den Kopf nach hinten. Leipold lehnte sich zurück und hörte aufmerksam zu; er war von Demirbilek vor der Abfahrt zum Flughafen auf den neuesten Stand seiner Ermittlungen gebracht worden. Da Demirbilek kein schlüssiges Bild des ertrunkenen

jungen Mannes hatte, versuchte er, mit einer allgemeinen Frage eine Idee von dessen Charakter zu bekommen.

»Erzählen Sie mir, was Ömer für ein Mensch war. Er hat ja Film studiert an der Hochschule.«

»Wie meinen Sie das? Als Mensch?«

»Sie haben sicher mit ihm geredet. Wie war er da?«, ergänzte er behutsam.

Jetzt verstand der Mann, der mit seiner Kappe vorgab, aus New York zu sein. »Ruhig, nett. Mehr ein Intellektueller, glaube ich.«

Demirbilek dachte an die Hollywoodfilme im Regal. Hätte er als Intellektueller nicht Kunstfilme bevorzugt? »Was meinen Sie mit intellektuell?«

»Der konnte nicht mal seinen Schreibtisch zusammenbauen. Als er vor drei Monaten eingezogen ist, habe ich die Regale und den Tisch zusammengeschraubt. Seine Eltern hatten ja Schiss um ihren Sohn.«

»Deshalb die hundert Euro extra?«, fragte Demirbilek nach.

»Dafür sollte ich Augen und Ohren offen halten. Ihm unter die Arme greifen, damit er sich in München zurechtfindet. Mehr war da nicht.«

Demirbilek verkniff sich die Bemerkung, dass sich die elterliche Zuwendung nicht gelohnt hatte. Er beobachtete, wie Adnan betroffen schluckte. »Dass er in einem Brunnen mitten in der Stadt ertrunken ist. Das ist unvorstellbar.«

Demirbilek wartete. Er wollte dem schlechten Gewissen des Hausmeisters Zeit geben, sich zu entfalten.

»Haben Sie eine Ahnung, ob er an einem Film gearbeitet hat?«

»Film? Meinen Sie, wegen der Videokamera? Der ist immer mit so einem winzigen Ding herumgelaufen, meinen Sie das? Keine Ahnung, was er damit aufgenommen hat.«

Demirbilek stellte die Vermutung an, Bayraks Assistent habe

nicht nur den Computer, sondern auch die Kamera aus Ömers Zimmer an sich genommen.

Adnan drehte sich nach vorne und grübelte laut: »Ömer hat mich zwei oder drei Mal angerufen, weil er was brauchte.«

»Sehen Sie mich an, wenn Sie mit mir reden.« Demirbilek wartete, bis Adnan sich ihm wieder zugewandt hatte. »Und was?«

»Nichts Besonderes.«

»Denken Sie daran, was Ihr Anwalt gesagt hat. Zeigen Sie sich kooperativ«, warnte Demirbilek eindringlich.

»Einmal wegen des Wasserhahns im Badezimmer«, antwortete Adnan prompt und überlegte weiter. »Dann hat er mal geklopft wegen seiner Freundin mit den gefärbten Haaren. Das war die Einzige, die ihn besucht hat.«

Er meint die Frau, die sich umgebracht hat, da war sich Demirbilek sicher. »Ja, und?«

»Die war schräg. Ich glaube, die war auf Drogen.«

»Schön, und weiter?«

»Er hat nach einer Flasche Wein gefragt. Für sie, nicht für sich selbst. Er hat ja nicht getrunken.«

Der Dritte, der das aussagt, zählte Demirbilek.

»Was noch? Denken Sie nach!«, drängte er weiter.

»Ach ja«, rief Adnan aus. »Er hatte mich gebeten, ein Paket für ihn aufzugeben, er war spät dran wegen der Arbeit. Er hat doch in der Brauerei gejobbt.«

»Wann war das?«

»Am Mittwoch.«

»Er ist in der Nacht zum Donnerstag ertrunken. Was war das für ein Paket?«

Adnan hielt die Handflächen auseinander. »Nicht groß, wäre billiger als Päckchen durchgegangen. Er wollte es aber versichern. Deshalb als Paket.«

»An wen war es adressiert?«
»An sich selbst, also an die Adresse seiner Eltern in der Türkei.«
»Wo haben Sie es aufgegeben?«
»Ich nicht. Meine Frau wollte das erledigen.«
»Rufen Sie sie an. Wir brauchen das Paket.«
»Mein Handy haben Sie doch.«
Das stimmte, besann sich Demirbilek und kramte es aus seiner Sakkotasche.
»Ich erledige das selbst. Unter welchem Namen ist sie abgespeichert?«
»Gülüm.«
Nicht gerade einfallsreich, den Kosenamen »meine Rose« zu verwenden, fand Demirbilek und telefonierte mit der Frau des Hausmeisters in türkischer Sprache. Am Ende gab er Leipold Zeichen, eine Nummer zu notieren.
»Das ist die Paketnummer. Sie hat es erst am nächsten Tag zur Post gebracht. Ruf Vierkant an«, befahl er.
Leipold klemmte sich, ohne zu murren, ans Telefon und beauftragte sie, das Paket mit Hilfe der Sendungsverfolgung zu suchen und es sicherzustellen.
Demirbilek hing seinen Gedanken nach. Die unbekannte Geschäftsfrau, wegen der sie zum Flughafen unterwegs waren, musste in irgendeiner Weise mit Bayrak zu tun haben. Warum sonst sollte sein Assistent sie fahren? Dann tippte er den Beamten an und deutete auf den Einschaltknopf des Martinshorns.

30

Sie wartete in der Lounge für Businessreisende auf ihren Abflug, aufrecht auf einem lederbezogenen Sitzmöbel sitzend, die Beine übergeschlagen, und schleckte mit der Zunge den Rest des Schaumes aus einem Glas Espresso macchiato. Die schwarzen Augen flogen über das Display eines Tablets auf ihrem Schoß. Demirbilek beobachtete sie, während der Hausmeister die Frau aus dem Mercedes identifizierte. Adnan war sich absolut sicher, sie wiedererkannt zu haben, so dass Leipold auf Demirbileks Anweisung hin den Zeugen zur S-Bahn-Station brachte. Demirbilek unterdrückte ein Gähnen. Im Vorraum der Lounge informierten zwei Beamte der Polizeidirektion Flughafen die Dame an der Empfangstheke darüber, einen ihrer Passagiere sprechen zu wollen. Um kein Aufsehen zu erregen, unterbreitete sie eine an und für sich sinnvolle Idee.
»Sind Sie einverstanden, wenn ich die Dame aus der Lounge hole?«, fragte sie freundlich.
Die Polizisten vergewisserten sich bei Kommissar Demirbilek. Er nickte und beobachtete weiter, wie die Frau in klassischem Businessoutfit das Glas abstellte. Er konnte von seinem Standpunkt aus nicht erkennen, was sie vorgab, tiefenentspannt zu lesen. Er selbst hatte den Eindruck, als sei sie innerlich mit ganz anderen Dingen beschäftigt. Sie blickte ein weiteres Mal ungeduldig auf ihre Uhr. In zwanzig Minuten begann das Boarding.

Zu seinem Erstaunen konnte er Bayrak nicht in der Lounge entdecken. Vielleicht kam er auf den letzten Drücker, wie es sich für Geschäftsleute seines Kalibers gehörte, überlegte der Kommissar.
Das Öffnen der automatischen Glastür holte ihn aus seinen Gedanken. Leipold schlurfte in den Vorraum.
»Ich habe es bei Bayrak probiert. Er geht nicht ans Handy«, erzählte er. »Und was ist mit ihr?«
Gemeinsam verfolgten die beiden Polizisten, wie die Dame vom Empfang sie mit einem besonders freundlichen Lächeln ansprach. Der Geschäftsfrau war nicht anzumerken, ob sie überrascht war. Sie nickte wohlwollend zurück und schob das Tablet in die Schutzhülle. Dann legte sie es auf die Ablage und erhob sich. Erleichtert kehrte die Empfangsdame in den Vorraum zurück.
»Sie sucht die Toilette auf, sie ist gleich bei Ihnen«, gab sie bekannt und nahm ihren Platz hinter der Theke wieder ein.
Leipold zuckte mit den Achseln in Richtung Flughafenpolizisten. Da war Demirbilek schon unterwegs. Er hatte gesehen, wie die Geschäftsfrau nach ihrem Trolley griff und sich mit unübersehbarer Nervosität davonmachte.
Der Aufschrei der zwei Frauen, die gerade im hellerleuchteten Waschbereich der Damentoilette die Lippen nachschminkten, war nicht laut. Aber schrill. Mit hochgestrecktem Dienstausweis beruhigte er die Frauen und forderte sie auf, die Toilette zu verlassen.
Der Raum war groß. Sphärische Klänge sorgten für Wellnessatmosphäre. Die Fluggesellschaft verwöhnte seine Topkundinnen mit Pfirsich-Odeur. Demirbilek wähnte sich im Obstgarten, als er die Geschäftsfrau mit Handy am Ohr auf ihrem Trolley sitzend erblickte. Offenbar wollte sie ungestört telefonieren. Als sie den fremden Mann im Anzug bemerkte, schien sie daraus zu

schließen, es handele sich um einen der angekündigten Polizisten. Sie schaltete ihr Smartphone aus und drehte den Kopf zu der sich öffnenden Tür. Wieder tauchte ein Mann in der Damentoilette auf, als wäre es eine Selbstverständlichkeit. Leipold nickte mit schuldvoller Miene; er hatte eine Weile mit sich gerungen, bis er seinem Kollegen in die Damentoilette folgte.
»Raus hier!«, schimpfte er. »Wir warten draußen, bis die Dame fertig ist.«
Demirbilek dachte nicht daran, sich beirren zu lassen. Er fixierte die Frau. Sie kramte in aller Ruhe in ihrer Handtasche. Das wenige an Haut, was er zu sehen bekam, war braungebrannt, wie der Hausmeister ausgesagt hatte, er schätzte sie auf Ende vierzig. Auf Demirbilek strahlte sie mit ihrem leicht fülligen Körper eine orientalische Erotik aus. Das Bild verklärter Malereien von Haremsdamen flackerte kurz in Gedanken auf. Er betrachtete sie weiter, bis sie einen Reisepass in der Hand hielt.
»Ich bin Dr. Nihal Koca«, sagte sie in gestochen scharfem Deutsch und hielt ihm ihren Diplomatenpass entgegen. »Konsulin der Türkischen Republik. Ich genieße, wie Sie sicher wissen, diplomatische Immunität. Nach Ihrem beispiellosen Verhalten ziehe ich meine Bereitschaft zurück, mich mit Ihnen zu unterhalten.«
Bei jedem anderen hätte der Immunitätsstatus für ein Innehalten gesorgt. Nicht aber bei Zeki Demirbilek. Statt den Pass selbst zu untersuchen, nahm er ihn aus ihrer Hand und reichte ihn, ohne einen Blick darauf zu werfen, an Leipold weiter.
»Überprüf das. Und lass dir Zeit«, sagte er in einem Befehlston, der bewusst zum Ausdruck brachte, Leipolds Vorgesetzter zu sein. »Am besten erledigst du das vor der Tür. Frau Koca und ich unterhalten uns derweilen ein wenig.«
Die Diplomatin sprang auf, um den rüpelhaften Mann zur Rede

zu stellen, besann sich aber, weil sie Sorge hatte, der selbstsichere Türke würde sie mit seinen Augen in Stücke reißen.

Leipold hatte ebenfalls Sorgen. Er witterte Ärger auf sich zukommen. Ärger aber wollte Leipold nicht. Das entsprach nicht seinem Naturell – ganz anders wie bei seinem bedenkenlos streitsuchenden Kollegen. Gewiss würde es eine Konfrontation mit Kommissariatsleiter Weniger geben, wenn es schlechter liefe, käme der Ärger von noch weiter oben, befürchtete Leipold. Verunsichert kontrollierte er das Foto in dem Diplomatenpass. Wie Demirbilek stellte auch er Überlegungen über ihr Aussehen an. Für ihn war eine attraktive Frau eine wie seine Gattin oder die getötete Manuela. Blond, langhaarig, schlank. Der füllige Eindruck, die stämmigen Waden, eingezwängt in hautfarbene Strümpfe, und der durch die zugeknöpfte weiße Bluse weggesperrte Busen bedienten in keiner Weise seine erotischen Idealvorstellungen. Es dauerte weitere Sekunden, bis ihn der Name im Pass an etwas erinnerte. Er stutzte unmerklich. Dann flüsterte er Demirbilek ins Ohr, dass der Name auf Bayraks Investorenliste aufgeführt war. Anschließend kam er seiner Aufforderung nach und begab sich vor die Tür.

31

Der Polizist stützte sich mit dem Rücken an dem Waschtisch ab und verschränkte seine Hände über dem Bauch. Dazu lächelte er auf eine verbindliche Art, als würde er mit ihr intime Geheimnisse teilen oder hätte sie auf frischer Tat ertappt. Nur bei was?, fragte sich die Diplomatin.
Ein absurder Gedanke drang zur selben Zeit in Demirbileks Vorstellungswelt. Möglicherweise hervorgerufen durch den Pfirsichduft, stellte er sich eine Wiese vor. Er und die Diplomatin standen sich als Ringer gegenüber, am ganzen Körper mit Olivenöl eingeschmiert, beide mit Schurz um die Hüften und freiem Oberkörper. Nach den Regeln des türkischen Nationalsports fielen sie übereinander her, um mit einem Schulterwurf den Gegner zu besiegen.
Leipolds Stimme brachte ihn in die Realität zurück; er lag im Streit mit einer Passagierin, die lauthals in die Toilette wollte. Demirbilek blieb ruhig. Genau wie Koca. Sie beäugten sich gegenseitig. Beide schienen eine gewisse Sympathie füreinander zu empfinden. Nach einer Weile holte sie ein Zigarettenetui aus der Handtasche. Demirbilek beobachtete unbeeindruckt, wie sie eine Ultradünne in den Mund steckte. Er hatte lange nicht mehr an Frederike, seine zweite geschiedene Ehefrau, gedacht. Jetzt erinnerte er sich an den Tag, an dem sie gemeinsam mit dem Rauchen aufgehört hatten. Während er seitdem gegen die Sucht ankämpfte, hatte sie nach ihrer Trennung wieder angefangen. Frederike

rauchte dieselben Ultradünnen wie die Frau vor ihm. Das Feuerzeug klickte laut in dem gekachelten Raum. Die Flamme war klein, reichte aber aus, um die Zigarette in Brand zu setzen. Sie blies den kaum sichtbaren Rauch, ohne zu inhalieren, zwischen ihre Lippen. Sie paffte. Wie albern, dachte der Kommissar und bereitete dem Schweigen ein Ende.
»Was haben Sie mit Ömer Özkan zu tun, Frau Koca?«
»Ich konnte Ihren Namen auf dem Ausweis nicht lesen«, erwiderte sie ruhig.
»Zeki Demirbilek. Es genügt, wenn Sie mich Herr Kommissar nennen oder *Komiser Bey*. Wie es Ihnen beliebt, Frau Konsulin«, erklärte er in schmeichelndem Ton.
»Danke, *Komiser Bey*. Selbst wenn ich jemanden mit dem Namen kennen würde, wären Sie der Letzte, dem ich das sagen würde«, entgegnete sie ebenso freundlich.
Dann stand sie auf. Sie drückte die kaum gerauchte Zigarette im Waschbecken aus und spülte die Asche mit Wasser weg. Danach stellte sie sich zum Kommissar. Schulter an Schulter.
»Aber Süleyman Bayrak kennen Sie«, stellte Demirbilek fest.
»Süleyman *Bey?* Natürlich. Seinetwegen bin ich nach München gekommen. Ohne meine Teilnahme hätten sich nicht halb so viele Investoren eingefunden. Ein tüchtiger Geschäftsmann«, gab sie ohne Federlesens zu.
»Dann können Sie mir sicher sagen, was er mit der Mingabräu vorhat?«, fragte Demirbilek, der noch immer im Trüben fischte, was den Zusammenhang der beiden Opfer betraf. Das einzige verbindende Element war die Brauerei.
»Warum fragen Sie das mich?«
»Weil ich nicht verstehe, warum ein türkischer Großbrauereibesitzer eine unbedeutende bayerische Brauerei kauft ... und welche Rolle Sie dabei spielen, Frau Konsulin.«

Koca schmunzelte. »Das fragen Sie ihn am besten selbst.«
In dem Moment erfüllte eine sanfte Frauenstimme aus den Lautsprechern den Raum, um die Passagiere über den Einstieg zum Flug nach Istanbul zu informieren. Wie oft in letzter Zeit überkam Demirbilek eine schmerzhafte Sehnsucht nach seiner Geburtsstadt. Und dieses Gefühl rief auch wieder den Gedanken an Selma wach. Es tat weh, dass sie ihm verschwieg, in seiner Nähe zu sein.
»Sie haben denselben Flug wie Herr Bayrak?«
Die Diplomatin zog den Teleskopgriff des Trolleys heraus, bevor sie antwortete: »Wir sitzen sogar nebeneinander.«
»Ich weiß um die kompromittierenden Aufnahmen auf Ömers Computer«, konfrontierte Demirbilek sie im Plauderton weiter.
Falsche Behauptungen, hatte der Kommissar im Laufe seiner Dienstjahre für sich festgestellt, konnten ein probates Mittel sein, um der Wahrheit auf die Spur zu kommen. Im Grunde seines Herzens empfand er das berufsbedingte Lügen im Rahmen seiner ermittlungstechnischen Arbeit als legitime Waffe gegen das Verbrechen. Täter logen ja auch.
Die Frau reagierte auf seine Behauptung so, wie er gehofft hatte. Sie war für einen Moment irritiert.
»Sehe ich aus, als hätte ich Ahnung von Computern, *Komiser Bey?*«, sagte sie dennoch mit amüsierter Stimme.
»Sie sehen aus, als engagierten Sie Leute, die sich damit auskennen. Der Hausmeister aus der Ismaninger Straße hat Sie und Bayraks Assistenten identifiziert«, erklärte Demirbilek lächelnd.
Die Diplomatin fuhr sich mit der Zunge über ihre Lippen. Als Nervosität vermochte Demirbilek die unbewusste Geste nicht zu interpretieren. Ein Ausdruck der Überraschung, das schon eher. Sie kontrollierte im Spiegel ihr Aussehen, dann reichte sie ihm die Hand. Demirbilek nahm sie und spürte, wie warm und weich sie war.

»Entschuldigen Sie mich jetzt bitte. Ich darf meinen Flug nicht verpassen. Morgen habe ich mit Süleyman *Bey* und ausgewählten Vertretern der Wirtschaft ein Treffen beim Staatspräsidenten.«
»Richten Sie dem Präsidenten Grüße aus«, sagte Demirbilek gutgelaunt und löste seine Hand. Dann ging er vor zur Tür und hielt sie auf.
»*Iyi yolculuklar* … Gute Reise. Und grüßen Sie mir Istanbul«, verabschiedete er sich in der Gewissheit, das erreicht zu haben, was unter den Umständen zu erreichen war: Die Diplomatin hatte zu spüren bekommen, dass sie ein Problem hatte und dass mit demjenigen, der ihr Probleme bereitete, nicht zu spaßen war.
Leipold stand draußen nach wie vor Schmiere und drückte Koca mit einer entschuldigenden Geste den Diplomatenpass in die Hand. Sie neigte den Kopf zum Dank und folgte zügig den Wegweisern zu den Gates. Die beiden Polizisten sahen ihr hinterher.
»Was von Bayrak gehört oder seinem Assistenten?«, erkundigte sich Demirbilek.
»Nein. Bayrak hat noch nicht eingecheckt. Vom Assistenten keine Spur.«
»Lass uns zum Gate gehen. Vielleicht treffen wir ihn dort. Irgendwas haben die beiden miteinander zu schaffen.«
»Du glaubst, die vögeln miteinander?«, fragte Leipold unverblümt.
»Warum nicht? Sie sieht ja gut aus«, meinte Demirbilek verwundert.
»Was? Die sieht doch nicht gut aus!«, erwiderte Leipold entrüstet und jagte ihm hinterher.
Auf dem Rückweg durch die Lounge kamen die beiden Polizisten an Kocas Sitzplatz vorbei. Demirbilek entdeckte aus dem Augenwinkel ihr Tablet, das sie offenbar auf der Ablage vergessen hatte.

Die Chance, sagte er sich, darfst du dir nicht entgehen lassen. Er verlangsamte den Schritt, so dass Leipold ihn überholen musste. Unbemerkt von ihm und den wartenden Passagieren griff er nach dem Gerät und steckte es beim Weitergehen wie ein Taschendieb hinten in den Hosenbund und richtete sein Sakko darüber.
Kurze Zeit später erreichten sie das Gate. Vorsorglich hatte Leipold die Kollegen vor Ort über ihre Ermittlungen informiert. Sie passierten problemlos die Kontrollen und kamen gerade noch rechtzeitig, um Koca beim Vorzeigen ihrer Boardkarte zu beobachten. Demirbilek beschloss, das Tablet nach einer eingehenden Untersuchung zurückzugeben. Er war ja nicht schuld daran, dass sie es vergessen hatte, rechtfertigte er sich. Darüber hinaus wunderte er sich, warum Bayrak nicht auftauchte. Was für einen triftigen Grund konnte es geben, eine Verabredung mit dem türkischen Staatspräsidenten zu versäumen? Ihm fiel keiner ein. Ebenso wenig ein Grund dafür, warum Selma ihn nicht sehen wollte.

32

Nach der Rückkehr zum Präsidium verständigten sich Demirbilek und Leipold, am Montag über das weitere Vorgehen zu sprechen. Leipold blickte ihm hinterher, wie er Richtung U-Bahn aufbrach, als ihm einfiel, seiner Frau nicht Bescheid gegeben zu haben, dass es später werden würde. Mit dem Auto benötigte er zwanzig Minuten nach Sendling. Die Leipolds wohnten in einer Erdgeschosswohnung zur Miete. Sohn Max zählte fünf Jahre und war wie sein Vater eingefleischter Sechziger-Fan. Töchterchen Sophie war zwei Jahre jünger, sie liebte alles, auf dem das Hello-Kitty-Kätzchen funkelte. Leipolds Ehefrau Elisabeth arbeitete seit der Geburt des ersten Kindes halbtags in einer Sparkassenfiliale als Kundenbetreuerin.

Dass er die Wohnung leer vorfand, überaschte Leipold nicht sonderlich. Nur der Zettel auf dem Küchentisch ärgerte ihn. Es war derselbe, den Elisabeth vor zwei Wochen, als er wie am heutigen Samstag länger arbeiten musste, zurückgelassen hatte. Kein Wunder, dass der Streit am Morgen heftiger ausfiel als sonst. Sie hatte sich nicht einmal die Mühe gemacht, eine neue Nachricht zu schreiben. Natürlich war sie mit den Kindern zur Oma nach Oberammergau gefahren. Wie immer, wenn sie gestritten hatten. Das Licht im Badezimmer brannte. Er löschte es und betrat die Küche. Für den oberbayerischen Charme war Leipold selbst verantwortlich. Er mochte es gemütlich. Rustikale Ecksitzbank

mit integrierter Polsterung. An den Wänden hingen Schränke aus dunklem Holz. Ein Erbstück seiner verstorbenen Eltern. Bis auf den Herd und den Kühlschrank hockte er in der Küche seiner Kinder- und Jugendzeit. Er holte aus dem Schubfach für Getränke eine Flasche Bier und öffnete sie mit dem Einwegfeuerzeug.
Nach zwei Schlucken war die Flasche halbleer und sein Hunger vergessen. Er überlegte, Herkamer oder Stern oder beide anzurufen. Tat es aber nicht, er brauchte noch, bis er ihnen verzeihen konnte, ihn auf dem Bierfestival im Stich gelassen zu haben. Entnervt öffnete er das Küchenfenster und zündete einen Zigarillo an. Der erste Zug ging so tief in die Lungen, dass er husten musste. Elisabeth würde den Rauch riechen, wenn sie rechtzeitig zur Tagesschau nach Hause kam. Die Vorwürfe, die sie ihm machen würde, waren so sicher wie das Amen in der Kirche. Doch das war ihm egal.
Er trank in drei weiteren Schlucken den Rest des Bieres aus und öffnete eine zweite Flasche. Kühl gelagert. Nicht zu kalt. Nicht zu warm. Acht Grad Celsius. Ideale Trinktemperatur. Deshalb der Kühlschrank mit extra Getränkefach, eigentlich Bierfach, schmunzelte er, während er auf der Eckbank Platz nahm. Mit Wehmut dachte er an den Betriebsausflug vor zwei Jahren. Die Bierwanderung war seine Idee gewesen. Vom fränkischen Örtchen Aufseß aus, das sich rühmte, die meisten Brauereien pro Kopf weltweit zu zählen, ging es über moderate Wanderwege von einer Kellerbrauerei zur nächsten. Bei den Gedanken an die süffigen, trüben Biersorten schmeckte das Bier aus der Flasche plötzlich anders. Nicht schlecht. Aber industriell. Dem bayerischen Kommissar kam die tote Manuela in den Sinn. Dann das Bierfestival. Die Biersorten, die er verkostet hatte, waren interessant gewesen. Mehr nicht. Er mochte Bier in reinster Form am

liebsten. Bier war schon was Besonderes, schwärmte er, einfach, klar und ehrlich. Ein Gottesgeschenk.
Er trank das Bier aus und stand auf, um sich auf der Toilette zu erleichtern. Seine Gedanken schweiften dem Anlass gemäß zu dem Dixi-Klo ab. Er dachte an Isabel mit ihren langen Haaren, daran, wie er und Zeki sie als Leiche für die Rekonstruktion durch den Park getragen hatten. Plötzlich war ihm danach, sie zu sehen.
Zurück in der Küche, öffnete er die dritte Flasche, nahm einen kräftigen Schluck und wählte ihre Handynummer.

33

Auch Isabel Vierkant fand ihre Wohnung leer vor. Aber nur dem Anschein nach. Ihr Ehemann Peter arbeitete in seinem Büro an einem dringenden Projekt. Sie war sich nicht einmal sicher, ob er registriert hatte, dass sie weg gewesen war.
Peter verdiente seinen Lebensunterhalt als freier Programmierer. Computerfreaks wie er hatten eigene Vorstellungen von Zeit. Und, auch das wusste Vierkant aus eigener Erfahrung, sie pflegten ein sonderbares Verhältnis zu häuslicher Sauberkeit. Doch Vierkant machte es nichts aus. Sie hatte irgendwann den Samstag zum Putztag auserkoren. Als sie nach einer Stunde einigermaßen zufrieden war, ging sie in die Wohnküche und bereitete Käse- und Wurstbrote vor. Nach Kochen, wie am vergangenen Abend, war ihr nicht zumute. Sie betrat Peters Arbeitszimmer, gab ihm einen Schmatz auf die Stirn und stellte den Teller mit den Broten ab. Er bedankte sich mit einem angedeuteten Kuss. Seinen in sich gekehrten Gesichtsausdruck nahm sie nur verschwommen über die Monitorspiegelung wahr. Sanft strich sie ihm über die unrasierte Wange und ließ ihn weiterarbeiten.
Die Qualität ihres Abendprogramms hing nun einzig und allein davon ab, was im Fernsehen lief. Sie legte sich auf das Sofa, drückte zwei Kissen auf den Bauch und betätigte das ausrangierte Smartphone, das ihr Mann zur Universalfernbedienung umgewandelt hatte. Mitten im ersten Durchgang durch die zweiund-

vierzig Fernsehkanäle klingelte ihr Telefon. Das Handy lag auf dem Wohnzimmertisch neben dem Glas Wein, das sie sich eingeschenkt hatte. Sie hob sofort ab.
»Pius, was gibt es?«, fragte sie erstaunt. »Heute arbeite ich nicht mehr.«
»Nein. Ich wollte dich doch einladen, deshalb.«
Vierkant verdrehte die Augen. »Auf ein Bier?«, fragte sie ungewollt entsetzt.
An ihrem Entsetzen hatte Leipold keine Schuld, sondern die Unterhaltungsshow des öffentlich-rechtlichen Senders. Dort lüpfte gerade eine prominente Sängerin das Oberteil, um ihren Bauchnabel in die Kamera zu halten. Frisch vernarbte Brandspuren bildeten um den Nabel herum Sonnenstrahlen. Vierkant und Millionen Zuschauer wurden informiert, dass sich diese Art der Körperverzierung Branding nannte. Die Sängerin teilte intimste Geheimnisse mit ihr. Wie es ihrem Kollegen Pius ging, wusste sie dagegen nicht.
»Warte mal«, sagte sie in den Hörer und legte das Handy ab.
Bevor sie es zum Büro ihres Mannes geschafft hatte, um ihm zu sagen, dass sie ausgehen werde, klingelte es erneut. Dieses Mal an der Wohnungstür. Was ist denn heute bloß los?, fragte sich Isabel und öffnete die Tür. Zeki Demirbilek stand davor.
»Hast du das Paket aufgetrieben?«, fragte er, ohne zu grüßen.
»Wenn, hätte ich mich gemeldet, das wissen Sie doch. Morgen weiß ich hoffentlich mehr. Ist schwierig. Postgeheimnis.«
Demirbilek nickte. Er war sicher, Vierkant würde es irgendwie schaffen, an Özkans Paket zu kommen.
»Ist dein Mann zu Hause?«, wollte er dann wissen.
»Ja, wieso?«, antwortete sie verblüfft.
»Ich wollte ihn um einen Gefallen bitten.«
Vierkant zögerte. Er muss einen guten Grund haben, wenn er zu dir nach Hause kommt, dachte sie.

»Kommen Sie herein.«
Da fiel ihr Leipold am Telefon ein, sie eilte in das Wohnzimmer zurück. Demirbilek trat ein und sah sich um. Kurz darauf erschien Peter. Er gähnte ausgiebig und begrüßte den Chef seiner Frau. Sie waren sich mehrfach begegnet, als er Isabel im Präsidium abgeholt hatte.
»Ich dachte, sie hat das Wochenende frei?«
»Keine Sorge. Ich bin wegen Ihnen gekommen.«
»Meinetwegen?«, fragte er überrascht.
Demirbilek hielt ihm Kocas Tablet entgegen. »Damit kenne ich mich nicht aus. Es hat Passwortschutz.«
Neugierig nahm Peter das Gerät entgegen und schaltete es ein.
»Dokumente und Mails interessieren mich«, erklärte Demirbilek.
»Habt ihr nicht eine IT-Abteilung für solche Aufgaben?«, erwiderte er und sah zu seiner Frau, die mit dem Handy zurückkam.
»Herr Demirbilek möchte rein privat wissen, was da drauf ist. Zeit, um Formulare auszufüllen, hat er nicht, oder?«, half sie aus.
»Ich hätte es nicht besser ausdrücken können«, bestätigte er.
Peter atmete tief aus. »Gut, ich brauche ohnehin eine Pause. Komme gerade nicht weiter mit dem Programmieren. In zwei Stunden, okay?« Er gab Isabel einen Kuss und verschwand mit dem Tablet unter dem Arm ins Badezimmer.
»Dürfen Sie schon was essen und trinken?«, fragte Vierkant.
»Bald, warum?«
»Was dagegen, wenn wir Pius treffen?«
»Warum sollte ich?«, erwiderte er. In Gesellschaft verging die Zeit schneller. Zwar in guter besser als in schlechter, aber das war dem hungernden Kommissar einerlei.

34

Es wäre gegen Leipolds Natur gewesen, ohne Murren Demirbilek auch in privater Gesellschaft zu ertragen, statt Vierkant allein zu sehen. Allerdings wich seine gereizte Stimmung bereits nach dem ersten Weißbier. Die bayerische Wirtschaft im Westend bot anständiges Bier und gutbürgerliche Küche, ganz nach seinem Geschmack. Außerdem war ihm aufgefallen, wie höflich der Pascha gefragt hatte, ob er nicht störe. Überhaupt hielt er sich zurück, hörte zu und genoss friedlich seine zweite Portion Reiberdatschi. Nachdem er den letzten Bissen heruntergeschluckt hatte, trank der Migra-Chef einen großen Schluck Wasser. Danach fühlte er sich wie neugeboren und spürte, wie Kraft und Energie den Körper belebten.
»Den ganzen Tag nichts essen und trinken. Das ist doch unmenschlich«, meinte Leipold mit mitleidigem Kopfschütteln.
»Gerade dir würde es nichts schaden, ein wenig kürzerzutreten«, giftete Vierkant mit Blick auf seinen rundlichen Bauch.
»Jaja«, sagte Leipold nur und trank von seinem Bier.
Demirbilek verhielt sich still. Ihm war das Mitleid, das Leipold ihm entgegenbrachte, herzlich egal. Viel spannender empfand er die Art, wie Isabels Ehemann die Gaststätte betrat. Sehr schön, freute er sich, der Mann ist aufgeregt, er hat sicher etwas Verdächtiges entdeckt. Verstohlen wie ein Hehler holte Peter Kocas Tablet unter der Jacke hervor und legte es vor Demirbilek auf den Tisch.

»Bestellen Sie was. Geht natürlich auf mich«, sagte der Kommissar.
Vierkant rückte zur Seite, um ihrem Mann Platz zu machen. Leipold nickte ihm zu. Er kannte Peter von den Weihnachtsfeiern im Präsidium.
»Hast du Zekis Teil da eingerichtet?«, fragte er neugierig.
Demirbilek hatte ihm nicht gesagt, dass er das Tablet der Diplomatin an sich genommen hatte. Peter vergewisserte sich, ob er Leipold antworten sollte, und schwieg vorsichtshalber. Der Kommissar fackelte nicht lange und weihte seinen Kollegen ein.
»Frau Koca hat es in der Lounge liegengelassen.«
Leipolds Mund öffnete sich und blieb geöffnet, bis Vierkant ihm dezent mit dem Ellbogen in die Seite stieß.
»Das ist der Computer der türkischen Diplomatin?«, wollte er wissen, obwohl er ahnte, wie überflüssig die Frage war.
»Sie bekommt ihn zurück.«
»Und wie?«
»Anonym.«
»Wie anonym?«
»Ich lasse ihn am Flughafen abgeben. Was glaubst du, wie viele Handys und Laptops liegen bleiben«, erklärte Demirbilek nun etwas ungehalten. »Hör weg, wenn es dich nicht interessiert.«
Dann wandte er sich Peter zu. »Also, haben Sie was gefunden?«
»Da ist nichts drauf, was der Rede wert wäre«, begann er. »Elektronische Zeitungen und Magazine. Apps. Ein Sudoku-Spiel. Sie nutzt das Ding privat. Alles normal. Bis auf eine Mail, die im Papierkorb nicht gelöscht worden ist.«
»Und?«, hakte Zeki nach. »In welcher Sprache?«
»Türkisch. Es gibt ganz brauchbare Übersetzungsprogramme im Internet.«
»Okay. Was steht drin?«

»Ein Mann namens Bayrak soll in krumme Geschäfte verwickelt sein.«
»Wer hätte das gedacht«, lachte Leipold auf, »das kann ich mir saugut vorstellen! Drogen, oder?«
»Nein, scheint mir eher mit Bier zu tun zu haben. Ganz genau habe ich es nicht verstanden.«
»Haben Sie mir die Mail weitergeleitet?«, fragte Demirbilek.
»Um Gottes willen, nein. Das kann nachverfolgt werden. Ausdrucken wollte ich es auch nicht. Ich habe ein Handyfoto vom Bildschirm gemacht.«
Peter holte das Foto auf das Display.
Demirbilek kniff die Augen zusammen. »Kann ich nicht lesen«, beschwerte er sich. »Zeigen Sie es mir doch auf dem Tablet.«
»Geht nicht. Dazu muss es an meinem Computer angeschlossen sein.«
Dann vergrößerte er das Foto und zeigte es ihm nochmals.
Vierkant und Leipold beobachteten gespannt, wie Demirbilek den Text überflog.
»Und, Zeki, jetzt sag was«, forderte Leipold ungeduldig.
»Nicht Bayrak ist in krumme Geschäfte verwickelt«, erklärte Demirbilek.
»Wer dann?«
»Das steht in der Mail nicht drin. Aber etwas anderes, was interessant ist.«
»Die Passage mit dem *seks?*«, fragte Peter. »In der Computerübersetzung klang das verworren.«
»Die Diplomatin hatte Sex?«, stieß Leipold abschätzig hervor.
Demirbilek sah ihn verärgert an. »Du mit deinem Adoniskörper kannst natürlich nicht glauben, dass eine Frau wie Koca Sex hat.«
Leipold grinste in sein Bierglas und nahm einen Schluck. »Sie ist nun mal nicht mein Typ.«

»Du stehst auf die mit blonden Haaren, oder?«, fragte Vierkant provozierend.

»Ja, genau. Lange Beine braucht es, blonde Haare und einen anständigen Busen. Ist halt so, was soll ich machen?«, gab Leipold zu. »Aber das spielt hier wohl keine Rolle, oder? Was steht jetzt in der Mail? Mit wem hatte sie Sex? Doch nicht mit Bayrak?«

»Geht nicht deutlich hervor, obwohl die Mail an Bayrak adressiert ist. Es geht um Geschäftskontakte nach Dubai und Karten für die Allianz Arena. Das PS ist interessant«, sagte er mit einem für ihn ungewöhnlichen Stirnrunzeln und übersetzte die Passage ins Deutsche. »*Sex kann manchmal durchaus eine Lösung sein, mein Lieber!*«

»Soso«, machte sich Leipold lustig. »Die zwei passen ja hervorragend zusammen. Der Tanzbär und das Nilpferd.«

Dann wankte er kopfschüttelnd zur Toilette. Demirbilek fragte sich, ob er Leipold nachgehen und wegen der dummen Bemerkung über Bayrak und Koca zur Rede stellen sollte. Doch er besann sich auf die Fastenzeit und übte Nachsicht mit seinem Kollegen. Schließlich war ihm sein manchmal allzu derber Humor nicht fremd.

»Peter, zahlen Sie bitte für mich mit. Und danke für die Hilfe.« Er schob einen 20-Euro-Schein unter seinen Bierdeckel.

Beim Aufstehen reichte er Vierkant das Tablet. »Schau du auch mal rein, bisschen rumstöbern kann nicht schaden, und gib es Montagmorgen bei der Fundstelle am Flughafen ab.«

Zurück auf der Straße, atmete Demirbilek durch. Es war spät geworden. Robert würde deshalb wie immer Nachsicht zeigen, da er ohnehin seine Wohnung nebst angeschlossenem Antiquitätengeschäft so gut wie nie verließ. Er freute sich auf ein paar Partien *tavla,* dem türkischen Backgammon.

Auf dem Weg zur U-Bahn-Station überlegte er, welche Konsequenzen die neue Information für die Ermittlungen haben könnte. Natürlich musste das offenbar heimliche Verhältnis der Diplomatin mit dem türkischen Brauereibesitzer nicht zwangsläufig eine Bedeutung haben. Aber die Aufnahmen, die Özkan gemacht haben konnte, ließen ihn daran zweifeln. Was, wenn er die beiden gefilmt hatte? Heimlich? Beide waren verheiratet. Bayrak war ein Freund der Familie. Würde er ihn trotzdem erpressen? Oder hatte er vor, sie zu erpressen? Die Diplomatin. Dann kam ihm in den Sinn, dass die beiden sich eher in einem luxuriösen Hotelzimmer lieben würden als im Büro oder in der Lagerhalle der Brauerei. Kaum hatte er den Gedanken zu Ende gebracht, schalt er sich einen Spießer. Konnte Leidenschaft und Sex nur im Bett passieren? Wohl nicht, wenn er Manuela Weigls Todesumstände in die Betrachtungen einbezog.

35

Seit geraumer Zeit klingelte es Sturm an Zeki Demirbileks Wohnung. Trotzdem brauchte er eine ganze Weile, bis er aus dem Schlaf aufschrak und auf den Wecker starrte. Es war kurz nach halb acht. Er war nach insgesamt neun Partien mit Robert gegen ein Uhr morgens ins Bett gefallen. Im Schneckentempo bauten sich Zekis Gedanken zu einer Erkenntnis zusammen. Er hatte verschlafen. Der Fastentag war längst angebrochen, ohne dass er sich vor Sonnenaufgang gestärkt hatte. Wie sollte er bis einundzwanzig Uhr durchhalten, wenn er nichts getrunken und etwas in den Magen bekommen hatte? Zähne hatte er auch nicht geputzt.

Das penetrante Klingeln wollte nicht aufhören. Zeki schälte sich widerwillig aus seinem Bett, zog den Schlafanzug zurecht – gegen einen Morgenmantel hatte er sich bei beiden geschiedenen Frauen erfolgreich durchgesetzt – und schlüpfte in seine Hausschlappen.

»*Baba*, endlich! Ich läute seit zehn Minuten«, sagte Aydin entnervt an der Tür. »Warum bist du nicht wach?«

»Es ist Sonntag!«, antwortete Zeki verschlafen. Gleichzeitig beruhigte er sich und ließ seinen Sohn eintreten. Es musste etwas passiert sein. Und wo war Jale?

»Mach uns Frühstück, ich komme gleich«, rief er seinem Sohn nach, der durch die Küchentür verschwand.

»Frühstück?« Aydins Kopf kam zum Vorschein. »Fastest du nicht?«

Verdammt, fluchte Zeki in sich hinein. Der Tag verhieß nichts Gutes.

»Dann eben für dich allein. Ich gehe ins Badezimmer.«

Zehn Minuten später hatte er sich gewaschen, den Mund ausgespült, ohne das Wasser zu schlucken, und umgezogen. Er betrat die Küche. Aydin saß am Küchentisch. Ein Häufchen Elend.

»Wie hat es dir Mama damals erzählt?«, fragte sein Sohn unvermittelt.

Zeki verstand, auf was Aydin mit der Frage abzielte. Väterliche Intuition. Außerdem hatte er genau vor Augen, wie sich Jale am Brunnen übergeben musste, dabei war sie hart im Nehmen, wenn es um Leichen ging.

Das Gefühl, wie verzweifelt er selbst gewesen war, als Selma von ihrer Schwangerschaft erzählte, stellte sich bei ihm ein. Damals war er in fast demselben Alter wie Aydin gewesen. Genauso jung, genauso unerfahren.

»Ich mache erst mal *çay* für dich«, schlug Zeki vor, um ihm und vor allem sich selbst Zeit zu verschaffen. Während er überlegte, ob er sich möglicherweise mit seiner Vermutung getäuscht haben konnte, bewegten sich Aydins Lippen.

»Jale ist schwanger.«

Ohne Erwiderung drehte Zeki sich zur Spüle und ließ Wasser in den Teekessel laufen. Aydin traute seinen Augen nicht. Er verfolgte ungläubig, wie sein Vater eine Handvoll Teeblätter in den kleineren der beiden Kessel füllte.

»Wo ist sie?«, fragte Zeki äußerlich unbeeindruckt.

»Unten im Auto. Sie wollte nicht hochkommen.«

»Und warum hast du wie ein Irrer geklingelt?«

»Ich habe dir gerade erzählt, Jale ist schwanger, und du willst wissen, warum ich keinen Schlüssel habe?«
»Ja.«
Aydin schüttelte den Kopf. »Ich habe meinen Schlüssel vergessen.«
»Und Jales?«
»Sie sitzt im Auto. Wir haben uns gestritten.«
»Hol sie hoch.«
Die Wut über die scheinbare Gleichgültigkeit seines Vaters brachte Aydin schließlich doch noch aus der Fassung. Als er aufsprang, warf er den Stuhl um. Ohne eine Reaktion zu zeigen, bereitete Zeki den Tee weiter zu. In Gedanken errechnete er, wann sein Enkelkind zur Welt kommen wird. Vor sich hin lächelnd, strich er verschämt eine Freudenträne aus dem Augenwinkel und versuchte nach wie vor, einen starken Morgentee für seinen Sohn zu kochen. Auch wenn er sich zu jung dafür fühlte, gefiel ihm zu seiner eigenen Verwunderung die Vorstellung, *dede* – Großvater – zu werden. Innerlich stimmte er sich darauf ein, seine Wohnung Aydin und Jale zu überlassen. Eine junge Familie hatte in der Dreizimmerwohnung genug Platz, befand er. Zwei Kindergärten waren in der Nähe. Jale würde nach einem Jahr sicher wieder arbeiten gehen. Er selbst, sagte er sich, würde eine kleinere Wohnung finden. Mitten in seine Überlegungen hinein, ob die beiden überhaupt in München bleiben wollten, platzte Aydin mit seiner Tasche zurück in die Küche, stellte den umgeworfenen Stuhl auf und setzte sich.
»Sie ist weggefahren«, sagte er mit tonloser Stimme.
Zeki drehte sich um. Es dämmerte ihm, wo Jale sein konnte. Er hatte sie beauftragt, den persönlichen Hintergrund der Diplomatin zu durchleuchten. Außerdem wollte er mehr über Bayrak und seine Geschäfte wissen.

»Ich habe ihr eine Nachricht auf dem Handy hinterlassen. Hat sie nichts gesagt?«

»Nein«, antwortete Aydin.

»Sie muss arbeiten«, erklärte Zeki mit fester Stimme.

Sein Sohn hob den Kopf. »Deshalb wollte sie so früh zurück nach München.«

Zeki zuckte hilflos mit den Schultern. »Es sind neue Erkenntnisse im Fall eingetreten.«

»Du schickst sie am Sonntag ins Büro, obwohl du weißt, dass wir auf einem Ausflug sind?«, warf Aydin seinem Vater vor.

Zeki bemühte sich, das Gefühlschaos, das in seinem Sohn vorging, nachzuempfinden. Es fiel ihm nicht schwer. Das nicht. Doch er hatte seinen Sohn zuvor fünf Jahre lang nicht gesehen und war den Umgang mit ihm noch immer nicht gewohnt.

»Denk nach, bevor du mir Vorwürfe machst. Ich wusste nichts von ihrer Schwangerschaft«, las er ihm die Leviten.

Die Wirkung seiner Worte ließ nicht lange auf sich warten.

»Sie passt perfekt in dein Team!«, gab Aydin scharf zurück.

Zekis Stimme wurde bedrohlich leise. Er wollte das nicht. Dennoch passierte es. »Ich kenne sie nur ein paar Tage länger als du. Jale hat sich ohne mein Zutun für den Beruf entschieden. Anders als du.«

»Diese alte Leier wieder! Vergiss es, auf die Diskussion lasse ich mich nicht ein. Ein Polizist wie du wäre ich niemals geworden! Jale und ich wollten das Wochenende über unsere Zukunft reden, darum geht es jetzt! Doch in Gedanken war sie nur bei dir.«

»Du meinst, bei dem Fall«, berichtigte Zeki ihn schnell. Das Gespräch nahm einen sonderbaren Verlauf an. Warum spricht er nicht über das Baby, das sie erwarten, sorgte er sich.

»Nein. Bei dir! Erst rufst du an, um sie zu dem Hausmeister mitzunehmen, dann bestellst du sie wieder ab. Sie hat sich Vorwürfe gemacht, weil sie nicht sofort alles stehen und liegen gelassen hat.«

Zeki war nicht bewusst gewesen, was er mit seinem Anruf ausgelöst hatte. Er wischte sich mit den Händen über das Gesicht. Dann suchte er in den Hosentaschen nach einem Taschentuch, bis ihm klarwurde, die Tagesration noch nicht eingesteckt zu haben. Was für ein furchtbarer Sonntag, beklagte er sich leise, stellte den Herd ab und verließ die Küche, um kurz danach mit seinem Sakko und drei frischen Stofftaschentüchern zurückzukehren.

»Ich hole sie«, sagte er. »Dann reden wir.«

»Es gibt nichts zu reden«, erwiderte Aydin.

»Ihr seid nicht die Einzigen, die in jungen Jahren Eltern werden, mein Sohn«, versuchte Zeki, ihn zu besänftigen.

»Jale will das Kind nicht.«

Zekis Gesicht verfinsterte sich mit einem Schlag. Sein Herz begann zu rasen. Ein stechender, unangenehmer Schmerz.

»Du redest nicht mit ihr, *baba!* Das geht dich nichts an«, befahl Aydin eindringlich.

»Weiß Selma Bescheid?«, fragte Zeki ruhig.

»Nein«, stieß Aydin hervor und verschwand aus der Küche.

Zekis Augen folgten ihm. Er setzte sich. Sein Blick fiel auf die Wasserkaraffe auf dem Küchentisch. Er nahm sie und führte sie zum Mund.

36

Jale Cengiz stand kerzengerade an ihrem Schreibtisch. Das Telefon klemmte unter dem Kinn, die Finger flogen gleichzeitig über die Tastatur. In ihrer Stimme lag eine nervöse Ungeduld.
»Hören Sie mir ganz genau zu: Ich will nur wissen, ob Herr Bayrak ausgecheckt hat oder nicht! Die Antwort auf die Frage hat nichts mit Indiskretion zu tun!«
Sie hörte gereizt zu, als die Tür geöffnet wurde und Demirbilek den Raum betrat. Er versuchte auszumachen, ob man ihr die Schwangerschaft ansehen konnte. Natürlich nicht.
»Leg auf.« Der Sonderdezernatsleiter klang sehr bestimmt.
Cengiz ließ ohne Zögern den Hörer auf die Gabel fallen. »Ich möchte nicht darüber reden«, erwiderte sie ebenso bestimmt.
»Ich auch nicht. Das machst du mit Aydin aus. Nicht mit mir«, erwiderte der Kommissar in seiner Funktion als Vater. »Wir fahren in das Hotel.«
Cengiz blickte verblüfft drein. Dann zog sie ihre Jacke über.
Unterwegs informierte Cengiz ihren Chef darüber, dass der Geschäftsmann auf keiner Passagierliste am Flughafen aufgetaucht war. Den gestrigen Flug nach Istanbul hatte er verstreichen lassen. In der Firmenzentrale seines Unternehmens hatte man keine Erklärung dafür, weshalb er für niemanden zu sprechen war. Eine halbe Stunde später sorgte Demirbilek mit resoluten Worten dafür, dass der Leiter des Hotels sich für ihr Anliegen Zeit nahm.

Bayrak, so erfuhren sie, hatte noch nicht ausgecheckt. Nach dem kurzen Gespräch schickte er Cengiz vor, um ein Wort allein mit dem Mann zu wechseln. Mit dem Hinweis auf ermittlungsrelevante Dringlichkeit erkundigte er sich, wie Selma im Hotel untergebracht war, ob in einem Einzel- oder Doppelzimmer. Erleichtert nahm er die Information entgegen, dass sie eine Einzelsuite bewohnte.
Wieder draußen vor dem Hotel, gesellte er sich zu Cengiz. Sie wirkte müde, genauso müde wie Demirbilek, der sich nach dem Schluck Wasser sehnte, auf den er im letzten Moment in seiner Küche doch verzichtet hatte. Beide strengten sich an, die einmal aufgestellte Regel, Privates und Berufliches auseinanderzuhalten, zu beherzigen.
»Und jetzt?«, fragte sie nach einer Weile.
Zeki hatte in Gedanken Formulierungen zurechtgelegt, um Jale zu überzeugen, das Kind doch zur Welt zu bringen. Längst hatte er entschieden, sich einzumischen. Das, fand er, war er seinem Enkelkind schuldig. In der aufgewühlten Situation aber kamen ihm die Gründe nicht über die Lippen.
»Wir fahren zur Brauerei.« Er bemühte sich, seiner Stimme eine gewisse Sicherheit zu verleihen.
»Es ist Sonntag.«
»Bier gärt, auch am Sonntag.«
Zeki lenkte den Dienstwagen die Isarparallele entlang, vorbei am Deutschen Museum. Es war erträglich warm. Die Sonne schien. Endlich. Spaziergänger tummelten sich in den Isarauen. Jale aber konnte dem passabel schönen Tag nichts Besonderes abgewinnen. Mit starren Augen blickte sie durch die Frontscheibe.
»Das ist kein Zufall«, brach sie schließlich das Schweigen.
Demirbilek erriet ihre Gedanken und antwortete, ohne den Zusammenhang wissen zu können. »Nein. Ömer Özkan hat mögli-

cherweise Bayrak und die Diplomatin gefilmt. Beide sind verheiratet. Sie haben allem Anschein nach ein Verhältnis. Es sieht wenigstens danach aus.«
Cengiz drehte sich zu ihm. »Woher wissen Sie das?«
Demirbilek erklärte ihr, wie er an das Tablet gekommen war und Vierkants Ehemann um Hilfe gebeten hatte.
»Das hätte ich auch erledigen können«, meinte Cengiz beleidigt.
»Du warst aber nicht da«, entgegnete er trocken.
Etwas später läutete es im Wagen. Es war Jales Telefon. Sie hatte Aydins Mobilnummer einen vielsagenden Klingelton zugewiesen. Zeki wusste, wenn *Wish you were here* ertönte, rief sein Sohn an. Ohne den Blinker zu setzen, hielt er den Wagen in zweiter Reihe an. Das entnervte Hupen des Autos hinter ihm interessierte ihn nicht.
»Sprich draußen mit ihm. Ich warte.«
Wieder einmal überraschte er seine Kollegin. Sie sah ihn verwundert an und stieg mit dem Telefon in der Hand aus.
Demirbilek blieb im Wagen sitzen und beobachtete aus dem Augenwinkel, wie Jale sich eine Träne aus dem Gesicht wischte. Dann ermahnte er sich. Er hatte sich in das Liebesleben seines Sohnes nicht einzumischen. Gleichzeitig spürte er, wie der Gedanke an Selma sich seiner bemächtigte. Wie er das Verlangen hatte, mit ihr über alles zu reden. Die Sehnsucht nach ihr ließ Hunger und Durst vergessen.

37

Der Pflasterstein sprang auf dem Asphalt auf, bevor er gegen die Beifahrertür prallte. Zwar war der dumpfe Schlag im Wageninneren kaum zu hören, die Wucht des Aufpralls aber zeigte bei knapp sechzig Stundenkilometern Wirkung. Im Reflex riss Demirbilek das Steuer nach links, dann wieder nach rechts. Gleichzeitig bremste er. Die Reifen quietschten. Mit ruckelnden Bewegungen polterte der Wagen mit den Vorderreifen voran über die Bordsteinkante und kam zum Stehen. Bestürzt sah er zu Cengiz hinüber. Sie hatte sich instinktiv mit beiden Händen abgestützt.

»Alles in Ordnung?«, fragte der Kommissar besorgt.

»Nichts passiert«, beruhigte Cengiz ihn und atmete durch. Mit sorgenvoller Miene beobachtete er, wie sie unbewusst ihren Bauch befühlte. Nach einigen kreisenden Handbewegungen schnallte sie sich ohne Vorwarnung ab und stürmte aus dem Wagen.

Demirbilek hatte keine Chance, sie einzuholen. Sie rannte zu der Menschenansammlung vor den verschlossenen Toren der Mingabräu. Ohne einen Funken Angst hielt sie ihren Dienstausweis hoch und verlangte vom erstbesten Demonstranten Auskunft darüber, wer den Stein geworfen hatte.

»Keine Ahnung!«, behauptete der Mann in bayerischer Lederhose.

Cengiz packte den Nächsten an der Schulter und drehte ihn zu

sich. »Haben Sie gesehen, wie jemand einen Pflasterstein auf die Straße geworfen hat?«
»Was?«, fragte der Mann verständnislos und entlockte weiterhin schrille Pfiffe aus seiner Schiedsrichterpfeife.
Demirbilek beobachtete aus einiger Entfernung die Demonstration. Junge und alte Leute waren darunter. Familien mit Kindern. Einige tröteten in die berüchtigt lauten Vuvuzelas. Noch hatten alle auf dem Bürgersteig Platz. Doch weitere Schaulustige und aufgebrachte Bürger schlossen sich der Menge an. Bald würden sie auf die Straße ausweichen müssen, sah Demirbilek voraus. Er zählte auf die Schnelle rund zweihundert Demonstranten. Einige hatten selbstentworfene Plakate mitgebracht. Unter anderem ein Bettlaken an zwei Besenstielen. Er entzifferte Slogans, wie »Bayerisches Bier bleibt hier« und »Erst die Arbeitsplätze, jetzt die Arbeitsstätte!«. Der Kommissar versuchte, sich einen Reim auf die Aussagen zu machen, als er bemerkte, wie Cengiz von entnervten Protestlern geschubst wurde. Er machte sich mit beiden Händen Platz und holte sie aus der Gruppe heraus. Einige Schritte abseits des Tumults brachte er sie mit klaren Worten zur Räson. Sobald sich Cengiz beruhigt hatte, blickte sie kritisch zur Menge.
»Was geht hier eigentlich vor?«
»Das werden wir gleich erfahren«, prophezeite Demirbilek. »Klär ab, ob die Demonstration angemeldet ist.«
Dann ging er zum Dienstwagen zurück, montierte das Martinshorn auf das Dach und schaltete es ein. Die Sirene dröhnte laut genug, um Schreie und Pfiffe der Demonstranten zu übertönen. Nach einer Weile wendeten sich die Leute dem Störenfried zu. Inzwischen hatte sich Demirbilek auf das Autodach begeben und hielt seinen Dienstausweis hoch.
Cengiz schüttelte den Kopf, sie musste lachen, auch wenn die

Maßnahme ihres Chefs Erfolg zu haben schien. Da Ruhe einkehrte, schaltete er die Sirene aus.
»Mein Name ist Zeki Demirbilek. Ich bin von der Polizei ...«
Wie aufs Stichwort flog eine Bierflasche in seine Richtung. Er duckte sich, die Flasche segelte knapp an ihm vorbei. Einige unter den Demonstranten applaudierten Beifall, die meisten jedoch verurteilten mit lautstarken Buhrufen die Attacke. Cengiz schoss währenddessen mit ihrem Handy Fotos. Nach Auskunft der Zentrale war keine Versammlung genehmigt, offenbar waren die Menschen spontan zusammengekommen.
Demirbilek richtete sich auf dem Autodach wieder auf.
»Welcher Volldepp hat die Flasche geworfen?«, schrie er der Menge zu. »Über was regt ihr euch eigentlich so auf?«
»Türken wollen die Brauerei abmontieren«, schrie eine Stimme aus der Menge.
Unfreiwillig musste Demirbilek lachen. Konnte das wirklich wahr sein?
»Was ist das für eine Schnapsidee?«, fragte er und gewann damit ungewollt die Sympathie der Leute. Einige klatschten Beifall, während Cengiz weiterhin Fotos machte. Dann kam sie zu Demirbilek, der vom Autodach direkt vor ihre Füße sprang.
»Hast du gesehen, wer das war?«, fragte er ruhig.
Sie schüttelte den Kopf und deutete auf ihr Handy. »Vielleicht habe ich ihn damit erwischt.«
Einige Minuten später erschienen die Einheiten der Bereitschaftspolizei. Während die Beamten die illegale Demonstration auflösten, führten Demirbilek und Cengiz Gespräche mit einigen erzürnten Anwohnern. Überraschenderweise schien die Zusammenkunft zunächst ganz altmodisch durch eine Kette von Telefonanrufen ausgelöst worden zu sein. Ein Nachbar hatte dem nächsten Bescheid gegeben. Dann kochte die Gerüchteküche in

Facebook-Gruppen auf. Alle Befragten waren informiert worden, dass die Traditionsbrauerei aus ihrem Stadtviertel verschwinden sollte. Alle wussten auch, wo die neue Heimat der Brauerei war. Natürlich steckte Bayrak dahinter, sagte sich Demirbilek. Wer sonst als der Eigentümer war in der Lage, sein Unternehmen abzubauen und es rund zweitausend Kilometer entfernt in Istanbul wieder aufzubauen?

38

Der Sonntag wird immer abstruser, ärgerte sich Demirbilek und ließ mit Cengiz die Demonstration hinter sich. Sie gingen den Holzzaun am Brauereigelände entlang, bis sie eine geeignete Stelle fanden. Leipold hätte er dazu überreden müssen, bei Cengiz war das nicht notwendig. Er kletterte über den Zaun, sie folgte ebenso behende. Das Gelände war menschenleer. Das Geschrei der Leute vor dem Einfahrtstor, die sie beim Überqueren des Vorplatzes entdeckten, ließen sie zwangsläufig über sich ergehen.

Sie gingen weiter, bis sie, von der Straße aus nicht einsehbar, zwei Brauereimitarbeiter entdeckten. Die beiden hockten auf leeren Bierkästen, offenbar machten sie gerade Pause. Das Rolltor zur Halle war geöffnet. Der ältere der beiden Männer stellte sich als Braumeister vor. Franz Gehrke war drahtig, mit klug leuchtenden Augen, Sicherheitsschuhe mit Stahlkappe lugten unter dem grauen Kittel hervor.

»So was habe ich noch nicht erlebt«, erklärte er mit einem Kopfschütteln. »Das halbe Viertel ist auf den Beinen. Sind Sie von der Polizei?«

Demirbilek stellte Cengiz und sich vor und fragte: »Warum haben Sie nicht selbst die Polizei angerufen?«

»Warum?«, wiederholte Gehrke verständnislos. »Weil ich am liebsten mit den Nachbarn protestiert hätte. Deshalb.«

»Dann stimmen die Gerüchte?«
»Ich darf nichts sagen. Hab was unterschreiben müssen. Alle von der Belegschaft. Jaja. So geht große Geschäftspolitik«, meinte er geheimnisvoll.
Demirbilek nickte halbherzig. Er fragte sich, was das hanebüchene Unterfangen sollte. In der Türkei gab es genug Brauereien. Für die Herstellung von Efes, das in der ganzen Republik getrunken wurde, zeichnete seines Wissens nach sogar ein bayerischer Braumeister verantwortlich.
»Wir sind wegen des toten Studenten gekommen, der hier gearbeitet hat«, erklärte Cengiz.
»Nicht wegen Manuela?«
»Nein. Haben die Kollegen Sie ihretwegen nicht verhört?«
»Doch, doch. Alle, die hier arbeiten, oder?« Gehrke drehte den Kopf dem jungen Mann mit blonden Haaren zu. Er nippte an einer Colaflasche, war um die achtzehn Jahre alt und trug wie sein Meister einen Kittel, darunter eine Jeans.
»Ja, klar, mehrfach sogar«, bestätigte er.
»Uns interessiert, ob der Student im Betrieb Videoaufnahmen gemacht hat«, fuhr Cengiz mit der Befragung fort.
Der Braumeister zuckte mit den Schultern. »Jochen, weißt du etwas?«
Demirbilek entging nicht ein kurzes Zögern in den Gesichtszügen des jungen Mannes, bevor die Antwort kam, die er erwartete.
»Keine Ahnung. Ich habe nichts gesehen«, behauptete er und stand auf. »Ich mache dann mal weiter.«
»Kontrollier die Maische«, beauftragte der Braumeister ihn.
Während er weitere Anweisungen gab, tauschte Demirbilek mit Cengiz einen Blick aus. Sie verstand, dass sie Gehrke beschäftigen sollte.
»Ihr Lehrling?«, fragte sie sogleich.

»Jochen Vester«, meinte Gehrke stolz. »Mein einziger und mein bester Lehrling.« Beim Vorbeigehen klopfte er ihm freundschaftlich auf die Schulter.
»Hatten Sie mit Ömer Özkan denn zu tun?«, fragte Cengiz ohne Pause weiter.
»Ja, natürlich. Ein ganz ruhiger Junge. Der war als Aushilfe bei uns. Aber Bier hat den nicht interessiert.«
»Wie kommen Sie darauf?«
»Der hat keinen Tropfen angerührt. War ja vom Islam. Stellen Sie sich das mal vor, arbeitet in einer Brauerei und rührt kein Bier an. Ich habe es oft genug probiert, ihm unser Produkt schmackhaft zu machen. Seit wir auf naturtrüb umgestellt haben, schmeckt es hervorragend.« Er schüttelte den Kopf.
Demirbilek nutzte die Gelegenheit und bat darum, auf die Toilette gehen zu dürfen. Zuvorkommend wies ihm Gehrke den Weg.
Während sich Cengiz weiter mit ihm unterhielt, verschwand der Kommissar in die Halle und entdeckte den Lehrling beim Kontrollieren einer Füllmengenanzeige. Er ging schnurstracks auf ihn zu.
»Jetzt kannst du reden. Der Meister erfährt nichts. Versprochen«, sagte Demirbilek mit freundlichem Lächeln. Der Geruch der Maische und des Hopfens bereiteten ihm Probleme. Sein Magen begann zu rebellieren.
Teilnahmslos blickte ihn der Lehrling an. »Hab doch schon gesagt, dass ich nichts gesehen habe.«
Natürlich fühlte er sich ertappt, dachte der Kommissar. Er machte einen Schritt auf ihn zu. Die Hoffnung, in dem Fall weiterzukommen, spiegelte sich in seinem Gesicht wider.
»Ich war auch einmal Lehrling wie du«, hob er erneut an. Einfühlsam, aber mit der Absicht, zu verwirren.
Unbeholfen beugte Vester den Kopf tiefer hinunter zu der Kladde

in seiner Hand und notierte mit vorgetäuschter Konzentration Zahlen in ein Formular. Ob das Bier darunter leidet, fragte sich Demirbilek. Er konnte sich nicht vorstellen, dass die Messdaten stimmten.

»In meiner Lehrzeit auf der Polizeischule habe ich gelernt, zu erkennen, wenn jemand lügt.« Demirbilek wartete. Als der junge Mann Anstalten machte, sich zu verziehen, wurde ihm sein entgegenkommendes Verhalten zu mühselig. »Pass auf. Ich kann dich auch auf das Präsidium mitnehmen, wenn du mir nicht sofort sagst, was du weißt! Du bist ein verdammt schlechter Lügner. Um das zu erkennen, muss man keine Polizeischule besucht haben.«

Der Kommissar wunderte sich keinesfalls über die Wirkung seiner Drohung. Sie funktionierte relativ häufig.

»Ömer war komisch drauf«, gab der Lehrling kleinlaut zu.

Warum denn nicht gleich, seufzte der Kommissar in Gedanken erleichtert auf.

»Wie meinst du das?«

»Der hatte nur seine Filmerei im Kopf.«

»Mit was hat er gefilmt?«

»Mit so einer kleinen Videokamera. Mir hat er erzählt, dass er eine Fake-Doku macht.«

Demirbilek sah ihn fragend an. Er konnte sich denken, was Vester meinte, wollte ihn aber weiterreden lassen. Gleichzeitig war er über die Bestätigung seiner Vermutung froh. Allem Anschein nach hatte Özkan sich auf Bayraks Auftrag hin nicht nur bei den Angestellten umgehört, sondern auch gefilmt.

»So tun, als wäre alles echt«, erklärte Vester. »Aber die Aufnahmen waren erstunken und erlogen. Ich musste als Schatten im Braukeller herumlaufen. So tun, als würde ich herumspionieren. Völlig hirnrissig.«

Erneut setzte der Kommissar ein fragendes Gesicht auf. Er bekam langsam Übung darin.
»Wenn wir Nachtschicht hatten, bin ich durch die Halle gelaufen, er ist mit der Kamera hinterher. So Zeug«, gab Vester als Erklärung an.
»So Zeug. In Ordnung. Was hat er noch gefilmt?«
»Ja, alles. Meistens versteckt. Manchmal hat er die Videokamera einfach nur auf ein Bierfass gelegt und laufen lassen. Minutenlang.«
»Verstehe. Von was handelte die Fake-Doku? Es musste ja mit Bier zu tun haben?«
»Ich weiß es nicht, wirklich.«
»Jetzt komm, Jochen! Ich habe nicht den ganzen Tag Zeit«, sagte der Kommissar erzürnt und lauter als notwendig.
Der Lehrling erschrak. Demirbilek geduldete sich, doch er redete nicht weiter.
»Hast du die Nachbarn alarmiert?«, fragte er ins Blaue hinein.
»Nein! Das habe ich nicht! Musste ich doch unterschreiben.«
Dieses Mal glaubte ihm der Kommissar. Er hörte, wie in seinem Rücken Cengiz' Stimme lauter wurde. Offenbar kam sie zum Ende ihres Gespräches mit dem Braumeister.
»Noch etwas. Hat Ömer vielleicht etwas hiergelassen? Hatte er einen Spind oder einen anderen Platz für seine Sachen?«
Der Lehrling dachte wieder einen Augenblick zu lange nach.
»Mein Dienstwagen steht vor der Einfahrt!«, zischte Demirbilek. Er hatte genug von dem zähen Verhör.
»Schon gut«, lenkte der Lehrling ein. »Kommen Sie mit.«
Gerade rechtzeitig, bevor der Braumeister zurückkehrte, öffnete Vester die Schublade eines Aluschreibtisches und zeigte dem Kommissar eine Plastiktüte.
»Das ist alles, was Ömer dagelassen hat.«

Demirbilek blickte hinein und schüttelte den Kopf. Seine leise Hoffnung, Speicherkarten oder eine Festplatte zu finden, wurde schwer enttäuscht. Zwei Päckchen Aufgussbeutel Schwarztee und eine angebrochene Packung Würfelzucker lagen darin.

39

Als Demirbilek und Cengiz ins Büro zurückkamen, bemerkte Vierkant sie erst nicht. Sie hatte Stöpsel im Ohr und fläzte auf einem Stuhl vor dem weit geöffneten Fenster.
»Wo ist es?«, fragte Demirbilek, nachdem er ihr die beiden Hörer gleichzeitig aus den Ohren gezogen hatte.
»Entschuldigen Sie ...«, haspelte sie und wollte weitere Erklärungen abgeben.
»Schon gut. Wo ist das Paket?«, fragte Demirbilek noch mal.
»Wir hatten Glück, es lag noch beim Zoll ...«
Demirbilek wollte ihr zwar die Freude über ihren Erfolg nicht nehmen, doch das Strahlen in ihren Augen war ihm zu viel. Außerdem war er nicht in der Verfassung, detailreiche Berichte zu hören, weshalb er Vierkant aufforderte, es kurz zu halten.
»Das Paket wird per Kurier zugestellt. Im Laufe des Tages. Ich habe ordentlich Druck gemacht«, erklärte sie knapp.
»Gut, bis morgen, Isabel«, verabschiedete er sie. »Genug Überstunden. Sag Peter einen schönen Gruß, ja?«
»Und das Paket? Ich wollte warten, deshalb die Musik ...«
»Ich übernehme das. Jale, du kannst auch gehen«, sagte er und verschwand an seinen Schreibtisch.
Vierkant gab Cengiz zum Abschied einen Kuss auf die Wange und empfahl ihr, schnell zu gehen, bevor er es sich anders überlegte. Jale lächelte dankbar und wartete, bis sie weg war.

»Soll ich etwas kochen heute Abend? *Mercimek çorbası* vielleicht?«, fragte sie durch die offene Verbindungstür.
Demirbilek sah sie versöhnlich an. Für eine Linsensuppe nach türkischer Art, mit Zitronensaft beträufelt, dazu Weißbrot, hätte er sogar einen Schweinebraten verschmäht.
»Danke, mein Kind«, überwand er sich, schweren Herzens zu sagen, »es kann spät werden. Wartet nicht auf mich. Du und Aydin habt sicher viel zu bereden.«
Jale nickte zum Abschied. Sie sah traurig aus, fand Demirbilek. Er fragte sich, ob es besser wäre, sie nach Hause zu begleiten. Doch er wollte nicht stören. Die beiden brauchten Zeit miteinander, um eine gemeinsame Entscheidung zu treffen. Schließlich mussten sie beide damit leben, ganz gleich, ob sie sich für oder gegen das Kind entschieden. Dann murmelte er eine Koransure, um Jale Kraft zu geben, ihre Einstellung zu ändern.
Nach all den schweren Gedanken machte sich eine bleierne Müdigkeit in ihm breit. Er musste zur Ruhe kommen, mahnte er sich. Schnell streifte er die Schuhe ab, lehnte sich in dem Bürosessel zurück und verschränkte die Arme vor dem Bauch.
Nach kürzester Zeit döste er ein. Im Traum suchte er verzweifelt in ganz Istanbul nach der Frau im roten Abendkleid. Er fand sie vor den Toren Istanbuls auf der Prinzeninsel im Marmarameer. Sie lag mit ausgestreckten Armen auf dem Rücken im Sand. Ihre Augen waren unnatürlich weit aufgerissen. Das Rot des Kleides hob sich nur unmerklich vom Rot des Strandes ab – er war in Blut getränkt.
Ein Anruf schreckte ihn aus dem unruhigen Schlaf. Die ruckartige Bewegung beförderte ihn beinahe aus dem Stuhl. Zwei weitere Male läutete es, bis er in der Lage war, den Hörer abzunehmen.
»Demirbilek.«
»Ein Kurier für Sie«, sagte der Beamte am Empfang.

»Schicken Sie ihn hoch.«
»Der ist schon weg. Ich habe das Paket angenommen.«
»Dann bringen Sie es hoch.«
»Warum kommen Sie nicht herunter?«
»Weil ich müde bin und nicht mag.«
Kaum hatte er das gesagt, kam er auf eine andere Idee. Um keine weitere Enttäuschung zu erleben, wie bei Ömers Plastiktüte, entschied er sich für eine andere Variante.
»Öffnen Sie es.«
»Ich?«, fragte der Beamte überrascht.
Demirbilek versuchte, sich an seinen Namen zu erinnern. »Ja, Herr Albrecht. Ich kann nicht weg und muss wissen, was in dem Paket ist.«
»Sind Sie sicher?«
»Ja, jetzt machen Sie schon auf. Aber vorsichtig. Kontrolliert haben Sie es ja?«
»Natürlich, wie immer. Ist sauber.«
Wäre ja auch dumm, sich selbst eine Bombe zu schicken, sagte sich Demirbilek, während er zuhörte, wie Albrecht das Paket öffnete.
»Und?«, fragte der Kommissar.
»Das muss eine Festplatte sein.«
»Sehr gut. Noch etwas? Kein Brief?«
»Nur die Festplatte.«
»Gut. Ich komme gleich hinunter.«
Bevor er das Büro verließ, verständigte er die Spezialisten der Spurensicherung, um die Festplatte untersuchen zu lassen. Ganz offiziell.

40

Zur vorgerückten Abendstunde hatte Zeki den unbequemen Bürostuhl gegen einen über hundert Jahre alten Ohrensessel eingetauscht. Dieser stand im Antiquitätengeschäft seines Freundes Robert. Die beiden hatten das von einem chinesischen Imbiss mitgebrachte Essen in Roberts Wohnung verschlungen. Pünktlich zum Fastenbrechen. Anschließend waren sie durch die rasselnden Perlenschnüre der Verbindungstür in den Laden gegangen. Robert arbeitete oft abends und nutzte sein Geschäft als erweitertes Wohnzimmer. Zwei zum Verkauf stehende Stehlampen spendeten schummriges Licht. Mehrere antike Uhren tickten. Zeki war durch die vielen gemeinsamen Stunden mit Robert an das ungleichmäßige Ticken gewöhnt.

Sie konzentrierten sich bereits auf ihr zweites Spiel. Demirbilek studierte die Aufstellung der Steine vor sich. Nach seiner Einschätzung benötigte er drei bis fünf Züge, um seinen Freund zu besiegen. *Tavla* war ihre gemeinsame Leidenschaft. Seit mittlerweile fünf Jahren trug der Antiquitätenhändler – dem Aussehen nach ein alter Mann, tatsächlich aber erst Mitte fünfzig – jede ihrer Partien in das linierte Schulheft ein, das offen auf dem Tisch lag. Das reichverzierte Spielbrett, das sie seit jeher benutzten, war laut einer Expertise im Besitz eines Eunuchen aus dem sagenumwobenen Harem von Sultan Süleyman des Prächtigen gewesen. Unverkäuflich. Allein schon deshalb, weil die beiden

Freunde ausschließlich auf dem aufwendig verzierten Brett ihre Spiele absolvierten.

Zeki schleuderte die winzigen Würfel aus Elfenbein. Drei und Fünf. Er zog seine schwarzen Steine und streckte sich.

»Müde?«, fragte Robert.

»War ein anstrengender Tag. Musste im Büro ein Nickerchen machen. Furchtbar. Das Fasten tut mir nicht gut, ehrlich gesagt.« Schnell legte er eine gedankliche Entschuldigung bei Allah nach. Robert zog seine weißen Steine. »Dann lass es«, sagte er beschwörend. »Dein Allah kann doch nicht wollen, dass die Bösen davonkommen, weil der Kommissar zu erschöpft ist, um vernünftig zu denken.«

»Ich glaube, das ist es nicht allein.«

»Selma?«, fragte Robert und schleuderte die Würfel. Das Fünferpasch löste Entzücken bei ihm aus.

»Sie ist immer noch in München«, offenbarte Zeki, als hätte er seine geschiedene Frau in flagranti beim Fremdgehen erwischt.

»Ach ja?«, gab Robert wenig überrascht zurück.

»Aber sie meldet sich nicht.«

»Du meinst, sie meldet sich nicht bei dir«, formulierte Robert es genauer und machte seine Züge.

»Hat sie sich etwa bei dir gemeldet?«, fragte Zeki schnell nach.

»Nein, hat sie nicht. Was ist mit den Zwillingen? Hast du sie nicht gefragt?«

Zeki wollte antworten, doch Robert stoppte ihn mit einem »Pst«, weil er über seinen nächsten Spielzug grübelte. Zeki wartete geduldig, bis er seine Züge gemacht hatte. Dann nahm er wieder die Würfel in die Hand, schüttelte und ließ sie auf das Brett purzeln. Eine Vier und eine Fünf.

»Ich habe sie nicht gefragt.«

»Warum?«

»Wenn sie etwas aushecken, will ich davon nichts wissen.«
»Besser so«, pflichtete ihm Robert bei und würfelte erneut. »Was ist mit deinem Fall? Kompliziert?«
»Ja. Rieselt mir durch die Finger wie Sand.«
»Anfeuchten«, riet Robert.
»Wie?«
»Mach den Sand nass. Dann rieselt er nicht mehr.«
Demirbilek erschrak. Die furchterregenden Bilder des blutdurchtränkten Sandstrandes aus seinem Traum fielen ihm wieder ein. Dennoch ließ er sich Roberts eigentümlichen Gedanken durch den Kopf gehen. Woraus bestand der Sand? Mutmaßungen und Vermutungen über zwei Tote, deren einzige Verbindung darin bestand, dass sie in derselben Firma gearbeitet hatten. Wie wässert man Mutmaßungen und Vermutungen? Mit Fakten. Ömers aufgetauchte Festplatte wurde gerade untersucht, mit etwas Glück gab sein kaputter Computer doch noch Geheimnisse preis. Es mussten Fakten her. Geduld war gefragt.
»Hast du je über türkische Brauereien geschrieben in deiner Zeit in Istanbul?«, fragte er seinen Freund.
»Geschrieben? Nein. Aber getrunken habe ich es. Türkisches Bier ist besser als sein Ruf.«
Demirbilek nickte. Zögerlich.
»Was geht dir durch den Kopf? Spuck's schon aus. Dann können wir uns wieder auf das Spiel konzentrieren.«
Natürlich wusste er, was seinen türkischen Freund beschäftigte. Er hatte ihm beim Essen davon erzählt.
»Ich frage mich, warum ein türkischer Brauereiunternehmer eine bayerische Brauerei kauft, um sie nach Istanbul zu verpflanzen.«
»Was ist daran schwierig?«
»Erklär es mir!«

Robert schüttelte den Kopf. Er machte sich ernsthafte Sorgen um seinen Freund.

»Du bist doch selbst Münchner! Bayerisches Bier ist nun mal das beste der Welt. Der Ruf ist unschlagbar. Über Wochen hinweg Schlagzeilen. Spektakuläre Bilder vom Abbau, vom Abtransport. Dann der Aufbau. Die bombastische Neueröffnung in Istanbul. Die ganze Welt wird zusehen. Jeder wird scharf sein auf so ein Bier. Türken lieben es groß. Weißt du doch, bist doch einer.«

»Schon gut. Wahrscheinlich hast du recht«, meinte Zeki skeptisch.

»Kennst du einen besseren Grund?«

»Nein«, sagte er zunächst, dann aber erhellte sich sein Gesicht, als ihm einfiel, was Leipold über den heimlichen Freund der Ermordeten erzählt hatte. »Da gibt es einen, der hat eine Werbeagentur für Bier.«

»Na also«, erwiderte Robert erleichtert. »Klingt nach einer Spur.«

»Ja«, stieß Zeki hervor. »Noch eine.«

41

Sie lachten viel bei dem ausgedehnten Abendessen in ihrem Lieblingsrestaurant am Ammersee. Der Kellner bediente sie aufmerksam und zuvorkommend. Er erinnerte sich offensichtlich an das ungewöhnliche Paar von der intimen Geburtstagsfeier vor einer Woche. Nachdem die Rechnung beglichen war und er für den Service ein angemessenes Trinkgeld bekommen hatte, verabschiedete er mit einer tiefen Verbeugung Karin Zeil und Florian Dietl.
Sie spazierten Hand in Hand an der Promenade entlang. Es war spät, nur wenige Male wünschten sie anderen Spaziergängern gute Nacht. Nach dem fünfzehnminütigen Weg erreichten sie die angemietete Wochenendwohnung. Karin Zeil holte den Schlüssel aus der Handtasche und öffnete sie. Florian Dietl wartete, bis sie eingetreten war, um sie ausgiebig zu betrachten. Das Flurlicht verlieh ihrer Figur eine sonderbare Weichheit, die Konturen ihres Körpers verschwammen. Sie drehte sich am Treppenabsatz um und blickte in seine Augen. Sie erfreute sich daran, wie ihr Alter, das sich im Gesicht und um die Augen deutlich abzeichnete, ihm den Verstand raubte.
Dann stiegen sie in das obere Stockwerk zum Schlafzimmer. Zeil schritt durch den geschmackvoll eingerichteten Raum und öffnete das Fenster. Draußen war es ruhig. Ein sternenklarer Himmel schwebte über dem von der Dunkelheit umhüllten Ammersee. Sie

hielt kurz inne und genoss die Stille, im Wissen, wie sehr sie ihn mit ihrem Anblick betörte.

Schon erklang ein metallenes Geräusch. Er öffnete die Gürtelschnalle, sie glaubte, den Stoff seiner Hosen an den glattrasierten Beinen entlanggleiten zu hören. Kurz überlegte sie, wie sie ihn verwöhnen könnte. Es war nicht schwer. Sie trug einen weiten Rock, beige, passend zum kurzen Oberteil. Das leise Aufknöpfen seines Hemdes war das Nächste, was sie vernahm. Ohne sich umzudrehen, schob sie ihren Slip bis zu den Knöcheln hinunter. Dann beugte sie sich leicht über den Fenstersims und wartete. Mit der einen Hand drückte er ihren Hinterkopf etwas nach unten und hob mit der anderen den Rock an.

Eine halbe Stunde lang verdrängten sie ihrer beider Sorgen, liebten sich leidenschaftlich, bis sich Dietl außer Kräften in das Bett fallen ließ und vor Erschöpfung die Augen schloss.

Zeil blieb vor ihm stehen. Auch sie war außer Atem. Mit bebendem Busen genoss sie seinen durchtrainierten Körper. Wie durch ein Wunder waren sie ein Paar geworden. Mit einem Schock hatte es angefangen, als er nach beinahe vierzehn Jahren erneut in ihr Leben getreten war. Der als Filou stadtbekannte Biermanager, den sie als Lehrling seines Vaters kennengelernt hatte, umgarnte sie fast ein ganzes Jahr lang nach allen Regeln der Kunst. Schließlich gab sie seinem Verlangen nach, wie damals, als er blutjung und sie noch als reife Frau galt. Was er jetzt begehrte, war ihr dem Verfall anheimgegebener Körper, ging es ihr durch den Kopf. Sie setzte sich an die Bettkante und strich mit dem Zeigefinger über seine Augenbrauen. Den Schweiß auf ihren Fingerkuppen schleckte sie ab. Er schmeckte salzig wie Tränen. Ich möchte so gerne glauben, dass deine Liebe ehrlich ist, dachte sie, während er zufrieden seufzte. Unfreiwillig musste sie an ihren Ehemann denken. Vor sechs Jahren war er verstorben. Die drei gemeinsa-

men Kinder hatten ihnen fünf Enkelkinder geschenkt. Was würden sie denken, wenn sie wüssten, Oma lässt sich von einem über dreißig Jahre jüngeren Geliebten aushalten? Dietl war großzügig, sonst wäre sie jetzt nicht bei ihm.
Nein, beschwor sie sich, verdirb dir den schönen Abend nicht. Vorsichtig schob sie seine Hand von ihrer Taille und stand behutsam auf. Als sie das Badezimmer erreichte, hörte sie ihn leise hinter sich.
»Komm zurück ins Bett, Schatz.«
Sie blieb stehen. Seine jugendliche Stimme hatte sich in all den Jahren kaum verändert. Ihr Blick, verstört und angestrengt, richtete sich auf die Spiegelwand im Badezimmer. Im Halbschatten konnte sie ihr Gesicht nicht sehen, nur die Umrisse ihres Körpers wahrnehmen.
»Ich bin gleich wieder bei dir. Lass mich nur kurz duschen«, beruhigte sie ihn.
»Beeil dich!« Seine Stimme klang zärtlich wie das Miauen eines Katers.
Das Wasser lief über ihren Körper. Sie dachte an die Zukunft. Ihr Geliebter hatte sie überredet, mit ihm Deutschland zu verlassen. Er wollte sein Geschäft internationalisieren, ein Angebot in Dubai kam da wie gerufen, hatte er ihr erklärt. Übermorgen landeten sie in Istanbul. Ein paar Tage später ging ihre Reise weiter nach Dubai.
Im flauschigen Bademantel kehrte sie an das Bett zurück. Sie setzte sich an den Rand und schwelgte in seinem spitzbübischen Lächeln, das durch die blau funkelnden Kontaktlinsen unterstrichen wurde. Er sollte so viel Sex bekommen, wie er wollte, hatte sie entschieden. Schließlich war er jung, mit einer schier unersättlichen Manneskraft. Aus dem Grunde, hatte sie festgestellt, war er hinter Manuela Weigl her gewesen. Konnte sie ihm die kurze

Affäre verdenken? Sie hätte ihn an dem Abend auf dem Bierfestival nicht mit ihr allein lassen dürfen. Für den sträflichen Fehler, den sie begangen hatte, hatte Manuela mit ihrem Leben bezahlt.
Da glitt seine Hand unter ihren Bademantel. Er streichelte sanft über ihre leicht faltige Haut an den Innenseiten der Oberschenkel. Sie ergötzte sich an dem Anblick seiner gepflegten Hände und Fingernägel. Ihm war sein Äußeres fast genauso wichtig wie ihr. Sie waren wie füreinander geschaffen, schwärmte sie und wusste im selben Atemzug, dass sie sich belog.
»Wir machen es, wie besprochen«, flüsterte er.
»Aber ja, Florian, natürlich. Du meldest dich morgen bei der Polizei. Ich packe und hole im Reisebüro die Unterlagen.«
»Hast du deine Wohnung gekündigt?«, erkundigte er sich sanft.
Wie ein Faustschlag ins Gesicht traf sie die Frage. Hatte sie das Schreiben abgeschickt? Sie konnte sich nicht erinnern. Um ihre Unsicherheit zu verbergen, bejahte sie hastig seine Frage. Dann beugte sie sich zu ihm und öffnete den Gürtel des Bademantels. Sogleich spürte sie seine weichen Hände auf ihren Brüsten. Etwas zu forsch, wie sie fand, aber nicht unangenehm. Sie gab ihm einen Kuss auf den Mund. Dann ließ sie ihn gewähren.
Um die Flüge würde sie sich kümmern. Und sie würde alles tun, bis sie in Sicherheit war und für den Rest ihres Lebens ausgesorgt hatte. Sie würde es schaffen, an sein Geld zu kommen, ganz gleich wie.

42

Die Eifersucht hatte Zeki keine Ruhe gelassen. Nach dem *tavla* bei Robert hatte er einen nächtlichen Spaziergang zum Hotel gemacht und nach Selma gefragt. Da er sie nicht angetroffen hatte, wartete er seit einer geschlagenen Stunde auf der gegenüberliegenden Straßenseite. Wo bleibst du?, fragte er sich. Was treibst du nur die ganze Nacht? Es war schließlich bereits kurz vor Mitternacht. Da läutete sein Telefon. Aydin. Er wollte nicht rangehen. Tat es dann doch.
»Wo bist du?«, fragte Aydin argwöhnisch.
»Ich arbeite.«
»Wie lange noch?«
»Ich weiß nicht.«
»Jale und ich wollten mit dir reden.«
»Morgen«, kam es über Zekis Lippen, dann legte er auf. Er beobachtete, wie ein Taxi zum Hoteleingang vorfuhr.
Selma stieg aufgeregt aus und ging schnurstracks in das Gebäude. Oder rannte sie? Zeki war sich nicht sicher, wie er das schnelle Tempo deuten sollte.
»Mist«, sagte er laut zu sich. »Was mache ich jetzt?«
Sollte er ihr ins Hotel folgen, sie ansprechen? Er ließ seine Hände in den Hosentaschen verschwinden und beobachtete weiter, wie ein Mann mit Sommerhut aus demselben Taxi ausstieg. Der etwa Vierzigjährige plärrte in Richtung Eingang. Zeki konnte ihn nicht

verstehen. Wahrscheinlich rief er nach ihr, rief »Selma«, rief *seiner* Selma hinterher, wütete es in seinem Kopf. Mit schnellen Schritten betrat nun auch der Mann das Hotel.
Zeki war unentschlossen, wie er mit der Situation umgehen sollte, als er bemerkte, wie sich seine Beine wie von selbst in Bewegung setzten. Er spurtete über die Straße zum Taxi, das auf neue Fahrgäste wartete, und riss die hintere Tür auf. Als Ziel gab er die Adresse seiner Wohnung in der Weilerstraße an. Kurzstrecke, maximale Fahrtzeit mit ein, zwei roten Ampeln sechs Minuten. Kein Wunder, dass der Taxifahrer eine Grimasse schnitt.
»Könnte sich trotzdem lohnen.« Er hielt einen 20-Euro-Schein in die Höhe.
Interessiert blickte der Fahrer in den Rückspiegel, mehr nicht.
»Um was geht es?«, fragte er und setzte den Blinker.
»Nur eine Auskunft.«
»Aha. Und was für eine Art Auskunft ist einen Zwanziger wert?«
»Die Frau, die eben ausgestiegen ist …«
»Mit Scheidung will ich nichts zu tun haben. Vergiss es«, unterbrach der Taxifahrer resolut.
»Geschieden bin ich schon von ihr, keine Sorge. Ich will nur wissen, wo du die beiden abgeholt hast.«
»Abgeholt?«
»Oder wo sie eingestiegen sind.«
»Sonst nichts?«
Zeki witterte eine Chance. Er zauberte einen zweiten Zwanziger hervor. Vielleicht würde er sogar erfahren, was Selma und der Mann im Wagen geredet haben.
»Und du bist wirklich nicht ihr Ehemann?«, vergewisserte sich der Taxifahrer. »Bin selbst geschieden. Mit dem Dreck will ich nichts zu tun haben.«

»Nein, ich bin nicht ihr Ehemann. Also, wo sind sie eingestiegen?«
»Er hat mich auf der Ludwigsstraße rausgewunken.«
Zeki stellte sich den Münchner Stadtplan vor.
»Welche Höhe?«
»Professor-Huber-Platz.«
Das Institut für Turkologie war von dort aus nicht weit. Er hatte Selma, als sie in München zusammenlebten, oft um die Ecke in der Veterinärstraße abgeholt. Zeki schöpfte Hoffnung.
»Hast du eine Ahnung, wo die beiden waren?«
»Woher soll ich das wissen?«
»Schon gut«, antwortete er und reichte ihm den Zwanziger. Der Taxifahrer ließ ihn in der Hosentasche verschwinden.
»Was haben denn die beiden bei der Fahrt geredet?«
»Ich habe keine Ahnung. Laut waren sie, und wie, weil sie gestritten haben.«
»Verstanden hast du nichts?«
»Wer außer euch Türken spricht schon Türkisch?«, entgegnete er hintergründig.
Die Freude über den Streit, den Selma offenbar mit dem unbekannten Mann gehabt hatte, zauberte ein verschmitztes Grinsen in Zekis Gesicht. Hochzufrieden mit den Informationen, gab er dem Taxifahrer den zweiten Zwanziger und ließ sich in den Sitz fallen. Er wollte Selma am nächsten Tag besuchen. Schließlich war er der Sohn seiner Mutter, sie hatte ihm Benehmen beigebracht. Es gehörte sich, Selma in München willkommen zu heißen. Eine Frage des Anstands.

43

Zur Montagsbesprechung hatte Demirbilek eine Reihe Zeitungen mitgebracht. Bis auf wenige Ausnahmen waren die Kommentare wohlwollend. Das Marketingkonzept der Mingabräu schien seinen Zweck bestens zu erfüllen. Demirbilek musste beim Überfliegen der Artikel an Roberts Einschätzung denken. Nichts anderes stand in den Zeitungen. Die Demontage bewies eindrucksvoll Bayerns Anspruch auf die Führungsrolle im globalen Brauereiwesen. Das war positiv, genauso positiv wie der Erhalt eines Traditionsunternehmens. Besser in Istanbul weiterexistieren als in München früher oder später eingehen, so der Tenor der meisten Ausführungen. Nicht nur Lokalblätter nahmen das Thema auf. Cengiz hatte aus dem Internet zahlreiche Berichte zusammengetragen. Die kleine, vor ein paar Jahren vor dem Bankrott stehende Privatbrauerei schaffte es auf die Wirtschafts- und Kuriositätenseiten internationaler Zeitungen und Online-Publikationen. Mit Begeisterung werden die ausländischen Investoren, die Bayrak zusammengesucht hatte, auf die Artikel reagieren, da war sich Demirbilek sicher. Die Demonstration der aufgebrachten Anwohner – so spekulierte er weiter – könnte genauso gut von Bayrak selbst initiiert worden sein. Warum nicht? Eine bessere PR hätte er sich nicht wünschen können. Doch wo war Süleyman Bayrak? Vergeblich hatten Journalisten versucht, eine offizielle Stellungnahme der Unternehmensführung einzuholen.

Mit den journalistischen Ausführungen beschäftigt, schreckten Vierkant, Cengiz und Demirbilek von ihrer Lektüre auf, als es an der Tür pochte. Zwei Mal. Und das sehr laut. Kurz darauf betrat Pius Leipold die Räume. Auch er hatte eine Zeitung in der Hand. Alle drei Migra-Beamten hatten den Eindruck, er habe gerade vom Untergang der Welt erfahren.
»Zeki! Was sagst du da jetzt dazu? Das kann nicht sein, oder?«
Demirbilek spürte Leipolds Volksseele kochen. Hätte er von der Demonstration gewusst, wäre er selbst an vorderster Front dabei gewesen.
»Wir müssen dringend Bayrak sprechen. Weißt du, wo er steckt?«, fragte er, ohne seine Wut zu beachten.
»Gleich«, wiegelte Leipold ab. »Ich möchte deine Meinung wissen. Die Hirnochsen von Journalisten finden das allen Ernstes gut. Das kann doch nicht sein! Die Türken wollen ja nicht nur die Brauanlage. Die nehmen auch das Fachpersonal mit. Mit in die Türkei!«, empörte er sich aus tiefstem Herzen.
Aus kollegialer Anteilnahme heraus übte Demirbilek Nachsicht über die Bemerkung, die für sein Empfinden nicht weit von einer Beleidigung entfernt war. Er wollte lieber seine Arbeit machen anstatt über Winkelzüge von Unternehmern diskutieren. Es ging um Profit, nahm er an. Investieren. Später kassieren. Das war überall auf der Welt gleich.
»Wenn du nicht weißt, wo Bayrak steckt, hast du wenigstens den heimlichen Freund von deiner Toten vorgeladen?«, fragte er betont sachlich.
Leipold bemühte sich, nicht die Beherrschung zu verlieren. Warum verstand ihn niemand, grämte er sich. Er schüttelte den Kopf, mehr über die Gleichgültigkeit Demirbileks als über seine Frage.
»Was heißt das jetzt?«, stocherte dieser genervt nach.
Dann erhob er sich. Etwa einen Meter vor seinem Schreibtisch

stand Leipold mit Zornesröte im Gesicht. Demirbilek überlegte, warum er seine Wut gerade bei ihm auslassen musste. Wahrscheinlich, legte er sich zurecht, kannte er außer ihm keinen Türken näher. Zudem – und das schien ihm der triftigere Grund zu sein – hatte Bier einen hochemotionalen Stellenwert bei Pius. Es stand für Heimat und Wohlbehagen, für Geselligkeit und Rausch. Alles existenzielle Bestandteile seines Lebens. Er selbst hatte keine ganz so enge Beziehung zu dem Gerstensaft, obendrein konnte er sich kaum an den Geschmack erinnern. Das letzte Weißbier hatte er am Tag vor Beginn der Fastenzeit getrunken. Gleichwohl ihm Bier schmeckte, war ihm çay als prägendes Getränk seiner türkischen Seele lieber.

Vierkant hatte genug von den beiden Streithälsen, die nicht zum ersten Mal kurz davor waren, sich zu fetzen. Zwar waren alle Zusammenstöße bislang verbal ausgefochten worden, doch man wusste ja nie. Beide waren bayerische Dickschädel, auch wenn der eine seine Wurzeln in Istanbul hatte. Sie beruhigte die Gemüter, bat dann Leipold, entweder Platz zu nehmen, um bei ihrer Besprechung teilzunehmen, oder zu gehen.

»Seit wann gibst du hier die Anordnungen?«, fragte Leipold, noch in Rage.

»Stimmt, Vierkant, was fällt dir ein, Pius einzuladen? Ich will ihn nicht dabeihaben, so wie er sich aufführt.«

»Genau«, pflichtete ihm Leipold bei, »was habe ich mit eurem Dezernat zu schaffen?«

Vierkant traute ihren Ohren nicht. Als Schlichterin hatte sie augenscheinlich auf der ganzen Linie versagt.

»Ziemlich viel«, brachte sich nun Cengiz ein, »deine Tote und unser Toter aus dem Wittelsbacher Brunnen haben sehr wohl miteinander zu tun.«

»Ach, komm! Nur weil er in der Mingabräu gejobbt hat?«

»Schalt mal dein Hirn ein, Leipold«, schoss Vierkant dagegen und vergaß ihr Bedürfnis nach Harmonie. »Unserer hat heimlich auf dem Gelände gefilmt.«
»Ja und? Was soll er schon gefilmt haben? Wie Bier gebraut wird, haben selbst die Türken schon kapiert.«
Demirbilek verlor nun doch noch die Fassung. Fastenzeit hin oder her. Er schob seinen Bürostuhl nach hinten weg und ging auf Leipold los. Doch als wäre es abgesprochen, läutete im selben Moment sein Telefon. Er hob wutschäumend ab, hörte kurz zu, bevor er den Kollegen am Hörer anherrschte, er solle kommen, und zwar umgehend.
»War jetzt blöd ausgedrückt von mir …«, rechtfertigte sich Leipold halbherzig.
Demirbilek schnitt ihm das Wort ab. »Soll das eine Entschuldigung sein?«
»Wäre denn eine angebracht?«, provozierte ihn Leipold weiter.
Die Bemerkung reichte, um Demirbileks Geduldsfaden reißen zu lassen. Er packte Leipold am Kragen seiner Lederjacke. Der war derart überrascht, dass er zunächst vergaß, sich zur Wehr zu setzen. Vierkant und Cengiz gingen dazwischen, um ihren Chef davon abzuhalten, den bayerischen Kollegen weiter durchzuschütteln. Erneut war es der Techniker, der die Situation rettete. Er betrat das Migrabüro und stutzte über die vier Beamten, die mitten in einer Prügelei zu sein schienen. Es dauerte eine Weile, bis sich alle beruhigt hatten.
»Der Computer aus dem Müllcontainer ist völlig zerstört worden, da war nichts mehr zu retten«, sagte der Techniker. »Auf der externen Festplatte aus dem Paket ist aber einiges drauf.« Er reichte Demirbilek das Gehäuse, obenauf lag das dazugehörige Protokoll. Dann verschwand er wieder.
Demirbilek reichte die Festplatte an Cengiz weiter und holte ein

Taschentuch hervor, um sich das Gesicht abzuwischen. Leipold erledigte dasselbe mit dem Ärmel.
»Tut mir leid. War ein Schmarrn, was ich gesagt habe«, entschuldigte sich Leipold nun doch.
Zeki kontrollierte in seinem Gesichtsausdruck, ob er das auch ernst meinte. Als er sich sicher war, überflog er das Protokoll. Dem Anschein nach handelte es sich um eine Back-up-Festplatte. Unmengen privater Dokumente, Studienunterlagen, Fotos und Videos. Der letzte Eintrag auf der Liste erregte seine Aufmerksamkeit.
»Jale, spiel das mal ab, den Rest untersuchst du später in Ruhe.«

44

Selbstverständlich wollte es sich Leipold nicht nehmen lassen, die ermittlungsrelevanten Aufnahmen zu sehen. Cengiz übertrug die Videodatei auf ihren Computer und startete. Auf dem zeigten sich gestochen scharfe, ruhige Bilder aus München. Özkan hatte Sehenswürdigkeiten abgeklappert. Von der Frauenkirche bis zur Allianz Arena. Erst nach einer Weile tauchten Aufnahmen aus der Mingabräu auf. Das Gebäude. Die Brauanlage. Ankommende, abfahrende Bierlaster. Details von Bierflaschen, die gewaschen, befüllt und etikettiert wurden. Die Lagerhalle. Bei einem sonderbaren, durch die Halle schleichenden Schatten schrie Leipold: »Stopp!«
Demirbilek erklärte, dass es sich bei dem Schatten um den Lehrling Jochen Vester handelte, der für Özkans Fake-Doku als Schauspieler agierte. Nach der kurzen Pause folgten Bilder vom Gerstensilo. Die Kellerei und weitere Aufnahmen des Verwaltungsgebäudes. Dokumentarische, normale Bilder. Cengiz spulte mehrfach vor, weil nichts passierte. Vester hatte ausgesagt, Özkan habe die Kamera lange Zeit einfach laufen lassen. Es stimmte. Demirbilek schüttelte enttäuscht den Kopf. Auch wenn er nur Leipolds Haarschopf von hinten zu sehen bekam, wusste er, wie er mit schadenfreudigem Grinsen die Aufnahmen quittierte.
»Und jetzt?«, fragte Leipold, als hätte er etwas davon, dass die Aufnahmen zu nichts nütze waren.

Da erregte die Nachricht über eine eingegangene Mail Cengiz' Aufmerksamkeit.

»Was ist?«, fragte Demirbilek.

»Gleich«, bat Cengiz um Geduld. »Stern hat eine Mail geschickt. Die Kollegen haben Manuela Weigls Notebook aufgetrieben. Es lag bei einem ihrer Freunde, er wollte es für sie reparieren.«

»Ist ihre Handtasche denn auch aufgetaucht?«

»Nein, die haben sie nicht gefunden.«

»Also gut, was ist auf dem Notebook?«

»Stern hat die Zugangsdaten zu ihren Benutzerkonten entdeckt. YouTube, Facebook und so weiter. Sehe ich mir alles später an. Spannend ist der Dateiordner ihres Smartphones, sie hatte wohl eines, das Fotos und Videos automatisch synchronisiert.«

»Wie automatisch?«, gab sich Leipold als Computerlaie zu erkennen.

»Fotos und Videos werden auf dem Server abgelegt, um die Dateien auch auf anderen Computern nutzen zu können.«

»Und? Was Interessantes?«, fragte Demirbilek.

»Wartet mal. Hier ist was. Das Datum passt. In der Nacht, als Özkan gestorben ist, hat sie eine Videoaufnahme mit ihrem Handy gemacht.«

»Können wir das jetzt sehen?«, fragte Vierkant.

»Bitte schön«, erwiderte Cengiz und drückte die Enter-Taste.

Auf dem Monitor schwebten Bilder, die mit einer Handykamera aufgenommen waren, durch die Kellerräume der Mingabräu. Es war dunkel. Die unruhige Kamerafahrt endete vor der Tür zu einem Lagerraum. Sie war angelehnt. Eine Hand kam ins Bild, um sie ein Stück aufzumachen.

Gerade in dem Augenblick stopfte Jochen Vester eine Flasche Bier in Ömer Özkans Hals und füllte ihn wie eine Mastgans ab. Özkan lag auf einem Tisch und wehrte sich nach Leibeskräften. Er spuckte

das Bier aus, besudelte damit sich und den Lehrling, der auf seinem Bauch hockte und mit den Knien seine Arme niederdrückte. Dumpf und krächzend drang seine heisere Stimme durch den Türspalt.
»Du machst gar keine Fake-Doku. Du spionierst hier herum! Manuela hast du auch gefilmt! Hast du was mit ihr? Sprich! Gib es schon zu!«
Ein Kasten Bier stand auf dem Tisch. Etwa zehn leere Flaschen lagen verstreut herum. Demirbilek dachte notgedrungen an die Gerichtsmedizinerin. Er hatte sie gebeten, herauszubekommen, welche Biersorte Özkan im Blut hatte. Nun sah er es mit den eigenen Augen. Das naturtrübe Mingabräubier sprudelte aus seinem Mund. Vester nahm selbst einen Schluck, bevor er erneut ansetzte, die schäumende Flüssigkeit in Özkans Hals zu schütten. Zwei Minuten lang wurden die Ermittler Zeugen seiner Gegenwehr, bis er lallend, aber offenbar unversehrt und in seliger Bierlaune Worte formte.
»*Götveren. Siktir*«, lallte Özkan auf Türkisch.
»Sprich deutsch mit mir, du Sau«, regte sich Vester auf.
Die Person, die die Handykamera führte, rannte nun vor. Die Kamera wackelte mehrmals hin und her, dann wurde sie abgestellt, eine Regalkante verdeckte das halbe Bild. Manuela Weigls Rücken tauchte auf, die Ermittler wurden Zeugen, wie sie auf Vester zustürmte, um ihn von Özkan herunterzureißen.
»Lass ihn in Ruhe! Spinnst du!«
Vester erstarrte. Er brachte kein Wort mehr heraus. Weigl half dem unfreiwillig Betrunkenen auf die Beine. Seine Bemühungen um ein dankendes Lächeln schlugen fehl; er war nicht imstande, das Gleichgewicht zu halten.
»Komm, ich bringe dich heim«, sagte Weigl fürsorglich und half ihm auf. Dann schaltete sie die Handykamera aus. Die Aufnahmen brachen ab.

»War das alles?«, fragte Vierkant enttäuscht.
Da hatte Cengiz schon die nächste Videodatei aufgerufen.
»Die Bilder sind rund eine halbe Stunde später aufgenommen worden.«
Die Tote aus dem Park und der Tote aus dem Brunnen waren nach wie vor quicklebendig. Die Ermittler sahen, wie Weigl Özkan und sich selbst mit der Handykamera filmte. Er hatte den zu der Zeit noch unversehrten Krug der Mingabräu in der Hand. In Feierlaune passierten sie den beleuchteten Stachus, unweit des späteren Fundorts seines Leichnams. Im Gehen schwenkte Weigl die Kamera vor ihre Gesichter. Ein Lied brummte aus Cengiz' Computerlautsprechern, wobei er nachlallte, was sie ihm vorsang. Offenbar hatten die beiden Opfer großen Spaß. Mit einiger Mühe identifizierten die Beamten die Melodie. *Stern des Südens,* die FC-Bayern-Hymne. Zum Höhepunkt der Gesangseinlage riss Özkan die Arme auseinander und krachte mit dem Bierkrug an eine Straßenlaterne. Der Krug zerbrach, nicht mehr als der Henkel, der später gefunden wurde, blieb in seiner Hand zurück. Damit war das Rätsel der restlichen Scherben geklärt, hakte Demirbilek ein Problem ab. Nach einer Weile entfernte sich die Handykamera von Özkan, Weigls Hand tauchte auf, wie sie zum Abschied winkte. Dann brachen die Aufnahmen ab.
»Das war es?«, meinte Vierkant enttäuscht.
»Sieht so aus«, bejahte Cengiz.
»Was hat er denn Vester gesagt?«, wollte Leipold wissen.
»Ich habe ›*Schwuchtel, verpiss dich*‹ verstanden«, übersetzte Cengiz und vergewisserte sich bei ihrem Chef. Er nickte.
»Danach ist er zum Wittelsbacher Brunnen gegangen und dort ersoffen?«, merkte Leipold skeptisch an.
»Kannst du dich an deinen ersten Vollrausch erinnern, Pius?«, fragte Demirbilek aus dem Hintergrund.

Leipold dachte nach, bevor er antwortete. Der Schrecken von damals lag in seinen Worten. »Das war nach meinem ersten Wiesn-Rausch. Ich war vierzehn oder fünfzehn. Vielleicht auch erst dreizehn. Irgendwie bin ich im Suff im Auer Mühlbach gelandet. Wenn der Ferdi nicht geholfen hätte, wäre ich glatt ersoffen.«

45

Die im Anschluss anberaumte Lagebesprechung dauerte eine knappe halbe Stunde. Demirbilek widersetzte sich nicht, als Leipold darauf bestand – solange es keine offizielle Entscheidung gab –, die Ermittlungen zu leiten. Der Chef der Migra gab seinen Mitarbeiterinnen mit einem unmerklichen Nicken das Einverständnis für die Aufgaben, die Leipold zuteilte.

Cengiz erhielt zusammen mit Herkamer den Auftrag, die schwierige Beschaffung der Mobilfunkdaten von Bayraks türkischem Provider zu organisieren. Vierkant und Stern koordinierten die Fahndung nach dem Lehrling, der einen lange zuvor eingereichten Urlaub angetreten war, und intensivierten die Suche nach Florian Dietl, während Demirbilek sich einverstanden gab, Leipold zur Mingabräu zu begleiten. Zunächst weigerte sich der bayerische Kollege, als Fahrer herzuhalten, erst Demirbileks Verweis auf seine durch das Fasten angeschlagene Konzentrationsfähigkeit überzeugte ihn, besser selbst das Steuer zu übernehmen.

In der Mingabräu angekommen, eilten sie den Flur des Büroganges entlang, bis sie das Türschild mit dem Namen Karin Zeil – Assistenz der Geschäftsleitung – entdeckten. Leipold klopfte. Da er eine leise Frauenstimme vernahm, wartete er ab und wandte sich mit einem Schulterzucken Demirbilek zu, der ebenfalls mit den Schultern zuckte, dann aber ohne weiteres Zögern die Tür öffnete und eintrat.

Karin Zeil saß hinter ihrem Schreibtisch und telefonierte. Sie trug einen hellbraunen Bolero aus Strick, unter dem Lochmuster stach ein weit ausgeschnittenes, rosafarbenes T-Shirt hervor. Offenbar war sie in einem wichtigen Gespräch, denn sie versuchte mit einer entnervten Handbewegung, die beiden fremden Männer aus dem Büro zu scheuchen. Leipold wartete bei der offenen Tür, während Demirbilek an den Schreibtisch trat.

»Verreisen Sie in die Türkei?«, fragte er charmant. Zeil hatte bei ihrem Telefonat den Ort Antalya erwähnt. Offenbar erkundigte sie sich nach einem Hotel.

»Was geht Sie das an!«, zischte Zeil und legte auf.

Demirbilek hatte ein Einsehen und zeigte seinen Dienstausweis. Er deutete zu seinem Kollegen. »Das ist Kommissar Pius Leipold. Wir müssen Ihren Lehrling Jochen Vester und außerdem Süleyman Bayrak sprechen. Wissen Sie, wo wir sie finden können?«

Zeil hatte mit versteinerter Miene zugehört. »Jochen hat Urlaub. Wo der neue Chef ist, weiß ich nicht.«

Dann packte sie ihren an einem langen Lederband hängenden Schlüsselbund und eine Tüte Lakritzbonbons in ihre Handtasche. Gerade wollte sie nach dem Prospekt über Antalya greifen, als ihr Demirbilek zuvorkam. Er nahm den Flyer und blätterte darin.

»Kein Interesse daran, warum wir die beiden sprechen wollen?«, fragte er beim Überfliegen der Pauschalangebote.

»Würden Sie es mir denn sagen?«

»Nein«, antwortete Demirbilek. »Sie fliegen nach Antalya? Eine gute Wahl. Meiden Sie die touristischen Plätze. Mögen Sie Fisch? Ich kenne ein Lokal am alten Hafen, da müssen Sie unbedingt zu Abend essen.« Er reichte ihr den Flyer zurück.

Zeils wachsame Augen folgten seiner Hand. Sie wartete. Dann griff sie danach und steckte ihn in ihre Handtasche.

Daraufhin zeigte ihr Demirbilek Ömer Özkans Foto.
Zeil warf einen flüchtigen Blick darauf. »Kenne ich nicht.«
»Nein?«
Sie sah sich das Foto noch mal genauer an. »Vielleicht doch.«
Angestrengt versuchte sie, sich zu erinnern. Augenscheinlich fiel es ihr schwer. Demirbilek bemerkte das Stirnrunzeln. Die Schicht Schminke auf den Hautfalten bewegte sich. Sein Blick wanderte von ihrer Stirn hinunter zum Dekolleté. Am Busenansatz machte er einen dezent anderen Make-up-Ton als auf ihrem Gesicht aus. Die Kette mit dicken Perlen um ihren Hals glänzte. Sie schien schwer zu sein. Aber passend zu ihrem Erscheinungsbild. Nervös fingerte sie an den Perlen, als würde es helfen, sich an den Mann auf dem Foto zu erinnern. Das hochgesteckte Haar, dunkel nachgefärbt, mit einem leichten Blaustich, verlieh ihrem Aussehen eine künstliche Note. Wie gemalt wirkte sie, fand Demirbilek und fragte sich, ob sie mit Schönheitsoperationen zum Wohle ihres Aussehens nachgeholfen hatte.
»Ja, jetzt weiß ich es wieder.«
Die Erleichterung in ihrer Stimme war nicht gespielt. Die jugendlich wirkend wollende Dame atmete auf, als hätte sie die Millionenfrage bei einer Quizshow richtig beantwortet. »Das ist doch der, der ertrunken ist. Er war aushilfsweise da. Wir haben immer wieder junge Leute aus dem Ausland. Das bayerische Bier hat ja einen ausgezeichneten Ruf.«
»Das weiß ich, Frau Zeil«, bestätigte er. »Können Sie mir irgendetwas zu Herrn Özkan sagen?«
»Nein.«
»Und zu Bayrak oder Vester? Wo sie sind, zum Beispiel?« Dass beide zur Fahndung ausgeschrieben waren, musste sie ja nicht wissen, dachte er.
»Tut mir leid. Ich bin heute nur ins Büro gekommen, weil alles

drunter und drüber geht. Die Zeitarbeitskraft hat sich krankgemeldet. Ich erreiche den Chef ja selbst nicht. Sein persönlicher Assistent ist zurück in der Türkei. Ihn habe ich erreicht, er konnte mir nicht sagen, wo Herr Bayrak steckt.«
»Danke für die Information. Zurück zu Özkan. Sie kannten ihn nicht näher?«
»Was sollte ich mit einem Aushilfsarbeiter zu tun haben?«, erwiderte sie pikiert.
Wie wahr, sagte sich Demirbilek. Aus ihrer Sicht hatte er eine äußerst dumme Frage gestellt. Im Hintergrund hörte er Leipold auflachen. Demirbilek verkniff sich einen Kommentar, wollte schon die nächste Frage stellen, kam aber nicht mehr dazu. Vom Hof der Brauerei drang ein Schrei durch das gekippte Fenster.

46

Franz Gehrke, der Braumeister, den Demirbilek am Tag zuvor gesprochen hatte, führte mit zittriger Hand eine volle Flasche Bier zum Mund. Sobald die Rundung des braunen Glases seine Lippen berührte, stoppte das Zittern. Berufsbedingt hatte er Übung im Trinken. Nach dreißig Sekunden setzte er die leere Flasche ab und holte Luft. Dann wischte er mit dem Handrücken den Schaum vom Mund und bewegte seine glasigen Augen zu Kommissar Leipold, der Demirbilek bei der Zeugenbefragung nicht erneut den Vortritt lassen wollte. Er saß neben dem Braumeister auf einem umgedrehten Bierkasten in der Lagerhalle, umringt von Regalen mit Bierkästen, leeren wie vollen.
Demirbilek stand einige Meter entfernt mit Karin Zeil an die Tür des Lagerbüros gelehnt. Geduldig wartete er seit einigen Minuten darauf, ob Leipold die Initiative ergriff. Am liebsten hätte er ihm den berühmten Tritt in den Hintern gegeben, um ihn aus der übertriebenen Anteilnahme zu katapultieren.
Die Sachlage schien ohnehin klar zu sein. Laut ersten Erkenntnissen der Spurensicherung gab es keine verwertbaren Hinweise am Tatort. Der Braumeister hatte Bayraks Leiche in dem trichterförmigen Gerstensilo auf dem Dachboden gefunden. Abermilliarden mikroskopisch feiner Staubpartikel wirbelten darin. Demirbilek hatte sich auf dem Dachboden selbst vergewissert und war die Holzleiter zum Einstieg hinaufgeklettert. Zehn Sprossen. Kein

Problem, sicherlich auch nicht für den Tanzbären, wie ihn Leipold getauft hatte. Gut, mutmaßte Demirbilek, Bayrak war die Holzleiter hochgestiegen, hatte seinen Kopf durch die Einstiegsluke gesteckt und in das dunkle Nichts gesehen. Die Taschenlampe, die er bei sich hatte, lag neben der Leiter. Im Silo war es stockfinster. Es war absolut nichts erkennen. Ein dunkles, unendliches Nichts. Nur der Geruch von Gerste ließ erahnen, was sich in dem Holzsilo befand. Gut, mutmaßte Demirbilek weiter, Bayrak hatte in das Nichts gesehen. Aber wie, in Allahs Namen, war er auf die Idee gekommen, in das Silo hineinzusteigen?

Vom Braumeister hatte Leipold bislang nur erfahren, dass etwas mit der Zufuhr der Gerste nicht gestimmt hatte. Er hatte sich gewundert, da die routinemäßigen Putz- und Wartungsarbeiten vor kurzem durchgeführt worden waren. Keine angenehme Tätigkeit, wie er aus seiner Zeit als junger Auszubildender zu erzählen wusste. Dass Frischlinge für die Arbeit herangezogen wurden, lag auf der Hand, ebenso, dass die angehenden Braumeister einen ordentlichen Schrecken eingejagt bekamen, wenn sie in den verliesähnlichen Raum eingesperrt wurden. Das konnte von ein paar Minuten bis zu mehreren Stunden dauern. Je nachdem, wie sie sich gegenüber ihrem Lehrmeister verhalten hatten. Brauer galten durch die jahrelange Arbeit in Bierkellern als wortkarg, konnten aber auch grobschlächtig zu Werke gehen.

Innen im Silo war keine Leiter, hatte Gehrke weiterhin erzählt; es gab in dem Holztrichter keinen Halt, man rutschte auf den Holzdielen unweigerlich nach unten. Er selbst hatte sich damals als Pimpf vor Angst beinahe in die Hosen gemacht, gestand der Braumeister. Jeder Atemzug bescherte den Lungen statt des ersehnten Sauerstoffes den unsichtbar in der Luft tänzelnden Gerstenstaub. Bayrak starb keinen leichten Tod, vermutete Demirbilek nach Gehrkes Ausführungen.

»Haben Sie eine Erklärung, was Herr Bayrak in dem Gerstensilo wollte?«, fragte Demirbilek Frau Zeil.
Sie schien weit weniger schockiert zu sein über den Tod ihres neuen Arbeitgebers als der Braumeister. Ungerührt blickte sie auf das Display ihres Mobiltelefons. Ihre Augen überflogen eine Nachricht. Demirbilek hätte gerne gewusst, was sie derart in den Bann zog.
»Frau Zeil«, wiederholte Demirbilek. »Haben Sie eine Erklärung ...«
»Die genaue Bezeichnung ist Gerstenmalzsilo. Kommen Sie.«

47

Das Tempo, das die elegante Dame vorlegte, war beachtlich. Der Sonderdezernatsleiter folgte ihr über den Hof zum Brauhaus. Von dort führte sie ihn die Treppenstufen hinab in den unterirdischen Bereich der Brauerei. Die Kühle des Kellers ließ Demirbilek frösteln. Als sie an der Abfüllanlage vorbeikamen, deutete Zeil auf die Maschine. Er entdeckte an verschiedenen Stellen Aufkleber. Zeil hielt sich nicht auf, sie ging mit den klackenden Stöckelschuhen den feuchten Kellergang weiter und öffnete die Eisentür zum Gärkeller. Demirbilek warf einen Blick hinein. Auch auf den metallenen Gärbottichen zeichneten sich Aufkleber ab. Der weitere Weg führte sie an der monströs wirkenden Eismaschine vorbei zur Filtrationsanlage, die offenbar seit längerem nicht mehr in Betrieb war. In dem Zeitungsbericht über Manuela Weigl hatte Demirbilek gelesen, dass die Brauerei vor einigen Jahren auf naturtrübes, ungefiltertes Bier umgestellt hatte. Er untersuchte einen der Aufkleber auf der Anlage. Bayraks Firmenlogo kannte er von dessen Visitenkarte, es war mit einem roten Filzstift abgezeichnet.
»Herr Bayrak hat jede Maschine, jeden Bottich und jedes Werkzeug kontrolliert und markiert. Er war ein sehr penibler Mensch«, erklärte Zeil.
»Das hat er alles selbst gemacht?«, wunderte sich Demirbilek.
»Ja. Der neue Chef war nicht nur ein gewissenhafter Geschäfts-

mann. Er war auch gelernter Braumeister. Er wusste ganz genau, was er wollte.«

»Was er mitnehmen wollte, meinen Sie?«

»Ja. Nach Istanbul.«

Demirbilek blickte sich noch mal um. Tatsächlich entdeckte er zahllose Aufkleber. In verschiedenen Größen und Formen. Auf den Schläuchen der Anlage, den Zu- und Abläufen, selbst auf den Schiefertafeln, die an den Bottichen hingen.

»Sie meinen, er wollte sich vergewissern, ob das Silo in Ordnung war? Ist er deshalb hineingestiegen?«, kam er auf den eigentlichen Punkt zurück.

»Aber nein. Er war gewissenhaft, doch nicht dumm. Er hat sicher nur einen Blick hineinwerfen wollen«, berichtigte Zeil ihn. »Zwei Tage bin ich mit ihm durch den Betrieb gelaufen und habe mitgeschrieben. Mir wurde das zu viel. Ich bin Assistenz der Geschäftsleitung, keine Schreibkraft.«

»Sie haben sich krankgemeldet?«

»Sagen wir, ich habe mir eine bitter notwendige Auszeit gegönnt. Herr Bayrak war anstrengend.«

»Wer hat Ihre Arbeit erledigt?«

»Die Büroarbeit eine Zeitarbeitskraft. Zur Unterstützung Herrn Bayraks hat sich Frau Weigl freiwillig gemeldet.«

»Manuela Weigl.« Demirbilek wiederholte den vollen Namen. Er zog eines seiner drei Taschentücher hervor und wischte sich die Hände sauber. Bei jedem Fall stellte sich irgendwann dieser Punkt ein. Menschen, die er befragte, sagten nicht immer die Wahrheit. Er überlegte, ob Bayrak gelogen hatte, als er für Leipold seine Aussagen übersetzte. Konnte es aber nicht mit Sicherheit bejahen. Tatsache war, er hatte angegeben, Manuela Weigl nicht näher gekannt zu haben. Er hatte also gelogen. Das musste einen Grund haben.

»Ein schlimmer Tod«, hörte Demirbilek plötzlich Frau Zeil sagen. In ihrer Stimme schien ehrliches Entsetzen zu liegen. Nervös fuhr sie sich durch die hochgesteckten Haare.
»Wie kommen Sie darauf?«, fragte Demirbilek.
»Weil ich weiß, was in einem Gerstenmalzsilo vor sich geht. Vor vierzig Jahren habe ich als junges Ding das erste Mal den Fuß auf ein Brauereigelände gesetzt.«
»Hier?«
»Nein. Hier habe ich vor fünf Jahren angefangen.«
»In Ihrem Alter haben Sie den Arbeitgeber gewechselt?«
Zeil verzog das Gesicht. Dann lächelte sie süffisant. »Finden Sie mich alt, Herr Kommissar?«
Demirbilek wollte seine Gedanken nicht preisgeben. »Entschuldigen Sie, wenn ich Ihnen zu nahe getreten bin. Sie sind eine attraktive Frau gerade wegen Ihres Alters.«
Das entwaffnende Lächeln, das er dabei aufsetzte, zeigte Wirkung.
»Sie flirten doch nicht mit mir, Herr Kommissar?«
»Ich bin im Dienst, das darf ich gar nicht«, antwortete er.
In Gedanken stellte er sie sich als junge Frau vor. Karin Zeil und Manuela Weigl hatten eine gewisse Ähnlichkeit. Insbesondere wegen der Augenfarbe. Ein schimmerndes Blau.
»Mingabräu stand damals vor dem Konkurs, meinem Mann ging es gesundheitlich schlecht. Ich war froh über das Angebot des damaligen Besitzers. Ich musste Geld verdienen. Notgedrungen. In der Branche habe ich einen guten Ruf. Hören Sie sich um.«
»Das werde ich tun«, bekräftigte Demirbilek mit einem Lächeln, bevor er fortfuhr. »Jemand hat Bayrak in das Silo gestoßen.«
»Und das Becherwerk eingeschaltet«, ergänzte sie.
In aschenbecherähnlichen Gefäßen transportierte die Förderanlage aus den 1920er Jahren die Gerste in das Silo. Mit dem Getreide

kam der Staub. Mit dem Staub der Tod. Der Mörder musste dazu nur den Drehschalter umlegen.

Der Hall eines Pfiffes holte Demirbilek aus seinen Gedanken. Er drehte sich gleichzeitig mit Frau Zeil um.

»Herr Demirbilek! Sind Sie da unten?«, schrie Jale Cengiz.

Was macht sie hier? Sie sollte doch mit Herkamer im Büro sein, ärgerte sich Demirbilek und wollte ihr das sagen, als Zeil sich zu Wort meldete.

»Brauchen Sie mich noch, Herr Kommissar?«

»Wann fliegen Sie nach Antalya?«

»Das ist noch völlig unsicher, ich habe mich im Reisebüro nur erkundigt.«

»Gut, gehen Sie, seien Sie aber erreichbar. Ich habe bestimmt noch Fragen.«

Kurz darauf erreichte Demirbilek mit Cengiz das Gerstenmalzsilo. Der Kopf einer blondhaarigen Frau im weißen Ganzkörperüberzug lugte aus dem Einstieg. Sie war mit einem Seil gesichert. Mobiles Arbeitslicht erleuchtete den Dachboden. Es war eng und stickig. Die junge Frau quälte sich mit Hilfe eines Kollegen ins Freie. Ein schwieriges Unterfangen.

»Sagt mal, warum schickt ihr eine Frau da hinein?«, fragte Demirbilek verärgert und packte mit an. Sobald die Kollegin festen Boden unter den Füßen hatte, zeigte sie ihm das Fundstück, das sie gesichert hatte. Demirbilek nahm das Papier in Augenschein. Ein Bekennerschreiben, kurz und knapp formuliert.

»Finger weg, Zeki!«, drohte plötzlich Leipolds Stimme aus dem Hintergrund. »Das ist immer noch mein Fall!«

48

Kommissariatsleiter Weniger begutachtete das sichergestellte Schreiben. Vor seinem Schreibtisch warteten die beiden Kommissare. Demirbileks Hände waren in seinen Hosentaschen vergraben. Leipold hielt die Arme verschränkt vor sich. Das unflätige Wortgefecht zwischen den beiden in bayerischer und türkischer Sprache hatte sich bis Weniger herumgesprochen. Die Streithälse hatten die Androhung disziplinarischer Maßnahmen schon hinter sich gebracht.
»Sehr bedenklich«, stellte ihr gemeinsamer Chef fest, nachdem er die Bedeutung des Fundstückes evaluiert hatte. »Rechtsradikale Aktivitäten sind das Letzte, was wir brauchen können.«
Er bat sie mit einer Geste, ihm an den mit Kaffee und Kuchen gedeckten Konferenztisch zu folgen.
»Nehmen Sie Platz, meine Herren.«
Beim Anblick des Käsekuchens meldeten sich Demirbileks Magensäfte. Er sah auf die Bürouhr. Ein kompliziertes Designerwerk, auf dem die Uhrzeit erraten werden musste. Er schätzte sie auf zehn Minuten nach drei. Das Ausrechnen der verbleibenden Stunden bis zum Ende des heutigen und des letzten Fastentages fiel ihm schwer. Er kam auf knapp zwanzig Stunden reine Fastenzeit. Zur Linderung seines Hungergefühls trug das Ergebnis jedoch nicht bei. Fakten konnten weh tun.
»So greifen Sie doch zu, Herr Demirbilek. Hat meine Frau ge-

backen«, sagte Weniger, nachdem dieser dankend abgelehnt und Leipold Kaffee und Kuchen genommen hatte.
»Danke, aber ...«
»Entschuldigen Sie! Sie fasten ja!«, unterbrach er ihn entsetzt. Dann erhob er die Stimme und rief zur Tür: »Andrea!«
Umgehend erschien seine Assistentin. Er bat sie, den Tisch abzudecken. Bevor sie das erledigen konnte, stibitzte Leipold ein Stück Kuchen.
Demirbilek bedankte sich für die unerwartete Geste.
»Wir haben die große Chance, die Durchschlagskraft des Sonderdezernats Migra zu demonstrieren«, begann Weniger die Besprechung.
»Bei allem Respekt, Herr Weniger, das ist definitiv mein Fall ...«, entfuhr es Leipold.
»... gewesen«, ergänzte Weniger knapp. Sein Kalender war voller Anschlusstermine. Für Diskussionen war keine Zeit. »Mit der Staatsanwaltschaft ist alles Notwendige abgeklärt. Wir bündeln die Ermittlungskräfte. Da es sich um ein Kapitalverbrechen mit türkischer Beteiligung handelt, übernimmt Herr Demirbilek ab sofort die hoffentlich rasche und vollständige Aufklärung des Falles.«
»Der beiden Fälle. Wir haben eine tote Bierkönigin«, berichtigte Leipold angefressen und wandte sich an seinen neuen Vorgesetzten. »Hast du Herrn Weniger nicht vom Video berichtet?«
Demirbilek verzog keine Miene. Leipold ging in die Offensive. Es war angemessen, seiner unterdrückten Wut Luft zu machen, dachte er verständnisvoll. Leipolds Bierleiche war zuerst gefunden worden, Manuela war Deutsche, er fühlte sich berechtigterweise als verantwortlicher Ermittler. Obendrein hingen die Mordfälle mit seinem Spezialgebiet zusammen, nämlich Bier. Leipold wusste, dass ihr gemeinsamer Chef über Weigls Handyaufnahmen nicht informiert worden war.

»Welches Video ist gemeint?«, wollte Weniger prompt von Demirbilek erfahren.
»Das steht alles im Protokoll. Sie haben es morgen früh.«
Wenigers skeptischer Blick bohrte sich durch Demirbilek. Erfahrungsgemäß war es sinnlos, den türkischen Kommissar auf die Bedeutung schneller und umfassender Kommunikation hinzuweisen.
»Morgen um sieben Uhr liegt der Bericht auf meinem Schreibtisch«, sagte er mit scharfer Stimme. »Noch etwas. Das Opfer hatte offenbar einflussreiche Freunde aus der Politik. Das Sekretariat einer gewissen Dr. Nihal Koca hat um einen Telefontermin gebeten. Kennen Sie die Diplomatin?« Er blickte Demirbilek direkt an.
»Ja«, räumte er ein. »Sie war mit Bayrak befreundet. Möglicherweise intimer, als sie zugegeben hat. Ich habe Frau Koca am Flughafen gesprochen.«
Der Kommissariatsleiter machte ein erstauntes Gesicht. Leipold, der vom Kuchen abgebissen hatte, verlangsamte seine Kaubewegungen aus Überraschung, weil ihn Demirbilek mit keinem Wort erwähnte.
»Ich nehme an, Sie haben ihren Immunitätsanspruch respektiert und sich korrekt verhalten?«
»Selbstverständlich«, behauptete Demirbilek wie aus der Pistole geschossen. Er erwartete, Leipold würde Kocas Tablet geschickt in das Gespräch einbringen. Doch das passierte nicht.
»Gut, Herr Demirbilek. Ich bin gespannt, was mir die Diplomatin zu sagen hat. Über Ihr Gespräch bekomme ich morgen früh um sieben zu lesen?«
»Aber ja«, versprach Demirbilek.
Er würde das Protokoll selbst schreiben müssen, ärgerte er sich dabei und sah zu Leipold, der verstohlen schluckte und stumm blieb.

»War nicht noch was?«, provozierte Demirbilek ihn. Er hatte große Lust auf eine handfeste Auseinandersetzung mit seinem bayerischen Kollegen.
»Nein, wieso?«, fragte Leipold mit Unschuldsmiene.
»In Ordnung«, lenkte Weniger nun ein, obwohl ihm klar war, dass Demirbilek nur die halbe Wahrheit sagte. Es wäre nicht neu, wenn er darauf verzichtete, ihn in ermittlungsrelevante Zusammenhänge einzuweihen. Ebenso bewusst war ihm seine hohe Aufklärungsquote.
»Dann sind wir uns einig, meine Herren. Arbeiten Sie vernünftig zusammen. Ich möchte eine schnelle Aufklärung. Rechtes Gesocks hat weder bei uns in München noch sonst wo etwas verloren.«
Nachdenklich nahm Demirbilek das Papier aus dem Silo in die Hand. Das Bekennerschreiben war mit altdeutschen Lettern auf einem Computer geschrieben und ausgedruckt worden: *Du Türkensau kriegst unser Bier nicht.* Unterschrieben mit: *Die Münchner Rechte.* Was für ein dummes Schreiben, urteilte Demirbilek.
»Warum bietet uns der Täter eine Spur auf dem Präsentierteller?«, fragte er in die kleine Runde.
»Wie meinen Sie das?«, entgegnete Weniger.
»Es gab nicht viele, die von der Demontage wussten. Im Wesentlichen die Mitarbeiter der Brauerei. Achtzehn Angestellte. Bayraks Unternehmen in der Türkei. Die Investoren. Hochgerechnet vielleicht fünfzig Personen. Dann diejenigen, die nichts wissen durften, aber davon erfahren haben. Das engt den Täterkreis ziemlich ein.«
»Und die Demonstration? Der Flaschenwerfer, Sie erinnern sich? Ist er denn nicht tatverdächtig?«
Leipold meldete sich zu Wort. »Cengiz hat ihn mit dem Handy fotografiert. Wir kennen ihn. Er gehört zum Nachwuchs bei den

Königstreuen. Das sind die, die unser schönes Bayernland wieder zum Königreich machen wollen und zum lieben Herrgott beten, dass Franz-Josef Strauß aufersteht.«
»Ja, und? Haben Sie ihn festgenommen?«, erkundigte sich Weniger.
»Nein, vernommen«, meldete sich Demirbilek. »Er ist direkt vom Frühschoppen zur Demonstration, war betrunken, als er die Flasche geworfen hat. Der hat mit Bayraks Tod nichts zu tun.«
»Warum?«
»Weil ich ihn verhört habe.« Die Vernehmung hatte genau drei Minuten gedauert.
Weniger sah zu Leipold hinüber. Sein fragendes Gesicht kam einer Aufforderung gleich, sich zu äußern.
»Hat schon recht, der Zeki«, erwiderte Leipold. »Das ist ein dummdreister Tunichtgut. Wir haben ihn auf dem Schirm. Wichtiger wäre es, den genauen Todeszeitpunkt zu wissen. Die Demonstration war am Sonntagvormittag. Die Leiche sah ganz passabel aus. Der kann nicht lange tot gewesen sein. Wenn das so ist, scheiden die Demonstranten als Tatverdächtige aus. Das erspart uns eine Menge Arbeit. Wann macht Frau Doktor die Autopsie?«
»Ich kümmere mich darum«, sagte Weniger entschlossen und stand auf.
Demirbilek und Leipold erhoben sich ebenfalls.
»Pius, du bringst mir den Lehrling zum Verhör«, befahl Demirbilek sachlich, allerdings mit einem Funkeln in den Augen. Dann nickte er Weniger zu und ging.
Leipold biss noch ein Stück vom Käsekuchen ab. Ist nicht einfach mit dem Pascha, wenn er sauer ist, dachte er.

49

Demirbilek lief die Treppen hinunter und blieb vor dem Haupteingang des Präsidiums stehen. Er brauchte dringend frische Luft. Seine Laune war nicht die beste. Die Ursache dafür lag auf der Hand: der Anblick des Käsekuchens, den Leipold verschlungen hatte. Reiß dich zusammen, ermahnte er sich und suchte nach einer Möglichkeit, seine fiebrige Unruhe in den Griff zu bekommen.

Da kam ihm eine Idee. Er setzte eine seiner Eingebungen in die Tat um und begann zu hüpfen. Dabei zog er die Knie nach oben und atmete regelmäßig zum Takt ein und aus. Zu seiner Verwunderung hatte er Spaß an der sportlichen Betätigung. Währenddessen nahm er sich vor, die Gerichtsmedizinerin schnellstmöglich über den Ermittlungsstand zu informieren. Die Mühe mit der Analyse der Biersorten konnte sie sich sparen. Er wusste ja nun Bescheid. Dann dachte er über die Verbindung von Bayrak zu Weigl nach. Warum hatte der türkische Brauereiunternehmer gelogen? Es ergab keinen Sinn. Außer, es gab einen Grund, den er für sich behalten wollte. Erpressung kam als Erklärung in Frage oder eine Liebesaffäre. Noch eine?, fragte sich Demirbilek skeptisch. Bayrak hatte vermutlich etwas mit der Diplomatin, aber mit seiner Angestellten? Ein gefragter Frauenheld schien der Tanzbär für Demirbilek nicht zu sein. Allmählich kam er beim Auf- und-ab-Springen außer Atem. Er beendete die Übung und zog das

zweite Taschentuch für den Tag heraus. Während er sich die feuchte Stirn abtupfte, überlegte er weiter, ob er das dümmliche Bekennerschreiben ernst nehmen sollte. Nichts war unmöglich. Das war ihm bewusst. Eine rechtsradikale Organisation hinter Bayraks Ermordung war vorstellbar.
»Glauben Sie, Rechtsradikale stecken dahinter?«, hörte er seine Gedanken wie ein Echo. Auf der Stelle zog er mit sich ins Gericht, schalt sich, wieder die Konzentration verloren zu haben.
»Wenn Sie mich fragen ...«
Den Rest verstand er nicht mehr, zu erleichtert war er darüber, Cengiz' Stimme erkannt zu haben. Er drehte sich um. Da stand sie vor ihm. Die Handtasche um die Schulter gehängt.
»Wo willst du hin?«, fragte er. »Wir haben zu tun.«
»Ich war bei der Brauerei, weil ich mit Ihnen reden wollte«, erklärte sie.
Demirbilek sah sie fragend an.
»Übermorgen ist *Bayram*.«
»Ich weiß, wann Ramadan zu Ende ist. Wir feiern das Zuckerfest zusammen.«
Sie lächelte verlegen. »Das wird nicht gehen.«
»Warum?«
»Ich möchte ein paar Tage freinehmen.«
»Auf gar keinen Fall. Ich brauche dich hier. Weniger hat mich gerade in die Verantwortung genommen. Wir müssen Bayraks Mörder finden. Und der Fall Manuela Weigl gehört uns jetzt auch.«
Es war leicht, Cengiz wieder für die Arbeit zu interessieren. Aydin hatte wohl recht. Er und Jale waren sich sehr ähnlich.
»Was ist mit den Rechten? Glauben Sie daran?«, fragte sie in einem neuen Anlauf.
»Es geht nicht darum, was ich glaube. Das Schreiben müssen wir ernst nehmen, natürlich. Was ist deine Meinung?«

»Eine Finte. Dummer Versuch, uns in die Irre zu führen.«
Sie verwendet deine Worte, stellte Demirbilek erschrocken fest.
»Könnte sein. Überhaupt werden die beiden Fälle immer verworrener …«
»Die beiden? Was ist mit Özkan?«
»Zwischen dem Todeszeitpunkt und der Aufnahmezeit des Handyvideos ist nicht viel Zeit vergangen.«
»Für einen Mord braucht man nicht viel Zeit«, konterte Cengiz, nun wieder ganz auf die Ermittlungsarbeit konzentriert.
»Du hast recht, ich weiß. Dennoch. Ich bin mittlerweile überzeugt, dass er tatsächlich ertrunken ist. Oder aber Vester ist ihm und Weigl gefolgt.«
»Ich habe seine Eltern besucht. Der Bericht liegt auf Ihrem Schreibtisch. Er war nach der Sache mit Özkan in seiner Stammkneipe in Sendling, hat sich mit Schnaps volllaufen lassen.«
Demirbilek nickte. »Wo er jetzt ist, wissen die Eltern nicht?«
»Nein. Angeblich wollte er mit Freunden an den Gardasee. Ich habe seine Kumpel durchtelefoniert. Die wussten aber nichts davon.« Cengiz schluckte. Sie sah müde aus. »Was ist mit meinem Urlaubsantrag?«
»Morgen früh muss ich einen Bericht fertig haben, sonst gibt es Ärger mit Weniger. Fahr heim. Wir reden zu Hause weiter«, lenkte Demirbilek verständnisvoll ein.
»Zu Hause? Über die Arbeit?«
»Ausnahmsweise.«
Cengiz wandte sich ab, um zu gehen. In ihrem bisherigen Leben war es in Ordnung gewesen, den Beruf über die persönlichen Belange zu stellen. Mit der Schwangerschaft, machte sie sich deutlich, hatte sich das schlagartig geändert. Sie blieb nach ein paar Schritten stehen und kehrte zu ihrem Chef zurück. In ihrem entschlossenen Gesicht und den kampflustig funkelnden Augen er-

kannte Demirbilek, wie schön Jale war, und beglückwünschte seinen Sohn zu seinem ausgesprochen guten Geschmack.
»Ich möchte *Bayram* bei meinen Eltern sein und mit ihnen in Ruhe reden. Sie wissen, warum.«
»In Berlin?« Das dürfte kein Problem sein, überlegte er. Frühmaschine hin. Letzte Maschine zurück. Sie würde einen Arbeitstag ausfallen.
»Nein, sie sind in Istanbul.«
Auch kein Problem, sagte sich Demirbilek. Eine Übernachtung. Zwei Fehltage. Weniger musste davon nichts mitbekommen.
»Zwei Tage.«
»Vier«, handelte Cengiz.
»Zwei.«
»Drei.«
Demirbilek seufzte. Zwei Übernachtungen. Cengiz hatte die Auszeit nötig, Nähe und Beistand ihrer Eltern würden ihr helfen, sich für das Kind zu entscheiden, argumentierte er mit sich. Dann ärgerte er sich. Warum war das Zuckerfest für Muslime kein Feiertag in Deutschland? Wie Weihnachten oder Ostern. Dann gäbe es die Probleme nicht.
»Gut«, willigte er schließlich ein.
Cengiz hatte zähere Verhandlungen erwartet. Sie atmete erleichtert auf. »Danke.«
»Kochst du was, heute?«, fragte Demirbilek. Er hätte es gerne gesehen, wenn Jale, Aydin und er den Abend miteinander verbrachten.
»Wann?«
»Zwanzig Uhr fünfundvierzig.«
Fastende wussten meist auf die Minute genau, wann die Sonne unterging und damit das Ende des Fastentages eintraf. Bevor Jale antworten konnte, lenkte ein tiefes, röhrendes Motorengeräusch

ihre Aufmerksamkeit auf die Einfahrt. Ein grell orangefarbener Porsche fuhr vor.

Demirbilek und Cengiz beobachteten, wie der Fahrer seine halb gerauchte Zigarette aus dem gutgepflegten Oldtimer schnippte und ausstieg.

»Heb sofort die Kippe auf!«, schrie Demirbilek dem Mann zu. »Ich habe hier Hausrecht!«, setzte er hinzu.

Der verblüffte Porschefahrer machte eine entschuldigende Geste und bückte sich nach der Kippe.

»Soll ich bleiben?«, fragte Cengiz unvermittelt.

»Warum?«

»Das ist Florian Dietl.«

50

Gutgelaunt nahm kurze Zeit später der ehemalige Braumeister Florian Dietl in Demirbileks Dienstzimmer Platz. Ein ausgesprochenes Missbehagen ergriff den Leiter der Migra. Das dandyhafte Aussehen des Mannes und sein selbstgefälliges Grinsen gingen ihm auf die Nerven. Dazu kam die modische Umhängetasche, die er von der Schulter nahm, um sie über die Stuhllehne zu hängen. Demirbilek musste sich eingestehen, Sklave seiner Vorurteile zu sein. Dietl stand für einen Menschenschlag, den er nicht mochte. Ein Schnösel, gesegnet mit einer unbegründeten Selbstsicherheit, eitel und bis unter die Haarspitzen voll mit Testosteron. Er riss sich am Riemen und zeigte seine einfühlsame Seite, um das Verhör zu gestalten, wie er es sich vorgenommen hatte. Vierkant hatte ihn vor der Befragung mit Informationen über Dietl auf den neuesten Stand gebracht. Unter anderem hatte er erfahren, dass der parfümierte Paul-Newman-Verschnitt einen privaten Türkischkurs besucht hatte.

»Mein Kollege Pius Leipold wird gleich hinzustoßen. Ich muss Sie um etwas Geduld bitten.«

»Ein wunderbar bayerischer Name«, meinte Dietl selig. »Hört man nicht mehr oft.«

»Ja. Pius passt zu Pius. Er ist durch und durch Münchner.«

»Das freut mich.«

»Warum freut Sie das?«

»Ich war in letzter Zeit viel im Ausland. Beruflich, meine ich. Viel auf Messen. Bayerisches Bier ist ja auf der ganzen Welt beliebt.«

»Da fehlt einem das Heimatliche in der Ferne«, bestätigte er entgegenkommend. Was er sich dachte, behielt er lieber für sich. Nämlich, dass dieser Lackaffe sich innerlich darauf vorbereitet hatte, ein Lügenmärchen aufzutischen. Die Unbekümmertheit nahm er ihm nicht ab.

Endlich vernahm der Sonderdezernatsleiter, wie sich im Nebenraum die Tür öffnete. Leipold trat abgehetzt ein, er winkte ihn gleich zu sich.

»Komm, Pius, Herr Dietl wartet schon eine ganze Weile.«

Leipold kniff die Augen zusammen. Was ist denn in den Pascha gefahren, dachte er, seit wann versuchte er, bei einem Verhör nett zu sein?

Kaum hatte sich Leipold neben ihn gestellt, eröffnete Demirbilek mit einem Paukenschlag das Verhör. In seiner Stimme war kein bisschen Freundlichkeit mehr.

»Wir haben zweiunddreißig Stunden nach Ihnen gesucht. Wo waren Sie?«

Dietl erschrak. Ebenso Leipold. Er fingerte an seinem Ohrring. Cengiz, die geblieben war, um für ihren Chef das von Weniger angeforderte Protokoll zu schreiben, unterbrach ihre Arbeit und sah betreten durch die offene Tür.

»Ich habe mein Handy verloren. Das habe ich Ihrer Kollegin schon erklärt«, teilte Dietl nach der Schrecksekunde mit.

Demirbilek hatte Kenntnis davon. In Vierkants Zusammenfassung war von einer gesperrten SIM-Karte die Rede. »Sie sind Geschäftsmann, ein sehr erfolgreicher Biermanager, wie wir wissen, aber anderthalb Tage nicht erreichbar. Erklären Sie mir das.«

Das leichte Wimpernzucken kündigte die zurechtgelegte Erklärung an. »Die letzten Wochen waren ziemlich hart für mich. Kundengespräche am laufenden Band. Die Geschäftsreisen. Vierzehn Jahre habe ich im Braukeller gearbeitet. Als Braumeister kommt man nicht viel herum. Ich brauchte dringend eine Auszeit. Da kam mir das mit dem verlorenen Handy ganz gelegen. Ein Wink des Schicksals. Ich habe mich am Ammersee verkrochen.«

»Nur kein Burn-out jetzt. Das verstehe ich«, behauptete Demirbilek und fischte das Bekennerschreiben aus den Ermittlungsakten. »Und? Konnten Sie sich ein wenig von den Strapazen erholen?«, plauderte er weiter, die Augen auf das Papier fixiert.

»Ja, schon. Danke«, sagte Dietl irritiert.

»Schön«, meinte Demirbilek. Dann legte er ihm das Schreiben vor. »Kennen Sie das?«

Leipold warf von der Seite einen verwunderten Blick darauf. Es war dieselbe Art Papier, dasselbe Format, das im Gerstenmalzsilo sichergestellt wurde, nur der Text lautete anders. Dietl guckte darauf. Mit den Augen überflog er die Zeilen. In dem hin- und herhuschenden Blick glaubte Demirbilek eine gewisse Irritation zu erkennen.

»Nein, das kenne ich nicht. Was soll das sein? Weswegen haben Sie mich eigentlich herbestellt? Sie wollten mich doch wegen Manuela Weigl befragen.«

Demirbilek dachte nicht daran, auf die berechtigte Frage einzugehen. »Sie sprechen doch Türkisch?«

»Das kann man so nicht sagen. Ich wollte es lernen, wegen Bayrak. Ein paar Höflichkeitsfloskeln habe ich drauf, mehr nicht.«

»Wann haben Sie ihn zuletzt gesehen oder gesprochen?«

»Vor ein paar Tagen, als er nach München gekommen ist.«

»Wegen der Demontage.«

»Ja«, bestätigte er und fügte schnell hinzu: »Ich weiß, dass er tot ist, wenn Sie darauf hinauswollen.«

»Frau Zeil hat Sie also informiert«, stellte Demirbilek fest. Er erinnerte sich daran, wie sie mit ihrem Handy eine Nachricht losschickte.
»Ja. War ein ziemlicher Schock.«
»Tatsächlich?«
»Ja, klar. Er war ein Geschäftsfreund.«
»Das Schreiben hier haben wir bei seiner Leiche gefunden«, sagte Demirbilek mit angsteinflößender Beiläufigkeit und studierte seine Reaktion. Sie bestand aus einer Mischung aus Überraschung und Ungläubigkeit.
»Was soll das sein?«, fragte er schließlich verunsichert.
»Haben Sie ihn auf dem Gewissen?«, überfuhr ihn Demirbilek.
»Was?«, krächzte Dietl erschrocken.
»Verstehen Sie kein Deutsch? Ich habe gefragt, ob Sie Bayrak auf dem Gewissen haben?«
»Natürlich nicht. Bayrak war ein Kunde. Wieso sollte ich ihn töten? Das macht doch keinen Sinn.«
Demirbilek fixierte ihn. Augenscheinlich sagte er die Wahrheit. Doch innerlich sträubte sich der Kommissar, ihm Glauben zu schenken. Er blickte auf das Schreiben und übersetzte: *»Tod dem Verräter Bayrak. Kein bayerisches Bier in der Türkei!«* Dann schnippte er mit dem Zeigefinger auf das Papier. »Unterzeichnet hat *Die Neue Türkische Kraft*. Wie finden Sie das?«
»Verstehe ich nicht«, sagte der Biermanager verwirrt und schluckte schwer.
»Ich auch nicht«, gab Demirbilek zu. »Was meinst du, Pius?«
»Gleich. Ich möchte endlich wissen, in welcher Beziehung Herr Dietl mit Manuela Weigl stand«, nahm Leipold den Ball auf, den Demirbilek ihm zuspielte. Auch wenn keine Zeit gewesen war, sich abzusprechen, merkte er, wann ein Kreuzverhör im vollen Gang war.

»Wie?«, stotterte der Gefragte. Bei dem Marketingexperten schien sich nun alles im Kopf zu drehen.
»Sie waren intim mit Manuela Weigl?«, hakte Leipold nach.
»Intim?«, stutzte Dietl.
»Ob Sie beide ein Paar waren?«
Der Befragte sammelte sich. »Ein Paar? Nein, das nicht. Mehr eine Affäre. Ich habe sie drei Mal getroffen. Das war's.«
Das passt zu dir, du Sexmonster, sagte sich Leipold und stellte die nächste Frage. »Wo und wie haben Sie sich kennengelernt?«
Dietl fühlte sich sichtlich unwohl. Er rückte erst seine Tolle zurecht, dann die Umhängetasche gerade. »Warum wollen Sie das denn wissen?«
»Antworten Sie auf meine Frage!«
»Okay. Verstehe schon. Ihr macht auf zwei böse Polizisten«, meinte der Verhörte etwas zu abfällig.
Dieses Mal war es an Leipold, die Beherrschung zu verlieren. »Sie sagen in einer Mordermittlung aus! Wenn sich jemand einen Spaß erlauben darf, dann wir, die Polizei. Jetzt sagen Sie auf der Stelle, wo Sie Frau Weigl kennengelernt haben!«
Dietl schluckte. Sein Blick fiel wieder auf das Schreiben. »Wir sind uns rein zufällig auf dem Viktualienmarkt über den Weg gelaufen, waren in der Schmalznudel auf einen Kaffee und eine Ausgezogene. So ging es los. Ich kannte sie ja von der Mingabräu. Manuela war vollkommen aus dem Häuschen. Das Schicksal hat uns zusammengeführt, hat sie geschwärmt. Wie Frauen halt so sind.«
»Und Schluss gemacht haben Sie. Warum?«
»Sie wollte eine Beziehung. Ich nicht.«
»Ach ja.« Leipold verzog das Gesicht. »Aber warum die Geheimnistuerei?«
»Eine rein geschäftliche Vorsichtsmaßnahme. Manuela war ja bei

Mingabräu angestellt. Die Brauerei gehört zu meinen Kunden. Wie sieht das denn aus, wenn ich … Sie verstehen schon.«
»Verstehe schon. Logisch.«
Leipold legte eine Pause ein und blickte zu Demirbilek, der aufstand und zum Fenster ging, um es zu öffnen.

51

Der Biermanager nutzte die Gelegenheit und kramte aus der Umhängetasche seine Elektrozigarette heraus und hielt sie in die Luft. »Haben Sie was dagegen?«
Die Blicke der beiden Kommissare ließen keinen Zweifel zu. Dietl packte das Gerät wieder zurück und räusperte sich. »Ich möchte eine Aussage machen. Ist wichtig für das Protokoll.«
»Ja? Wir hören?«, zeigte sich Leipold neugierig. Demirbilek blickte in den Hof.
»Sie wollen bestimmt wissen, warum ich Manuela nach der Preisverleihung eine SMS geschickt habe. Deshalb bin ich doch da, oder?«
Demirbilek und Leipold dachten beide dasselbe. Dietl hatte keine Ahnung davon, dass weder ihre Handtasche noch ihr Handy bisher aufgetaucht war.
»Ja, natürlich«, hakte Demirbilek eilig ein, in der Befürchtung, Leipold könnte der Wahrheit den Vorzug geben.
»Ich wollte sie mit meinem Baby heimfahren, sollte eine Überraschung sein«, gab er stolz zu.
»Was für ein Baby?«, fragte Leipold überrascht.
»Er meint seinen Porsche«, warf Demirbilek vor dem Fenster ein.
»911er. Baujahr 1964. Eine echte Rarität. Alles Originalteile. Nur der Aschenbecher fehlt. Deshalb hau ich die Kippen immer aus dem Fenster«, erzählte er euphorisch.

»Wo waren Sie mit ihr verabredet?«
»Am Hinterausgang, war näher zum Parkplatz.«
»Ihr Porsche stand auf dem Personalparkplatz?«, fragte Leipold und drehte sich dabei zu Demirbilek, der auf den Gedanken gekommen war, die Leiche könnte in einem Auto weggeschafft worden sein.
»Ein Spezel hat mir die Schranke geöffnet. Ist immer gut, wenn man Leute wo sitzen hat.«
»Hat sich Frau Weigl auf Ihre Nachricht denn gemeldet?«
»Natürlich! Sie war dankbar, ich habe sie doch der Jury als Bierkönigin vorgeschlagen. Mir war gleich klar, was sie wollte. Die hat mich abgeschleppt in den Park. Richtig fordernd. Sie verstehen sicher, was ich meine.«
»Ach, wie schön für Sie. War es nicht zu kalt zum Vögeln?«, fragte Leipold mitfühlend. Da war er also, der Mann, der mit dem Opfer einvernehmlichen Sex hatte.
»Die Wiese war trocken, ging schon«, antwortete er ernst. »Sie wissen ja nicht, was die Schlampe mit mir gemacht hat.« Er legte eine Pause ein. Sehr dramatisch. »Wir waren gerade bei der Sache, als ich an der Seite etwas Kaltes gespürt habe. Dann habe ich einen Stromschlag gekriegt, mit einem Elektroschocker.«
»Hat hoffentlich weh getan«, entfuhr es Demirbilek. Er schloss das Fenster und setzte sich wieder.
»Eine Strafmaßnahme?«, erkundigte sich Leipold und unterdrückte ein Lachen.
»Sie wollte mir heimzahlen, dass ich mit ihr Schluss gemacht habe. Hat verdammt weh getan, der Stromschlag. Den Muskelkrampf spüre ich heute noch, konnte mich erst kaum bewegen. Als es wieder ging, habe ich mich angezogen und bin zum Parkplatz.«
»Und Frau Weigl?«
»Sie ist zurück zum Bierfestival.« Dietl holte ihre marineblaue

Unterwäsche aus seiner Umhängetasche. »Die hat sie mir hinterhergeworfen. Hab ich ihr geschenkt. Brauchen Sie die, oder kann ich die behalten?«
Demirbilek und Leipold sahen sich fassungslos an.
»Das lassen Sie schön brav hier«, sagte Leipold schließlich und hielt ihm einen Beweismittelbeutel hin. Dietl legte die Unterwäsche hinein. »Und wir machen einen Speicheltest. Sie sind damit sicher einverstanden?«
»Natürlich, kein Problem. Ich habe aber verhütet. Sie hatte was dabei.«
»Wir suchen noch nach ihrer Handtasche. Haben Sie die auch?«, wollte Leipold wissen.
»Nein! Was soll ich denn damit!«
»Warum kommen Sie erst jetzt damit an?«, übernahm Demirbilek wieder.
»Ich hatte ja keine Ahnung, dass sie tot ist. Ich war doch weg. Auszeit am Ammersee. Keine Nachrichten. Kein Computer. Kein Handy. Nichts. Habe es erst heute früh erfahren.«
Demirbilek hatte die Antwort erwartet. Er war vorbereitet. »Wie spät war es, als Sie zum Parkplatz sind?«
»Etwa halb elf, kurz darauf habe ich Karin Zeil getroffen.« Der Biermanager gab ein entspanntes Lächeln zum Besten.
»Wo?«
»An der Trambahnhaltestelle. Habe angehalten und sie mitgenommen.«
»Dann?«
»Habe ich sie nach Haus gefahren. Vor der Haustür haben wir im Auto geredet. Bestimmt eine halbe Stunde lang. Gegen Mitternacht lag ich daheim im Bett.«
Jetzt fing Demirbileks Magen zu knurren an. Der Argwohn, der aus seinen Augen funkelte, blieb unbemerkt.

»Frau Karin Zeil. Assistenz der Geschäftsleitung Mingabräu?«, hakte Demirbilek nach.

»Genau die«, bestätigte Dietl.

»Sie haben also die Nacht allein verbracht?«, fragte Leipold mürrisch.

Dietl strich sich mit den Fingern durch die Haare. »Kommt nicht oft vor, aber in *der* Nacht schon.«

Sein verschmitztes Lächeln sollte wohl seine rege Sexualaktivität unterstreichen, doch Demirbilek interpretierte etwas anderes daraus. Es schien ihm, als wüsste er genau, dass Manuela Weigl zwischen dreiundzwanzig Uhr und Mitternacht ermordet wurde.

»Ich bin gleich wieder da«, stieß Demirbilek hervor und nahm den Beutel mit der Unterwäsche an sich. Damit trat er in den Nebenraum und schloss die Tür. Sobald er mit Cengiz und Vierkant allein war, machte er schnell.

»Das ist fürs Labor.« Er legte den Beutel auf den Schreibtisch. »Dietl hat dich nicht gesehen, oder, Vierkant?«

Sie überlegte kurz. »Nein. Ich bin nach Leipold gekommen.«

»Stimmt«, warf Cengiz ein.

»Gut, du verfolgst ihn. Ich möchte wissen, wo er nach dem Verhör hingeht. Warte unten im Auto. Er fährt den orangefarbenen Porsche.«

»Und ich?«, fragte Cengiz. »Was soll ich tun?«

Demirbilek sah auf die Uhr. »Du rufst Karin Zeil an und klärst sein Alibi. Ach was, Blödsinn. Ist doch klar, was sie sagen wird. Ich möchte ihr in die Augen sehen, wenn sie das Alibi bestätigt. Besorg die Privatadresse. Lade sie vor, wenn es sein muss. Dann gehst du heim und kochst. Wird Zeit.«

»Ganz bestimmt nicht«, erwiderte Cengiz seelenruhig. »Frau Zeil ist in der Einsteinstraße gemeldet. Sie und der Marketingfuzzi stecken doch unter einer Decke. Ich beschatte sie.«

Demirbilek brauchte nicht lange, um seine Entscheidung zu revidieren. Cengiz hatte recht. Sie durften keine Zeit verlieren.
»In Ordnung. Nehmt Stern und Herkamer mit.« Er wollte zurück, dann überlegte er es sich anders und wandte sich noch einmal an seine Ermittlerinnen. »Glaubt ihr, die zwei haben was miteinander?«
»Warum nicht?«, fragte Vierkant erstaunt.
»Sie ist bestimmt über sechzig«, gab Demirbilek zu bedenken.
»Gerade vierundsechzig geworden«, bestätigte Cengiz. »Er ist dreiunddreißig. Über dreißig Jahre Unterschied. Könnte ihr Sohn sein. Rein rechnerisch gesehen.«
Der Migra-Chef beließ es bei der Feststellung und kehrte zum Verhör zurück. Leipold hatte sich auf seinen Stuhl gesetzt. Demirbileks tadelnder Blick erinnerte ihn daran, nicht im eigenen Dienstzimmer zu sein. Leipold machte eine entschuldigende Geste und sprang auf.
»Sind wir fertig? Ich habe eine Verabredung mit einem Kunden«, wollte Dietl wissen.
»Gleich. Nur noch ein paar Fragen, der Vollständigkeit halber.«
Demirbilek und Leipold erfuhren im weiteren Verlauf der Vernehmung, dass Dietl die Idee mit der Demontage vor einem Jahr bei einer Brauanlagenmesse Bayrak schmackhaft gemacht hatte. Er rechnete ihm die Kosten vor. Sie lagen deutlich unter den Baukosten einer Neuanlage. Doch entscheidender war das dahinterstehende Marketingkonzept. Türkisches Bier nach bayerischem Reinheitsgebot. Das Argument hatte ihn schließlich überzeugt. Dietl beschrieb Bayrak als größenwahnsinnigen, aus Anatolien stammenden Pedanten, der es mit jedem Erbsenzähler aus Schwaben aufnehmen konnte. Geiz und Knausrigkeit waren der Schlüssel zu seinem Erfolg – auch wenn man über Tote nicht schlecht sprechen sollte. Entsprechend lausig sei sein

Beratervertrag ausgefallen. Nicht mal ein Ausfallhonorar bekomme er, wenn das Projekt abgeblasen werden würde. Zu den Behauptungen, Manuela Weigl sei mit Größen aus der Brauereiszene ins Bett gegangen, wollte sich Dietl nicht äußern. Man höre ja so manches, was sich im Nachhinein als Unsinn erweise. Er habe jedenfalls für Sex mit ihr nicht bezahlt.
»Gut«, beendete Demirbilek das Verhör. »Sie können gehen.«
Abrupt erhob sich der Biermanager aus dem Stuhl, verabschiedete sich freundlich und überreichte Demirbilek seine Visitenkarte mit der neuen Handynummer, bevor er das Sonderdezernat verließ.
Als sie allein waren, nahm Leipold das gefälschte Bekennerschreiben in die Hand. »Was sollte denn der Schmarrn?«
Demirbilek zerriss das Papier und warf es, in Gedanken versunken, in den Abfalleimer.
»Was meinst du? Hat er die Bierkönigin oder den Türken auf dem Gewissen?«, fragte Leipold.
»Wir werden sehen.«

52

Zu der Zeit, als Florian Dietl im Sonderdezernat Rede und Antwort stand, packte Karin Zeil in ihrer Wohnung am Max-Weber-Platz einen Koffer fertig und stellte ihn zu den drei anderen ins Schlafzimmer. Wehmut ergriff sie. In dieser Nacht würde sie zum letzten Mal in ihrem Zuhause schlafen. Sie wohnte seit neunundzwanzig Jahren in der Dreizimmerwohnung, fast ihr halbes Leben lang. Sie ließ sich in den gepolsterten Stuhl vor dem Fenster sinken. Erinnerungen kamen hoch an die Zeit, als alles gut und in Ordnung war. Familienbilder aus glücklichen Tagen.
Das Klingeln des Handys holte sie aus ihren Gedanken zurück. Die Sonne schien schwach durch die Fenster; die eingewobenen Goldfäden der Tagesdecke vom letzten Türkeibesuch glänzten auf dem Bett. Sie würde sich die gleiche wieder kaufen, beschloss sie und richtete sich auf. Das Handy lag in der Küche.
»Florian?«, fragte sie in den Apparat. »Alles in Ordnung?«
»Ja.« Seine Stimme klang nervös. »Warst du im Reisebüro?«
»Nein, ich wollte gerade los.«
»Dann treffen wir uns in zwei Stunden.« Seine Stimme klang nicht mehr nervös. Sie klang besorgt.
»Der türkische Kommissar hat dir zugesetzt, oder?«
»Ein Arschloch ist das. Der weiß nichts. Also, in zwei Stunden.«
»In Ordnung.«
Sie legte auf und machte sich daran, den letzten Koffer zu packen.

Den Inhalt der Schubladen ihrer Schminkkommode hatte sie am Morgen leer geräumt. Ihre Schätze lagen ordentlich sortiert am Boden. Sie musste über sich lächeln. In all den Jahren hatte sich einiges angesammelt. Dennoch konnte sie sich nicht entscheiden. Sie fand kaum eine Tube mit Haut- oder Gesichtscreme, kaum einen Lippenstift, kaum einen Lidschatten oder eine Puderdose, die sie zurücklassen oder wegwerfen wollte. Körperpflege war ihr wichtig. Sie wollte schön bleiben bis zu ihrem letzten Atemzug. In ihrer Sterbeversicherung hatte sie festgelegt, geschminkt und im Lieblingskostüm bestattet zu werden. Es gefiel ihr, wenn sie in den Augen der Frauen ein Funkeln sah, wenn sie sich fragten, wie es die alte Schachtel schaffte, so attraktiv zu bleiben. Sie fand es schmeichelhaft, wenn Männer – wie der türkische Kommissar – mit lüsternem Blick in ihr Dekolleté bestätigten, wie begehrenswert sie immer noch war. Wenn in ihren Köpfen die Vorstellung loderte, wie es wäre, mit einer Frau im Rentenalter Sex zu haben. Um das zu erreichen, arbeitete sie hart an ihrem Körper. Fitnesstraining und Schwimmen würden fester Bestandteil ihres Lebens sein, solange ihr alternder Körper mitspielte. Sie lachte, weil sie an Florians jugendliche Gesichtszüge und durchtrainierten Körper dachte, an seine herrische Art, wie eben am Telefon, wenn er die Maske des frechen, harmlosen Lausbuben abgelegt hatte. Nein, redete sie sich ein, dir wird er nicht weh tun. Er liebt dich abgöttisch.
Dann packte sie die Schminkutensilien in den Koffer. Keine ihrer Kostbarkeiten wanderte in den Abfall. Mit Mühe schaffte sie es, die Verschlüsse zuschnappen zu lassen.
Als Karin Zeil bald darauf aus dem Hauseingang trat und mit eiligen Schritten zur Trambahnhaltestelle marschierte, teilten sich Cengiz und ihr Kollege Stern auf. Cengiz folgte der Verdächtigen in die Trambahn, Stern beschattete sie im Dienstwagen.

Ohne es zu merken, setzte sich Cengiz neben eine ermattete Mutter mit Kind auf dem Schoß. Zeil blieb im Gang stehen. Sie wirkte auf Cengiz aufgeräumt, eine verklärte Unbekümmertheit lag in ihren Gesichtszügen. Sie hatte sich schick gemacht, als wäre sie zu einer Gala unterwegs. Die Schönheit und Eleganz passten nicht in die Atmosphäre des verschlissenen Trambahnwaggons. Während Cengiz sich vorstellte, wie sie selbst mit vierundsechzig Jahren aussehen könnte, spürte sie plötzlich eine Hand auf ihrem Oberschenkel. Es war das Händchen des Kleinkindes. Ein Mädchen. Zwei Jahre vielleicht, schätzte sie. Süß, mit blonden Löckchen. Es blubberte munter darauf los und strahlte die Polizistin an, als wollte sie der werdenden Mutter vor Augen führen, dass ein Baby das größte Glück auf Erden bedeutete. Cengiz' Aufmerksamkeit war mit einem Mal auf das Kind gerichtet. Zu spät bemerkte sie, dass ihre Zielperson ausgestiegen war. Sie bestrafte sich mit einigen derben Flüchen in ihrer Muttersprache und versuchte, ihren Kollegen im Dienstwagen zu erreichen.

Ferdinand Stern hatte lediglich das Autoradio und die Durchsagen des Polizeifunks, die ihn ablenken konnten. Er stand an einer roten Ampel und suchte gerade nach einem neuen Lokalsender. Als Jale anrief, hob er sofort ab. Doch da war Zeil – auch von ihm unbemerkt – an der unübersichtlichen Haltestelle am Isartor schon nicht mehr zu sehen.

53

Isabel Vierkant und Helmut Herkamer waren weitaus konzentrierter bei der Beschattungsarbeit als ihre Kollegen. Sie folgten Dietl in seinem Oldtimer quer durch die Stadt und jagten ihm die Prinzregentenstraße hinterher Richtung Riem. Sobald er die Autobahn erreichte, gab er Gas und überholte die vor ihm kriechenden Pkws. Der röhrende Motor wies eine spezielle Charakteristik auf. Etwas zwischen Löwengebrüll und Dampfhammer.
Die Beamten sahen aus der Ferne, wie die Blinker des Wagens auf Höhe der Ausfahrt zur Neuen Messe aufleuchteten. Im Parkhaus des Einkaufszentrums auf dem Gelände des ehemaligen Flughafens stellte er den Porsche ab und nahm die Rolltreppe zu den Geschäftsetagen. Vierkant und Herkamer schafften es mit etwas Glück, ihn im Gedränge nicht aus den Augen zu verlieren. Er aß eine Portion Nudeln bei einem Schnellitaliener und machte anschließend Einkäufe – Sonnencreme, Sonnenbrille, Badehose. Dann stieg er wieder in seinen Wagen.
Bei der Rückfahrt lenkte er den Porsche durch den abendlichen Stadtverkehr bis zur Einsteinstraße. Dort entstand bei der Einfahrt zum Tunnel Richtung Mittlerer Ring ein Stau. Die Ermittler verloren für eine Weile den Sichtkontakt, blieben aber ruhig, schließlich stand der Beobachtete wie sie in der Blechlawine. In der Tunnelausfahrt Richtung Giesing warteten sie an der roten Ampel und hatten wieder Sichtkontakt zu Dietls Auto.

Später, als der Porsche in der Nähe der Mingabräu abgestellt wurde, erwartete sie die Überraschung. Weder Vierkant noch Herkamer kannten den jungen Mann mit blonden Haaren, der aus dem Porsche stieg. Beide waren Jochen Vester bis dahin persönlich nicht begegnet. Genau jener stieg aus und strich mit einer liebevollen Geste über die Karosserie des Wagens. Vierkant und Herkamer sahen sich betroffen an. Wer war das? Was tun? Den Mann ansprechen, herauskriegen, wie und wann er Dietls Porsche übernommen hatte? Vierkant traf schließlich eine Entscheidung, als ihr doch noch einfiel, wer der junge Mann war. Sie hatte ihn auf dem Handyvideo der ermordeten Bierkönigin gesehen, wie er Özkan mit Bier abfüllte. Schnell stieg sie aus und rannte zu ihm.

»Grüß Gott«, sagte sie außer Atem. »Entschuldigen Sie, gehört der Wahnsinnswagen Ihnen?«

»Der ist aus der allerersten Baureihe. Der schönste 911er, der je gebaut wurde.« Stolz lag in der Stimme des Lehrlings.

»Super Auto, wirklich«, bestätigte Vierkant begeistert. »Der gehört aber nicht Ihnen, oder?«

Vester überlegte, ob er antworten sollte, als sein Blick nervös wurde und sich verhärtete.

»Jochen! Was machst du im Porsche vom Dietl?«, hörte sie in ihrem Rücken Leipolds urmünchnerische Stimme.

Sie drehte sich um und sah die Kommissare Demirbilek und Leipold auf sie zukommen. Demirbilek überließ es seinem Kollegen, Vester nachzujagen, der es plötzlich eilig hatte, in die Brauerei zu gelangen. Lange musste sich Leipold nicht anstrengen, denn Vierkant – die seit Jahren regelmäßig joggen ging und kaum Bier trank – war schneller als er. Ohne Mühe stellte sie den weitaus jüngeren Lehrling und beförderte ihn unsanft zu Boden.

»Was soll das!«, brüllte der Festgehaltene.
Demirbilek war ihnen mit langsamen Schritten gefolgt. Er musste sich eingestehen, keine Kraft für ein weiteres Verhör zu haben. Es war mittlerweile dunkel geworden. Er überließ Leipold die Arbeit, mit dem Hinweis, ihn später zu informieren.

54

»Hast du was zu essen da?«
Zeki richtete sich vor seiner Haustür erschrocken auf. Durch das Fasten war es mit dem Nervenkostüm ohnehin nicht gut bestellt, schon wieder hörte er Stimmen, sagte er sich besorgt. Doch dieses Mal war er überzeugt davon, dass sie nicht real sein konnte. Denn er erkannte die Stimme. Ihm fiel nichts Banaleres als der Vergleich mit einem Engel ein. Er hatte eben die Stimme eines auf Erden wandelnden Engels gehört, oder aber, ängstigte er sich im selben Gedankengang, es war die Stimme der Frau mit dem blutroten Kostüm aus seinem Alptraum. Vorsichtig drehte er sich um. Nur, um ganz sicher zu sein. Einige Meter vor ihm lehnte Selma wie eine magische Frauengestalt an der beleuchteten Litfaßsäule.
»Tu nicht so überrascht.«
Zeki war froh, sein eigenes Gesicht nicht sehen zu können.
»Du siehst furchtbar aus«, bestätigte Selma Zekis Gemütszustand. Wobei weniger Sorge als Vorwurf in ihrer Stimme lag. »Wenn du fastest, solltest du mit der Arbeit besser etwas kürzertreten. Wollte Jale nicht kochen? Ich warte auf Aydin. Er ist zu spät.«
Der Kommissar war nicht in der Lage, etwas zu sagen. Er öffnete die Tür und ließ sie hinter sich zufallen.
Selma blieb verdattert davor stehen. Es dauerte eine Weile, bis sie

ahnte, warum Zeki sie aussperrte. Sie klopfte an die Tür. »Mach schon auf!«
Zeki öffnete. Aber nur einen Spalt.
Selma schüttelte den Kopf, bevor sie ausholte, weil sie ihn lange genug kannte, um zu wissen, was er von ihr erwartete: »Also gut! Ich entschuldige mich in aller Form dafür, nichts gesagt zu haben.«
»Was nicht gesagt zu haben?«, fragte Zeki wie ein Oberlehrer.
»Dass ich in München bin.«
Daraufhin öffnete er die Tür und nahm sie in den Arm. Selma an seinem Körper zu spüren, war für ihn der unumstößliche Beweis für die Existenz von Engeln.
Nach einem Stück Käse, ein paar Oliven und viel zu viel Scheiben Weißbrot fühlte sich Zeki besser. Der *çay,* den er aufgesetzt hatte, musste noch ein paar Minuten ziehen.
»Ich dachte, ich lasse mich lieber blicken, bevor du im Hotel Radau machst«, sagte sie sachlich.
Sie musterte ihren Ex-Mann, den sie seit ihrem zwölften Lebensjahr kannte. Heimlich hatten sie sich auf Istanbuls Straßen geküsst und sich als Kinder ewige Liebe geschworen. In seinem zufriedenen Lächeln spiegelte sich all das Schöne und Innige, was sie gemeinsam erlebt hatten. Er sah immer noch gut aus, fand sie. Der Haarschnitt allerdings gefiel ihr nicht. Zu kurz. Wahrscheinlich, sagte sie sich, war er wieder bei seinem befreundeten *kuaför* gewesen, der ihrer Meinung nach wie ein Hinterwäldler Haare schnitt.
»Was verschlägt dich nach München?«, fragte Zeki.
»Hast du das nicht herausgefunden?«
»Ich weiß, in welchem Hotel du bist.«
»Mehr nicht?«
»Doch. Du bist nicht allein dort.«

»Soso«, war Selmas Kommentar. »Und das war es schon?«
»Ja.«
»Bist du etwa eifersüchtig?«, fragte Selma neckisch und biss von einem Stück Weißbrot ab. Sie hatte vor zwei Stunden zu Abend gegessen, sie war weder gläubig, noch fastete sie.
»Und wenn?«, antwortete Zeki.
Er holte das dritte Taschentuch für den Tag hervor, um sich den Schweiß aus dem Gesicht zu wischen. Er hatte zu schnell gegessen.
»Das habe ich dir geschenkt«, freute sich Selma.
Zeki hatte keine Erinnerung mehr daran. Er schaute das Taschentuch an. Weiß mit Stickereien. Eines der schönen und besonderen Stücke aus seiner Sammlung. »Das weiß ich gar nicht mehr. Woher ist es?«
»Aus Antalya.«
Jetzt erinnerte sich Zeki an die Woche Urlaub am türkischen Mittelmeer. »Du hattest einen furchtbaren Sonnenbrand, weißt du noch?«
»Vom Segeln, ja«, trug Selma zur gemeinsamen Erinnerung bei. »Unser erster Urlaub ohne Kinder.«
Sie hatten Özlem und Aydin bei Zekis Eltern in Istanbul untergebracht. Da waren die Zwillinge acht oder neun Jahre, rechneten beide für sich nach.
»Sollten wir wieder mal machen«, meinte Zeki ganz nebenbei.
Selma lächelte und strich sich eine Strähne aus dem Gesicht. »Ich bin auf einem Symposium in meinem ehemaligen Institut. Es geht morgen zu Ende. Am Abend fliege ich wieder zurück.«
»Bleib doch ein paar Tage«, schlug Zeki vor. »Wir könnten zusammen *Bayram* feiern.«
»Nur weil wir in letzter Zeit öfter telefoniert haben, heißt das nicht, dass alles wieder in Ordnung ist, Zeki«, erklärte sie mit bitterem Ton.

»Aber es ist doch ein Anfang, oder?«, fragte er unsicher.
»Meinst du?«
»Was ist es dann?«
»Sag du es mir.«
»Wir sollten miteinander reden. Es ist viel schiefgelaufen zwischen uns.«
Sie nickte.
Auch Zeki nickte. Dann stand er auf und reichte ihr seine Hand. Selma zögerte.
»Lass uns damit anfangen. Wir gehen was trinken und reden. Aydin und Jale kommen bestimmt gleich. Die beiden können wir später sehen.«
»Wie wird sich Jale entscheiden? Was glaubst du?«, fragte sie besorgt, ohne Anstalten zu machen, aufzustehen.
»Sie wird das Kind bekommen«, erwiderte er zuversichtlich. »In neun Monaten sind wir die jüngsten und besten Großeltern, die man sich nur wünschen kann.«
Als Selma endlich seine Hand nahm, hörten sie gleichzeitig den Schlüssel an der Wohnungstür und das Klingeln seines Mobiltelefons.
»Geh ruhig ran, ich begrüße die beiden«, sagte Selma.
Am liebsten hätte er sie geküsst, ihr gezeigt, wie sehr er sie immer noch liebte. Sie spürte seinen Wunsch und berührte mit ihrer Handfläche seine Wange. Zeki musste schlucken über das Glück, das er empfand. Nach der zärtlichen Geste verließ sie die Küche. Zeki sah ihr wehmütig hinterher. Dann nahm er den Anruf an.
»Ja, Pius, seid ihr fertig?«
»Besser, du kommst. Ist schlimm.«

55

Der Kommissar blieb in einiger Entfernung stehen und versuchte, sich auf den Unfallort zu konzentrieren. Seine Überlegungen waren wirr. Immer wieder drang sich Selmas Berührung auf seiner Wange in den Vordergrund. Nach einem geistigen Kraftakt gewann er seine Konzentration zurück und rekonstruierte, dass der Unfall beim Einfahren des Lkws passiert sein musste. Ein brauereieigener Bierlaster der Mingabräu stand halb mit dem vorderen Teil auf dem Gelände, der hintere Teil versperrte den Gehweg und ein Stück der Straße. Es gab kein Durchkommen für die Einsatzfahrzeuge. Sie parkten in der zweiten Reihe. Demirbilek gab sich einen Ruck und ging weiter. Da tauchte Leipold vor ihm auf. Er zwängte sich zwischen Laster und Einfahrtstor hindurch. In seinem Gesicht zeigte sich Verzweiflung.
»Er ist einfach losgelaufen. Ich konnte ihn nicht festhalten.«
Hätte ich es verhindern können, wenn ich geblieben wäre, statt an etwas zu essen und trinken zu denken?, fragte sich Demirbilek. Die Befragung des Lehrlings war auf seine dienstliche Anweisung hin geschehen. Er blickte zum Bierfahrer. Der Mann stand offensichtlich unter Schock. Er schluchzte bitterlich, zwei Sanitäter versorgten ihn.
»Und Isabel?«, erkundigte sich Demirbilek tonlos.
»Isa telefonierte gerade. Wir haben ihm sein windiges Alibi nicht abgenommen, deshalb hat sie bei ihm zu Hause angerufen. Seine

Mutter war am Telefon, als der Laster auf das Gelände gebrettert ist.«

Demirbilek blickte sich suchend um. »Wo ist Isabel?«

»Ich habe einen Wagen zu den Eltern nach Fürstenfeldbruck geschickt. Isa ist mitgefahren, sie hat einen Helfer von der Krisenintervention mitgenommen.« Leipold schluckte bei der Vorstellung, wie seine Kollegen die Todesnachricht den Eltern überbrachten. Er meinte das knackende Geräusch gehört zu haben, wie der Kopf unter der Last des Lasters zerquetscht wurde.

»Also, was hat er gesagt, erzähl.«

»Am Anfang war alles völlig normal und …«

»Ab wann war es nicht mehr normal?«, fiel Demirbilek ihm ungeduldig ins Wort. »Komm zum Punkt!«

»Isa hat gemerkt, wie nervös er wurde, als wir nach Manuela Weigl gefragt haben, und hat nachgestochert. Du hast ihn ja selbst gesprochen. Lügen war nicht seine Stärke.«

Demirbilek ging in seiner Erinnerung das zähe Gespräch durch.

»Ich habe ihn nicht nach Manuela Weigl gefragt.«

»Warum auch?«, lenkte Leipold ein.

»Hat er Bayrak in das Silo gestoßen?«

»So weit sind wir gar nicht gekommen. Wenn er es getan hat, dann wegen Manuela. Die anatolische Drecksau …«

»Reiß dich zusammen, Pius«, unterbrach Demirbilek ihn gereizt.

»Berichte mir, was er ausgesagt hat, den Rest spar dir. Der ganze Fall rieselt uns durch die Finger, merkst du das nicht?« Manchmal linderte er seine Seelenqualen, indem er die eigene Hilflosigkeit an anderen ausließ.

»Schon gut«, beruhigte ihn Leipold und holte einen Zigarillo aus seinem Alu-Etui hervor.

»Also, was hat es mit Manuela und dem Lehrling auf sich?«

»In Ordnung, ich bringe es auf den Punkt: Er hat es immer wieder bei ihr probiert. Chancen hatte er aber keine. Dann hat er seine Angebetete beobachtet, wie sie dem Bayrak bei der Inventarliste geholfen hat. Vester hat behauptet, der neue Chef sei aufdringlich geworden. Die Weigl hat wohl ganz ordentlich Englisch gesprochen. Vester hat gehört, wie er ziemlich unverblümt nach Sex gefragt hat.«

Er paffte nach hinten, um Demirbilek den Rauch zu ersparen.

»Dann hat er weiter beobachtet, wie sie ins Büro vom Braumeister unten im Keller gegangen sind. Er hat hinter sich abgeschlossen. Kurz war es und laut, hat Vester gesagt. Als die Tür wieder aufging, hat er gesehen, wie sie paar Scheine in der Hand hielt. Danach haben sie mit der Inventur weitergemacht, als wäre nichts geschehen … Auf den Punkt gebracht.«

»Das glaubst du?«

»Warum nicht?«

Demirbilek dachte nach. Hatte Vester Bayrak ermordet, weil er mit Manuela Sex hatte? Noch dazu bezahlten? Es war schwer vorstellbar.

»Die drei, die uns etwas sagen könnten, sind tot«, stellte Leipold fest.

»Weigl, Bayrak und Vester, in der Reihenfolge«, ergänzte Demirbilek.

»Ich habe dem Jungen die Geschichte abgenommen. Er war vollkommen am Ende. Der hat die Wahrheit gesagt. Frag Isa, sie wird es dir bestätigen.«

»Was hat er noch gesagt?«

»Nicht mehr viel. Mittendrin ist er abgehauen, der Depp.« Er schüttelte ungläubig den Kopf.

»Also kein Geständnis. Er hat den Mord nicht zugegeben?«

»Nein«, antwortete Leipold resigniert.

»Und was denkst du?«

»Dass er ihn in das Silo gestoßen und die Maschine eingeschaltet hat.«

»Das denkst du?«, bohrte Demirbilek nach.

»Merkst du eigentlich nicht, wie du alles, was ich sage, blöd hinstellst, Zeki. Ich bin kein Volltrottel! Ich bin dein Kollege und habe genauso viele Jahre Berufserfahrung wie du. Akzeptier das endlich!« Er warf den Zigarillo wütend zu Boden.

Demirbilek ertappte sich zu seiner Verwunderung dabei, ein schlechtes Gewissen zu haben. Auch wenn es nicht stark war. Er bückte sich, um den Zigarillo aufzuheben.

»Rauch weiter. Ich rieche das gerne.«

Er reichte ihm den Stummel. Leipold zögerte, dann nahm er seine Rauchware und sog daran. Demirbilek sah zu, wie er die Glut wieder entfachte.

»Magst eine?«, fragte Leipold entgegenkommend.

»Komm, gib schon her. Das ist ohnehin ein sonderbarer Tag.«

Demirbilek hatte vor mehr als zwei Jahren mit dem Rauchen aufgehört. Das krankhafte Verlangen begleitete ihn nach wie vor. Er nahm das dunkelbraune Tabakgeflecht in den Mund und überlegte es sich im selben Moment anders.

»Danke, lieber doch nicht. Sind mir zu stark.«

Seinem vom Fasten beanspruchten Körper wollte er die Niktotinbombe doch nicht zumuten.

Leipold legte den Zigarillo zurück in sein Etui. »Egal, wie du es drehst, der Junge wusste genau, was passiert, wenn er das Silo einschaltet.«

»Ja, natürlich. Aber vielleicht wollte er ihm nur Angst einjagen, ihn quälen, als Bestrafung für die Sache mit Manuela.«

»Vielleicht.«

Demirbilek überlegte. »Jemand, der sich damit auskennt«, flüsterte er.

»Denkst du laut, oder redest du mit mir?«, fragte Leipold irritiert.
»Es weiß doch nicht jeder, wie und wo man eine solche Maschine einschaltet.«
Beide schwiegen. Beide drehten sich gleichzeitig zu den nächtlichen Aufräumarbeiten um. Der Fahrer des Bierlasters war nicht mehr zu sehen.
»Du denkst, der Biermanager hat Bayrak umgebracht und das Bekennerschreiben hinterlassen?« Leipold warf den Zigarillo zu Boden und drückte den Stummel aus, ohne seinen Blick von Demirbilek zu nehmen.
»Der Schnösel ist mir nicht geheuer, außerdem mochte ich sein Parfüm nicht«, gab Demirbilek zu. »Wie ist Vester eigentlich an den Porsche gekommen?«
»Er war mit Dietl verabredet. Vierkant und Herkamer haben nicht sehen können, wie er am Ende vom Tunnel nach Giesing den Porsche übernommen hat. Morgen früh sollte er den Wagen mit dem Zug nach Istanbul überführen. Dietl hat ihn dafür engagiert. Der Junge ist zur Brauerei, weil er was vergessen hat.« Leipold schüttelte den Kopf. »Sein MP3-Player lag im Spind. Er wollte auf der Fahrt Musik hören.«
Was für ein furchtbares Schicksal, grübelte Demirbilek und versuchte, die neue Information in dem Fall unterzubringen. Wieder eine Spur, die in seine Geburtsstadt führte.

56

Aus der Wohnung schrie ihm eine unangenehme Stille entgegen. Erst gegen zwei Uhr morgens kam Zeki vom Unfallort zurück. Aydin und Jale schliefen allem Anschein nach. Er setzte sich in die Küche, wo er sich eine Zeitlang düstere Gedanken über den Fall machte, bis er sich endlich aufraffte, ins Bett zu gehen. Eine kurze Nacht erwartete ihn. Er nahm sich vor, um halb fünf aufzustehen, vor allem um Wasser zu trinken, feste Nahrung brachte er in den Morgenstunden kaum herunter.
Er öffnete die Schlafzimmertür und hörte ihr vertrautes Atmen. Die langen, offenen Haare lagen wie drapiert auf dem Kissen. Der Kopf ruhte seitlich davor. Sie schlief tief und fest. In den Jahren ohne ihn hatte sich ihre Schlafgewohnheit nicht geändert. Zeki erfreute sich an ihrem Gesicht, das durch etwas Mondlicht beschienen wurde. Vor Aufregung hielt er es kaum aus, neben sie unter die Decke zu kriechen. Es gab nur die eine Daunendecke, frohlockte er, sie mussten sie teilen. Da aber stockte sein Atem. Sein Körper begann leicht zu zittern. Er spürte plötzlich eine Wärme in sich aufsteigen, als hätte jemand einen Heizstrahler in seinem Inneren aufgedreht. Er befürchtete, Fieber zu bekommen oder gar an einer neuen Krankheit zu leiden. An diese Erklärung glaubte er so lange, bis ihm klarwurde, was er spürte. Es war das Gefühl, daheim zu sein, ein Gefühl, das er seit Jahren nicht mehr erlebt hatte. Regungslos blieb er vor dem Ehebett stehen und bedankte sich in

Demut für Selmas Gegenwart. Wie konntest du sie nur verlieren? Sie macht dich glücklich, sagte er sich immer und immer wieder. Es dauerte, bis er sich an ihr sattgesehen hatte und die Müdigkeit siegte. Er überlegte, ob er sich im Badezimmer umziehen sollte. Wenn sie aufwachte und ihn nackt sah, was würde sie von ihm halten? Da fiel sein Blick auf Aydins Futon, der sonst unter seinem Bett einstaubte. Nun lag er neben dem Bett; er hatte ihn nicht sofort entdeckt oder wollte ihn nicht wahrhaben. Auf dem extra für ihn gerichteten Schlafplatz befanden sich sein Schlafanzug, daneben Kissen und Decke. Er seufzte tief. Weniger glücklich war er deshalb nicht.

Am nächsten Morgen wachte er nach wenigen, aber erholsamen Stunden Schlaf auf. Stimmengewirr drang aus der Küche. Er blickte auf das Handy neben sich auf dem Parkettboden. Kurz nach acht. Er hatte in der Aufregung vergessen, den Wecker zu stellen. Nun musste er auch den letzten Fastentag ohne vorherige Stärkung überstehen. Selma war bereits aufgestanden, hatte aber das Bett nicht gerichtet. Wahrscheinlich aus Rücksicht, um ihn nicht zu wecken. Er lauschte den aufgeregten Stimmen und erkannte auch die von seiner Tochter. Özlem war gekommen. Schon wieder dieses Glück, es übermannte ihn ein zweites Mal innerhalb weniger Stunden. Er raffte sich auf und kroch unter die Decke in sein Bett. Selmas Geschmack und Duft umhüllten ihn. Er schmeckte und roch und sog sie ein, bis er gestärkt war für den Gang in die Küche.

Der Geruch von *sucuk* und Spiegeleiern verhieß das Paradies auf Erden. Alle vier saßen um den gedeckten Tisch. Nicht feierlich gedeckt, sondern ganz normal, wie es üblich war für einen Tag, an dem man arbeiten musste. Wie sollte er Karin Zeil verhören?, fragte er sich. In nicht einmal einer Stunde musste er im Büro sitzen und aus ihr herausquetschen, was sie über Dietl wusste.

»Tut mir leid wegen dem Frühstück«, war das Erste, was er von Selma zu hören bekam, die ihn in der Tür entdeckte. »Ich bin über Nacht geblieben, weil wir lange geredet haben.«
»Und viel getrunken«, ergänzte Aydin mit einem leicht schiefen Lächeln.
»Freu dich auf heute Abend. Dann ist es vorbei mit dem Fasten«, machte ihm Selma Mut und ließ genüsslich eine Scheibe Tomate in den Mund verschwinden. Während sie glücklich zu Jale und Aydin schielte, fragte sich Zeki, woher die Tomate kam. Er hatte sie nicht eingekauft.
Özlem war inzwischen aufgestanden, um die Aluminiumkanne mit Wasser zu füllen. Sie lächelte ihn voller Mitgefühl an. Auch das noch, schoss es Zeki durch den Kopf. Erst trinken sie *çay*, zum Abschluss des Frühstücks einen starken Espresso. So wie er es ihnen beigebracht hatte.
»Jale hat sich entschieden, sie will das Kind bekommen«, freute sich Selma.
»Gut«, sagte Zeki trocken, als hätte er nichts anderes erwartet, und verschwand wieder aus der Küche. Er hatte nicht die Absicht, seine zukünftige Schwiegertochter im Schlafanzug zu umarmen. Nachdem er sich im Badezimmer zurechtgemacht und angezogen hatte, holte er die Umarmung nach. Erst Jale, die sich ihm mit Tränen in den Augen an die Brust schmiegte. Dann Aydin. Sein Strahlen übertraf das seines Vaters. Selma verzog sich derweilen aus der Küche. Sie wollte nicht, dass Zeki sie weinen sah.

57

Einige Minuten vor dem anberaumten Termin stürmte statt Karin Zeil Gerichtsmedizinerin Dr. Ferner in das Büro. Bei sich hatte sie einen uniformierten Polizisten, der einen Leinensack schleppte. Er stellte ihn ab und verabschiedete sich.
»Hier ist nicht drin, was draufsteht«, erklärte sie geheimnisvoll, nachdem sie alle Anwesenden begrüßt hatte.
Leipold begutachtete den Aufdruck auf dem Sack. Das Logo einer Mälzerei mit Ähren und Holzschaufeln. »Spezialmalz, wird in der Mingabräu verarbeitet«, verlautbarte er fachmännisch. »Damit gibst du dem Bier seinen Geschmack. Wasser schmeckt ja nach nichts.«
»Genau«, bestätigte Ferner. »Und jetzt kommt es. Die Gerste beziehungsweise der Staub, den Bayrak im Silo eingeatmet hat, war kontaminiert.«
»Vergiftet?«, fragte Vierkant erschrocken.
»Das wäre zu viel gesagt. Ich habe die Werte aus unserem Labor weitergeleitet. Ein Fall für die Lebensmittelkontrolleure, aber nicht lebensbedrohlich, so viel kann ich definitiv sagen. Die Lunge des Opfers sieht in etwa aus wie ein Staubsaugerbeutel, mit dem man Mehl aufgesaugt hat. Bayrak ist erstickt.«
»Gott sei Dank!«, meldete sich Leipold bewegt zu Wort. »Stell dir vor, es wäre vergiftetes Bier im Umlauf.« Er sorgte sich ernsthaft über den guten Ruf des bayerischen Bieres.

»Also, hier drin ist nicht das Spezialmalz vom Bodensee, das in der Mingabräu normalerweise verwendet wird, richtig?«, fragte nun Cengiz. Sie hatte sich das Logo ebenfalls angesehen. Innerlich jedoch war sie aufgekratzt. Noch am heutigen Abend würde sie ihren Eltern in Istanbul schonend beibringen, dass ihre unverheiratete Tochter schwanger war.

»Ich wollte euch nicht ins Handwerk pfuschen, habe mir aber die Website der Mälzerei angesehen. Die Firma hat etliche Auszeichnungen, sind Öko und Bio und sonst was. Hochwertige Produkte, Transparenz bei der Herstellung, beste Qualität. Wenn die Gerste in dem Sack tatsächlich von dem Betrieb stammt, haben die ein massives Problem am Hals. Unvorstellbar eigentlich bei unseren strikten Lebensmittelkontrollen.«

»Was ist mit den Säcken? Sind die original?«, warf Demirbilek, der sich bisher zurückgehalten hatte, ein.

»Was fragst du mich das, Zeki? Nicht meine Abteilung.«

»Vierkant, recherchier das. Lass dir von der Mälzerei sagen, woher sie die Säcke beziehen. Wer weiß, vielleicht hilft uns das weiter«, entschied Demirbilek. Er hatte so ein Gefühl. »Wenn du Gerste billig einkaufst, sparst du eine Menge Kosten bei der Produktion«, überlegte er laut. »Spezial bedeutet ja wohl auch teuer.«

»Vielleicht hat Bayrak genau das herausgefunden und wollte sich vergewissern«, half Leipold weiter.

»Gut möglich«, nahm Demirbilek den Gedanken auf. »Über Zeils Schreibtisch gehen Bestellungen und Lieferscheine. Wenn sie…« Da klopfte es an der Tür.

»Nicht jetzt!«, schrie Demirbilek so laut, dass sein Team zusammenzuckte. Er gestikulierte Leipold, den Sack verschwinden zu lassen, woraufhin er ihn hinter Demirbileks Schreibtisch zerrte. Die Gerichtsmedizinerin sprang schutzsuchend zur Seite.

»Wartet mal«, flüsterte Vierkant, um sicherzugehen, von der Zeugin vor der Tür nicht gehört zu werden. Schnell holte sie den Bericht der Spurensicherung und fand den Hinweis, den sie suchte.
»Ich habe dem zuerst nicht viel Bedeutung beigemessen. Bayrak hatte Plastikbeutel bei sich. Zwei Stück, genauer gesagt, handelsübliche Gefrierbeutel. Sehen ein wenig aus wie unsere Beweismittelbeutel. Vielleicht wollte er Proben entnehmen?«
»Ruf nach der Besprechung gleich bei der Mälzerei an.« Demirbilek spürte, wie der Sand in seiner Hand nass wurde. Trotz der Euphorie, die ihn erfasste, entging ihm nicht, wie Jale unruhig auf die Bürouhr schielte. Beim gemeinsamen Frühstück hatte sie angekündigt, vor der Abreise am Nachmittag packen zu müssen.
»Brauchst du mich noch, Zeki?«, fragte die Gerichtsmedizinerin und zwinkerte ihm dabei eigentümlich zu. »Ich habe eine Versuchsreihe zu Ende zu bringen. Recht komplexe Angelegenheit.«
»Gut, dass du es erwähnst, Sybille«, erwiderte Demirbilek ohne eine Spur von schlechtem Gewissen. Er schob die Nachlässigkeit, sie nicht informiert zu haben, auf die Fastenzeit. »Wir wissen, welches Bier in Özkans Blut gelangt ist.«
»Das erzählst du mir erst jetzt?«, schnaubte Ferner. Am liebsten hätte sie losgeheult, viele Stunden Arbeit hatte sie in den Gefallen investiert, den ihr der türkische Kollege mit einer netten Schmeichelei abgenötigt hatte.
»Wir wissen es auch erst seit gestern«, stellte Demirbilek lapidar fest.
Höre ich richtig?, fragte sich die Gerichtsmedizinerin. Er hält es nicht einmal für nötig, sich zu entschuldigen? Sie war unentschlossen, ob sie ihn ohrfeigen oder einen Tritt verpassen sollte.

Letztlich verdankte es Demirbilek dem hilflosen Zucken seiner Schultern und seinem glaubhaft unschuldigen Blick, um Ferner von ihrer Bestrafung abzuhalten.
»Ich habe was gut bei dir«, bemerkte sie geladen.
Demirbilek nahm mit Wohlwollen die Drohung zur Kenntnis. Der Pascha in ihm begann sich zu regen. Ohne sich seines machohaften Verhaltens bewusst zu sein, stellte er nüchtern fest, dass Sybille eine alleinstehende Frau war und gut aussah. Warum sollte sie es nicht bei ihm probieren?
»Mittagessen?«, fragte er versöhnlich.
»Wenn du den Babysitter übernimmst, geht es auch abends.«
»Gut«, gab sich Demirbilek einverstanden. »Wann?«
»Morgen?«
»Heute ist der letzte Fastentag, morgen ist *Bayram*.«
»Was?«
»Das Fest zum Ende des Ramadans Zuckerfest.«
»Ach so. Wie sieht es mit übermorgen aus?«
»Besser«, hörte er sich sagen. Gleichzeitig schimpfte er sich. Was trieb er nur da? Es war ihm, als habe er mit der eben eingegangenen Verabredung Ehebruch begangen. Selma war in der Stadt. Er wollte sie später treffen. Du sagst der Kollegin ab, entschied er, als Ferner die Tür hinter sich zugezogen hatte. Dann nahm er alle Kraft zusammen, um sich wieder zu konzentrieren. Sein Blick fiel auf Cengiz.
»Schick Frau Zeil herein, dann mach dich auf den Weg.«
Die fragenden Blicke von Vierkant und Leipold, die wie Cengiz den Flirt mitverfolgt hatten, ignorierte er. Dass Jale mit einer offensiven Erklärung ihre Reise begründete, wunderte ihn nicht sonderlich. Mit betroffener Stimme sagte sie: »Es tut mir wirklich leid, Kollegen. Ihr müsst zwei Tage ohne mich auskommen. Meine Mutter ist krank. Ich fliege heute Nachmittag nach Istanbul.«

Sie lügt ja genauso ungeniert wie ich, sorgte sich Demirbilek und beobachtete, wie Jale erst Vierkant, dann Leipold zum Abschied auf die Wangen küsste. Als Vorgesetzter leer auszugehen, störte ihn, auch wenn er es nicht zeigte.

58

Karin Zeil trug ein luftiges, weit geschnittenes Sommerkleid und ein Strickjäckchen, das lässig über ihren Schultern lag. Mit kurzem Nicken dankte sie für den Stuhl, der ihr von Demirbilek vor seinem Schreibtisch angeboten wurde. Leipold holte sich eine Sitzgelegenheit und nahm neben ihr Platz. Demirbilek registrierte das mit Erstaunen, wartete ein paar Sekunden ab, um dann mit Blick auf die Zeugin den Sack Spezialmalz auf den Tisch zu wuchten.
»Haben Sie eine Idee, woher der Sack stammt?«
Zeil blieb ruhig, sah erst verwundert den Sack, dann den Kommissar an. Schließlich holte sie aus ihrer Handtasche eine Lesebrille und hielt sie vor die Augen, ohne sie aufzusetzen.
»In meinem Alter sieht man nicht mehr so gut«, entschuldigte sie sich. »Der Sack könnte aus der Mingabräu stammen. Wobei wir nicht der einzige Betrieb sind, der dieses Spezialmalz verwendet.«
»Warum ausgerechnet das?«
»Das müssen Sie schon unseren Braumeister Gehrke fragen. Vor fünf Jahren, als ich angefangen habe, hat er diverse Rezepturen durchprobiert. Am Ende hat er auf das Spezialmalz für die naturtrübe Sorte bestanden. Ist nicht billig, aber gut.«
»Trinken Sie eigentlich selbst Bier?«, setzte Demirbilek nach. Er wollte im Anschluss an die Vernehmung gleich mit dem Braumeister telefonieren.

»Ich? Ja, doch, in Maßen. Stimmt denn etwas nicht?«
Demirbilek ließ die Frage unbeantwortet.
Leipold nutzte die Gelegenheit und drehte sich zu ihr. »Schmeckt hervorragend, das Mingabräu«, stellte er mit Überzeugung in der Stimme fest. »Glauben Sie mir, mit Bier kenne ich mich aus.«
»Danke. Ich werde es Gehrke ausrichten. Aber wollten Sie mich nicht zu Herrn Dietl befragen?«
»Gleich, Frau Zeil. Sie sagten, die Gerste sei nicht billig. Ist Ihr Bier deshalb im Vergleich teurer als andere?«, insistierte Demirbilek.
»Unser Ausstoß ist nicht zu vergleichen mit dem der Industriebrauereien. Wir legen Wert auf Bio und Qualität. Ein Trend der Zeit.«
»Das gilt aber offenbar nicht für die Gerste«, wandte Demirbilek ein.
»Braugerste heißt das, oder, Frau Zeil?«, verbesserte Leipold wichtigtuerisch.
»Richtig«, gab sie Leipold recht. »Was stimmt denn mit unserer Braugerste nicht?«, fragte Zeil interessiert.
»Sie ist schlecht, sagt unser Labor, kontaminiert mit Schadstoffen«, erklärte Leipold.
»Unmöglich«, antwortete Zeil unaufgeregt. »Und wenn, hat es der Lieferant zu verantworten, nicht wir. Wir untersuchen die Gerste nur auf grobe Unreinheiten. Aber Sie kennen sich ja aus.« Beim letzten Satz drehte sie sich zu Leipold, der zustimmend nickte.
Was ist denn in den gefahren?, fragte sich Demirbilek.
»Stimmt, Sie haben recht, Frau Zeil«, antwortete Leipold gespielt freundlich. »Sie verwenden Billiggerste, zahlen aber teure. Haben Sie Vertrauen zu Ihren Lieferanten?«
Nun erkannte Demirbilek wieder den Pius, den er mochte. Die

bajuwarische Schlitzohrigkeit, gemeinhin als Bauernschläue bekannt, stand ihm ins Gesicht geschrieben, als er nachlegte: »Sie sind die rechte Hand vom Chef, Assistenz der Geschäftsleitung, oder wie Sie sich nennen. Sie und sonst niemand sind für die Lieferungen verantwortlich.«
»Ja, natürlich. Mit dem Lieferanten arbeiten wir seit fünf Jahren zusammen. Wir hatten nie Probleme. Wenn etwas mit der Gerste nicht stimmt, dann muss das eine Ausnahme sein.«
»Interessant«, übernahm Demirbilek und wechselte abrupt das Thema. »Können Sie mir erklären, warum ein türkischer Brauereiunternehmer die Mingabräu kauft?«
»Das war ganz allein Florians Idee. Er war immer schon sehr tüchtig und kreativ. Er kommt ja aus einer Bierfamilie. Sein Vater ist Hopfenbauer. Bier ist sein Leben, kann man mit Fug und Recht behaupten. Wissen Sie, dass er bei uns Braumeister gelernt hat? Das war natürlich vor meiner Zeit.«
Demirbilek sah Leipold fragend an. Beide hatten keine Ahnung davon.
»Haben Sie und Herr Dietl ein Verhältnis?«, wechselte der Chef der Migra erneut das Thema.
Die Zeugin griff nach ihrer Perlenkette und spielte damit. Eine bewusste Geste, die zeigen sollte, dass sie sich nicht einschüchtern ließ, interpretierte Demirbilek.
»Aber ja, ich dachte, Sie wüssten davon. Obwohl, wenn ich es mir genau überlege ...« Sie hielt kurz inne. »Wir sind noch nicht lange zusammen. Er selbst spricht nicht darüber. Über dreißig Jahre Altersunterschied ist schon allerhand, finden Sie nicht?«, sagte sie mit vergnügter Stimme. »Um auf sein Alibi zu kommen. Er hat sicher behauptet, mich zu Hause abgesetzt zu haben, stimmt's?«
»Ja, Sie haben im Auto geredet, dann sei er heimgefahren«, bestä-

tigte Demirbilek. Wieso hatten sich die beiden nicht abgesprochen?, wunderte er sich.

»Das sieht ihm ähnlich. Er geniert sich manchmal meinetwegen«, erklärte sie voller Verständnis. »Ich bin ganz froh, wenn das vom Tisch kommt. Bitte nehmen Sie es ihm nicht übel. Mir persönlich ist es gleichgültig, was die Leute reden. Aber er hat natürlich ein Image zu pflegen in seinem Beruf. Er ist jung und ich alt. Das passt nicht zusammen, sagt man.«

»Andersherum aber schon«, stellte Vierkant fest.

Zeil schien froh, von einer Geschlechtsgenossin die Feststellung zu hören.

»Ja, ältere Männer mit einem jungen Ding an der Seite. Das passt schon besser, sagen die Leute.«

»Sie bestätigen also sein Alibi?«, übernahm Demirbilek wieder.

»Natürlich. Ich war auf dem Bierfestival, ganz spontan, konnte ihn aber nicht finden. Als ich ihn am Handy nicht erreichte, bin ich zur Trambahnhaltestelle. Ich bin Münchnerin, ich fahre gerne Tram.«

»Ich nicht«, log Demirbilek aus einer Laune heraus. Dietl und Zeil passten trotz Altersunterschiedes perfekt zusammen, beiden unterstellte er eine Selbstherrlichkeit, die ihm missfiel. »Ich bin auch Münchner.«

Zeil sah ihn verblüfft an. »Sind Sie denn bei uns geboren, Herr Kommissar?«

»Nein, in Istanbul.«

»Wären Sie lieber dort geblieben«, sagte sie ernst. »Was ist München im Vergleich zu Istanbul? München ist Provinz, Istanbul Weltstadt.«

Demirbilek schmunzelte. So redete nur jemand, der seine Geburtsstadt zu kennen glaubte. Als Tourist oder als Kulturfan. Es gab nicht *ein* Istanbul. Für ihn bestand die 15-Millionen-Metropole aus vielen unterschiedlichen Charakteren. Alle zeigten eine ausgeprägte Persönlichkeit, jede für sich war wie ein Organismus, wie ein Individuum. Zusammen ergaben sie eine Großfamilie, in der alle Generationen unter einem Dach lebten. Angefangen von den Alten wie Sultan Ahmet oder Fatih, die historischen Stadtteile; Junggebliebene wie Beyoğlu; bis zu den Neugeborenen, wie Maslak, mit neuen Stadtautobahnen und gigantischen Wolkenkratzern.

»Sie scheinen Istanbul sehr zu mögen«, blieb er bei dem Thema.

»Ja, sehr.«

»Aber Urlaub machen Sie in Antalya?«

»Das Meer ist sauber. Man isst gut. Vor allem Fisch.« Sie biss sich unmerklich auf die Lippen und lächelte leicht verschwörerisch. Offenbar dachte sie an den Restauranttipp des Kommissars. Demirbilek malte sich die ältere Dame im Bikini aus. Mit Badeanzug, glaubte er, würde sie dem erwünschten Look nicht gerecht werden.

»Herr Dietl begleitet Sie sicherlich?« Demirbilek hielt die Informationen über Vesters Tod und den Porsche, der nicht nach Istanbul überführt werden würde, zurück. Er fragte sich, wann Dietl seinem Baby nachreiste.

»Wie kommen Sie denn darauf, Herr Kommissar? Florian ist ein vielbeschäftigter Geschäftsmann. Nein, ich kann mir die Zeit auch gut allein vertreiben.«

»Davon bin ich überzeugt«, erwiderte Demirbilek süffisant.

»Na, sehen Sie«, entgegnete sie, als hätte sie ihm gerade eine Lektion erteilt.

»Können Sie uns sagen, wo er die letzten, sagen wir, zwei Tage war?«

»Sie wollen sicher wissen, ob er sich am Ammersee zurückgezogen hat? Er war wirklich fertig, es stimmt, was er gesagt hat. Wir waren zusammen dort. Das können Sie gerne nachprüfen. Ich habe Ihnen ja erzählt, dass ich mir freigenommen hatte. Jetzt wissen Sie auch, warum.«

»Gut.« Demirbilek hatte genug von ihren Spielchen und wollte zu einem Ende kommen. »Fürs Protokoll: War Florian Dietl Donnerstagnacht zwischen dreiundzwanzig Uhr und Mitternacht mit Ihnen zusammen?«

»Ja.«

Demirbilek blickte zu Leipold, um zu signalisieren, die Vernehmung zu beenden.

»Die zuständigen Kollegen werden wegen der Braugerste Schritte gegen die Mingabräu einleiten«, sagte Leipold abschließend.

»Natürlich. So eine Sauerei muss aufgeklärt werden«, pflichtete sie uninteressiert bei und richtete sich wieder an Demirbilek. »Kann ich jetzt gehen?«

»Wann fliegen Sie nach Antalya?«

»Morgen Abend.«

»Gut. Gehen Sie.«

Leipolds Versuch, zu intervenieren, fegte Demirbilek mit einem Lächeln weg. »Frau Zeil ist sicher in Antalya für uns erreichbar.«

»Aber selbstverständlich«, bestätigte sie süffisant und notierte die Unterkunft auf einen Zettel, bevor sie sich verabschiedete.

Als sie gegangen war, reichte Demirbilek die Notiz zur Überprüfung an Vierkant weiter.

»Warum lässt du sie gehen, Zeki?«, fragte Leipold.

»Weil sie Dietl trifft.«

»Wir folgen ihr?«

»Setz ein paar Fahnder an. Mal sehen, was unser Istanbul-Fan vorhat.«

59

Während Jale am Flughafen von Aydin zum Abschied fest in den Arm genommen wurde, blinzelte Demirbilek in die Nachmittagssonne. Endlich war der Sommer, wie er sein sollte, wie er ihn aus Augusttagen in Istanbul kannte. Um seinen Anzug zu schonen, hockte er im Schneidersitz auf einem ausgebreiteten Stofftaschentuch auf der Wiese. Angelockt vom schönen Wetter, hatte er kurzerhand die Besprechung in den Hof des Präsidiums verlegt. Die zehn Beamten, die bis auf weiteres zum Kernteam der Migra abkommandiert waren, hatten es sich auf Stühlen aus der Kantine bequem gemacht. Herkamer, Stern und Leipold fläzten auf der einzigen Parkbank.
Zeki war in Gedanken bei Selma. Sie flog am Abend nach Hause zurück. Er wollte sie unbedingt vorher noch sehen. Mit Wut im Bauch dachte er auch an Karin Zeil. Der Rat, dass er besser in Istanbul geblieben wäre, rumorte in ihm. Er fragte sich, ob sie nicht recht hatte, als ein lautes Räuspern sein Nachdenken störte. Vierkant bat um Aufmerksamkeit. Er senkte seinen zum Himmel erhobenen Kopf weg von den schmeichelnden Sonnenstrahlen und hin zu der Runde, die auf den Beginn der Besprechung wartete.
»Also, Vierkant, fangen Sie endlich an«, ermahnte er seine Mitarbeiterin.
Vierkant sah ihm das unfaire Verhalten offensichtlich nach, da sie

ihren sorgfältig geplanten Einstieg nicht seiner Wirkung berauben wollte. »Die Mälzerei am Bodensee existiert nicht.«
Mit einem mehrstimmigen Raunen quittierten die Beamten die Neuigkeit. Laut ersten Ermittlungsergebnissen, begann Vierkant sodann ihren Bericht, bezog die Mingabräu seit Umstellung auf die Produktion naturtrüben Bieres die neue Malzsorte eben von jener Firma, die nicht existierte. Zumindest nicht am Bodensee. Der Betreiber der Online-Plattform, jene, die Gerichtsmedizinerin Ferner unter die Lupe genommen hatte, war mit Firmensitz in der Ukraine registriert. Sie hatte die Telefonnummer des Impressums der Website angerufen und landete bei einem 24-Stunden-Büroservice. In perfektem Deutsch hatte eine Frauenstimme den Anruf mit Nennung des Firmennamens der Mälzerei angenommen und versprach, die Nachricht weiterzugeben. Erst nach dem fünften Anruf erklärte sich die Stimme bereit, den Geschäftsführer des Büroservice an den Apparat zu holen. Nach langem Hin und Her erfuhr Vierkant, dass ihr Anruf nach Istanbul weitergeleitet worden war.
An der Stelle des Berichtes hakte Demirbilek ein, denn er wollte wissen, in welcher Sprache sie sich unterhalten hatten.
»Der Geschäftsführer sprach perfekt Deutsch wie Sie. Es hat nicht lange gedauert, bis er mit Datenschutz und Diskretion ankam. Ich solle mich wieder melden, wenn ich einen Gerichtsbeschluss habe.«
»Und?«, fragte einer der Beamten, der sich in einem Collegeblock Notizen machte. »Sollen wir dem nachgehen?«
»Dazu müssten wir einen Antrag an einem Istanbuler Gericht einreichen«, informierte Vierkant ihn.
»Nein, keinen Gerichtsbeschluss«, entschied Demirbilek, der hinlänglich Bescheid wusste, wie viel Zeit verstrich, um eine rechtliche Handhabe zu erwirken. »Frag bei den Kollegen im Betrug

nach, ob sie den Büroservice kennen. In den letzten Jahren tauchen in Istanbul vermehrt Firmen auf, die im Auftrag für Großkunden im Hotline-Bereich und Kundenservice tätig sind. Die Bosse stellen gerne Rückwanderer aus Deutschland wegen ihrer Sprachkenntnisse ein, bevorzugt, wenn sie einen Dialekt beherrschen. Egal, ob Bayerisch oder Sächsisch. Da gehen Zeitungsabos und Ferienwohnungen am Telefon weg wie warme Semmeln.«
Vierkant bestätigte Demirbileks Vermutung. Sie hatte den Eindruck, der Geschäftsführer habe nicht zum ersten Mal mit deutschen Behörden zu tun. Dann fuhr sie mit ihrem Bericht fort. Wesentlicher Teil der Betrugsmasche bestand aus den Säcken mit aufgedrucktem Phantasielogo. Vierkant pflegte zu den Kollegen der Wirtschaftskriminalität ein gutes Verhältnis und hatte auf kurzem Dienstweg Informationen eingeholt. Aller Wahrscheinlichkeit nach wurden die Säcke in China hergestellt.
»Und wo sitzt die Phantasiefirma?«, fragte eine Beamtin, die sich den Schweiß von der Stirn wischte.
»Die Wirtschaftler sind dran. Wir wissen es noch nicht.«
»Wahnsinn«, meinte Leipold. »Lohnt sich das überhaupt, der ganze Aufwand?«
Vierkant vergewisserte sich in ihren Notizen. »Auf die Schnelle sind die Kollegen auf einundzwanzig Brauereien in ganz Europa gekommen, die mit dem vermeintlichen Spezialmalz beliefert werden. Zahlen habe ich nicht, aber ich glaube schon, dass sich das lohnt.«
»Taucht irgendwo in dem Zusammenhang Florian Dietl auf? Der Biermanager«, hakte Herkamer nach.
»Nein, aber überrascht hätte es mich nicht.«
»Gut, Vierkant. Das Wirtschaftskommissariat soll das weiterverfolgen. Wir konzentrieren uns auf unsere Tötungsdelikte Weigl und Bayrak«, erklärte Demirbilek.

»Apropos Weigl«, meldete sich Herkamer noch mal und trank schnell von seinem Spezi, bevor er weitersprach. »Es scheint doch was dran zu sein an den Gerüchten. Den Sexgerüchten, meine ich.«
»Ja? Dann erzähl schon«, forderte Demirbilek ihn auf.
»Letztes Jahr auf dem Oktoberfest gab es einen Vorfall. Manuela Weigl und ein hohes Tier einer großen Brauerei sind ganz klassisch in den Büschen an der Theresienwiese in flagranti aufgegriffen worden. Der Mann hatte einen Fetzenrausch. Er hat sie als Bierschlampe und sonst was beschimpft und wollte sein Geld zurück. Richtig ekelhaft muss der gewesen sein, steht Wort für Wort im Protokoll. Streifenkollegen haben ihn einkassiert und über Nacht behalten. Nach der Ausnüchterung konnte er sich an nichts erinnern und hat die Anzeige gegen Weigl fallengelassen. Sieht indizienmäßig nach Prostitution aus.«
»Leipold, unterhalt dich mal mit dem Journalisten, der das in die Welt gesetzt hat. Du kennst ihn doch persönlich.«
Der Münchner verdrehte die Augen. »Ach komm, Zeki, der gibt doch seine Quellen nicht preis.«
»Lade ihn vor. Biete ihm eine Exklusivstory über unseren Fall an. Seit wann bist du so phantasielos?« Er wandte sich wieder dem Team zu. »Was ist mit der Spur zu den Rechtsradikalen?«
Leipold deutete mit dem Kopf zum Gebäude. »Drüben im Vernehmungsraum sitzen zwei von der Demo. Sie gehören einer rechten Splitterpartei an. Willst du sie verhören?«
»Nein«, entschied Demirbilek. »Stern, Herkamer, ihr übernehmt das, gleich nach unserer Besprechung, Bericht direkt an mich. Mündlich, nicht schriftlich!«
»Weniger wollte zum Verhör kommen«, gab Stern zu bedenken.
»Von mir aus. Warum nicht? Er ist unser Chef und ein erfahrener Beamter. Er hat mehr Verdächtige verhört als wir alle zusam-

men«, erwiderte Demirbilek, gleichzeitig ärgerte er sich. Schließlich wusste er, warum der Kommissariatsleiter auf Biegen und Brechen hinter den Morden rechtsradikale Motive vermuten wollte. Das gab besonders positive Schlagzeilen. »Also gut. Wir machen jetzt Folgendes …«

Demirbileks Anweisung wurde von dem Läuten seines Handys unterbrochen. Er sah auf das Display und wandte sich an seine Leute.

»Kurze Pause. Holt euch was zu trinken. In fünf Minuten geht es weiter.« Er kramte seinen Geldbeutel heraus und reichte ihn Vierkant.

»Das geht auf mich.« Dann entfernte er sich ein paar Schritte und nahm den Anruf an.

60

»Selma?«, fragte er in den Apparat. Er freute sich auf ihre Stimme.

»Zeki, gut, dass du rangehst. Sei mir nicht böse, ich schaffe es nicht mehr, dich zu treffen, ich fahre ins Institut.«

»Warum?«

»Meine Kollegen sind sauer, weil ich beim Abschlussessen des Symposiums nicht teilgenommen habe«, erklärte Selma abgehetzt.

»Wann fliegst du?«

»Spätestens um sieben muss ich am Flughafen sein.«

»Ich komme«, erwiderte er. In seinem Rücken hörte er ein Tuscheln, das seine Aufmerksamkeit ablenkte.

»Warte mal«, bat er Selma am Telefon.

Leipold unterhielt sich aufgeregt mit einem Kollegen, der neu hinzugekommen war.

»Pius, was ist los?«, schrie er hinüber.

»Die Fahnder haben Karin Zeil am Marienplatz verloren«, schrie Leipold zurück.

Augenblicklich verfinsterte sich Demirbileks Gesicht. Er wollte es nicht wahrhaben. Ein zweites Mal war sie ihnen entwischt. Von Dietl ganz zu schweigen. Von ihm fehlte seit der Übergabe des Porsches an den verunglückten Vester jede Spur. Ohne daran zu denken, wer in der Leitung war, schmetterte er aus Wut und

Verzweiflung das Handy zu Boden. Die rückseitige Schale landete einige Meter entfernt, der herausgefallene Akku purzelte in die entgegengesetzte Richtung.

»Reg dich nicht auf, Zeki. Ist Scheiße, klar. Aber wir wissen doch, dass sie nach Antalya will. Ich ruf am Flughafen an«, versuchte Leipold, ihn zu beruhigen.

Demirbilek schüttelte den Kopf und machte sich daran, die Bestandteile seines Handys zu suchen. Er ahnte, dass es nicht so einfach sein würde, wie sein Kollege glaubte. Als er die Teile gefunden und zusammengesetzt hatte, kam ihm ein Gedanke. Dabei vergaß er, Selma zurückzurufen.

»Hatte Jochen Vester eigentlich ein Handy?«

Leipold prustete über die Frage. »Natürlich.«

»Kümmerst du dich darum?«

»Um was? Zeki, du musst mal lernen, in ganzen Sätzen auszusprechen, was du denkst.«

»Wenn Dietl sein Baby aus der Hand gibt, wird er sich bestimmt erkundigen, ob mit der Überführung alles glatt verläuft.«

»Du meinst, er ruft Vester wegen des Porsches an?«

»Bereite eine Fangschaltung vor. Am besten geht jemand an den Apparat … nein, warte. Such eine Kollegin, jung, die Stimme zumindest, sie soll vorgeben, Vester im Zug kennengelernt zu haben. Lass sie ihn hinhalten, bis wir ihn geortet haben.«

»Wie bitte soll ich auf die Schnelle einen Beschluss dafür auftreiben?«

»Darum kümmere ich mich«, versprach Demirbilek.

Während er und Leipold weitere Details klärten, schreckte Vierkant plötzlich auf. Die langwierigen Telefonate wegen der Mälzerei hatten sie vollkommen beansprucht; sie hatte vergessen, das von Zeil notierte Hotel zu überprüfen. Sie nannte Stern, der mit einem Tablet zur Besprechung gekommen war, den Namen des

Hotels in Antalya. Der Begrüßungsfilm auf der Internetseite warb in Hochglanzaufnahmen für ein 5-Sterne-Ressort.
»Wow«, schrie Stern, begeistert über die vorgestellte Anlage, auf. Demirbilek stand mittlerweile neben ihnen. Mit zusammengekniffenen Augen folgte er den Werbebildern.
»Hast du die Buchung überprüft?«, fragte er Vierkant.
»Ich mach das sofort«, antwortete sie und tippte die Nummer des Ressorts in ihr Handy.
»Gib dich als ihre Schwester aus«, empfahl Demirbilek.
»Das kann ich nicht machen«, antwortete Vierkant postwendend. Demirbilek hatte nicht an ihre unerschütterliche Wahrheitsliebe gedacht. Das achte Gebot nahm sie wie alle anderen Gebote sehr ernst. »Ich erledige das.«
Er übernahm ihr Telefon und gab sich als Zeils Bruder aus, der als Überraschungsgast zum Geburtstag seiner Schwester kommen wollte. Das Gespräch fiel kurz aus.
»Sie hat in dem Ressort keine Buchung. Auf Dietl ist auch nichts gebucht.«
»Mein Gott, wir haben uns verarschen lassen«, brachte Vierkant hervor.
»Sie muss vorbereitet gewesen sein. Niemand ruft eine solche Unterkunft einfach aus dem Gedächtnis hervor«, sagte Demirbilek.
»Die ganze Vernehmung war eine Verarsche«, konstatierte Leipold.
Demirbilek nickte. »Ich frage mich, ob Dietl sie nicht doch begleitet«, teilte er dieses Mal seine Gedanken laut mit.
»Klar, die zwei stecken unter einer Decke. Die alte Schachtel ist doch froh, wenn ein Jungspund sie glücklich macht. Die tut alles für den«, fasste Leipold auf seine handfeste Art die Situation zusammen.

»Könnte sie auch einen Mord begehen?«, fragte Demirbilek in die Runde.
»Wenn Leipold recht hat, dann ja«, meinte Vierkant spontan.
Demirbilek sah sie fragend an. Das restliche Team rückte näher.
»Mag sein, ihr Männer habt das beim Verhör nicht gemerkt. Ich bin sicher, sie hängt an ihm«, schob Vierkant ihre Beobachtung hinterher.
»Dass Zeil Manuela Weigl getötet hat, meinetwegen, aus Liebe oder Eifersucht. Aber Bayrak, warum ihn? Selbst wenn Zeil in der Betrugsmasche mit drinsteckt ...«, überlegte Demirbilek.
Leipold unterbrach ihn. »Angenommen, die Alte hat Weigl auf dem Gewissen wegen der Liebe, und der Junge hat Bayrak auf dem Gewissen wegen dem Geschäft?« Leipold präsentierte seine Hypothese, als wäre Mord etwas Alltägliches.
»Wir haben noch einen dritten Toten, den dürfen wir nicht vergessen, Herr Demirbilek«, äußerte sich Herkamer.
»Keine Sorge, ich vergesse Özkan nicht. Doch haben wir bislang keinen Hinweis auf Fremdverschulden. Warten wir ab.«
Plötzlich hörten alle ein Murmeln. Es kam von Vierkant, die, in sich gekehrt, das Vaterunser im Schnelltempo flüsterte. Dann, unter Beobachtung der Kollegen, weitere Danksagungen gen Himmel schickte. Zu welchem Zweck, war weder Demirbilek noch den anderen klar.
»Hätte mir vorher einfallen müssen. Es tut mir leid, wirklich.«
»Um was geht's denn, Isa?«, fragte Leipold.
Vierkant schüttelte besorgt den Kopf und holte aus der Umhängetasche ihr ledergebundenes Notizbüchlein, das Demirbilek seit ihrem ersten Arbeitstag nicht leiden konnte. »Alles wegen der dummen Mälzerei, die es gar nicht gibt«, schimpfte sie mit sich beim Durchblättern. Bevor sie die Seite fand, die sie suchte, hielt sie inne. »Ich habe eine Bitte, Herr Demirbilek. Falls sich das

bewahrheitet, was ich glaube … Es ist nämlich so, ich weiß es wirklich nicht genau, ist nur eine Hoffnung. Eine ganz vage. Falls es sich also bewahrheitet, möchte ich gerne Erzengel Michael eine Kerze stiften.«

Demirbilek schmunzelte. Was konnte er gegen ein Dankeschön für den Schutzpatron der Polizisten einwenden?

»Du eine und ich eine. Versprochen. Die Kirche suchst du aus.«

Umgehend schlug Vierkant die Seite auf und vergewisserte sich in ihren Notizen. Dann holte sie ihr Diensthandy. »Sie haben doch gesagt, ich soll mir das Tablet von der Diplomatin ansehen, das Sie gewissermaßen gefunden haben. Ich war die ganze Nacht dran und habe mir ein paar Sachen herausgeschrieben. Sie wissen schon, herumgestöbert.«

»Jetzt sag schon, Vierkant!«, rief Demirbilek ungeduldig dazwischen.

Mit einer entschuldigenden Geste drückte sie die Wahlwiederholung und verglich den Eintrag im Display mit ihren Notizen. Es schien ihr nicht bewusst zu sein, von den Kollegen genauestens beäugt zu werden, als sie die Faust zu einer Siegerpose ballte.

»Frau Nihal Koca repräsentiert ehrenamtlich eine Fair-Trade-Organisation aus der Türkei.«

»Gut, dass wir das jetzt wissen«, meinte Leipold scherzhaft.

»Auf deren Website gibt es eine Telefonnummer. Die Vorwahl ist identisch mit der des Büroservice der fiktiven Mingabräu-Mälzerei«, machte Vierkant unbeirrt weiter.

Demirbileks Gesicht erhellte sich.

»Wenn du mir jetzt sagst, die Fair-Trade-Organisation handelt mit Getreide, dann umarme ich dich«, drohte Demirbilek.

Vierkant breitete die Arme aus. »Dann kommen Sie her! Sie handeln unter anderem mit Gerste. Braugerste, um genau zu sein.«

61

Am späten Nachmittag ließ das ungleiche Paar den Omnibusbahnhof in der Arnulfstraße hinter sich. Der Biermanager hatte die Reiseroute geplant, wie er alles festlegte, seit Karin Zeil ein zweites Mal in sein Leben getreten war. Die aufgrund der Vorkommnisse geänderte Reiseroute führte sie von München nach Wien, von dort flog eine zeitlich günstige Maschine zu ihrem Zielort Istanbul. Am späten Abend würden sie landen. Mit dem Taxi dauerte es fünfundvierzig Minuten bis zu dem am Taksimplatz gelegenen Hotel.
Zeils Kopf lag an seiner Schulter; sie versuchte einzuschlafen. Obwohl der Bus bis auf den letzten Platz besetzt war, herrschte Ruhe. Die gedämpften Unterhaltungen der Passagiere vermischten sich mit dem Potpourri internationaler Musik aus einem Heer Kopfhörer. Dietl interessierte sich für Musik nicht besonders. Ein Tuscheln aber, das von der Zweierbank einige Reihen vor ihnen zu hören war, erregte seine Aufmerksamkeit. Er beugte sich in den Gang, um zu sehen, wer das war. Der abschätzige Blick, der ihn unerwartet traf, ging von einem Mann aus, der sein Vater sein konnte. Er meinte zu wissen, was dem Alten durch den Kopf ging. Die wohlhabende Dame hatte sich einen jungen Hengst geangelt, hielt ihn großzügig aus, dafür beglückte er sie mit seiner nimmersatten Männlichkeit, machte ihr den Hof und ließ sie spüren, dass sie nicht zum alten Eisen gehörte. Dass es genau anders-

herum war, glaubte niemand. *Er* war in sie verliebt, und *er* hatte das Geld.
Dietl seufzte und schloss die Augen. Höchstens zwei Tage durfte er in der Türkei für seine Angelegenheiten brauchen, sagte er sich beschwörend. Zwei Tage. Nicht mehr. Dann mussten sie weiterziehen. Es war nur eine Frage der Zeit, bis der hartnäckige türkische Kommissar ihnen wieder auf den Fersen sein würde, auch wenn er in seinem Heimatland keine Befugnisse hatte. Türkische Behörden, wusste er von seiner Beratertätigkeit für Bayraks Unternehmen, waren mit Barschaften in den Griff zu bekommen. Darüber machte er sich keine Sorgen.
Der Reisebus quälte sich durch die verstopften Straßen. Der Berufsverkehr war im vollen Gang. Als sie endlich Münchens Stadtgrenze überquerten und die Autobahn erreichten, döste seine Geliebte ein. Zwei Mal suchte er auf der ereignislosen Fahrt die Toilette auf, um heimlich ein paar Züge von seiner Elektrozigarette zu nehmen. Knapp eine halbe Fahrstunde vor Wien wurde Zeils Schlaf unruhig. Dietl, der eingenickt war, bemerkte nicht, wie sie sich hin und her wälzte. Erst der Aufschrei, bevor sie aufwachte, ließ ihn aufschrecken.
»Tut mir leid«, sagte sie mit verstörter Stimme.
»Das macht doch nichts«, beruhigte er sie.
»Ich hatte einen schrecklichen Traum.«
»Ja?«
»Ich habe von deinem Baby geträumt.«
Dietl legte beruhigend seinen Arm um sie. Er bereute es, sie ins Vertrauen gezogen zu haben.
»Sie hätte es nicht abtreiben dürfen, ohne mit dir zu sprechen«, sagte sie nun mit fester Stimme und suchte den Augenkontakt mit ihm.
Doch Dietl wandte sich von ihr ab und blickte aus dem Fenster.

Die Landschaft zog an ihm vorbei. Er schloss wieder die Augen und dachte an das Gespräch mit der Mutter seines ungeborenen Kindes. Immerhin hatte sie den Anstand, ihm zu sagen, dass sie von ihm schwanger gewesen war und das Kind nicht behalten hatte.
Zeil gab schon bald den Versuch auf, mit ihm darüber zu reden. Auch wenn ihm die vorenthaltene Vaterschaft zu schaffen machte, sträubte er sich, sich damit auseinanderzusetzen. Wäre er beim Sex nicht betrunken gewesen, hätten ihn der Orgasmus und der Alkohol nicht redselig gemacht, hätte sie ohnehin niemals davon erfahren.
Dann begann sie, sich den verspannten Nacken zu massieren. Dietl sah ihr eine Zeitlang dabei zu, dann schob er ihre Hand beiseite und übernahm die Massage. Dankbar schloss sie die Augen.
»Wann sind wir da?«
»Dauert nicht mehr lange«, sagte er und drückte fester mit Daumen und Zeigefinger zu. Ein leichter Film aus Creme bildete sich auf seinen Fingerkuppen. Zu seiner Überraschung ekelte er sich plötzlich und beendete die Massage. »Hoffentlich macht der Junge keinen Mist mit dem Porsche. Am Flughafen rufe ich ihn an«, wechselte er das Thema.
»Es ist doch alles gutgegangen bisher.«
»Wir sind erst in Dubai sicher.«
»Ja, ich weiß.«
Sie schwieg eine Weile, bis sie den Gedanken, der sie während der ganzen Zeit beschäftigte, äußerte. »Wann sagst du mir, wie das mit Bayrak passieren konnte?«
»Pst«, beschwor er sie leise. »Hier kann uns jeder hören.« Dann flüsterte er: »Was geschehen ist, ist geschehen. Mach dir keine Sorgen. Bayrak hat es nicht anders verdient.«

Er nahm ihre Hand und drückte sie sanft. Seine Gedanken waren bei seinem ermordeten Klienten. Er stellte sich die qualvollen Schreie aus dem Silo vor, horchte, wie sie langsam verebbten und schließlich ganz verstummten. Das Bekennerschreiben, wie sich herausstellte, war nicht die rettende Idee gewesen, um die Polizei auf eine falsche Spur zu lenken. Du musst besser aufpassen, schimpfte er sich, gleichzeitig wurde ihm bewusst, nicht selbst an den Problemen schuld zu sein.

Die Vorahnung, die ihn sodann ergriff, ängstigte ihn. Er blickte zu ihr. Sie hatte die Augen erneut geschlossen. Es wird nicht lange dauern, vielleicht ein oder zwei Jahre, bis es schlimmer wird, bis ihr Gedächtnis sie vollkommen im Stich lässt. Es hatte ja bereits angefangen. Wieso hatte sie sonst gefragt, was mit Bayrak passiert ist? Sie war doch dabei gewesen. Sie musste Bescheid wissen. Und warum hatte sie wissen wollen, in welchem Reisebüro sie die Flugtickets abholen sollte? Sie selbst hatte es doch ausgesucht.

Dietl schluckte und wischte sich die cremigen Handflächen an seiner Hose ab. Dabei rechnete er. Und kam auf einunddreißig Jahre. Einunddreißig zu viel.

62

Der Leiter des Sonderdezernats hatte sich doch durchgerungen, das Verhör der beiden rechtspopulistischen Politiker zu führen. Nach zwanzig Minuten Diskussion über Sinn und Unsinn der Brauereidemontage war auch Weniger einsichtig, dass die beiden weder Bayrak kannten noch mit seinem Tod etwas zu tun haben konnten. Zur Tatzeit hatten sie an einer Videokonferenz mit politisch Gleichgesinnten teilgenommen. Die Aufzeichnung lag zur Einsicht auf DVD vor. Demirbilek übertrug die Überprüfung einem aus dem Team.
Nach der Vernehmung verbrachte er eine weitere Stunde im Büro. Die Fahndungen nach Zeil und Dietl liefen, Telefonate wurden am laufenden Band geführt, die Recherche hinsichtlich der Fair-Trade-Organisation, die in Cengiz' Aufgabengebiet gefallen wäre, übernahm Stern. Demirbilek überlegte, ob er Jale in Istanbul damit beauftragen sollte, ließ es jedoch bleiben. Da die Website ins Englische übersetzt war, kam Stern, der im Gegensatz zu Leipold die Fremdsprache beherrschte, mit den Informationen zurecht. Außerdem hatte Demirbilek zwei Kollegen von der Wirtschaftskriminalität zur Unterstützung hinzugezogen. Er beneidete sie nicht um ihre Arbeit. Zu kompliziert, zu viele Stunden am Computer. Bildschirmtauglichkeit nannte sich das im Anforderungsprofil bei Stellenausschreibungen. Er bevorzugte handfeste Verbrechen. Dabei war die Nationalität der Täter und Opfer dem

Leiter der Migra im Prinzip einerlei, auch wenn er dies niemals laut äußerte.

Demirbilek selbst war damit beschäftigt, seinem Vorgesetzten die zögerliche Haltung auszureden. Er war der Auffassung, die Migra müsse Zeil und Dietl in die Türkei folgen, die türkischen Behörden eingeschaltet werden. Weniger dagegen wollte handfeste Indizien. Das Reiseziel Antalya schien zwar eine Lüge zu sein, doch von einem Verbrecherpaar auf der Flucht wollte er nichts wissen.

Mitten in ihre Diskussion tauchte Vierkant auf. »Eine Kollegin hat gerade angerufen, um es gleich durchzugeben. Es gibt einen Zeugen, der Ömer Özkan in der Nacht am Wittelsbacher Brunnen beim Singen gesehen hat.«

»Beim Singen?«

»Mehr gelallt.«

Vierkant wollte sichergehen und konsultierte ihr Notizbüchlein. »Ich zitiere aus der Zeugenaussage, wir bekommen es noch schriftlich: *Der Mann stand am Brunnen, er war voll wie ein leeres Fass Bier.* Özkan hat ein türkisches Lied zum Besten gegeben.«

»War er allein?«

»Özkan? Ja. Der Zeuge hat sogar mit ihm gesprochen. Hat es zumindest versucht.«

»Was hat er gesagt?«

»Nichts, was er verstanden hätte. Der Zeuge versteht kein Türkisch. Er hat aber ausgesagt, das Lied sei sehr traurig gewesen. Überhaupt war Özkan ziemlich durch den Wind. Hatte Tränen in den Augen.«

Demirbilek stellte sich die nächtliche Szenerie vor und schüttelte den Kopf. Er wollte gerne wissen, welches Lied er gesungen hatte, doch dann kam ihm etwas Wichtigeres in den Sinn. »Sind seine Sachen gefunden worden? Geldbeutel, Papiere?«

»Ja, steht im Bericht. Sie sollten ihn mal bei Gelegenheit lesen.«

»Pass auf, Vierkant. Du kennst mich nicht lange, aber lange genug. In Zukunft sprich mit mir und schreib mir nicht!«

»Ich bin froh, wenn der Ramadan vorbei ist, das sage ich Ihnen jetzt ganz ohne Vorwurf«, entgegnete Vierkant mit Sanftmut in der Stimme.

»Ich auch, Vierkant, glaub mir! Also?«

»Ausweispapiere und Geldbeutel waren in seiner Jacke. Sie lag in der Mingabräu. Er hat sie liegengelassen, nachdem ihn Vester abgefüllt hat. Weil er keinen Spind hatte, haben wir sie nicht gleich gefunden. Nichts Besonderes darunter.«

»Gut, schick die Sachen seinen Eltern.«

Vierkant nickte und machte sich auf den Weg.

»Damit kommt die Bierleiche als Unfall zu den Akten. Schön, dass das endgültig geklärt ist«, resümierte Weniger, der dem Gespräch mit einem Ohr gefolgt war und mit dem anderen zwei Telefonate geführt hatte. »Und jetzt, Herr Demirbilek, finden Sie das Paar. Ich bereite die Presseerklärung vor«, setzte er hinzu und verschwand.

Demirbilek kontrollierte daraufhin die Uhrzeit und wies Leipold an, die Stellung zu halten. Dann rannte er aus dem Präsidium und überlegte, ob er sich ein Taxi leisten sollte, um Selma am Flughafen zu verabschieden, oder ob es gerechtfertigt war, einen Fahrer der Bereitschaft zu bemühen.

Er entschied sich für ein Taxi, um bei den laufenden Ermittlungen niemanden für seine Privatangelegenheit abzuziehen. Der Fahrer war begeistert über die zehn Euro zusätzlich, wenn er rechtzeitig den Flughafen erreichte. Unterwegs rief er Selma an, vermied es, den Ausfall seines Handys zu erwähnen, stattdessen versprach er, in spätestens dreißig Minuten bei ihr zu sein. Selma versuchte,

ihn davon abzuhalten. Wenn alles gutginge, meinte sie, hätten sie höchstens ein paar Minuten Zeit.
»Jede Sekunde mit dir tut gut«, entkräftete Demirbilek ihr Argument. Dann legte er auf, bevor Selma ihm verbieten konnte, zu kommen.
Es war der letzte Tag der Fastenzeit. Aydin hatte beim gemeinsamen Frühstück von einem Auftritt am Abend erzählt. Er war fest entschlossen, diesmal sein Konzert nicht zu verpassen. Noch zwei Stunden musste er durchhalten. Gerade tippte er eine Nachricht an Özlem in sein Handy, um zu fragen, ob sie mitkommen wolle, als der Motor des Taxis zu stottern begann.

63

Inzwischen regnete es in Strömen. Mitten im August.
Demirbilek hatte sich das Sakko in den Nacken hochgeschoben. Er saß an einem Biertisch unter einem Sonnenschirm, der den Dauerregen nicht daran hinderte, ihn nass zu spritzen. Außer ihm war im Nockherberg-Biergarten niemand zu sehen, der um diese Zeit normalerweise überfüllt war. Aber schließlich schüttete es ja auch.
»Der Sommer fühlt sich nicht richtig an«, sagte er niedergeschlagen zu der Bedienung, die wie er türkische Wurzeln hatte.
Derya Tavuk war Anfang dreißig, sie kannte den Kommissar als einen Stammgast mit undurchschaubaren Eigenwilligkeiten. Nur weil sie ihn gut leiden konnte, kam sie mit einem Regenschirm hinaus, um seine Bestellung aufzunehmen. Im großen Speisesaal hockte sein Kollege Leipold bei einem Weißbier. Er war nicht bereit gewesen, bei strömendem Regen draußen zu sitzen. Demirbilek dagegen bestand auf einen Platz im Freien, schlicht und ergreifend deshalb, weil es Sommer war und er den letzten Fastentag unter freiem Himmel beenden wollte.
Weshalb ihr Gast sich niedergeschlagen fühlte, ahnte Derya nicht. Demirbilek behielt für sich, was nach der Autopanne auf dem Weg zum Flughafen passiert war. Er hatte zuerst den Fahrer gescholten, weil er ein japanisches Fabrikat fuhr und keine in Deutschland produzierte Limousine. Der Vorwurf stieß bei dem

zugewanderten Kölner auf wenig Gegenliebe. Nachdem Zeki das Fahrgeld verweigerte, folgte das unausweichliche Handgemenge. Danach stellte er sich auf den Sicherheitsstreifen der Autobahn und versuchte, per Anhalter weiterzukommen. Auch dabei hatte er kein Glück. Die vom Taxifahrer herbeigerufene Verkehrspolizei nahm den Streit und die Delle in der Karosserie des Taxis in das Protokoll auf. Demirbilek bekannte sich schuldig, der Verursacher des Schadens zu sein, gleichzeitig beschuldigte er den Fahrer, ihn provoziert zu haben. Nach all den Schwierigkeiten hatte er Selma am Flughafen verpasst. Auf der Rückfahrt im Streifenwagen sagte er kein Wort. Den Polizisten war die Erleichterung anzumerken, als sie den Kommissar am Präsidium aussteigen lassen konnten.

Zurück im Büro, brachte ihn Leipold auf den neuesten Stand. Zwei Anrufe auf Vesters Handy. Freunde, die sich verabreden wollten. Die Kollegin, die Dietl hinhalten sollte, um den Anruf zu orten, verwies die Freunde auf die Eltern. Verständlicherweise wollte sie nicht die Überbringerin der Todesnachricht sein. Offenbar wusste niemand von Vesters geplanter Überführungsfahrt nach Istanbul. Von Zeil und Dietl fehlte nach wie vor jede Spur. Fluggäste mit internationalen Zielen, vor allem die Maschinen nach Istanbul und Antalya wurden kontrolliert. Es gab brauchbares Fotomaterial von den beiden, sollten sie mit gefälschten Dokumenten reisen.

Demirbilek hatte Leipolds Bericht mehr oder weniger stumm zugehört. Er fühlte sich körperlich ausgemergelt und seelisch vom Schicksal betrogen. Die Autopanne war ein deutlicher Wink gewesen, sich mit Selma mehr Mühe zu geben. Wie früher hatte er seine Arbeit über sein Privatleben gestellt. Er hatte ganz einfach die Schnauze voll.

Die Uhr zeigte Viertel nach acht. Es war höchste Zeit, zu Aydins

Konzert aufzubrechen, dort etwas zu sich zu nehmen und nach der Stärkung Selma anzurufen. Doch er hatte keine Ahnung, in welcher Kneipe sein Sohn auftrat. Geschweige denn, wie der Name seiner Band war. Er rief erst Özlem, dann Aydin selbst an. Beide waren nicht zu erreichen. Danach versuchte er es bei Jale. An ihren Apparat ging eine fremde Stimme. Er verzichtete auf eine Erklärung und legte, ohne sich zu erkennen zu geben, auf. Auch der letzte Versuch schlug fehl. Sein Freund Robert konnte ihm nicht weiterhelfen.

Leipold hatte die Telefonate mitverfolgt. Er merkte, wie dringend sein türkischer Kollege Beistand brauchte, und schlug vor, im Nockherberg das letzte Fastenbrechen gemeinsam zu begehen. Demirbilek gefiel die Vorstellung, unter einem Kastanienbaum zu sitzen, umgeben zu sein von Menschen, die nichts mit der Arbeit zu tun hatten, und die Sonne zu genießen. Zu der Zeit war der Sommerabend noch so gewesen, wie es sich gehörte.

Als Derya mit Regenschirm und Notizblock vor ihm stand, erkannte Demirbilek sein lächerliches Gebaren. Was er an der Situation mochte, war, dass die Kellnerin nicht versuchte, ihm drinnen einen Platz aufzuschwatzen. Überhaupt empfand er für Derya eine gewisse Sympathie. Wann immer sie Zeit fand, gesellte sie sich bei seinen Besuchen auf einen Plausch zu ihm oder schenkte ihm beim Vorbeigehen trotz acht Maß Bierkrügen in den Unterarmen ein Lächeln. Die Befürchtung, Derya könnte sich auf ihn einlassen, hinderte ihn daran, ihr ernsthafte Avancen zu machen.

Er überlegte gerade, wie es wäre, sie außerhalb ihres Arbeitsplatzes zu treffen, als Derya zum Fastenbrechen eine Pfannkuchensuppe empfahl, danach Obazda mit Breze. Also die bayerische Variante, wie sie betonte. Demirbilek lehnte ab, denn er wollte Fleisch. Er entschied sich nach kurzer Unterredung für Kalbshaxe und eine große Flasche Wasser. Mit Sprudel. Derya blickte auf die Uhr. Viel Zeit blieb nicht, sie beeilte sich, um die Bestellung rechtzeitig zum Fastenbrechen servieren zu können.

Demirbilek harrte zehn Minuten aus, bis nicht Derya, sondern Leipold mit einem Tablett zu ihm eilte. Deryas Regenschirm klemmte unter seinem Kinn, damit das Essen nicht nass wurde.

»So, jetzt iss, dann geht es dir wieder besser«, sagte er fürsorglich. Dabei servierte er den Teller mit der Kalbshaxe und Kartoffelknödel. Derya hatte an Sauerkraut gedacht und gleich zwei Flaschen Wasser mitgegeben. Außerdem befand sich auf dem Tablett eine Schale mit Oliven und Leipolds zweites Weißbier. Offiziell hatte er Dienstschluss.

Ohne eine Erklärung zu fordern, schraubte Demirbilek den Verschluss der Wasserflasche auf. Dann vergewisserte er sich auf seiner Armbanduhr nach der Uhrzeit, wartete, bis der Sekundenzeiger die volle Minute erreicht hatte, und nahm dann eine Olive in die Hand, sprach das kurze Gebet zum Fastenbrechen, warf sie in den Mund, kaute langsam, schluckte und griff zur Wasserflasche, um direkt daraus zu trinken. Vorher prostete er mit einem dankbaren Nicken Leipold zu, der sein zweites Glas Weißbier erhob.

»Prost.«

»*Şerefe.*«

In dem Moment hörte es zu regnen auf.

»Lass es dir schmecken, alter Osmane. Du bist schon ein komischer Kerl.«

In den nächsten Minuten schwiegen beide. Demirbilek aß und trank. Leipold genoss sein Weißbier, dazu rauchte er einen Zigarillo. Als Demirbilek nach dem Essen den Mund abwischte, begann Leipold zu reden.

»Er hat angerufen.«

»Dietl?«
»Die Kollegin hat das am Telefon phantastisch gemacht.« Leipold lachte in sich hinein. »Er hat ständig nach dem Porsche gefragt, ob alles in Ordnung sei. Zigfach. Der hängt an dem alten Karren, sag ich dir.«
»Du meinst, er reist dem Porsche tatsächlich hinterher?«
»Mit Sicherheit.«
»Also, wo war er beim Anruf?«
»Am Flughafen in Wien.«
»Allein?«
»Nein«, sagte Leipold und nahm unter Demirbileks gierigen Augen einen Schluck Weißbier. »Ein Freund in der Wiener Mordkommission hat ein wenig herumtelefoniert. Dietl und Zeil sitzen im Flieger …«
»Nach Istanbul«, kam ihm Demirbilek zuvor.
Leipold nickte. »Fliegen wir hin, Chef?«, fragte er mit einem Augenzwinkern.
»Hilft ja nichts«, entgegnete Demirbilek. Dann schnappte er sich Leipolds Weißbierglas und trank den Rest in einem Zug aus.
Leipold verkniff sich einen Kommentar. Das erste Bier seit über drei Wochen schien die Kampflust des türkischen Grantlers zu wecken.
Demirbilek holte sein Handy heraus. »Wann landen sie?«
»Um halb elf und ein paar Zerquetschte.«
Der Istanbuler Amtskollege Selim Kaymaz ließ sich Zeit, bis er den Anruf entgegennahm. Die orientalischen Weisen im Hintergrund überraschten Demirbilek nicht. Kaymaz beging auf ganz andere Art als er das letzte Fastenbrechen. Er beschrieb dem Polizisten sein Anliegen und die Dringlichkeit. Natürlich war die Nachricht über Bayraks Ermordung bis nach Istanbul vorgedrungen. Kaymaz versprach, die Verdächtigen am Flughafen abzufan-

gen und beschatten zu lassen. In den nächsten zwei Stunden klärten Leipold und Demirbilek am Telefon alle notwendigen Formalitäten, während Derya sie in regelmäßigen Abständen mit Bier versorgte. Demirbilek plante, am Nachmittag zu fliegen, um genügend Zeit für die Vorbereitung der spontanen Dienstreise zu haben.

Als Pius am Ende des Biergartenbesuches auf wackligen Beinen versuchte, sich mit einer Umarmung zu verabschieden, war es ein Uhr morgens. Die beiden Polizisten stritten in aller Freundschaft darüber, wer von beiden betrunkener war, bis Pius seinen Interimschef als Sieger akzeptierte und in Richtung Taxistand torkelte. Zeki blickte, versöhnt mit der Welt, in den wolkenlosen Nachthimmel und torkelte ebenfalls los, allerdings Richtung Wirtshaus. Da Sperrstunde war, wischte Derya gerade die Tische im Speisesaal sauber. Sie schmunzelte beim Anblick des angeschlagenen Kommissars.

»Das, was es kostet, plus zwanzig Euro Trinkgeld«, brachte er mit viel Mühe hervor und legte seinen Geldbeutel auf die Theke, damit Derya das Geld herausnehmen konnte. Dann verschwand er zu den Toiletten.

Als er nach einer kurzen Ewigkeit zurückkehrte, hatte sich seine Verfassung nicht gebessert. Derya wartete mit angezogener Jacke und Handtasche am Arm.

»Ich bringe Sie nach Hause, *Komiser Bey*«, sagte sie voller Anteilnahme.

64

Der Kater war nicht das Problem, er hielt sich in erträglichen Grenzen, wahrscheinlich weil er keinen Schluck der ungezählten Weißbiere bereute. Kopfzerbrechen bereitete ihm vielmehr der Gedanke, einen Fehler gemacht zu haben. Nur welchen? Der Geruch von *sucuk* katapultierte ihn in die Realität zurück. Er lag in einem Ehebett. Langsam dämmerte es ihm. Das Schlafzimmer, in dem er erwachte, kannte er. Es war aber nicht sein eigenes. Derya hatte er im Laufe der Ermittlungen des ersten großen Falles der Migra als Zeugin vernommen. Die Wohnung, und auch dieses Schlafzimmer, hatte er in offizieller Mission zusammen mit Vierkant auf den Kopf gestellt. Damals schon hatte Derya, deren deutscher Ehemann ermordet worden war, nicht mit Sympathiebezeugungen für ihn gegeizt. Später war er ihr als Kellnerin im Nockherberg erneut begegnet.

Zeki fuhr sich mit den Händen durch das Gesicht und verbot sich, an Selma zu denken. Egal, was geschehen war, es war nun mal geschehen. Kismet, wie es treffend hieß. Da entdeckte er seine Kleidungsstücke auf einem altmodischen Herrendiener. Fein säuberlich gefaltet und aufgehängt. Eines der Taschentücher seiner Tagesration, das unbenutzt geblieben war, lag zu einem Dreieck gefaltet obenauf. Die zwei benutzten fehlten.

Allah, flehte er, warum musst du es mir so schwermachen? Warum schickst du mir eine Frau, die mich begehrt und meine schmutzige Wäsche versorgt, ohne dass ich darum betteln muss? Selma hatte sich stets geweigert, zu bügeln und die Wäsche zu machen. Als einzigem Sohn seiner Mutter war es Zeki nicht vergönnt gewesen, diese Tätigkeiten zu erlernen. Erst als verheirateter Mann musste er sich zwangsweise mit häuslichen Notwendigkeiten vertraut machen. Darunter fielen unter anderem Bettenmachen, Putzen, Spülen und Kochen. Letzteres wurde ihm per Familienentscheid erlassen, als es für Selma und die Kinder unerträglich wurde, seine kulinarischen Eigenkreationen vorgesetzt zu bekommen. Bis auf Zitronenhuhn, das er als einziges Gericht zuzubereiten verstand.

Als er die Bettdecke wegschob und seine Füße den flauschigen Teppich berührten, sah er zuallererst sein Geschlecht. Wo ist deine Unterhose?, fragte er sich. Auf dem Herrendiener konnte er sie nicht entdecken. Er versuchte, sich zu erinnern, ob er mit Derya geschlafen hatte. Die Vermutung lag nahe. Er war nackt. Um seinem Erinnerungsvermögen auf die Sprünge zu helfen, wischte er sich übers Gesicht. Doch die Erinnerung blieb aus. Wie oft hatte er mutmaßlichen Tätern unterstellt, vorzutäuschen, sich an nichts zu erinnern? Er nahm sich vor, mit derlei Unterstellungen vorsichtiger zu sein.

Das Öffnen und Schließen einer Tür drang vom Flur in das Schlafzimmer. Kurz darauf folgte das Geräusch fließenden Wassers. Sie duscht, sagte er sich und versuchte, sich Derya nackt vorzustellen. Doch auch in der Hinsicht versagte die Erinnerung. Vor seinem geistigen Auge sah er sie in Arbeitskleidung, im Dirndl Maßkrüge tragen. Dann vermischte sich die Vorstellung mit irritierenden Bildern aus seinem Traum vom Vortag. Als wäre es real, sah er sich selbst vor der Duschkabine stehen, in der die Frau im blutroten Kleid den Kopf zur Brause hob. Rotgefärbtes Wasser plätscherte in Zeitlupe auf sie nieder. Mit jedem Tropfen

verschwand ein winziges Stück ihres Körpers, bis sie ganz ausgelöscht und die Kabine leer war.
Mit sonderbar gemischten Gefühlen lauschte er weiter den Wassergeräuschen. Schließlich raffte er sich auf und suchte unter der Decke nach seiner Unterhose. Er konnte sie nicht finden. Es musste ohne gehen, beschloss er notgedrungen. Ungelenk und mit zitternden Händen kleidete er sich an und verließ leise das Schlafzimmer.
Auf dem Weg durch den Flur fiel sein Blick in die Küche. Der Frühstückstisch war liebevoll für zwei Personen gedeckt, als fiele Weihnachten und das Zuckerfest auf denselben Tag.

65

Gegen acht Uhr morgens schlich Zeki in die eigene Wohnung. Die demütigende Selbstkasteiung nahm er tapfer auf sich, solange er seinem Sohn nicht erklären musste, wo er die Nacht verbracht hatte. Zum Glück schlief Aydin noch. Demirbilek duschte, zog sich um und packte den Trolley für die anstehende Reise nach Istanbul. Dann hinterließ er Aydin eine Nachricht auf dem Küchentisch. Auch wenn er wenig Zeit hatte, beabsichtige er, wegen des hohen Feiertages die Moschee zu besuchen.
Zu seinem Erstaunen war Leipold bereits da, als er eine Stunde später im Büro erschien. Er machte keinen sonderlich angeschlagenen Eindruck. Offenbar hatte sein Kollege die Weißbiere genauso gut vertragen wie er selbst. Auch die anderen vom Team waren schon an der Arbeit. Vierkant begrüßte ihn mit einem charmanten, wissenden Gesichtsausdruck.
»Muss auch mal sein, Herr Demırbılek«, meinte sie verständnisvoll. Dann schüttelte sie ihm die Hand, um zum Ende des Ramadans zu gratulieren: *»Bayramınız kutlu olsun.«* Sie hatte lange dafür geübt. Die türkische Verkäuferin, bei der sie morgens Semmeln holte, hatte geholfen.
Normalerweise hätte Demirbilek die Glückwünsche erwidert. Doch im Fall der gläubigen Katholikin machte es keinen Sinn, stattdessen küsste er sie zum Dank auf die Wangen und nahm ihr das Flugticket ab. Es waren nicht zwei, sondern nur eins.

»Was ist mit Leipold?«
»Herr Weniger ist eben gegangen. Er hat sich auf den aktuellen Stand bringen lassen«, informierte sie ihn. »Sie sollen sich übrigens in Istanbul bei der Diplomatin persönlich entschuldigen. Die beiden haben miteinander telefoniert.«
»Ist das eine dienstliche oder eine persönliche Anweisung?«
Leipold kam hinzu und übernahm für Vierkant die Antwort. »Stinksauer war er. Schon besser, wenn du das klärst.«
Demirbilek verzog keine Miene. »Ich wollte sowieso zu ihr«, erklärte er. Dann dachte er einen Moment nach, bevor er Vierkant ansprach. »Hast du Özkans Habseligkeiten schon verschickt?«
»Noch nicht, warum?«, erwiderte sie überrascht.
»Pack sie ein, ich nehme sie mit.«
Dann wandte er sich Leipold wieder zu. »Was ist mit der Staatsanwaltschaft?«
»Sie nimmt Kontakt zu den türkischen Behörden auf, hat Weniger schon geklärt«, fuhr Leipold fort.
»Gut. Und warum kommst du nicht mit?«
Leipold sah ihn verständnislos an. »Ich habe Weniger erzählt, dass Jale wegen ihrer kranken Mutter in Istanbul ist. Dringender Notfall.«
»Wahrscheinlich auch, dass sie sich gemeldet hat und es ihrer Mutter wieder bessergeht?«
»Genau. Das war doch deine eigene Idee! Ich weiß nicht mehr, beim vierten oder fünften Weißbier.«
Demirbilek nahm die Information regungslos zur Kenntnis. »Was habt ihr über die Diplomatin herausbekommen?«
»Nicht viel, ehrlich gesagt. Es gibt eine offizielle Verlautbarung, sie sei ehrenamtlich für die Fair-Trade-Organisation tätig, sonst habe sie mit den Geschäften nichts zu tun.«
»Schriftlich?«

Leipold holte das Schreiben von seinem Schreibtisch und reichte es ihm.
Demirbilek überflog es. »Gewäsch.«
»Gewäsch liest sich im Türkischen und Deutschen bestimmt gleich«, gab er sich solidarisch.
Der Sonderdezernatsleiter fragte sich, ob er und Leipold seit der gestrigen Biergartenbesprechung Blutsbrüder waren. Nach seinem Lächeln zu urteilen, musste es wohl so sein. Zu viel Harmonie war aber dem Türken suspekt. Ihm war eine ehrliche Konfrontation lieber.
»Soll ich Weniger umstimmen?«
»Nein, schon gut. Vierkant und ich schmeißen den Laden hier. Du und Jale schnappt euch die beiden in Istanbul.«

Wie zu erwarten war, quoll der Gebetsraum der islamischen Gemeinde in der Tegernseer Landstraße über, den Demirbilek eine Weile später betrat. Glücklich darüber, seinen Sohn zu sehen, umarmte er Aydin und küsste ihn auf die Wangen. Gemeinsam unterhielten sie sich mit den anderen Gläubigen. Es waren nicht nur türkische Landsleute gekommen, Muslime aus aller Herren Länder feierten das Ende des Ramadans.
Nach dem Feiertagsgebet zogen sie sich die Schuhe wieder an. Auf dem Weg hinaus griff Demirbilek zum Trolley, den er im Vorraum abgestellt hatte. Aydin wunderte sich und wollte wissen, wohin er verreise.
Demirbilek nahm ihn in den Arm. Er strahlte. Die Vorfreude war groß. »Ich fliege heim nach Istanbul. Spätestens in ein paar Tagen bin ich wieder zu Hause in München.«

66

Einige Stunden später am Flughafen Istanbul langweilte sich Demirbilek in der Warteschlange. In der Hand hielt er seinen deutschen Reisepass, direkt vor ihm übte sich ein älteres Touristenpaar in Geduld. Das dröhnende Stimmengewirr der Menschen, die durch den mehrfach gewundenen Gang aus Plastikbändern in der Ankunftshalle geleitet wurden, setzte ihm zu. Er hatte gehofft, Kaymaz würde ihn abholen und damit das nervige Prozedere ersparen. Doch wegen der Feierlichkeiten war die Personaldecke dünn – wie in München zur Weihnachtszeit.

Demirbilek machte zwei Schritte vor. Viele der Einreisenden um ihn herum schienen wie er türkischer Herkunft, aber nicht im Besitz eines türkischen Passes zu sein. Vor den Passkontrollhäuschen der Inländer herrschte kein Andrang. Der Kommissar aus München dachte an den Ort Burdur, wo er nach der Beendigung der bayerischen Polizeischule seinen türkischen Grundwehrdienst abgeleistet hatte. Zu der Zeit, mit zwanzig Jahren, war er Staatsbürger seines Herkunftslandes gewesen und musste für die Polizeiausbildung eine Ausnahmeregelung erwirken. Damals nutzten im Ausland lebende Arbeitnehmer das Angebot eines achtundzwanzig Tage kurzen Wehrdienstes, um ihre Aufenthalts- und Arbeitserlaubnis nicht zu verlieren. Hätten sie die volle militärische Ausbildung absolviert, wäre eine Rückreise in die Arbeitgeberländer nicht mehr möglich gewesen. In der Spezialkaserne in Burdur lernte er Landsmänner aus Deutschland, Italien, Frankreich, Holland, aber auch aus Mexiko, Japan, Neuseeland und den USA kennen. Es war sein Vater gewesen, der auf die Erfüllung seiner Vaterlandspflicht bestanden hatte – selbst wenn es die abgespeckte Variante war, mehr Schongang als knallharte Militärausbildung in der regulären Armee. Einige Monate danach beantragte Demirbilek, ohne seine Eltern zu informieren, die deutsche Staatsbürgerschaft. Schließlich, sagte er sich in seiner damals schon pragmatischen Art, war er im Begriff, deutscher Polizeibeamter zu werden. Nach einem Jahr Wartezeit war es so weit. Schweren Herzens entwertete er vor den Augen des Beamten im Generalkonsulat seinen Reisepass mit dem Foto, das ihn als Zwölfjährigen mit dem ersten Bartflaum zeigte. Damit war er offiziell kein Türke mehr. Wäre es ihm gestattet gewesen, seinem Herzen zu folgen, wäre er Deutscher geworden und gleichzeitig Türke geblieben. Das Einbürgerungsgesetz hatte dazu jedoch eine klare Regelung: entweder oder.

Dem Kommissar dämmerte, so in Gedanken versunken, nur allmählich, welcher Name über die Lautsprecheranlage durchgegeben wurde. Beim ersten bewussten Hören brachte er trotz perfekter Aussprache den ausgerufenen Namen nicht mit sich selbst in Verbindung. Beim zweiten Mal nahm er den Trolley und verließ die Schlange, um einen Sicherheitsbeamten der Flughafenpolizei zu treffen.

Der Mann kontrollierte gewissenhaft seinen deutschen Ausweis und führte ihn an der Schlange vorbei durch die Kontrolle. Eingedeckt mit der Information, abgeholt zu werden, durchquerte er das Flughafengebäude. An der Taxischlange vor dem Hauptausgang hielt er inne, um nach dem Abholer Ausschau zu halten. Vielleicht hatte Kaymaz doch jemanden aus seiner Mannschaft abkommandiert.

»Herr Demirbilek. Hier! Kommen Sie! Hier drüben!«
Er kniff die Augen zusammen und sah Jale Cengiz' auf und ab hüpfenden Kopf auf der gegenüberliegenden Straßenseite, die versuchte, über die wartenden Taxis zu blicken. Sie musste sich anstrengen, um mit ihrer Stimme den Autolärm zu übertönen.
Sie begrüßten sich mit zwei Wangenküssen.
»Sie haben Ihr Handy nicht an. Haben Sie das Band nicht abgehört?«
»Warum holst du mich nicht drinnen ab?«
»Ich habe blöderweise das Schloss vergessen.«
Skeptisch musterte Demirbilek den alten Motorroller, auf dessen Sitzbank zwei vorsintflutliche Helme bereitlagen. Er hatte vor dem Abflug Jale über den aktuellen Stand der Ermittlungen informiert und sie offiziell wieder in Dienst gestellt. Warum also die Vespa und kein vernünftiges Auto?
»Ich setze mich ganz sicher nicht auf das Ding da«, machte Demirbilek klar.
»Selim *Bey* wartet. Er hat großen Ärger wegen des Ansuchens. Die Anträge der Staatsanwaltschaft sind noch nicht genehmigt. Dauert alles doppelt so lange wegen *Bayram*.«
»Verstehe. Was ist mit Zeil und Dietl?«
»Volles Touriprogramm. Erst waren sie im Großen Bazar shoppen. Sie Silberarmreife und Tücher, er hat sich mit einem sündhaft teuren Türkendolch übers Ohr hauen lassen. Dann die Yerebatan-Zisterne und obendrauf zwei geschlagene Stunden Hagia Sophia. Gerade sitzen sie draußen im Café am Topkapi-Palast. Herr Kaymaz hat höchstpersönlich die Beschattung übernommen, ihm fehlen die Leute. Er bleibt noch eine halbe Stunde, dann muss er los. Sonst droht die Scheidung.«
Jetzt verstand Demirbilek. Es musste schnell gehen. Der Stau am Abend in Istanbul war legendär. Gut gemacht, Mädchen, lobte er

sie im Stillen. Dann stellte er den Trolley in den Fußraum der Vespa. »Ich fahre.«
»Der Roller gehört einem Cousin. Bitte fahren Sie vorsichtig.«
»Das Baby in deinem Bauch ist mein Enkelkind. Keine Sorge, ich fahre vorsichtig.«
Jale lächelte vor Freude und hätte ihn am liebsten umarmt. Nur die Abmachung, Privates und Berufliches zu trennen, hinderte sie daran. Das eine Mal aber wollte sie sich nicht an die Abmachung halten.
»Danke für den Anruf. Ich bin …«
»Ich weiß«, unterbrach Demirbilek sie und setzte den Helm auf. Durch das Visier sah er sie liebevoll an. Jale konnte nicht erkennen, wie glücklich er über die Wahl seines Sohnes war.
»Was wissen Sie?«, stutzte sie.
»Du bist nicht krank, sondern schwanger.«
»Sie sind ja ein Frauenversteher«, strahlte sie und schwang das Bein über die Sitzbank. So wie sie sich verhielt, war das Gespräch mit ihren Eltern gut verlaufen, oder aber sie hatte es noch nicht gewagt, dachte Demirbilek, kickte den Motor an und fuhr los.
Die Stadtautobahn war hell erleuchtet, die Automassen bewegten sich mal, mal war Stillstand angesagt. Mit der Vespa kamen sie zügiger als die Autos durch den Abendverkehr, obwohl Demirbilek wenig Gas gab und dafür mehr bremste. Inmitten eines Überholmanövers klopfte Cengiz auf seinen Helm und deutete auf den Straßenrand. Demirbilek befürchtete, sie habe Probleme mit dem Sitzen. Er blinkte und hielt gleichzeitig den rechten Arm hinaus. Autos, Laster und Minibusse – die *dolmuş*, die wie die dottergelben Taxis zum Stadtbild gehörten – schoben sich an ihnen vorbei. Einige in der Blechlawine hupten. Als Demirbilek zum Stillstand gekommen war und den Helm abgenommen hatte, reichte ihm Cengiz ihr Telefon.

»Selim *Bey*.«

Demirbilek übernahm. »Selim *Bey. Bayramınız kutlu olsun.*« Erst einmal zum Feiertag alles Gute wünschen, egal, wie eilig es war, dachte Demirbilek. Dann hörte er eine geschlagene Minute zu, fragte immer wieder nach, um wegen des Lärms nichts falsch zu verstehen. Danach reichte er Cengiz das Telefon zurück. Seine Gesichtszüge waren nachdenklich.

»Was ist?«, fragte sie besorgt.

»Sie haben sich gestritten.«

»Zeil und Dietl?«

»Ja. Sie hat ihm im Café eine Ohrfeige gegeben, dann eine Weinflasche über den Kopf gezogen. Als sie mit der Gabel auf ihn einstechen wollte, ist Selim dazwischengegangen. Zeil ist in dem Aufruhr verschwunden.«

»*Sie* hat ihn angegriffen?«

»Ja.«

»Und *er* hat sich das gefallen lassen?«

»Scheint so gewesen zu sein. Dietl hat eine Platzwunde am Kopf. Nicht schlimm, meint Selim.«

»Wo ist er jetzt?«

»Selim hat sich nicht als Polizist zu erkennen gegeben. Ein kluger Mann. Dietl ist auf die Toilette. Dummerweise hat er ihn aus den Augen verloren.«

»Und jetzt?«

»Weißt du nicht, in welchem Hotel sie sind?«

»Doch, natürlich. Eine Luxusabsteige in Beyoğlu.«

»Irgendwann werden sie ja wohl ihr Gepäck holen oder schlafen gehen.«

»Nach dem Streit?«, meinte Cengiz ungläubig.

Demirbilek antwortete nicht. Er startete den Motorroller und fädelte wieder in den dichten Verkehr ein.

67

In München genoss das Wein- und Bierlokal Bei Rosie einen guten Ruf. Leipold und Vierkant betraten das Lokal. Eine verwegene bayerisch-nordische Kapelle, bestehend aus Quetsche und Trompete, spielte für die Gäste auf. Die Frau in Lederdirndl saß auf einem Klappstuhl, der Mann mit angeklebtem Kinnbart stand im Matrosenoutfit neben ihr. Das komische Paar spielte abwechselnd urbayerische Volkslieder und Hamburger Seemannsgassenhauer. Die Gäste hatten in Plastikfolie eingeschweißte Liedtexte neben den alkoholischen Getränken liegen. Hemmungslos holten sie alles aus ihren Stimmen heraus. Die Lokaltür stand weit offen, damit Zigarettenrauch von der Schar paffender Gäste in das vollbesetzte Lokal ziehen konnte.
Auf einem Barhocker an der Zapfanlage entdeckten Vierkant und Leipold den Mann, den sie suchten. Florian Dietls Vater nippte mit dem Rücken zum geselligen Treiben an seinem Bier.
»Herr Dietl?«, fragte Leipold, sein trockener Gaumen lechzte nach einem Schluck Gerstensaft.
Langsam wie eine Schildkröte drehte sich der etwa siebzigjährige Mann um. Das graue Haar hatte er zu einem Scheitel gekämmt, seine Augen glühten grün. Bedächtig schürzte er die Lippen.
»Ich bin der Hannes. Gesiezt wird höchstens der Papst am Sonntag.«

»Servus Hannes, das ist die Isabel, ich bin der Pius«, reagierte Leipold schnell. Die Worte musste er brüllen.

»Servus«, entgegnete der Mann, der nach den Recherchen der Ermittler sein Leben lang als Hopfenbauer gearbeitet hatte. Nach der Begrüßung starrte er wieder auf sein Glas. Die Geräuschkulisse schien ihn in seiner Bierandacht nicht zu stören.

»Hannes!« Isabel klopfte ihm auf die Schulter. »Gehen wir eine rauchen?« Vierkant hatte seinen penetranten Nikotinatem gerochen.

Der Hopfenbauer trank zur Erwiderung den Rest seines Bieres aus und sagte in Richtung Zapfhahn, obwohl dort gerade niemand war: »Mach mir noch eine Halbe, bin gleich wieder da.« Dann quälte er sich von dem Hocker.

Leipold und Vierkant folgten ihm durch das Gedränge der singenden Gäste.

Vor der Tür stellten sie sich etwas abseits. Auf der Straße herrschte nächtlicher Betrieb. Fahrgäste warteten an der Trambahnhaltestelle, eine Gruppe Jugendlicher überquerte mit Bierkästen die Straße, offenbar unterwegs zur nahe gelegenen Isar.

»Von der Bullerei, oder?«

Nach der Feststellung befeuchtete der alte Dietl den Filter seiner Zigarette, leckte mit der Zunge daran und plazierte sie zwischen den Lippen. Vierkant wurde übel beim Zusehen. Leipold holte einen Zigarillo hervor.

»Volltreffer«, übernahm Leipold. »Es geht um deinen Florian.«

»Flori. Für mich ist er der Flori.«

»Der Flori also«, stimmte Leipold zu.

»Der Porsche vom Flori ist ja wie neu«, sagte da schon Vierkant. Sie hatte im Rahmen der Ermittlungen Florians Vater als früheren Halter ausgemacht. Leipold staunte über die Frage, er wusste nichts davon.

»Hat er von mir, die Kutsche. Aber nur, weil ich meinen Führerschein abgeben musste. Das Alter«, antwortete er griesgrämig.
»Was wollt ihr denn von meinem Flori?«
»Weißt du, was er in Istanbul treibt?«, ging Leipold in medias res.
»Woher soll ich das wissen? Seit er dem Türken die Mingabräu schmackhaft gemacht hat, ist er ständig bei seinen osmanischen Spezeln und den Arabern.«
»Arabern?«, fragte Vierkant überrascht nach.
»In Dubai hat er auch was am Laufen. Auch irgendwas mit Bier, noch was Größeres, bombastisch, hat er gemeint«, erklärte er mit Vaterstolz in der Stimme. »Er ist schon ein Hund, der Flori, wenn es ums Geschäft geht.« Dann etwas nachdenklicher: »Aber seit wann saufen die da unten eigentlich unser Bier? Das sind Muselmanen, die dürfen das doch gar nicht.«
»Die haben halt noch Pulver, die Ölscheichs, oder?«, versuchte Leipold sich auf kumpelhaft.
»Wenn du es sagst«, erwiderte der Hopfenbauer kurz und machte unmissverständlich deutlich, den Polizeibeamten nicht zu mögen. Als er wieder am Filter schleckte, nutzte Vierkant die Gelegenheit, ihrem Kollegen ein Zeichen zu geben. Leipold verstand und verzog sich in das Lokal. Die Beamtin kam mit dem alten Griesgram besser zu Rande.
»Du, Hannes, wir suchen deinen Flori, weil wir mit ihm reden müssen. Wir fahnden nach ihm.«
»Warum will denn die Bullerei mit meinem Flori reden?«
»Wir müssen ihn im Zusammenhang mit einem Mordfall sprechen.«
»Das ist ja lächerlich. Was soll denn der Flori mit einem Mord zu tun haben?«
»Eigentlich sind es zwei«, entgegnete Vierkant.

»Das wird ja immer besser! Glaubst du im Ernst, ich hänge mein eigen Fleisch und Blut hin?«

»Nein, natürlich nicht«, beschwichtigte Vierkant ihn. »Kennst du Karin Zeil eigentlich?«

»Ob ich die Karin kenne?« Der alte Mann schüttelte nachdenklich den Kopf. Dann spuckte er mit einer verächtlichen Geste die Zigarette auf den Boden. »Warum fragst du jetzt nach der Karin?«

»Es sieht so aus, als hätte sich Flori mit ihr nach Istanbul abgesetzt. Wie gesagt, wir ermitteln in zwei Mordfällen und müssen ihn dringend sprechen. Am besten beide.«

Sein Gesicht veränderte sich. Vierkant erkannte Ekel und Abscheu. »Mein Flori und die alte Schnepfe? Das darf nicht sein.«

»Warum nicht?«

»Was für eine saudumme Frage! Weil sie zu alt ist für ihn und die Karin und ich mal zusammen waren.« Die letzte Bemerkung war dem alten Mann herausgerutscht. Er schnalzte die Lippen, als könnte er es ungeschehen machen.

»Wann war das?« Vierkant war mehr als verwundert.

»Ist viele Jahre her.«

Die Beamtin verkniff es sich, nachzubohren, da ihr der alte Mann in Erinnerungen zu schwelgen schien.

»Er soll sich eine nehmen, die zu ihm passt. Eine in seinem Alter. Der kann er wenigstens ein Kind machen«, meinte er mit Nachdruck. Dann wackelte er mit dem Kopf und zuckte mit den Schultern, als würde er mit sich selbst sprechen. »Das ist bestimmt etwas Psychologisches. Mutterersatz. So was in der Art. Das Verzwickte ist ja, die Karin sieht meiner Christa ähnlich. Meinst du, dass so was daher kommt?«

Da Vierkant keine Antwort darauf parat hatte, machte er Anstalten, in das Lokal zurückzugehen.

Vierkant stellte sich ihm in den Weg. »Komm, Hannes, sprich schon.«

»Lässt du mich dann in Ruhe wieder mein Bier trinken?«

»In Ruhe? Da drinnen?«, fragte Vierkant spöttisch. Der mehrstimmige Chor der Kneipengäste drang bis auf die Straße.

»Ich höre das Gedudel gar nicht. Bin wegen der Kellnerin da.« Er zwinkerte wie ein Gentleman in den besten Tagen.

»Also?«, forderte ihn Vierkant auf.

Hannes Dietl brauchte eine Zeit, bis er die richtigen Worte im Kopf zusammengesucht hatte. Vierkant befürchtete, er würde eine weitere Zigarette abschlecken und anzünden. Stattdessen rieb er sich das Kinn. Der alte Mann überlegte offenbar, was er preiszugeben bereit war. Er schien Vertrauen zu Vierkant gefasst zu haben, die nicht drängte, sondern interessiert nachfragte.

»Ich sag nur so viel. Der Flori hat seine Mutter, meine Christa, früh verloren. Er war ja immer schon ein hübscher Bub, hatte ständig irgendeine Freundin. Hat aber nie lange gehalten bei ihm. Man hätte glauben können, er macht sich ein Spiel daraus. Eine aufreißen, ein paar Wochen glückliches Paar spielen und servus. Viele Jahre nach Christas Tod hatte ich endlich wieder eine Fesche, was fürs Herz und was fürs Bett. Ist nicht einfach, als Hopfenbauer eine zu finden. Sie war natürlich in meinem Alter. Ist ja logisch, oder? Flori war da gerade in der Lehre bei mir, er wird achtzehn gewesen sein. Kurzum, ich habe meinen Sohn mit meiner eigenen Freundin im Bett erwischt. Sie war damals Anfang fünfzig. Ich habe ihn aus dem Bett gezerrt und verdroschen, bis er zurückgeschlagen hat.« Er riss den Mund auf und streckte den Zeigefinger hinein, um die Wange zur Seite zu schieben. »Zwei Zähne habe ich verloren. Und sie hat gelacht dabei.«

»Damals, das war Karin Zeil?«, vermutete Vierkant.
Der alte Hopfenbauer nickte.
»War sie zu der Zeit nicht verheiratet?«
»Na und?«, fragte er zurück.
»Sie war verheiratet«, wiederholte die Beamtin.
»Stimmt schon. Karins Mann hat damals noch gelebt. Lief aber beschissen bei den beiden. Meistens waren wir bei mir.«
»Flori hat sich in sie verliebt. Oder war es andersherum?«
»Er war achtzehn! Der hat doch gar nicht gewusst, was Liebe ist. Ich habe ihm gesagt, ich werfe ihn raus, wenn er keine Ruhe gibt mit ihr. Die Karin war damals nicht für ihn richtig und ist es heute erst recht nicht. Sie wird ihn wieder fertigmachen.«
»Wie fertigmachen?«
»Psychologisch, meine ich. Der Flori war ja völlig vernarrt in sie. Hat ihr heimlich Liebesbriefe geschrieben, Fotos gemacht. Wie besessen war er. War ständig krank oder im Vollrausch. Ein halber Kasten Bier zum Frühstück. Mit achtzehn!« Er lachte verächtlich auf. »Flori wollte sogar eine Biersorte nach ihr benennen. Der Depp. Gott sei Dank hat sie dann dem Treiben ein Ende bereitet. Hat bestimmt ein Jahr gedauert, bis er sich gefangen hat.«
Eine Gruppe Raucher trat aus dem Lokal. Beide blickten durch die offene Tür. Kommissar Leipold intonierte mit einem Weißbierglas in der Hand *Kein schöner Land*.
Dietl sammelte Speichel im Mund und schluckte hinunter, bevor er weitersprach. »Und jetzt sage ich dir was, dann gehe ich in die Wirtschaft zurück und trink mein Bier und danach noch eins.« Er machte eine Pause. »Ich sage: Die Karin ist ein durchtriebenes Weibsbild, sie ist skrupellos und im Bund mit dem Teufel. Sie ist nie älter als fünfunddreißig geworden. Die ist zu allem fähig. Wenn jemand schuldig ist, dann sie. Mein Flori ist

nur ein dummer Bub, der das alte Weib abgöttisch liebt. Der Depp.«
Dann setzte sich Dietl in Bewegung, Vierkant wollte den Hopfenbauer abermals aufhalten, doch diesmal schob er sie zur Seite. Sein frisch gezapftes Bier wartete auf ihn. Gegen den Drang, es zu trinken, hatte die Polizistin nichts mehr entgegenzusetzen.

68

Um Mitternacht in der Istanbuler Istiklal Caddesi war es keinen Deut anders als zu Stoßzeiten auf dem Münchner Oktoberfest. Die Fußgängerstraße, durch die eine altehrwürdige, rote Trambahn tuckerte, hätte wie die Bierzelte auf der Wiesn wegen Überfüllung geschlossen werden müssen. Unter den Menschenmassen gab es zwar keine Bierleichen – wie auf dem weltgrößten Volksfest –, dafür aber genügend Angetrunkene, die das Ende des Ramadans als willkommenen Anlass zum Feiern nahmen.
Demirbilek und Cengiz waren mit dem Motorroller in eine der steilen Seitenstraßen Beyoğlus eingebogen. Demirbilek kam auf den Gedanken, einen Straßenjungen anzusprechen. Er bot ihm zehn Euro an, wenn er sein mobiles Kaugummigeschäft einstellte und stattdessen Roller und Trolley bewachte. Fünf Euro sofort, den Rest bei Abholung. Zwar protestierte Cengiz, doch ihr Chef vertraute dem Jungen, der bei der zur Aussicht gestellten Entlohnung kreidebleich wurde. Um so viel Geld zu erwirtschaften, musste er viele seiner Kaugummis, die er in einer durchsichtigen Plastiktüte feilbot, an die Touristen bringen. Um ganz sicherzugehen, zeigte ihm der Polizeibeamte seinen deutschen Dienstausweis und ernannte den Jungen zum Hilfssheriff. Cengiz machte mit ihrem Handy ein Foto des strammstehenden Jungen. Auch sie wollte sichergehen.
Mit der Gewissheit, ihr Hab und Gut in guten Händen zu wissen,

eilten sie zu Fuß Richtung Hotel. Das war schneller. In der Istiklal kamen sie an vollbesetzten Cafés und Restaurants vorbei, in den Geschäften mit Eis, türkischem Honig und ausgefalleneren Süßspeisen standen trotz später Stunde Kunden Schlange. Touristen flanierten im Gedränge oder saßen draußen wie drinnen an den Tischen. Ein Heer von Kellnerinnen und Kellnern bediente das internationale Konglomerat, darunter auch viele türkische Schaulustige, die nicht in Istanbul lebten. Es war laut, wie überall in der Stadt. Istanbuler selbst mieden eher den Trubel in dem Ausgehviertel wegen der hohen Preise. Sie besuchten beschaulichere Plätze abseits des touristischen Epizentrums.

In Sichtweite des Hotels, einem Prachtbau aus osmanischer Zeit mit filigranen Ornamenten und hellerleuchteter Fassade, fanden sie ein Café. Demirbilek wies Cengiz an, an einem der Tische Platz zu nehmen, und ging allein weiter zum Hotel, das etwa fünfzig Meter weit entfernt war. Nach fünf Minuten kam er zurück. Cengiz hatte für sich Apfeltee bestellt, für den Chef *çay*.

»In München wäre ich mit zwanzig Euro nicht weit gekommen«, sagte er beim Hinsetzen. »Sie sind nicht auf dem Zimmer.«

Cengiz verstand, was er meinte. Mit der richtigen Höhe des Trinkgeldes waren wahre Wunder möglich. In München wie in Istanbul.

»Kommt man auch anders in das Hotel als durch den Haupteingang?«

»Keine Ahnung. Sie wissen ja nicht, dass wir hinter ihnen her sind. Wir warten.«

Er zerbrach den Zuckerwürfel in zwei Teile und warf eines in das geschwungene Glas. Während er mit dem kleinen Löffel umrührte, beobachtete er den Eingang des Hotels. Zwei Sicherheitsleute und ein livrierter Portier standen davor.

»Willst du eigentlich wieder zurück?«, fragte er unvermittelt. Der

Gedanke ging ihm durch den Kopf, weil er die sommerliche Atmosphäre zu genießen begann. Außerdem war er sich nicht mehr sicher, ob er seine Wohnung für die angehende junge Familie aufzugeben bereit war.

»Ich weiß nicht. Vielleicht«, antwortete Jale und nippte an ihrem heißen Tee. »Um hier anständig leben zu können, braucht man Geld. Am besten viel davon.«

»Da hast du recht«, pflichtete ihr Demirbilek bei.

Reiche und Superreiche konnten sich in seiner Geburtsstadt jeden Wunsch erfüllen. In der traumhaft schönen Stadt war im wahrsten Sinne alles möglich. Luxus, Prunk und Dekadenz gediehen prächtig, das Leben in der erdbebengefährdeten Metropole wurde voll ausgekostet. War man als Istanbuler nur Normalverdiener, sah die Lage anders aus. Die Mieten waren horrend. Der Verkehr lästig und unzumutbar. Die staatlichen Schulen konnten Lehrer nicht halten, private Einrichtungen lockten mit höheren Gehältern. Wenn man krank wurde oder einen Unfall hatte, musste Allah ein Wunder geschehen lassen, um die Wartezeit in überfüllten Notaufnahmen der Krankenhäuser zu überleben. Wehe denen, die arm in Istanbul waren. Sie wünschten sich in den ärgsten Momenten das Erdbeben herbei. Lieber mit allen untergehen als das Antlitz der schönsten Stadt der Welt denjenigen überlassen, die es sich leisten konnten.

»Da ist sie!«, rief Cengiz plötzlich.

Demirbilek drehte ruckartig den Kopf. Karin Zeil schlenderte in aller Ruhe die Istiklal Caddesi entlang.

»Hast du Lira? Ich habe vergessen, zu wechseln.«

»Was machen wir?«

»Wir überraschen sie, komm«, befahl der Kommissar und ging los.

Jale brauchte einen Moment, um das Geld auf den Tisch zu legen.

Da bahnte sich Demirbilek schon den Weg quer durch die Menschentraube. Nach einigen Metern hörte er sein Handy klingeln, er ignorierte es, um Zeil nicht aus den Augen zu verlieren. Als er jedoch eine Hand an seiner Sakkotasche spürte, rief er sich ins Gedächtnis, in Istanbul zu sein. Daraufhin drehte er sich blitzschnell von Zeil weg, um dem Taschendieb, der ihn gerade bestohlen hatte, nachzujagen. Jale hatte den Dieb beobachtet und versperrte dem Flüchtenden den Weg zu einer der Seitengassen. Unter den neugierigen Augen der Umstehenden versetzte sie dem Mann einen Tritt in die Weichteile. Nach dem Schlag fiel der Geldbeutel ihres Chefs zu Boden. Gleichzeitig bückten sich beide danach und knallten dabei mit den Köpfen aufeinander. Zum Glück für den Taschendieb. Er bekam die Gelegenheit zur Flucht und nutzte sie elegant wie ein Parcoursläufer.

Aus einiger Entfernung wurde Karin Zeil auf den Trubel aufmerksam und näherte sich dem Spektakel. Ihr amüsiertes Gesicht verfinsterte sich, als ihr klarwurde, dass der türkische Kommissar und seine Kollegin der Grund für den Aufruhr waren. Sie sind uns gefolgt, stellte sie entsetzt fest und fragte sich, was sie tun sollte. Flüchten wie der Taschendieb? Doch wo sollte sie hin? Auch wenn sie Istanbul ins Herz geschlossen hatte, war sie fremd in der Stadt.

69

Florian Dietl war nach dem Streit mit seiner Geliebten im Café am Topkapi-Palast zu Fuß davongeeilt. Er fuhr mit der Metro – der Istanbuler U-Bahn – bis zum Taksim-Platz und fand in einer Seitenstraße ein Lokal. Dort setzte er sich an den einzigen freien Tisch der *Meyhane*. In dem traditionell türkischen Lokal, radebrechte der Kellner auf Deutsch, serviere man diverse kleine Gerichte und trinke dazu Alkohol in Form von Efes, Wein oder Rakı. So bestellte Dietl *dolma* und *köfte,* die türkische Fleischpflanzerl-Variante, dazu ein großes Bier und eine kleine Flasche Anisschnaps.

Es dauerte nicht lange, bis an seinen Tisch neue Gäste gesetzt wurden und sich ein geselliger Abend entwickelte. Karin Zeil rückte in weite Ferne. Der Biermanager aß und trank und erzählte den Touristen aus Holland von seiner neuen Aufgabe in Dubai, die darin bestand, in dem muslimischen Land eine Brauerei zu errichten. Die skeptischen Bemerkungen seiner Tischnachbarn entkräftete er mit dem Hinweis, zunächst alkoholfreies Bier zu produzieren. Nach zwei Jahren, so seine Vision, würde er in der hochmodernen Anlage Champagnerbier herstellen. Jumboflaschen hatte er im Sinn. Luxusbier vom Feinsten für die Ölscheichs.

Es war nach zwei Uhr morgens, als er sich mit innigen Umarmungen von den Holländern verabschiedete und die warme Nachtluft einatmete. Die Wunde an seinem Kopf, die er Zeil verdankte, machte sich plötzlich bemerkbar. Unweigerlich musste er an sie denken. An die Frau, die einunddreißig Jahre älter war als er, mit der er als junger Mann im Bett gewesen war und die er als alternde Frau wiedergetroffen hatte. Er hatte mit ihr eine aufregende und kostspielige Affäre gehabt. Mit dem gewalttätigen Ausrasten bei ihrem ersten ernstzunehmenden Streit hatte sie ihr wahres Gesicht gezeigt und sich alles verdorben. Damit, entschied er, war das Kapitel Karin Zeil in seinem Leben endgültig beendet. Angetrunken jubelte er mit hochgestreckten Armen über die reinigende Wirkung des Rakıs, der ihm auf wundersame Weise die Augen geöffnet hatte. Mit achtzehn Jahren, als es schon einmal zu Ende gegangen war, hatte er über ein Jahr gebraucht, um über sie hinwegzukommen. Nein, sagte er sich, dieses Mal nicht. Genau betrachtet, hatte sie in Dubai nichts verloren. Was sollte er mit einer alten Frau an seiner Seite? Sie würde ihn über kurz oder lang in seiner Entfaltung stören, würde gebrechlich und dement werden, würde ihm von seiner kostbaren Lebenszeit rauben.

Im Glauben, den richtigen Weg zum Hotel einzuschlagen, bog er in eine der steilen Gassen ein. Plötzlich wurde es dunkel, eine miauende Katze kreuzte seinen Weg auf der Suche nach Fressbarem. Er scheuchte sie mit einem Fußtritt davon, in Gedanken bei Karin und wie er sie dazu bringen konnte, mit ihm ein letztes Mal ins Bett zu gehen, bevor er ihr endgültig den Laufpass gab. Warum nicht, feuerte er sich an, sie war es ihm schuldig.

Er hieß die wohlige Erregung willkommen, beschleunigte seinen Schritt, als er einen Schlag auf dem Hinterkopf spürte und nach vorne sank. Die Knie schmerzten bei dem Aufprall auf das Kopfsteinpflaster. Noch hatte er nicht begriffen, was geschehen war. Erst als er von hinten niedergedrückt wurde und jemand an seiner Umhängetasche zerrte, setzte er sich zur Wehr. Er trat gegen die

zwei Angreifer, die ihrerseits mit Tritten und Faustschlägen auf ihn einprügelten, bis er seine Gegenwehr aufgab.
Einer der Angreifer öffnete seine Umhängetasche und fand neben den Wertsachen den im Großen Bazar erstandenen Dolch. Als Dietl plötzlich mit den Füßen losschlug und sich aufzurappeln versuchte, versetzte der Dieb ihm einen Stich in die Seite. In etwa auf gleicher Höhe, wo Manuela Weigl den Elektroschocker angesetzt hatte. Danach liefen die beiden Angreifer weg.
Florian Dietl blieb regungslos am Boden liegen. Aus dem Augenwinkel sah er, wie Blut sein kurzärmliges Hemd durchtränkte. Dann verlor er die Besinnung. Er bemerkte nicht mehr, wie die streunende Katze zurückkehrte und mit ihrer rauhen Zunge sein Gesicht ableckte.

70

»Wie viel?«, schrie Demirbilek entgeistert auf. Der irrwitzige Preis für eine Übernachtung in Karin Zeils osmanischer Luxusabsteige machte ihm Sorgen. Dennoch händigte er seine Kreditkarte aus und bat Allah um Beistand, damit Weniger die Reisekostenabrechnung unterzeichnete. Nach dem Vorfall mit dem Taschendieb hatten sie nach Zeil gesucht und schließlich erfahren, dass sie auf ihrem Zimmer war. Sie nahm weder den Hörer ab, noch reagierte sie auf das Klopfen. Der Hotelmanager weigerte sich, ihnen Zugang zu verschaffen.
»Was machen wir?«, fragte Cengiz, die in seine Pläne nicht eingeweiht war.
»Wir sprechen sie.«
Cengiz verdrehte die Augen. »Sie muss nicht mit uns sprechen.«
»Aber sie wird es«, sagte Demirbilek voller Überzeugung. »Du übernimmst die erste Wache vor ihrem Zimmer. Noch mal entwischt sie uns nicht.« Bevor sie einen Einwand äußern konnte, schob er hinterher: »Ruf deine Eltern an und sag, dass du heute Nacht arbeiten musst.«
Dann verabschiedete er sich und verließ das Hotel. Unterwegs, um Roller und Trolley auszulösen, fühlte er, wie elendig müde er war. Die letzten zwei Nächte hatte er nicht gut geschlafen, dazu das ganztägige Fasten, ohne vorher gegessen und getrunken zu haben. Er sehnte sich nach einer Auszeit. Nach etwas Ruhe.

An der Querstraße, die er von der Istiklal abbiegen musste, tauchte Selim Kaymaz auf. Er war etwas größer und älter als Demirbilek und trug einen hellen Sommeranzug. Sein Haarschnitt war akkurat, seine Augenbrauen noch wuchtiger als seine eigenen. Demirbilek freute sich, den türkischen Kollegen zu sehen, der angerufen hatte, um ihn zu sprechen. Er begrüßte ihn mit zwei Wangenküssen. Gemeinsam setzten sie den Weg fort. Beide waren in Gedanken, beide fragten sich, wo Florian Dietl abgeblieben sein konnte. Es wurde bald halb zwei Uhr.

»Ich habe die Leute im Café vom Nachbartisch befragt, ob sie was von dem Streit aufgeschnappt haben. Es waren türkische Touristen aus dem Ruhrpott«, plauderte Kaymaz bei dem nächtlichen Spaziergang und stopfte dabei mit zwei Fingern eine handliche Meerschaumpfeife.

Demirbilek geduldete sich, bis er damit fertig war.

»Wenn ich die Touristen richtig verstanden habe, hat sie ihm eine Art Heiratsantrag gemacht.«

Demirbilek blieb stehen. Kaymaz steckte die Pfeife in den Mund und kontrollierte den Durchzug.

»Und ihm dann eine Ohrfeige gegeben?«, fragte Demirbilek verwirrt.

»Und ihm die Weinflasche über den Schädel gezogen. Teurer Wein, übrigens. Eine ungewöhnlich aufbrausende Frau. Alles konnten die Zeugen nicht verstehen, obwohl sie laut wurde. Klang nach klassischem Ehestreit. Sie habe alles für ihn aufgegeben, um mit ihm zusammen zu sein, und so weiter. Verschmähte Liebe.«

Beide sahen sich nachdenklich an.

»Nichts weiter?«, fragte Demirbilek.

»Doch. Bevor sie mit der Gabel ausgeholt hat, hat er ihr prophezeit, dass sie sich irgendwann nicht mehr erinnern würde, wer er ist.«

Kaymaz zündete seine Pfeife an und zog mehrmals kräftig daran. Demirbilek sah ihm fasziniert zu und überlegte, ob so eine Pfeife nicht auch etwas für ihn wäre.
»Können Sie sich darauf einen Reim machen?«, fragte Kaymaz.
»Nein«, antwortete Demirbilek.
Den Rest des Weges schwiegen sie.

71

Seit sie vor einigen Jahren bei einem Urlaub in Griechenland ein Hotel gegenüber einer Taverne mit Live-Musik gebucht hatte, waren Ohrstöpsel fester Bestandteil ihres Reisegepäcks. Karin Zeil hatte nur dumpf das Poltern und Klopfen an ihrer Tür wahrgenommen. Das penetrante Rufen und Schreien des türkischen Kommissars, der beteuerte, nur mit ihr reden zu wollen, hatte sie anfangs erschreckt. Florian aber hatte ihr eingetrichtert, dass er ihnen nichts anhaben konnte. Sie musste nicht mit ihm reden, wenn sie nicht wollte. Als seine Bemühungen aufgehört hatten, setzte sie sich in den Sessel neben dem Bett und versuchte, wach zu bleiben, falls sich Florian meldete oder kam. Ob er sie nach dem Streit überhaupt jemals wieder sehen wollte, war sie sich nicht sicher. Sie ärgerte sich. Sie war schon als Kind impulsiv und hatte sich oft nicht unter Kontrolle. Vielleicht war es etwas zu überzogen gewesen, die Weinflasche über seinen Kopf zu zertrümmern, überlegte sie. Doch was hätte sie tun sollen? Es war unmöglich, ihre Wut im Zaum zu halten. Er hatte ihr ins Gesicht gelacht, als sie ihn aus einer Laune heraus fragte, warum sie nicht heirateten. Er hätte nicht lachen dürfen.
Sie stand auf und ging in das Badezimmer. Dort hatte sie für die Nacht die beiden Cremedosen bereitgestellt. Während sie sich abschminkte, ging sie im Kopf noch einmal ihre Pläne durch. Florian hatte ihr einen Ausweg gewiesen, ohne sich dessen be-

wusst zu sein. Dann seufzte sie mit Blick auf ihr müdes Gesicht im Spiegel. Unweigerlich kam ihr die Geburt ihres ersten Kindes in den Sinn. Eine schwere Steißgeburt. Sie hatte der Frau, die Florians Kind abgetrieben hatte, Bedenkzeit bis morgen eingeräumt. Wenn sie nicht bezahlte, würde sie auf andere Weise für die Schuld büßen, die sie auf sich geladen hatte.

Demirbilek saß im Gang vor Karin Zeils Zimmer. Der Stuhl hatte Armlehnen und einen weich gepolsterten Sitz. Immerhin. Bereits vor zwei Stunden hatte er Cengiz abgelöst und trotz vorgerückter Stunde ein weiteres Mal in ihrem Zimmer angerufen. Offenbar war der Hörer nach wie vor ausgehängt. Auf das leise und mehrmals laute Klopfen an der Tür zeigte sie auch keine Reaktion. Als er zu Fußtritten überging, rasselte es Beschwerden der Hotelgäste. Seitdem wartete er, eingedeckt mit Zeitungen und Illustrierten. Wenn er schon nicht Zeil befragen konnte, wollte er zumindest Dietl abfangen, der immer noch nicht aufgetaucht war. Den Bestellservice des Nachtdienstes hatte er mehrmals bemüht, um sich mit Nescafé wach zu halten. Das wasserlösliche Kaffeepulver trank er, wenn überhaupt, nur in Istanbul. Insgesamt fünf Mal war er kurz davor gewesen, Selma anzurufen, um sie zu bitten, ihm Gesellschaft zu leisten. Der Blick auf die Uhr aber verbot ihm, der Idee nachzugehen.
Sein mehrstündiger Kampf gegen die Müdigkeit endete schließlich um sechs Uhr morgens; er konnte die Augen kaum noch offen halten, als zwei Istanbuler Zivilfahnder auf ihn zumarschierten. Die eingetroffene Verstärkung verdankte Demirbilek der inzwischen unterzeichneten Ersuche; nun genoss er offiziell die Unterstützung der türkischen Ermittlungsbehörden. Dazu war es zu nachtschlafender Zeit notwendig gewesen, Kommissariatsleiter Weniger aus dem Bett zu klingeln. Mit großem Verständnis

hatte Demirbilek ein Donnerwetter über sich ergehen lassen. Danach klemmte sich Weniger seinerseits ans Telefon. Bei aller Meinungsverschiedenheit hatte Zeki die Erfahrung gemacht, sich auf ihn verlassen zu können.
Erschöpft instruierte er die beiden Männer. Falls Zeil das Zimmer verließ, sollten sie sie unter keinen Umständen aus den Augen verlieren. Die Männer machten einen entschlossenen Eindruck. Demirbilek überreichte ihnen seine und Cengiz' Mobilnummer, wobei er die Fahnder bat, die Kollegin per SMS auf dem Laufenden zu halten. Er selbst stand auf Kriegsfuß mit seinem Handy. Dann drückte er den beiden trotz abwehrender Beteuerungen Lira-Scheine, die er an der Rezeption gewechselt hatte, für ein Frühstück in die Hand. Im Vergleich zu türkischen Beamten ging bei ihm ein geradezu königliches Monatssalär auf dem Girokonto ein. Nach der Verabschiedung klopfte er leise an das Zimmer, das er für sich und Cengiz gebucht hatte. Seine Mitarbeiterin öffnete sofort. Sie war schon bereit für den bevorstehenden Tag.
»Wollen Sie sich hinlegen?«, fragte sie. Ihre eigene Schicht war kurz ausgefallen. Sie hatte einigermaßen genügend Schlaf bekommen.
»Ich dusche nur. Irgendetwas von Dietl gehört?«
»Nein. Wir haben Autovermietungen und Flughäfen überprüft. In einem staatlichen Krankenhaus ist er auch nicht. Er könnte eine Zugfahrkarte gelöst oder ein Schiff genommen haben«, erklärte sie.
»Gut. Warte unten auf mich. Wir frühstücken zusammen.«
Cengiz holte ihre Handtasche.
»Hast du mit deinen Eltern gesprochen?«, fragte er beiläufig und musterte das plüschig eingerichtete Hotelzimmer. Osmanisch. Überbordend. Zu viel Rot.
»Heute Abend«, versprach sie schnell. »Ich drucke im Businesscenter ein paar Seiten für Sie aus.« Dann verließ sie das Zimmer.

72

Es kostete ihn eine Menge Überwindung, den Regler von warm auf kalt umzustellen. Der unfreiwillige Schrei, den der Aufprall des eiskalten Wassers auf seinen Körper auslöste, hallte durch das Badezimmer. Danach stellte er auf eine angenehme Temperatur zurück. Der Schrecken tat ihm gut. Während des Duschens dachte Demirbilek nach, ob er wohl Zeit finden würde, Selma einen Überraschungsbesuch abzustatten. Er musste es auf alle Fälle versuchen, auch wenn nicht abzusehen war, wie der Tag verlaufen würde – zu viele Unwägbarkeiten. Das Geräusch des plätschernden Wassers weckte eine weitere Sorge in ihm. Das verschämte Gefühl, wie er sich aus Deryas Wohnung geschlichen hatte, passte nicht zu seinem Selbstverständnis. Er musste sich entschuldigen, in irgendeiner Weise. Abhängig davon, ob er mit ihr geschlafen hatte oder nicht. Er wollte sie fragen. Direkt und ohne Umschweife. Wie bei einem Verhör, stellte er sich vor. Zufrieden mit der gedanklichen Lösung eines Problems, tauchte ein weiteres auf. Der Atem stockte ihm. Sybille! Er war mit der Gerichtsmedizinerin zum Abendessen verabredet. Da er nach der Nacht bei Derya sich selbst nicht mehr über den Weg traute, entschied er, die Verabredung abzusagen. Am besten sofort. Vielleicht hatte er Glück, und sie ging nicht ans Telefon. Um den Vorsatz sofort in die Tat umzusetzen, drehte er das Wasser ab und erledigte den Anruf gleich im Badezimmer. Das Wasser tropfte an ihm herab auf den gekachelten Boden, während er mit feuchten Fingern Ferners Nummer wählte. Der Anrufbeantworter stellte keine Fragen, als er mit freundlich-bestimmter Stimme sagte, er sei verhindert. Ein Verschieben des Rendezvous erwähnte er nicht.

Gerade als er sich angezogen hatte, klopfte es an der Tür. Der Roomservice, vermutete er und öffnete, um das Zimmermädchen hereinzulassen. Zu seiner Verwunderung war es aber ein junger Mann, der freundlich grüßte.

»Entschuldigen Sie, ich dachte, es ist niemand da. Ich komme später wieder«, erklärte er.

»Kommen Sie nur herein«, forderte ihn Demirbilek auf, »ich gehe gleich. Fangen Sie ruhig schon an.«

Mit einem Kopfschütteln ließ er ihn seine Arbeit verrichten und knöpfte sein Hemd zu. Da fiel sein Blick auf die Schlüsselkarte, die die Putzkraft achtlos auf dem Reinigungswagen liegengelassen hatte. Er spielte mit dem Gedanken, sie sich auszuleihen, entschied sich aber dann doch dagegen.

Eine halbe Stunde später saß er munter und aufgeräumt mit Cengiz in dem ballsaalähnlichen Frühstücksraum des Hotels und lauschte bei einem herzhaften Omelett Jales Ausführungen über den Ermittlungsstand in München.

Der Istanbuler 24-Stunden-Büroservice, der auch das Spezialmalz vom Bodensee vertrieb, machte im Auftrag internationaler Kunden Geschäfte am Rande der Legalität. Das Wirtschaftsdezernat war ebenfalls fündig geworden, was die Mälzerei betraf, die die minderwertige Gerste herstellte. Ein Biosiegel wäre dem französischen Industriebetrieb sicher nie erteilt worden. Doch wie diese agierte auch die Fair-Trade-Organisation im Rahmen juristisch halbseidener Möglichkeiten. Beide Firmen setzten sich

aus einem Geflecht von Subunternehmen zusammen, die auf Basis von EU-Richtlinien bilaterale Abkommen untereinander unterhielten. Alle an diesem Konstrukt beteiligten Firmen zahlten in ihren Ländern Steuern, wenn auch lächerlich wenig. Die Untersuchung der Unterlagen der Mingabräu, fasste Cengiz weiter zusammen, brachte keinen Nachweis einer Beteiligung von Karin Zeil oder eines anderen Mitarbeiters zutage. Der Staatsanwalt sprach in einer Eiluntersuchung zwar bei der Assistentin der Geschäftsleitung von einem polizeilichen Restverdacht, sah sich jedoch juristisch nicht in der Lage, die Einsichtnahme ihres Kontos zu genehmigen. Es fehlten handfeste Verdachtsmomente. Darüber hinaus hatte Vierkant das Protokoll von Hannes Dietls Vernehmung per Mail geschickt.
»Ich will angerufen werden, sag ihr das!«, ärgerte sich Demirbilek.
»Hat sie doch. Gestern Nacht. Kurz bevor …«
»Ach so«, meinte Demirbilek nur. Der Anruf, bevor der Taschendieb zuschlug.
»Das heißt im Klartext, wir können Karin Zeil nichts nachweisen. Weder, was den Betrug, noch, was die Morde betrifft«, resümierte Cengiz zum Abschluss.
»Ist mir klar«, erwiderte Demirbilek ungehalten und stand auf.
»Bestell dir noch einen Kaffee.«
»Und Sie?«, wunderte sich Cengiz.
»Ich bin gleich wieder zurück«, sagte er noch und verschwand aus dem Frühstücksraum.
Kurz darauf befand er sich im Gang zu Zeils Zimmer. Die beiden Fahnder spielten gerade *tavla*.
»Und?«
»Sie ist nicht herausgekommen«, antwortete der eine, der andere gähnte müde.

»Gut. Geht jetzt frühstücken, Jale sitzt unten«, wies er die zwei Fahnder an und wartete, bis sie nicht mehr zu sehen waren.
Umgehend erschien der Zimmerjunge. Er hatte ihn zuvor in ein Gespräch über Fußball verwickelt und über eine Andeutung, seine Tochter zu verdächtigen, mit einem heimlichen Freund im Zimmer zu sein, dazu bewegen können, ihm zu helfen. Demirbilek deutete auf Zeils Tür und streckte ihm die Hand mit dem versprochenen Trinkgeld entgegen.

73

Karin Zeil war nirgends zu sehen. Nur der Duft eines Parfüms hing in der Luft. Demirbilek schloss leise die Tür und vergewisserte sich, ob es eine Durchgangstür gab, durch die sie über ein anderes Zimmer hätte verschwinden können. Doch diese existierte nicht. Die Suite bestand aus einem großen Raum mit einem plüschig gestalteten Bett darin; eine offenstehende Tür gab die Sicht auf einen Salon mit Sitzecke und einer Hi-Fi-Anlage und Fernsehtruhe frei.
»Frau Zeil?«, rief er in den Nebenraum. Eine Antwort blieb aus. Zunächst. Dann hörte er sie doch.
»Hier, Herr Kommissar!«, meldete sich Zeil aus dem Badezimmer. Ohne Verwunderung.
»Verzeihen Sie die Störung, Frau Zeil«, entschuldigte er sich halbherzig. Da sie keine Erklärung für sein Eindringen verlangte, verzichtete er darauf.
»Wo bleiben Sie? Kommen Sie ruhig. Ich beiße schon nicht!«, rief sie.
»Ich muss Sie nicht sehen, um mit Ihnen zu reden«, erwiderte er und setzte sich in den Sessel.
»Wie Sie wollen.«
»Frau Zeil«, setzte Demirbilek an, überlegte dann kurz und erhob sich abrupt. »Ich komme nun doch. Bitte ziehen Sie sich etwas über, falls Sie nackt sein sollten. In Ordnung?«

»Kommen Sie schon endlich!«, forderte sie ihn entnervt auf.
Daraufhin machte er die paar Schritte zur angelehnten Badezimmertür und trat ein. Sie lag vollkommen mit Wasser bedeckt in der gusseisernen Badewanne. Eine durchsichtige Duschhaube auf dem Kopf. Sie lächelte.

»Ich wundere mich, dass Sie gestern Nacht nicht die Tür eingetreten haben. Ich mag Männer, die wissen, was sie wollen«, sagte sie verschwörerisch, als wäre der Kommissar ein heimlicher Liebhaber.

Er scherte sich nicht um ihren Unterton. »Warum sind Sie nicht in Antalya?«, fragte er stattdessen.

»Florian musste kurzfristig nach Istanbul. Da habe ich mich entschlossen, ihn zu begleiten«, erklärte sie, »Sie wissen doch, wie sehr ich Ihre Heimatstadt liebe.«

Die Antwort kam ohne irgendein Zögern. Sie log gut, fand Demirbilek, wesentlich besser als der verunglückte Braumeisterlehrling.

»Und wo ist Herr Dietl jetzt?«

»Wir haben uns gestritten. Ich habe keine Ahnung, wo er steckt. Aber wissen Sie das nicht alles schon?«

»Frau Zeil, hören Sie auf, mit mir irgendwelche Spielchen zu treiben. Ich ermittle in zwei Mordfällen.«

»Das weiß ich«, bestätigte sie. Dann erhob sie sich ohne Vorwarnung aus der Wanne.

Demirbilek drehte sich zwar sofort um, war aber nicht schnell genug, sie für einen Augenblick nackt sehen zu müssen.

»Florian und ich haben Schluss gemacht. Er ist einfach zu jung für mich, wissen Sie.« Sie griff nach dem Bademantel und schlüpfte hinein.

»Das interessiert mich herzlich wenig, Frau Zeil. Ziehen Sie sich bitte an, und lassen Sie uns reden.«

»Da muss ich Sie leider enttäuschen. Ich habe eine Verabredung«, sagte sie mit gespieltem Bedauern und blieb vor ihm stehen. »Haben Sie nicht schon genug gesehen?«
»Wie meinen Sie das?«
Die Frau wollte ihm mit der Hand über das Gesicht streichen, doch Demirbilek kam ihr zuvor und hielt sie fest. »Lassen Sie das.«
»Und Sie gehen besser, oder ich hole die Polizei«, entgegnete sie gelassen und verließ das Badezimmer.
Er sah ihr nach, wie sie zum Bett ging, wo ihre Kleidung bereitlag, und den Bademantel abstreifte. Auf ihrem gesamten Rücken und den Schulterblättern prangte ein Tattoo. Für einen kurzen Moment bewunderte Demirbilek die farbenfrohe Pracht des Drachen.

74

Cengiz schob Wache vor Zeils Zimmertür und konnte ein kurzes Aufschrecken nicht unterdrücken, als ihr Chef heraustrat.

»Was hat sie gesagt?«

»Was machst du hier?«, bekam sie als Antwort.

»Na, was wohl? Aufpassen. Die Kollegen sitzen beim Frühstück.«

Hin und wieder, sagte sich Demirbilek, helfen Niederlagen, um am Ende einen Sieg gebührend genießen zu können.

»Wir fahren zu Nihal Koca«, beschloss er.

»Zur Diplomatin?«

»Ja, ich will sie sprechen.«

»Und was ist mit ihr?«

»Sag Bescheid, sie sollen dich ablösen. Ich will wissen, was sie treibt.«

Demirbilek setzte nach einer hitzigen Diskussion mit seinem Kollegen Kaymaz durch, zu Nihal Kocas Privatadresse im Stadtteil Kadıköy zu fahren und nicht zu warten, bis sie ihren Dienst im Büro antrat. Bei der Autofahrt durch die halbe Stadt nahm er sich Cengiz' ausgedruckte Berichte vor. Die Ausführungen über die Betrugsmasche überflog er nur. Das Verhörprotokoll des alten Hopfenbauers las er genauer durch. Als sie in die Straße zum Haus der Diplomatin einbogen, gab er dem Fahrer die Anwei-

sung, Sirene und Blaulicht einzuschalten. Mit lautem Getöse hielten sie vor dem verschlossenen Einfahrtstor. Demirbilek bat alle drei Kollegen, auszusteigen, auch den uniformierten Fahrer, der normalerweise im Streifenwagen gewartet hätte.
Kaymaz ging vor und drückte die Glocke. An der Videogegensprechanlage ertönte kurz darauf eine männliche Stimme. Kocas Ehemann. Verärgert über den unangemeldeten Besuch und den Sirenenlärm, verweigerte er den Einlass. Kaymaz begann zu verhandeln, doch Demirbilek unterbrach ihn und bat Herrn Koca, seiner Frau vom *Komiser Bey,* mit dem sie auf der Damentoilette am Münchner Flughafen gesprochen hatte, Grüße zu bestellen. Dann schickte er seine Kollegen zum Auto. Kaymaz nahm wieder vorne Platz. Demirbilek und Cengiz stiegen hinten ein.
»Wo ist Zeil?«, fragte Demirbilek.
»Im Frühstücksraum, zusammen mit einer Gruppe Urlauber, ein arabisch aussehender Mann ist darunter«, erklärte Cengiz. Die türkischen Fahnder hielten sie, wie verabredet, auf dem Laufenden.
»Auf deine Männer ist Verlass, Selim?«, fragte Demirbilek.
»Mein Bruder Gökhan ist einer von ihnen«, sagte dieser nur und verbot sich damit weitere Diskussionen.
Mit der Antwort gab sich Demirbilek zufrieden, er wandte sich wieder Cengiz zu. »Schreib, sie sollen ein Foto von dem Mann machen. Vielleicht ist er irgendwo erfasst. Laut Vierkants Vernehmungsprotokoll soll Dietl in Dubai was am Laufen haben. Vielleicht gibt es eine Verbindung.«
»Ich mache das«, entschied Kaymaz und telefonierte mit seinem Bruder.
Demirbilek wartete, bis er mit dem Gespräch zu Ende war, dann klopfte er dem Fahrer von hinten auf die Schulter. »Wenden Sie. Mit Blaulicht, so laut es geht, und geben Sie Gas. Ich möchte Reifen quietschen hören.«

Der Fahrer vergewisserte sich bei seinem Vorgesetzten. Kaymaz nickte zum Einverständnis. Daraufhin ließ er die Sirene aufjaulen, wartete eine gefühlte Stunde und startete erst dann den Motor. Wie ein Rallyefahrer ließ er mit durchdrehenden Reifen den Polizeiwagen im Stehen kreisen und jagte dann die Straße entlang.
Nach etwa tausend Metern brüllte Demirbilek von hinten: »Gut, das reicht!«
Der Fahrer stieg in die Bremsen. Kaymaz griff zum Schalter, um die Sirene abzustellen.
»Wir treffen uns später. Den Rest erledige ich allein«, sagte Demirbilek und stieg aus.

75

Sein erstes Taschentuch für den Tag war aus purem Zufall blaugelb, den Vereinsfarben seines in Kadıköy beheimateten Fußballclubs Fenerbahçe. Demirbilek liebte derlei Fügungen. Positiv kam die Umgebung hinzu, die er ohne Eile durchschritt. Sie fand seinen Zuspruch. Eine harmonische Mischung aus altem Baubestand und Wohnblöcken jüngeren Datums. Um ihn herum nahm die Geschäftigkeit des Tages Fahrt auf. Männer in Anzügen und mit Aktenkoffern passierten seinen Weg. Frauen mit und ohne Kopftuch gingen an ihm vorbei, ohne ihn zu beachten. Er passte in die Gegend. Er fiel nicht auf – anders als in seinem geliebten München.

Das Geschäft, an dem er vorbeikam, brachte ihn auf eine Idee. Er erstand eine Tüte *çekirdek* und setzte seinen Weg fort. Wie ein Vogel knackte er beim Gehen die Schale der gerösteten Sonnenblumenkerne mit den Vorderzähnen auf, schob den Kern in den Mund, um ihn mit der Zungenspitze aus der Schale zu befördern. Die Technik hatte jeder zu beherrschen, der sich Türke nennen wollte. Den einheimischen Gepflogenheiten folgend, spuckte er die Schale aus. In München wären ihm dafür strafende Blicke sicher gewesen. Nach dem Verzehr von etwa hundert Sonnenblumenkernen erreichte er Kocas Haus und läutete. Postwendend brummte der Türsummer.

Nihal Koca erwartete ihn an der Tür des Einfamilienhauses. Ein

vermeintlich erdbebensicherer Neubau, wie er vermutete. Der Kommissar schenkte ihrem über den Knien endenden, schwarzfarbenen Morgenmantel aus Satin mehr Beachtung, als ihm lieb war. Er passte nicht zu dem Bild der Diplomatin im biederen Kostüm, wie er sie am Flughafen kennengelernt hatte. Das Haar war ungekämmt, offenbar war sie noch nicht lange wach, ein ebenfalls schwarzes Kopftuch lag um den Hals.
»*Komiser Bey,* treten Sie ein. *Hoş geldinz*«, begrüßte sie ihn mit übertriebener Freundlichkeit.
Demirbilek folgte ihr in den Salon. Er war nicht geräumig, aber repräsentativ eingerichtet, um Gäste gebührend zu empfangen. Am auffälligsten war eine Wand, vollgehängt mit Schenkungen aus aller Welt. Die Diplomatin musste eine vielgereiste Frau sein, nahm Demirbilek an. Dann entdeckte er in einer Ecke ein Sofa. Darauf fläzte eine Person, die sich hinter der *Hürriyet* versteckte. Nach den Hosen, die er sehen konnte, musste es ein Mann sein. Der Leser senkte die Zeitung. Zum Vorschein kam ein eleganter Herr Anfang fünfzig, mit graumeliertem Haar und einem dünnen Bartstrich über der Oberlippe. Er grüßte wortlos und vertiefte sich wieder in die Lektüre. Auch wenn Demirbilek ihn nur kurz sehen konnte, merkte er, wie sehr er unter Anspannung stand.
»Seien Sie meinem Ehemann Necati nicht böse, bitte. Beim Zeitunglesen darf man ihn nicht stören. *Kahve* oder *çay?*«
Demirbilek folgte ihr in die Küche. Alles war ordentlich aufgeräumt und blitzblank geputzt.
»Sie sehen aus, als könnten Sie einen starken Mokka vertragen«, entschied sie und begann am Herd mit der Zubereitung.
»*Az şekerli*«, bestellte Demirbilek. Ein wenig Zucker reichte, um das Koffein in seiner Wirkung zu unterstützen, zu viel Zucker nahm dem Kaffee den bitteren Geschmack, den er am türkischen Mokka liebte.

Während Koca wortlos das Gemisch aus Wasser und Kaffeepulver in dem Messingkännchen beobachtete, um den Zeitpunkt abzupassen, wann es aufzukochen begann, beschloss Demirbilek, nicht die Initiative zu ergreifen. Er hatte sich vorher eine Strategie zurechtgelegt. Er würde so tun, als hätte er Beweise für Bayraks und Kocas Verhältnis in der Hand. Über den Umweg wollte er an Handfesteres kommen, um Dietl und Zeil zu überführen. Ein vager, möglicherweise aussichtsloser Plan, dessen war er sich bewusst.

Der Mokka war stark und heiß. Er nippte daran. Koca setzte sich zu ihm und schwang die Beine übereinander. Falls sie in Trauer war, so zeigte sie das lediglich durch die Farbwahl des Morgenmantels.

»Danke, dass Sie mein Tablet zurückgegeben haben«, sagte sie und musterte ihn dabei eingehend.

Hatte Vierkant etwa ein Dankschreiben beigelegt?, fragte er sich, ohne eine Miene zu verziehen. Kocas erster Schuss kam unerwartet. Aufgrund ihres Berufes hatte sie wahrscheinlich Möglichkeiten, derlei Informationen zu ermitteln. Oder sie hatte einfach nur eins und eins zusammengezählt. Eigentlich hatte sich Demirbilek vorgenommen, die Fragen selbst zu stellen. Doch er fand Gefallen an der ungewohnten Rolle und schwieg weiter.

»Wissen Sie, warum ich Sie hereingelassen habe?«, fuhr sie fort.

»Ganz sicher nicht, weil Sie unverschämterweise mit Sirene und Blaulicht vorgefahren sind. Sie müssen sehr verzweifelt sein, mein Münchner Kommissar.«

Demirbilek lächelte. Dass sie ihn so schnell durchschauen würde, hatte er nicht erwartet. Er stand auf. »*Çay* wäre mir doch lieber. Darf ich?«

Koca schmunzelte. »Oben rechts finden Sie Tee.«

Er holte das Päckchen aus dem Hängeschrank. Auf der Verpackung erkannte er das Logo der Fair-Trade-Organisation.
»Nehmen Sie nicht zu viel. Der Tee stammt aus Sri Lanka, er ist sehr stark«, warnte sie ihn.
»Wissen Sie, dass Sie Ehrenpräsidentin einer betrügerischen Organisation sind?«
»Gestern Abend kam eine Pressemitteilung heraus. Ich habe mein Ehrenamt niedergelegt«, erwiderte sie unbeeindruckt.
»Seit wann haben Sie ein Verhältnis mit Bayrak?«, fragte Demirbilek, ohne sich umzudrehen. In seiner Stimme lag ein Ton, der deutlich machen sollte, er habe die Situation im Griff.
Zu seinem Erstaunen hustete in seinem Rücken Koca plötzlich auf – als hätte sie einen schlechten Witz gehört. Demirbilek dämmerte ein Zusammenhang, der ihm bis dahin vollkommen entgangen war.
»So ist das!«, entfuhr es der Diplomatin. Ihre Stimme erreichte eine Tonlage, die einen hysterischen Anfall andeutete. Demirbilek, der den Teekessel in der Hand hielt, erschrak unmerklich. Er drehte sich zu ihr, vor seinen Augen erhob sich Koca und wies ihm mit ausgestrecktem Arm den Weg hinaus.
»Ich bitte Sie, zu gehen.«
Da ertönte Necati Kocas Stimme. Der Ehemann lehnte im Türrahmen der Küchentür, seine Zeitung in der Hand. Seine Stimme klang ernst, als er sagte: »Nihal, ich möchte, dass du ihm alles erzählst.«
»Aber warum? Er weiß nichts. Sieh ihn dir an. Er ist gekommen, um uns Angst einzujagen. Und wir wären beinahe darauf hereingefallen.« In ihrer Stimme lag keine Hysterie mehr, es war eine erfreute Erregung, als wäre sie gerade dem Tod von der Schippe gesprungen.
»Wenn du es nicht tust, werde ich ihm alles sagen.«

»Das wirst du nicht!«, schrie sie ihn an.
»Setz dich«, befahl er ihr streng und musterte Demirbilek mit zusammengekniffenen Augen.
Dem Kommissar wurde unwohl. Mit an Sicherheit grenzender Wahrscheinlichkeit war Necati Koca Psychiater, malte er sich aus.
»Meine Frau ...«
Bevor Kocas Ehemann weitersprechen konnte, sprang die Diplomatin auf und verließ laut fluchend die Küche. Instinktiv versuchte der Kommissar, die Flüche im Kopf ins Deutsche zu übersetzen. Die derben Worte jedoch klangen in der Übersetzung lächerlich. Im Türkischen hatten ihre Ausdrücke eine geradezu poetische, aber auch beängstigende Kraft. Er spürte das Bedürfnis, ihr zu folgen, doch da der Ehemann keine Anstalten dazu machte, wartete er ab. Viel, stellte er fest, musste er bei der Vernehmung nicht tun.
»Herr Demirbilek, Sie leben in Deutschland, möglicherweise sehen Sie darin kein großes Problem. Auch wir leben in einem modernen, aufgeklärten Staat, aber Ehebruch wird bei uns nicht toleriert.«
Seine pastorale Stimme hätte gut und gerne in eine Kirche gepasst, ging es Demirbilek durch den Kopf. »Auf was wollen Sie hinaus, Herr Koca?«, fragte er ungeduldig.
»Sie sind wegen des Mannes in Istanbul, der Bayrak die irrwitzige Idee mit der bayerischen Brauerei ins Ohr gesetzt hat.«
»Warum interessiert Sie das? Kannten Sie ihn?«
Necati Koca trat in die Küche ein und legte die Zeitung auf den Tisch.
An seinem Gang und in seinem Gesicht bemerkte Demirbilek eine merkwürdige Veränderung. So langsam dämmerte ihm ein Zusammenhang.

»Ihre Frau hatte gar kein Verhältnis mit Süleyman Bayrak.«
»Aber nein, wie kommen Sie denn darauf? Er und meine Frau kennen sich seit vielen Jahren, sie sind enge Freunde«, erklärte Herr Koca überrascht.
»Aber mit Florian Dietl hatte sie eine Affäre«, bemerkte Demirbilek mit fester Stimme.
»Mit ihm ja. Bayrak und er waren bei seinen Besuchen in Istanbul öfters bei uns zum Essen eingeladen. Florian und Nihal haben sich hier kennengelernt. Die Treffen waren sporadisch. Immer nur, wenn er in Istanbul zu tun hatte, wenn er Bayrak aufsuchte, um die Demontage der Mingabräu zu besprechen. Es ist nicht ihr erster Liebhaber, müssen Sie wissen. Sie reist viel«, erzählte er offen.
»Wo ist dann das Problem?«
»Sie war schwanger von ihm.«
»Was heißt, war?« Seine Überraschung unterdrückte er aus taktischen Gründen. Gleichzeitig fiel es ihm wie Schuppen von den Augen, wer die Gestalt mit dem roten Blutkleid aus seinem Traum war. Nicht Selma, wie er glaubte. Es musste Jale sein.
»Sie hat abgetrieben, ohne den Erzeuger davon in Kenntnis zu setzen«, erklärte der Ehemann sachlich, dabei ignorierte er die Verachtung in Demirbileks Gesicht. »Herr Dietl war außer sich, als sie es ihm beim letzten Besuch in München beichtete. Er hätte sein Kind behalten wollen.«
Demirbilek war jetzt tatsächlich verdutzt. »Und warum erzählen Sie mir das?«
»Weil Sie uns nur helfen werden, wenn Sie die Wahrheit kennen. Ich sehe Ihnen Ihre osmanische Seele an. Wir wollen ehrlich zu Ihnen sein.«
Wenn Demirbilek etwas gegen den Strich ging, dann, von ande-

ren für ihre Zwecke missbraucht zu werden. Egal, ob er eine osmanische Seele hatte oder nicht.
»Mich interessiert nicht, was Sie mit Dietl zu schaffen hatten. Vielen Dank für den *kahve,* er war ausgezeichnet. Richten Sie Ihrer Frau Grüße aus.«

76

Der Münchner Kommissar wollte tatsächlich gehen, doch dann begriff er mit einem Mal die Zusammenhänge. Der Mann hatte von Untreue und Ehebruch gesprochen, schön und gut, aber das wurde auch in der Türkei einer erfolgreichen Frau nachgesehen. Niemals aber eine Abtreibung. Wenn das an die Öffentlichkeit käme, würde das den Todesstoß für Ansehen und Integrität der Diplomatin bedeuten – sie war eine hohe Repräsentantin der Türkischen Republik.
»Dietl erpresst sie«, sagte Demirbilek seelenruhig.
»Aber nein«, antwortete der Ehemann.
»Dann Karin Zeil«, korrigierte sich Demirbilek. Nach der Begebenheit im Badezimmer traute er ihr auch das zu.
»Ja, sie.« Die Bestätigung kam von Nihal Koca. Sie stand umgezogen im klassischen Businessoutfit vor der Küche und fuhr sich über das Gesicht.
»Dann haben Sie Özkans Computer nicht vernichten lassen, weil es Aufnahmen mit Bayrak und Ihnen darauf gab?«
»Nein, er hat Florian und mich heimlich gefilmt, als wir uns wegen der Abtreibung gestritten haben. Süleyman wusste von den Aufnahmen und hat es mir erzählt. Angeblich hat er das Video gelöscht. Ich wollte sichergehen, dass keine Kopien existieren.«
»Aber sie existieren?«
»Ich glaube nicht. Doch Frau Zeil weiß von meiner Abtreibung.«

»Stecken die beiden denn nicht unter einer Decke?«
»Nein, das glaube ich nicht. Florian war enttäuscht und wütend. Er hat mir furchtbare Vorwürfe gemacht. Doch an Erpressung hätte er nie gedacht. Warum auch? Er ist sehr erfolgreich in seinem Geschäft. Ich bin sicher, er hat ihr von der Abtreibung erzählt. Jedenfalls kennt sie den Namen der Klinik in Holland. Ich wüsste nicht, woher sie es sonst wissen könnte. *Sie* steckt dahinter.«
»Wie viel will sie?«
»Zweihunderttausend Euro.« Sie lachte auf. »Sie hat es Privatkredit genannt. Die Rente reicht hinten und vorne nicht aus.«
»Und? Haben Sie sich darauf eingelassen?«
»Sie hat mir Bedenkzeit gegeben. Ich muss mich bis mittags melden«, entgegnete Koca kleinlaut.
Ein weiterer Puzzlestein in Demirbileks Szenario drohte sich als falsch zu erweisen. Wenn Zeil Geld erpresste, war es möglich, dass sie nichts mit dem Betrug in der Mingabräu zu tun hatte. Oder lebte sie auf großem Fuß und verprasste es? Zuzutrauen wäre es ihr.
Der Ehemann meldete sich wieder energisch zu Wort. »Du weißt, wie sich die türkische Presse auf dich stürzen wird. Sie werden dich zerfetzen, bis nichts mehr von dir übrig ist.« Dann wandte er sich an den Kommissar: »Helfen Sie uns.«
»Helfen Sie mir, dann helfe ich Ihnen«, hielt Demirbilek dagegen.
Nihal Koca schritt auf ihn zu und reichte ihm die Hand, um den Handel abzuschließen. Ihr Ehemann hätte genauso gut wieder Zeitung lesen können, sie behandelte ihn wie Luft.
»Wäre Ihnen damit gedient, Süleymans Mörder zu kennen?«
Demirbilek nahm die Hand und schüttelte sie.
Herr Koca beobachtete das mit Erleichterung. »Karin Zeil hat ihn

in das Silo gestoßen und das Ding da eingeschaltet, wie heißt es gleich wieder?«

»Becherwerk«, antwortete Demirbilek erstaunt. »Woher wissen Sie das?«

»Sie selbst hat es angedeutet.«

»Aber warum? Ich war der Meinung, sie hat Bayrak getötet, weil er hinter ihren Betrug gekommen war.«

»Nein, das war nicht der Grund, *Komiser Bey*. Wissen Sie, wie weh es tut, wenn man nicht mehr gebraucht wird? Ich war dabei, als sie zu spüren bekam, dass sie alt geworden war. Süleyman war immer sehr direkt. Er wollte die Mingabräu, also hat er sie gekauft. Er wollte Frau Zeil als Mitarbeiterin nicht mehr, also hat er sie entlassen. Zugegeben, wenig charmant.«

Demirbilek führte in Gedanken Kocas Aufzählung weiter: Er wollte Sex mit Manuela Weigl, also hat er sie bezahlt.

»Sie waren bei dem Gespräch dabei?«, fragte er.

»Ja, er hat mich mitgenommen, um für ihn zu übersetzen. Er sprach perfekt Englisch und Arabisch, aber kein Deutsch«, erklärte sie sachlich. Demirbilek wusste davon, er hatte selbst für ihn gedolmetscht. Koca sammelte sich und sprach dann weiter.

»Wir haben sie zu Hause besucht, sie hatte sich freigenommen. Er wollte die Sache geklärt wissen. Als er sie mit der Kündigung konfrontierte, fing sie an zu toben. Wie eine Furie. Sie bestand darauf, mit in die Türkei zu kommen.«

Sie lüftete das Halstuch von den Schultern. Eine rote Narbe zeigte sich.

»Ihr Schlüsselbund hängt an einem ledernen Band. Sie hat damit wie mit einer Peitsche zugeschlagen.«

Demirbilek erinnerte sich, das Schlüsselband bei dem Gespräch in ihrem Büro gesehen zu haben. Er hatte keine Mühe, sich vorzustellen, wie sie damit um sich schlug.

»Wieso soll ich Ihnen das glauben, Frau Koca? Wenn ich Karin Zeil frage, ob es so war, lacht sie mich aus.«
»Bringen Sie sie zu einem Geständnis. Haben Sie das nicht gelernt?«
Demirbilek schluckte erstaunt über die Einfachheit des Ansatzes. Vielleicht, sagte er sich, lag ja darin tatsächlich die Möglichkeit, den Fall zu lösen.
»Wollen Sie mir sagen, Zeil hat Bayrak getötet, weil er sie gefeuert hat?«
»Nein, weil er sie als alte, unnütze Frau abgestempelt hat.«
Demirbilek schwieg, um sich das Motiv durch den Kopf gehen zu lassen. Er war sich nicht sicher, ob er der Erklärung Glauben schenken konnte. Auf der anderen Seite hatte er erlebt, wie eiskalt sie sein konnte. »Wann und wo haben Sie Frau Zeil getroffen?«, fragte er schließlich.
»Das war gestern am späten Abend. Sie stand plötzlich vor unserer Tür – wie Sie. Ich wollte sie natürlich nicht hereinlassen. Aber schließlich rückte sie damit heraus, was sie wollte. Wir haben uns im Wohnzimmer unterhalten.«
»Waren Sie dabei?«, fragte er ihren Ehemann, der jedoch den Kopf schüttelte.
Zeil muss nach dem Streit mit Dietl im Topkapi-Café zu den Kocas gegangen sein, rekonstruierte der Kommissar. Sie hat ihm eine Art Heiratsantrag gemacht, er hat abgelehnt, sie hat mit Schlägen reagiert. War Dietl als Geldquelle versiegt? Erpresste Zeil deshalb Koca?, spekulierte Demirbilek. Eine andere Erklärung fiel ihm nicht ein.
»Wusste Bayrak eigentlich von den Betrügereien in der Brauerei?«
»Ja, aber nicht, wer dahintersteckt«, erwiderte Koca. »Unter uns, solche Nebengeschäfte sind nicht gerade ungewöhnlich. Er hat

mir geraten, mich von der Fair-Trade-Organisation zu distanzieren. Schlagen Sie sich Frau Zeil diesbezüglich aus dem Kopf. Sie hat er als Erstes durchleuchten lassen.«
Demirbilek kam sich wie ein dummer Junge vor, der in einem Spiel mitzumachen versuchte, dessen Regeln er vergessen hatte. Die Fastenzeit hatte seinem Denkvermögen mehr zugesetzt, als er es für möglich gehalten hatte.
»Gut, ich helfe Ihnen«, fasste Demirbilek einen Entschluss, auch wenn er keinen Schimmer hatte, wie er die Verdächtige zu einem Geständnis bringen sollte. Doch bevor er über eine Lösung nachdenken wollte, hatte er noch eine Frage. Es war ihm egal, ob er sich damit lächerlich machte. »Wissen Sie, wer Manuela Weigl getötet hat?«
»Nein.«
Der Kommissar spürte, dass es keinen Sinn hatte, weiter nachzubohren. Als er plötzlich gähnte, ohne es zu wollen, sprach er den Gedanken aus, der ihm als Nächstes in den Sinn kam. Eine seiner Ideen: »Haben Sie was dagegen, wenn ich mich bei Ihnen kurz hinlege? Ich brauche dringend einen klaren Kopf.«

77

Selim Kaymaz hatte auf Demirbileks Wunsch am späten Vormittag die Besprechung anberaumt, nachdem der Münchner sich bei den Kocas eine halbe Stunde im Gästezimmer ausgeruht und eine Strategie überlegt hatte, die genauso gut von Kriminellen stammen konnte. Noch wusste sein Kollege an dem überdimensionierten Schreibtisch nichts davon. Fünf Beamte saßen vor ihm, darunter die Gäste aus Bayern, die beiden Zivilfahnder und eine uniformierte Beamtin. Über den Kopf des Dienststellenleiters der Istanbuler Polizeiinspektion hing Atatürks Porträt. Neben einem basketballgroßen Globus befand sich die türkische Fahne, gleich daneben der Obstler mit weiß-blauer Schleife, den Demirbilek als Präsent mitgebracht hatte.

»Wir müssen Frau Zeil unter Druck setzen …«, begann Demirbilek, als er von Kaymaz' Diensttelefon prompt unterbrochen wurde.

Kaymaz bat mit einer Geste um Geduld und führte ein kurzes Gespräch. Dann sah er in die Runde. »Florian Dietl liegt im Krankenhaus«, erklärte er ohne Regung.

»In welchem?« Cengiz sprang auf, um sich sofort auf den Weg zu machen.

»Warten Sie«, hielt Kaymaz sie auf. »Er wird gerade operiert. Er ist nicht vernehmungsfähig.«

»Was ist passiert?«, fragte Cengiz nach.

»Offenbar wurde er ausgeraubt und niedergestochen«, erklärte Kaymaz.
»Wo und wann?«, fragte Demirbilek, der genauso wenig über die Neuigkeit verwundert war wie die anderen im Raum. Das Verbrechen blühte in Istanbul.
»In einer Seitenstraße in Beyoğlu. Straßenkehrer haben ihn heute früh gefunden. Die Tatzeit wird zwischen zwei und drei Uhr morgens angenommen.«
Damit hat Karin Zeil ein Alibi, sagte sich Demirbilek. Sie hatte sich zu der Zeit bereits in ihrem Hotelzimmer befunden. Die Runde schwieg, um die neue Situation zu überdenken.
Demirbilek war der Erste, der die Initiative wieder ergriff. Sein Ansatz bestand darin, Zeil vor ihrem Flug nach Dubai aufzuhalten, gleichzeitig musste er dafür sorgen, dass sie bereit war, mit ihm zu reden. Wenn sie es außer Landes nach Dubai schaffte, würde er den Fall nicht lösen, da war er sich sicher. Amtshilfe aus Dubai war prinzipiell zwar möglich, nicht aber auf die Schnelle und auf so unkomplizierte Weise wie in der Türkei. Er wollte unter allen Umständen verhindern, dass sie Istanbul verließ. Nur hier oder in München hatte er eine Chance, sie zu einem Geständnis zu bringen.
»Selim *Bey,* wollen wir hoffen, dass Florian Dietl am Leben bleibt und wir ihn verhören können. Dennoch müssen wir Karin Zeil dingfest machen. Es gibt da etwas, was Sie nicht wissen. Bisher habe ich mich aus Rücksicht gegenüber einer angesehenen Persönlichkeit zurückgehalten«, sagte er geheimnisvoll. »Ich wollte Sie bitten, mit ihr zu reden.«
Dann wählte er Nihal Kocas Nummer und beschwor die Diplomatin, ein Wort mit seinem Kollegen zu wechseln. Kaymaz nahm sein Handy entgegen und hörte konzentriert zu. Nach einigen Bejahungen reichte er mit versteinertem Gesicht das Telefon zurück.

Die beiden tauschten einen vielsagenden Blick aus. Auch wenn Koca sicher nicht den wahren Grund genannt hatte, hatte sie allem Anschein nach als einflussreiche Politikerin der Polizei gegenüber die passenden Worte gefunden – wie Demirbilek ihr aufgetragen hatte.

»Also gut, die Dame am Telefon erwähnte einen Plan. Legen Sie los, Zeki«, meinte Kaymaz entgegenkommend.

78

Der erste Teil des Planes bestand aus einem Anruf bei Karin Zeil. Die Entscheidung fiel auf Kaymaz' Bruder Gökhan. Er hatte von allen die tiefste Stimme und sprach Englisch. Ohne eine Erwiderung zu erlauben, machte er ihr am Telefon unmissverständlich deutlich, dass er Dietls Kontaktmann für Dubai sei und ein geschäftliches Übereinkommen getroffen hatte. Da er nicht auffindbar sei, erwarte er von ihr die ihm zustehende Vermittlungsgebühr für das Dubaier Geschäft. Zeil machte klar, nichts mit seinen Geschäften zu tun zu haben und kein Geld zu besitzen. Unerbittlich bestand Gökhan auf die sofortige Begleichung der Schulden. Es ginge schließlich um lächerliche zwanzigtausend Euro. Nach der Feststellung nannte er ihren aktuellen Aufenthaltsort – ein Dachrestaurant in Taksim –, las vom Zettel den Sitzplatz ihres Fluges ab und erwähnte das Hotel in Dubai, das Dietl gebucht hatte. Daraufhin versprach Zeil, ihn vor ihrem Abflug zu treffen, um die Schulden zu begleichen. Nachdem Gökhan aufgelegt hatte, waren alle, die am Lautsprecher mitgehört hatten, der Überzeugung, dass Karin Zeil es mit der Angst bekommen hatte – wie geplant.
Zufrieden mit der Ausführung des ersten Teiles, instruierte Demirbilek Nihal Koca, die auf seinen Anruf wartete. Er gab ihr grünes Licht, sich bei Zeil zu melden, um die Übergabe des Geldes festzulegen.

Zwei Stunden später, im weitläufigen Parkgelände um die Blaue Moschee, reckte Karin Zeil das sonnenbebrillte Gesicht gegen die Sonne. Sie fühlte sich wohl auf der Sitzbank. Die Hitze mochte für andere unerträglich sein. Nicht aber für sie. Einheimische und Fremde um sie herum suchten verzweifelt nach schattigen Plätzen. Niemand setzte sich freiwillig der Sonne aus, bis auf Zeil und Touristen auf dem Weg von der einen Sehenswürdigkeit zur nächsten. Was fehlt, ist der Sandstrand, sagte sich Demirbilek, der sie aus sicherer Entfernung beobachtete. Der Junge, der gerade seine Schuhe polierte, schwitzte auf einem Hocker. Er befolgte die Anweisung, sich mit seiner Arbeit Zeit zu lassen. Offenkundig, stellte Demirbilek fest, hatte Zeil kein Interesse für den direkt vor ihren Augen majestätisch in den Himmel ragenden Prunkbau, einem der Wahrzeichen Istanbuls, die weltberühmte Sultanahmet Camii. Sie schien auch nicht nervös zu sein. Im Gegenteil, meinte er zu erkennen, sie freute sich wohl auf die Übergabe des sogenannten Privatkredites.

Dann entdeckte er Nihal Koca. Sie stieg aus einem Taxi, unter den Arm hatte sie eine Handtasche geklemmt. Sie war allein, wie Demirbilek angeordnet hatte. Aus dem Minihörer in seinem rechten Ohr drang ihr anhaltendes Atmen. Koca schien weder Angst zu haben noch aufgeregt zu sein. Demirbilek gab dem Schuhputzjungen sein Geld und scheuchte ihn davon. Da erspähte er auch Cengiz. Sie schlenderte mit Kopftuch durch den Park, eingehakt bei Gökhan, dem vermeintlichen Dubaier Kontaktmann. Sie mimte eine Touristin vom Lande, die die Schönheiten der Stadt auf sich wirken ließ. Demirbilek konzentrierte sich wieder auf Koca. Einige Schritte vor Zeils Bank ertönte ihre Stimme in seinem Ohr. Sie klang hart.

»Das haben Sie nur meinem Mann zu verdanken. Ich wollte Ihnen das Geld nicht geben.«

Zeil rührte sich nicht. Demirbilek konnte ihr Gesicht sehen. Sie strahlte Sicherheit aus, die darauf begründet war, eine Lösung für ihre Misere gefunden zu haben. Mit Kocas Geld würde sie den Dubaier Vermittler bezahlen, den Rest als Anfangskapital für den Start in ein neues Leben verwenden – ohne ihren jungen Geliebten, der sie schmählich sitzengelassen hatte.

»Sie sind schnell gekommen«, sagte Zeil freundlich. »Sie haben das Geld doch dabei?«

»Woher weiß ich, dass Sie nicht mehr verlangen?«

Zeil lächelte. Sie schöpfte keinen Verdacht, abgehört zu werden. Koca stand direkt vor ihr. Demirbilek befürchtete, sie würde ausholen und mit der Handtasche zuschlagen. Doch das geschah nicht.

»Wollen Sie sich nicht setzen?«, fragte Zeil.

Koca nahm Platz. Keine Sekunde später waren ihre Beine übergeschlagen. »Weiß Florian, dass Sie mich mit seinem Kind erpressen?«

»Was für ein Kind? Sie haben es doch in Rotterdam abgetrieben?«, entgegnete Zeil scharf.

Die Diplomatin beließ es dabei. Was für einen Sinn hatte es, mit der Erpresserin darüber zu diskutieren?

»Wie kann ich sicher sein, Sie nach der Übergabe vom Hals zu haben?«

»Was ist schon sicher im Leben?«, entgegnete Zeil bedächtig und wollte nach der Tasche greifen.

Koca jedoch nahm sie rechtzeitig vom Schoß und legte sie auf die andere Seite neben sich. Dann zog sie aus ihrem Ärmel ein Papiertaschentuch. Sie tupfte sich vorsichtig den Schweiß von der Stirn.

»Sagen Sie mir, wie Sie Bayrak umgebracht haben«, forderte sie.

Zeil zögerte. Mit der Frage hatte sie nicht gerechnet. »Warum wollen Sie das wissen?«

Demirbilek befürchtete, dass sie nun doch Verdacht schöpfte. Zu seiner Beruhigung kam Kocas Antwort prompt und ehrlich.
»Wir waren Freunde. Deshalb.«
»Das versuchte ich Ihnen ja gestern schon zu erklären«, begann sie daraufhin, »er rief mich zu sich in den Keller, den ganzen Weg vom Büro musste ich laufen. Bestimmt das fünfte Mal an dem Tag. Als er mich nach oben in den Dachboden zitierte, stand er auf der Leiter, sein halber Körper war in das Silo gebeugt. Ich musste nur ein wenig schieben. Das war gar nicht so schwer.«
Plötzlich legte Zeil eine Pause ein. Koca musterte sie irritiert. Ihr Kopf begann eigentümlich zu wackeln. Zeil selbst war die Peinlichkeit ins Gesicht geschrieben. Sie bekam die Kopfbewegungen nicht unter Kontrolle. Die Pause der Erpresserin hielt an. Koca wusste nicht, was sie sagen sollte, und wartete ab.
»Ich hatte gar nicht vor, ihn zu töten, wissen Sie«, fuhr Zeil schließlich fort, als sie sich einigermaßen gesammelt hatte. »Er sollte nur dafür büßen, mich aufs Abstellgleis gestellt zu haben. Sie waren doch dabei, als er mich gefeuert hat. Wie haben Sie das übersetzt? Ihm ist eine zum Blühen bereite Knospe lieber als eine verwelkte Rose. Das Schwein! Angst einjagen wollte ich ihm, erst, aber dann …« Sie sprach nicht weiter. Offenbar versuchte sie, die Situation in Erinnerung zu rufen.
Plötzlich stieß sie ein Lachen aus, ihr Gesicht verformte sich zu einer Fratze. Der Lachkrampf, der sie schüttelte und Tränen in die Augen trieb, ließ Koca erschauern. Endgültig davon überzeugt, dass die Erpresserin den Verstand verlor, wollte sie das Gespräch schnell beenden. Was ihr der türkische Kommissar aufgetragen hatte, war erledigt. Das Geständnis war auf Band. Sie stand auf und ließ die Tasche auf der Bank liegen. »Ich möchte Sie nie wieder sehen«, fauchte sie und entfernte sich aus dem Park.

Unter den wachsamen Augen Demirbileks stieg sie in ein Taxi, woraufhin der Kommissar sich wieder auf Zeil konzentrierte. Sie hatte in der Zwischenzeit den Inhalt der Tasche kontrolliert und zählte, nach ihren Handbewegungen zu urteilen, die zwanzigtausend Euro für den Dubai-Vermittler ab.

79

Wasser schien genau das zu sein, was Karin Zeil nach der erfolgreichen Erpressung brauchte. Mit wilden Gesten winkte sie den Verkäufer herbei, der bei der Hitze mit Achselhemd und Stoffschürze seine schweißtreibende Arbeit verrichtete. Als er mit seiner Ware bei ihr war, suchte sie gerade nach Geld, um für eine kühle Flasche *su* zu bezahlen. Der als Wasserverkäufer getarnte Fahnder griff in dem Moment zu, als sie den Kopf neigte. Zwar zum richtigen Zeitpunkt, doch Zeils Finger klammerten sich in Panik keine Hundertstelsekunde später um den Griff der Tasche. Mit jaulendem Geschrei schrie sie um Hilfe. Der Fahnder bemühte sich, Haltung zu bewahren, zerrte einige Male und gab schließlich auf. Eiligst suchte er das Weite und hoffte auf Milde von seinem Vorgesetzten Kaymaz, der neben Demirbilek die Katastrophe miterlebte. Zeil hatte sich nicht vom Platz bewegt, verunsichert sah sie sich um. Dann stand sie auf und kramte im Gehen nach ihrem Handy.
»Sie verabredet sich sicher mit dem Mann aus Dubai«, sagte Demirbilek. Zeit, um sich über die verpatzte Chance zu ärgern, war keine. Er überlegte, wie er die Situation retten konnte. Da entdeckte er den Schuhputzjungen, der unter sengender Hitze auf Kundschaft wartete. Ein verwegener Gedanke kam ihm. Er rannte zu ihm und instruierte den Jungen, der ihn an den Bengel bei seinem Friseur in München erinnerte, dann kehrte er mit ihm und seinem Arbeitsgerät zurück.

»Der Junge hilft uns, Selim *Bey,* passen Sie auf seine Sachen auf«, erklärte er kurz und warf ihm Hocker und Putzkoffer vor die Füße. Cengiz und Gökhan hatten die missglückte Operation ebenfalls mitbekommen und warteten auf neue Instruktionen. Wieder einmal schien der Münchner Kommissar auf eigene Faust zu handeln. Sie beobachteten, wie er mit dem Schuhputzjungen an der Hand der Erpresserin Richtung Blaue Moschee folgte. Da klingelte Gökhans Handy. Zeil meldete sich, um ihm am Hintereingang der Moschee das Geld zu geben. Cengiz informierte nach dem Anruf umgehend Demirbilek per Handy.

»Sie will ihn am Hintereingang treffen.«

»Gut. Bin schon unterwegs.«

Kurz darauf, im Gedränge der Touristenschar, ergab sich die von Demirbilek erhoffte zweite Gelegenheit. Zeil hatte sich abseits der Moscheebesucher gestellt. Sie wartete. Demirbilek flüsterte dem Jungen zu, loszulaufen, was er sofort tat und in Windeseile die Handtasche mit dem Geld an sich brachte. Ihr gellender Schrei erschrak nicht nur die, die sich in ihrer direkten Umgebung aufhielten. Der flinke Junge wand sich durch die Menschenmenge. Der eine oder andere versuchte, ihn zu fassen, doch der Junge, so dachte Demirbilek, war wohl nicht das erste Mal als Handtaschendieb im Einsatz.

Nachdem der Junge seinen verdienten Lohn erhalten hatte und die Geldtasche gesichert war, spurteten Demirbilek und Kaymaz zurück, um den Einsatz von Gökhan zu verfolgen. Als er Zeil auf seine Provision ansprach, brach sie in Tränen aus und erzählte dem vermeintlichen Dubai-Vermittler, wie ihr das Geld gestohlen wurde.

Kaymaz schüttelte neben Demirbilek den Kopf. »Und Sie glauben, das funktioniert?«

»Warten Sie ab. Ich habe einen Trumpf in der Hand. Meine Schwiegertochter.«

Kaymaz sah ihn fragend an.
»Jale und mein Sohn. Sie ist schwanger«, sagte er stolz und nahm die Glückwünsche, auch wenn sie angesichts der laufenden Polizeioperation unpassend waren, gerne entgegen.
»Warum machen Sie das nicht selbst?«, fragte Kaymaz.
»Zeil ist jetzt aufgewühlt und verängstigt. Sie muss reden. Über ihre Gefühle. Das können Frauen besser«, erwiderte er und meinte es ernst, wie sein Gesichtsausdruck zeigte.
Und tatsächlich beobachteten sie, wie Cengiz gleich einem Schutzengel aus der Menge auftauchte, um Zeil vor dem Araber zu beschützen. Sie stellte ihn zur Rede. Das Geschrei und die Diskussion wirkten äußerst echt. Als Cengiz begann, mit ihrem Smartphone Fotos zu schießen, gab Gökhan auf und verzog sich. Kaymaz seufzte erleichtert auf. Sein Bruder hatte den Einsatz nicht vermasselt.
»Jale, was ist los?«, fragte Demirbilek besorgt, als er bei ihr und der vollkommen aufgelösten Dame angekommen war.
»Frau Zeil ist bedroht worden. Ein Araber, glaube ich«, erklärte sie knapp.
Demirbilek holte ein Taschentuch heraus, eines mit dezenten Rosenstickereien, und reichte es der Verdächtigen, die es dankend annahm und ihr Gesicht säuberte.
»Ich sehe bestimmt furchtbar aus«, meinte sie schluchzend.
»Ach was«, munterte Demirbilek sie auf. »Was wollte der Mann denn von Ihnen?«
»Nichts«, log Zeil. »Eine Verwechselung.«
Demirbilek lächelte bemüht, dann begutachtete er das Foto, das Cengiz auf ihrem Display zeigte.
»Kenne ich nicht, schick es Kaymaz. Vielleicht haben sie ihn in der Kartei.«
»Kaymaz?«, fragte Zeil verunsichert.

»Ein türkischer Kollege. Besser, Sie lernen ihn nicht kennen. Im Grunde seines Herzens ist er ein osmanischer Feldherr geblieben«, erklärte er, als wäre das Osmanische Reich mit seinen hinlänglichen Mythen über Grausamkeiten nach wie vor lebendige Gegenwart.

Zeil schluckte betroffen. »Danke für Ihre Hilfe, Herr Demirbilek. Ich muss aber jetzt gehen.«

»Nach München? Wir fliegen am Nachmittag. Sie etwa auch?«

»Nein, ich bleibe noch ein paar Tage«, log sie wieder.

»Davon rate ich Ihnen ab«, sagte Cengiz mit Blick auf die Informationen, die angeblich gerade auf ihrem Smartphone eingetroffen waren.

»Warum? Wollen Sie mich etwa festhalten? Sie sind deutsche Beamte, Sie können mich nicht einfach mitnehmen.«

Cengiz hatte ihren Blick nicht gehoben, sie fasste laut zusammen. »Der Mann, der Sie bedroht hat, ist Polizeibeamter. Sein Name ist Gökhan Kaymaz, der Bruder des besagten osmanischen Feldherrn. Wenn Sie mit ihm ein Problem haben, haben Sie auch mit den türkischen Behörden ein Problem.«

»Kommen Sie«, sagte Demirbilek, »es ist besser, wenn Sie uns begleiten.«

»Oder wollen Sie in ein türkisches Gefängnis gesperrt werden? Wir können Ihnen das ersparen«, bot Cengiz freundlich an.

Darauf reagierte Zeil mit einem hilflosen Umherblicken. In dem Moment tat Demirbilek all das leid, was er ihr aufgetischt hatte. Innerlich beschimpfte er sich in den derbsten türkischen Flüchen, die ihm sein Onkel als Kind beigebracht hatte. Erst als die beiden Opfer vor seinem inneren Auge auftauchten, beruhigte er sich wieder. Weigl und Bayrak waren ermordet morden. Die aufbrausende, zu Gewalt neigende ältere Frau, die gerade wie ein hilfloses Kind wirkte, war Süleyman Bayraks Mörderin. Er hatte ihr

Geständnis auf Band. Möglicherweise hatte sie auch Manuela Weigl auf dem Gewissen.

»Lassen Sie uns gehen.«

Demirbilek hakte sich vorsichtig bei ihr ein. Die alte Frau war am Ende ihrer Kräfte.

»Ich möchte an die Isar«, sagte Zeil leise.

In ihren Augen, bemerkten Demirbilek und Cengiz, loderte kein Feuer mehr. Ohne Widerstand zu leisten, ließ sich die mutmaßliche Mörderin von Cengiz wegführen.

Demirbilek verabschiedete sich eine Weile später von seinem Istanbuler Team. Der Gastfreundschaft geschuldet, ließen sie es sich nicht nehmen, das Gepäck des Münchner Türken aus dem Hotel zu holen. Demirbilek plazierte sein Sakko auf ein schattiges Wiesenstück und legte sich mit den Händen hinter dem Kopf hin. Er wollte sich etwas ausruhen, während er auf die Koffer wartete.

Kurz darauf blinzelte er in die Sonne. Eine Gestalt baute sich vor ihm auf. Er erschrak im Glauben, die Frau im blutroten Kleid aus seinem Alptraum würde ihn heimsuchen.

»Wollen Sie mit ihr sprechen? Ich komme mit ihr nicht klar«, erklärte Cengiz niedergeschlagen. »Sie ist komisch. Irgendetwas stimmt mit ihr nicht.«

Allerdings ist sie komisch, gab ihr der Kommissar in Gedanken recht. Dann raffte er sich auf. »Du bleibst in Istanbul. Du vernimmst Florian Dietl, wenn er nach der Operation ansprechbar ist. In Ordnung?«

Cengiz irritierte es ganz offensichtlich, um eine Art Zustimmung gebeten zu werden. »Ist das eine dienstliche Anweisung?«

»Das ist es. Schreib auch den Bericht. Lass aber die Angelegenheit hier im Park weg. Könnte sonst kompliziert werden. Weniger, Leipold und Vierkant sollen informiert sein, bevor ich mit Zeil in München ankomme.«

»Sonst noch was?«

»Ja. Erzähl deinen Eltern, was mit dir los ist.«

»Sie wohnen nicht weit von hier. Es wäre noch Zeit ...«, sagte Cengiz, gleichwohl sie ahnte, wie er reagieren würde.

Prompt bewahrheitete ihre Ahnung sich, indem er sie unterbrach: »Wir lernen uns bei der Hochzeit kennen. Ich freue mich schon darauf«, erwiderte Demirbilek, ohne zu merken, wie sich der Pascha in ihm wieder einmal regte.

Er schritt auf die Parkbank zu, wo Zeil von zwei Zivilpolizistinnen bewacht wurde. Er gab den Kolleginnen Zeichen, allein mit ihr sein zu wollen.

Dann setzte er sich neben sie und sah Cengiz hinterher, wie sie davoneilte. Selma kam ihm in den Sinn. Er hatte sie nicht besucht, nicht einmal angerufen.

Unvermittelt spürte er die Hand der alten Frau in seiner, sie zitterte leicht.

»Meinen Sie, Florian will mich noch sehen?«, fragte sie.

»Jale meldet sich, sobald es ihm bessergeht. Er liegt im Krankenhaus«, antwortete er verlegen. Er wagte es nicht, seine Hand aus ihrer zu lösen.

»Gott sei Dank ist das Hotel in Dubai schon bezahlt«, sagte sie zu sich selbst. Dietls Schicksal schien sie nicht zu interessieren.

Erneut spürte er einen Druck in seiner Hand.

»Manuela Weigl war ein wenig jünger als Jale«, wechselte er das Thema.

»Ist schade um sie«, ging Zeil auf seine Bemerkung ein.

»Ja«, gab er ihr recht. »Dann haben Sie Manuela umgebracht?«

»Glauben Sie?«

»Ja, ich glaube schon.«

»Das Toilettenhäuschen war nicht schwer. Das stimmt schon.«

»Sie haben es doch umgestoßen?«, vergewisserte er sich.

»War ganz leicht, glaube ich. Dabei sehen die doch so schwer aus.«

Verwirrt über ihre Aussage, löste Demirbilek nun doch die Hand aus ihrer.

Später, nachdem auch Zeils Gepäck geholt worden war, bestand Kaymaz darauf, die Münchner selbst zum Flughafen zu fahren. Demirbilek saß neben ihm, auf seinem Schoß lag das Paket mit Özkans Habseligkeiten, das er seinen Eltern übergeben wollte.

»Warum tun Sie sich das an?«, fragte Kaymaz irgendwann während der Fahrt. Zeil war im Fond eingeschlafen.

»Wenn ich das nur wüsste«, antwortete Demirbilek. »Vielleicht, weil ich selbst einen Sohn in dem Alter habe.«

»Und weil Sie seine Eltern weinen gesehen haben«, ergänzte Kaymaz. Dann konzentrierte er sich wieder auf den Verkehr.

Demirbilek war froh, keine weiteren Erklärungen abgeben zu müssen. Durch das geöffnete Autofenster wirbelte der warme Fahrtwind um sein Gesicht. Er schloss die Augen und ließ die Stadt am Bosporus an sich vorbeiziehen.

80

Während des Fluges versank Demirbilek, ohne es zu wollen, in einen unruhigen Schlaf. Zeil, die neben ihm saß, blätterte in einem Frauenmagazin für *Best Ager,* das sie sich vor dem Abflug gekauft hatte. Erst beim Landeanflug, als sich der Kapitän über die Lautsprecher zu Wort meldete, wachte er wieder auf. Der Nacken schmerzte. Verschlafen und gerädert bemerkte er, dass sie nicht mehr neben ihm war. Das Magazin aber lag auf ihrem Sitzplatz. Er nahm es zur Hand und blätterte darin. Teile waren herausgerissen. Aus den umliegenden Artikeln schloss er, es müsse sich um Anzeigen für Wellnessurlaube und Singlereisen handeln. Offenbar ging sie nicht davon aus, die nächsten Jahre im Gefängnis zu verbringen. Er schüttelte den Kopf.
Dann wurde er doch neugierig und sah sich nach ihr um. Sie unterhielt sich an dem Gangende mit einem Flugbegleiter. Mit dem Gläschen Sekt in der Hand machte sie den Eindruck, als würde sie sich auf einem Stehempfang amüsieren. Er fragte sich, was er von der unberechenbaren Dame halten sollte. Konnte sie tatsächlich zwei Menschen auf dem Gewissen haben?
Es war Abend, als die Maschine landete. München flirrte und leuchtete in einer Hülle kühler Sommerluft. Am Flughafen wurden sie von Pius Leipold in Empfang genommen. Aufmerksam übernahm er Zeils Koffer und führte sie zum Dienstwagen, den er verbotswidrig am Ausgang geparkt hatte. Als Zeil hinten im

Wagen Platz genommen hatte, zog er seinen türkischen Kollegen beiseite.
»Zeki, du siehst ja beschissen aus. Was ist denn los?«, fragte er besorgt.
»Bin nur müde, lass uns fahren.«
»Pass auf, ich muss dir was sagen ...«
»Später.«
Auf der Fahrt bemerkte Demirbilek, wie sein Kollege nervös an seinem Ohrring fingerte. Etwas schien ihm auf den Nägeln zu brennen. In Zeils Gegenwart aber wollte er offenbar nicht darüber sprechen.

»Herr Demirbilek«, hörte er Vierkants Stimme beim Betreten der Migra-Diensträume. Das Deckenlicht war aus. Sie saß im Halbdunkel an ihrem Schreibtisch vor dem leuchtenden Monitor. Leipold brachte gerade die Verdächtige in einen anderen Raum, wo sie von einer Beamtin bewacht werden sollte.
»Jochen Vester hat die Bierkönigin ermordet«, sagte Vierkant aufgeregt, »ich schreibe gerade den Bericht.«
Er verstand kein Wort und setzte sich an Jales Schreibtisch.
»Wir haben Fingerabdrücke auf dem Dixi-Klo gefunden. Leipold hat einen Abgleich machen lassen. Nach Vesters Unfalltod haben wir seine Fingerabdrücke genommen.«
Vierkant merkte, wie das Gesicht ihres Chefs fahl wurde. Im Nebenraum wartete die Frau, die er für die Mörderin von Süleyman Bayrak und eben auch Manuela Weigl hielt. Sie hatte beide Morde gestanden.
»So?«, wagte er lediglich zu äußern.
Irritiert fuhr Vierkant fort: »Manuela Weigls Handtasche haben wir bei Vesters Eltern gefunden. Es gibt keinen Zweifel, der Lehrling war es.«

»Holst du mir ein Glas Wasser?«, flehte der Kommissar. Ihm war schwindelig geworden.
Verängstigt tat sie ihm den Gefallen. Er trank das Glas in einem Zug leer.
»Lass uns weitermachen.«
Vierkant setzte sich wieder, etwas beruhigter. »Unabhängig voneinander haben Zeugen auf dem Bierfestival bestätigt, Jochen Vester gesehen zu haben. Er war wohl stark angetrunken.«
Leipold trat ins Büro und verharrte im Stehen, um die Unterredung nicht zu stören.
»Nach unserer Einschätzung ist Vester dem Opfer nach draußen gefolgt, hat beobachtet, wie Dietl und sie intim wurden, und sie bei der Rückkehr vom Stelldichein mit dem Dixi-Klo erschlagen«, fuhr Vierkant fort.
»Warum er? Warum nicht Zeil oder Dietl?«
»Einer von Zeils Nachbarn hat das Alibi bestätigt. Dietl hat Frau Zeil tatsächlich heimgefahren und war über Nacht bei ihr.«
Der Sonderdezernatsleiter blieb stumm.
Leipold nahm sich einen Stuhl und setzte sich zu ihm.
»Vesters Fingerabdrücke«, übernahm Leipold das Wort, »waren relativ genau dort, wo du auch angesetzt hast, das Ding umzukippen. Geplant war das nicht, eine spontane Tat. Er ist vom Verhör in der Brauerei abgehauen, weil er Manuela erschlagen hat, nicht weil er Bayrak auf dem Gewissen hatte, wie wir geglaubt haben.«
»Zeil hat beide Morde gestanden«, beharrte Demirbilek müde.
»Cengiz hat uns den Bericht geschickt. Das wissen wir. Aber wir haben keine Fingerabdrücke von Zeil, von Vester jedoch schon«, zweifelte Leipold an der Aussage der Verdächtigen. »Sie hat die Weigl nicht erschlagen. Die alte Dame lügt.«
»Gut! Dann war er es halt Vester!«, brüllte Demirbilek und stand auf. »Ich mag jetzt nicht mehr nachdenken. Ich muss schlafen.«

Als seine Finger die metallene Türklinke umklammerten, um das Büro zu verlassen, hielt er plötzlich inne. Langsam legte er seine Stirn auf das Türblatt und ging den Fall noch einmal gedanklich durch.

Leipold befürchtete einen Schwächeanfall und wollte zu Hilfe eilen, doch Vierkant hielt ihn zurück. Sie erkannte wohl, dass er ergründen wollte, was er Wichtiges übersehen hatte. Er hatte ihr einmal den Rat gegeben, einfache Merksätze zu bauen, wenn es kompliziert wurde. Subjekt. Prädikat. Objekt. Einfache Sätze. Klarheit schaffen. Die beiden warteten ab, bis er, ohne sich umzudrehen, zu sprechen begann – mehr zur Tür als zu seinen beiden Kollegen.

»Jochen Vester hat die Bierkönigin auf dem Gewissen. Was ist dann mit Bayrak? Karin Zeil war an beiden Tatorten. Sie weiß über beide Morde Bescheid, ist aber nicht die Täterin, obwohl sie gestanden hat, richtig?«

Dann drehte er sich um und lehnte sich mit dem Rücken gegen die Tür.

»Sie kennt Bayraks Mörder«, stieß Vierkant hervor.

»Und deckt ihn«, ergänzte Leipold.

»Sie wollte sich als glaubhafte Erpresserin vor der Diplomatin aufspielen, deshalb das Mordgeständnis«, erklärte Demirbilek. Er spürte, wie der trockene Sand nass und schwer wurde. Fakten mussten her. Bayraks Tod musste mit der Privatbrauerei zusammenhängen, wie er immer angenommen hatte. Und Zeil wusste Bescheid. Sie musste Bescheid wissen. Alles andere ergab einfach keinen Sinn.

»Habt ihr den Braumeister noch mal gesprochen?«, fragte er.

»Klar. Ich habe ihn heute einbestellt. Ist auf Video. Willst du es sehen?«, fragte Leipold.

»Irgendeine neue Erkenntnis?«

»Nein, das ist ein Braumeister alten Schlags. Der hat noch Ehre im Leib.«
»Etwas war aber schon komisch«, widersprach Vierkant.
»Ja?«, fragte Demirbilek nach.
»Er hatte es eilig bei der Vernehmung, weil er nach Tschechien zu einer Biermesse wollte.«
»Ja, und?«, fragte Leipold grantig nach.
»In seiner Brauerei geht es drunter und drüber, und er will zu einer Art Fortbildung. Stell dir vor, du wärst der Braumeister, würdest du so einfach verschwinden?«, fragte Vierkant.
»Holt ihn. Jetzt sofort«, befahl der Chef der Migra. Dann riss er die Tür auf und stürmte aus dem Büro.

81

Das Migra-Team überbrückte die Wartezeit mit einem Abendessen, zu dem Demirbilek einlud. Die riesige Familienpizza tat allen gut. Während des Essens berichtete der Kommissar, was in Istanbul vorgefallen war. Es dauerte über zwei Stunden, bis die Streifenkollegen mit Gehrke auftauchten. Er hatte sich in seinen Schrebergarten verzogen, etwas außerhalb Münchens. Dort parkte auch sein Wohnmobil, das er offenbar für eine längere Reise vorbereitet hatte.

»Herr Gehrke, ich bin überzeugt davon, dass Sie hinter dem Betrug in der Mingabräu stecken«, eröffnete Demirbilek das Verhör.

»Ich?«, fragte er grinsend.

Von welchem Betrug er sprach, fragte er nicht, registrierte Demirbilek. »Ja, und damit haben wir auch ein perfektes Motiv. Sie haben Süleyman Bayrak getötet, weil er Ihnen auf die Schliche gekommen ist.«

Da sprang der Braumeister von seinem Stuhl. Seine Gesichtsfarbe wechselte von hautfarben zu Dunkelrot.

»Ja, spinnt ihr! Meinetwegen, ich habe mit der Gerste gemauschelt, ein wenig dazuverdient. War klar, dass ihr irgendwann dahinterkommt. Aber ich bringe doch niemanden um!«, kreischte er.

»Setzen Sie sich wieder«, befahl Demirbilek.

Gehrke ließ sich auf den Stuhl zurückfallen.
»Sie haben ihn also nicht getötet.«
»Nein! Warum denn? Ich bin doch kurz vor der Pensionierung. In der Tschechei habe ich ein Häuschen, da ...«
»Sie wussten aber, dass er im Silo eingesperrt ist?«, wollte Demirbilek wissen.
»Das stimmt, ja. Ich habe gesehen, wie Karin zu ihm auf den Dachboden ist. Er hat sie an dem Abend ziemlich oft zu sich bestellt. Ich spreche ja kein Englisch. Deshalb hat er ständig Karin gerufen, wenn er was wissen wollte. Karin kenne ich schon ein paar Jahre. Sie kann schon grob sein. Das sieht man ihr gar nicht an. Mir hat sie gesagt, sie lässt ihn in einer halben Stunde wieder raus. Wollte ihm einen Denkzettel verpassen, weil sie nicht mit in die Türkei nehmen wollte. Das hat ja vorher schon jeder in der Belegschaft gewusst.«
»Wie war das? Warum ist Frau Zeil nicht zurückgekommen, um ihn freizulassen?«
»Weiß ich nicht. Deshalb war ich ja so erschrocken, als ich ihn gefunden habe. Furchtbar.«
»Sie hat also das Silo eingeschaltet?«, hakte Leipold nach.
»Kann ich mir nicht vorstellen. Sie war grob, ja, aber eine Mörderin?«
»Dann bleiben ja nur Sie übrig, der eingeschaltet haben könnte«, sagte Demirbilek gedehnt.
»Habt ihr alle einen Schuss, oder was! Ich habe doch gesagt, dass ich ihn nicht getötet habe! Ich bin doch kein Mörder!« Seine Stimme überschlug sich.
»Wer war es dann?«, fragte Demirbilek ruhig.
»Fragt den Hannes!«, brüllte er.
»Hannes Dietl?«
Demirbilek sah zu Leipold, der genauso verwundert war wie er.

»Ja, der Vater vom Flori. Der wusste doch Bescheid mit der Gerste. Ich lasse mir keinen Mord anhängen!«
»War er an dem Abend da?«
»Natürlich, er hat Hopfen geliefert. Ich habe darüber gewitzelt, dass der neue Chef im Silo eingesperrt ist.«
»Und Sie haben nicht daran gedacht, ihn zu befreien?«
»Ein wenig Schmoren hätte dem doch nicht geschadet. War nicht in Ordnung, wie er das mit der Demontage abgewickelt hat. Außerdem war ich ja selbst mal im Silo, habe ich doch erzählt. Das hält der schon aus, habe ich mir gedacht. Eine halbe Stunde ist ja nicht lange.«
»Sie sind gegangen. Einfach so?«
»Ja! Warum nicht? Ich dachte ja, Karin wird ihn schon wieder herauslassen.«
»Hat sie aber nicht«, meinte Leipold.
»Vielleicht hat sie ihn vergessen«, antworte Gehrke nachdenklich.
»Wie bitte?«, fragte Leipold. »So was vergisst man doch nicht!«
»Karin würde es niemals zugeben. Bei ihr könnte ich mir vorstellen, dass sie eher gesteht, ihn umgebracht zu haben, als zuzugeben, ihn vergessen zu haben.«
Leipold und Demirbilek sahen sich verdutzt an. Er musste an die Frage von Kaymaz denken, ob er sich einen Reim darauf machen könne, dass Dietl befürchtete, Zeil könne ihn vergessen.
»Seit wann ist sie vergesslich?«, wollte Demirbilek wissen.
»So etwas kommt ja nicht von heute auf morgen. Scheint aber immer schlimmer zu werden. Vor ein paar Tagen hat sie mich nach der Trambahnhaltestelle gefragt. Mit der Tram kommt sie seit fünf Jahren zur Arbeit.«
»Karin Zeil hatte also nichts mit dem Betrug zu tun?«
»Ach, woher. Sie hat ja erst bei uns angefangen, als schon alles

eingefädelt war vom Florian. Nein, Karin hat damit nichts zu tun. Der Flori hat das gemanagt mit seinen internationalen Kontakten. Ich selbst musste nicht viel tun. Nur die Augen zumachen und weiter gutes Bier brauen. Der Kundschaft schmeckt mein Bier auch ohne Spezialmalz. Scheiß Bio!«

82

Die Polizeiwachtmeisterin, die Karin Zeil im Auge behielt, zückte instinktiv ihre Dienstwaffe, als Demirbilek ohne Vorwarnung in den Raum polterte. Er hielt sie mit hochgehobenen Armen davon ab, ein Blutbad anzurichten.
Zeil stand am Fenster und blickte hinaus.
»Hat sie nicht geschlafen?«, fragte er die Polizistin.
»Nein, sie steht seit drei Stunden am Fenster.«
»Danke, lassen Sie mich mit ihr allein.«
Als die Beamtin den Raum verlassen hatte, wartete er noch einen Augenblick, dann sagte er: »Sie haben Bayrak nicht getötet.«
»Ich habe ihn vergessen«, entgegnete Karin Zeil, ohne auf seine Feststellung einzugehen. »Einfach vergessen.«
Dann drehte sie sich um. Sie bemühte sich um ein Lächeln. Es war brüchig wie ihre stark geschminkte Haut. »Nein, ich habe ihn nicht getötet. Florian hat mir das erzählt. Ich habe nur vergessen, ihn wieder freizulassen«, wiederholte sie.
Da begann ihr Kopf zu wackeln. Verschämt drehte sie sich vom Kommissar weg. Er konnte ihr Gesicht nicht sehen, hörte aber, wie sie weinte. Darüber, dass sie alt geworden war und krank. Er musste an ihr Tattoo denken, an den farbenprächtigen Drachen auf ihrem Rücken.
»Fragen Sie den Braumeister, er weiß Bescheid«, schluchzte sie.
»Das habe ich bereits.«

»Kann ich dann jetzt nach Hause?«
»Später. Wenn Sie Ihre Aussage gemacht haben.«
»Ich bin müde.«
Demirbilek brachte ihr einen Stuhl zum Fenster. »Wie haben Sie Manuela Weigl getötet?«, erkundigte er sich, auch wenn er bereits wusste, wie der Tathergang gewesen sein musste.
Es kam keine Antwort. Er wartete ab. Dann stellte er sich zu ihr ans Fenster.
»Ich bin auch müde«, sagte er tonlos.
Beide schwiegen eine Weile.
»Der Drachen auf Ihrem Rücken ist schön«, schmeichelte er ihr irgendwann.
Sie blickte schniefend zu ihm hoch, in ihrem Gesicht zeigte sich Freude. Das Wackeln des Kopfes ließ nach.
»Damals war ich achtzehn.«
»Ja?« Er reichte ihr eines seiner Taschentücher.
Zeil wischte sich die Tränen aus dem Gesicht. »Ich bin Manuela nach draußen gefolgt und habe beobachtet, wie sie Florian verführt hat. Ich dachte, es macht mir nichts aus.«
»Hat es aber doch?«
»Ja, ich war wohl wütend. Auf dem Rückweg bin ich Jochen begegnet. Er hatte sich gerade bei den Toilettenkabinen übergeben. Ich weiß auch nicht, was mich geritten hat. Jedenfalls habe ich ihm gesagt, was seine Angebetete im Park treibt. Hätte ich ihm nicht davon erzählt, wäre sie noch am Leben.«
»Jochen hat die beiden gar nicht selbst gesehen?«
»Nein, er wusste nicht einmal, mit wem Manuela im Park war.«
»Und dann?«
»Dann bin ich zur Trambahnhaltestelle, wo mir Florian begegnet ist.«

Demirbilek öffnete seine Hand, um sein Taschentuch zurückzubekommen. Sie gab es ihm.
»Sie haben die Kabine nicht umgeworfen?«
»Sehen Sie mich an, meinen Sie wirklich, ich könnte ein Toilettenhäuschen umwerfen, Herr Kommissar?«
»Ja«, antwortete er.

83

Am darauffolgenden Morgen bestätigte auch Karin Zeils Hausarzt, was sie selbst und der Braumeister behauptet hatten. Seine Patientin zeigte seit geraumer Zeit Symptome einer kaum kontrollierbaren dementen Erkrankung. Der Haftrichter erklärte sich nach Demirbileks Bericht und der eidesstattlichen Erklärung des Arztes einverstanden, sie wieder auf freien Fuß zu setzen. Allerdings war abzuwarten, ob sie mit einer Anklage wegen versuchten Mordes zu rechnen hatte. Ohne ihr Zutun wäre Süleyman Bayrak nicht in dem Silo eingesperrt worden. Für eine Mitschuld an Manuela Weigls Tod jedoch gab es keine Handhabe.
Nachdem Demirbilek Zeils Freilassung geklärt hatte, brachte er sie nach Hause an den Max-Weber-Platz. Wie sich herausstellte, hatte sie ein Kündigungsschreiben in ihrer Handtasche. Ob sie es mit Absicht nicht abgeschickt hatte, interessierte ihn zu diesem Zeitpunkt nicht mehr. Er ließ den Dienstwagen vor der Einfahrt stehen und begleitete sie nach oben.
»Komm mich um sechs abholen. Dann fahren wir raus zur Wohnung am Ammersee.« Ebenso unvermittelt, wie sie das gesagt hatte, griff sie in seinen Schritt und lächelte. Dann schloss sich hinter ihr die Tür.
Demirbilek brauchte eine Weile, um sich zu sammeln. Er war sich nicht sicher, ob Zeil ihn mit ihrem Geliebten verwechselte

oder ihn anzumachen versuchte, wie im Badezimmer des Istanbuler Hotels.

Später im Büro behielt er auch diesen Vorfall für sich. Die Suche nach Hannes Dietl war zu der Zeit im vollen Gang. Leipold leitete die Fahndung und informierte ihn darüber, dass der alte Dietl eine Frühmaschine nach Istanbul genommen hatte. Er konnte sich denken, was der Hopfenbauer plante, und hatte Cengiz Bescheid gegeben. Um sich von dem Zwischenfall mit der launenhaften Dame abzulenken, delegierte Demirbilek die leidige Papierarbeit.

Vierkant trug es mit Fassung. Sie hatte sich ein Diktiergerät ausgeliehen, um die Aussagen ihres Chefs für die schriftlichen Protokolle festzuhalten. Das lästige Nachfragen erübrigte sich damit. Er selbst versuchte mehrmals, Cengiz in Istanbul zu erreichen. Doch sie ging nicht an den Apparat. Zur Sicherheit informierte er Kaymaz über den möglichen Besuch des mutmaßlichen Täters. Als der ersehnte Rückruf kam, stellte der Migra-Chef den Lautsprecher an, so dass sein Team mithören konnte.

Florian Dietls Vater war tatsächlich im Istanbuler Krankenhaus aufgetaucht, berichtete Cengiz. Er widersetzte sich der Festnahme nicht, stellte aber die Bedingung, im Gegenzug für eine Aussage, seinen Sohn sehen zu dürfen. Bei der anschließenden Vernehmung gab der alte Hopfenbauer unumwunden zu, das Gerstensilo eingeschaltet und damit Bayrak in den Tod geschickt zu haben. Die Gelegenheit dazu sei wie ein Wink des Schicksals gewesen. Eine Umdrehung am Schalter, schon war das Problem gelöst. Sein Motiv, meinte Cengiz, sei aus seiner Perspektive geradezu rührend gewesen. Er wollte seinen Sohn Flori schützen, der durch die Aufdeckung der Betrügereien in Verruf geraten wäre. Die Demontage der Mingabräu und das Dubaigeschäft wären geplatzt, seine Karriere als Biermanager damit beendet gewesen.

Von dem Bekennerschreiben allerdings gab er vor, nichts zu wissen. Cengiz stellte die Vermutung an, dass sein nicht vernehmungsfähiger Sohn das Schreiben hinterlassen hatte, nachdem er von seinem Vater über die Tat eingeweiht worden war. Demirbilek stimmte ihr zu und instruierte sie, Hannes Dietl den türkischen Behörden zu überantworten. Bei der Überführung nach München wollte er dieses Mal den offiziellen Dienstweg einhalten.

»Hast du mit deinen Eltern gesprochen?«, fragte er gegen Ende des Telefonats, nachdem er Vierkant und Leipold aus seinem Dienstzimmer gescheucht hatte.

»Sie bringen mich zum Flughafen. Ich erzähle es ihnen vor dem Abflug«, versprach Jale.

Du wirst es ihnen nicht sagen, prophezeite er ihr in Gedanken und wollte schon auflegen.

»Warten Sie! Ich habe Selma getroffen.«

Zeki schluckte und schwieg.

»Sie hat mir beim Warten im Krankenhaus Gesellschaft geleistet.«

»Schön.«

»Sie sollten sie anrufen, wenn ich Ihnen den Tipp geben darf.«

»Darfst du.«

»Tun Sie es bald. Bis morgen«, verabschiedete sie sich.

Zeki massierte sich müde und erschöpft mit dem Handrücken die geschlossenen Augen. Als er sie wieder öffnete, stand Pius mit Lederjacke in der Tür.

»Und? Geht eine Halbe?«

»Wo?«

»In deinem Wohnzimmer, wo sonst?«

Natürlich meinte er den Nockherberg. Doch Zeki zögerte. Nicht wegen Pius, er hatte nichts dagegen, mit ihm auf den abgeschlos-

senen Fall anzustoßen. Doch er ärgerte sich, Selma in Istanbul nicht besucht zu haben. Außerdem befürchtete er, Derya zu begegnen.
»Also, was ist?«, fragte Leipold nach. »Ein schnelles Helles für mich, eine leichte Weiße für dich. Mal sehen, was Isa trinkt. Maximal zwei Halbe. Dann ist Schluss.«
»Gut. Fahr vor, ich komme mit Vierkant nach.«

84

Isabel tupfte zwei Finger in das Becken mit Weihwasser und bekreuzigte sich. Zeki folgte ihr bedächtig, die Hände hinter dem Rücken verschränkt, zu den Opferkerzen im Seitenschiff der Mariahilfkirche. Fasziniert bestaunte er die katholische Pfarrkirche. Es war finster und kühl. In der Nähe des Altars waren ältere Frauen in den Bankreihen in Gebete vertieft, eine Familie feierte mit einem Geistlichen die Taufe ihres Babys. Auf Anhieb fand Zeki Gefallen an der sakralen Stimmung. Er fragte sich, weshalb er nie die Kirche besucht hatte, obwohl er oft daran vorbeigelaufen war. Isabel war derweil weitergegangen. Er schloss zu ihr auf und schob statt Münzen zwei zusammengefaltete Geldscheine durch den Schlitz des Opferstockes. Dann zündete er wie seine andächtig lächelnde Kollegin eine Kerze an, um wie versprochen Erzengel Michael für seine Unterstützung bei der Lösung des Falles zu danken. Vierkant setzte an, ein Vaterunser zu beten. Dabei betonte sie ehrfürchtig jede Silbe. Zeki entschied sich, es ihr gleichzutun. Er murmelte eine Sure, schließlich wurde der Schutzpatron der Polizisten auch im Koran als Mikal erwähnt.

Einige Zeit darauf trafen sie im Biergarten ein. Pius wartete an einem sonnenbeschienenen Tisch im Servicebereich. Zeki ließ Isabel vorgehen und visierte den Springbrunnen des Biergartens an. Unter den Augen der staunenden Gäste zog er sein Sakko aus

und krempelte die Hemdsärmel nach oben. Dann schaufelte er mit beiden Händen Wasser in sein Gesicht, um den verworrenen Fall ein für alle Mal loszuwerden. Das Stofftaschentuch, das er zum Abtrocknen benutzte, erwies sich als jenes, das Selma ihm zum vierzigsten Geburtstag geschenkt hatte. Über diese Fügung schüttelte er den Kopf und setzte sich zu Isabel und Pius.
Zu Zekis Erleichterung hatte Derya keine Nachmittagsschicht. Eine andere Kellnerin nahm die Bestellung auf.
»Ich nehme eine Apfelschorle«, sagte Isabel.
»Was? Kein Bier?«, fragte Pius abschätzig.
»Von Bier habe ich für die nächste Zeit genug.«
»Du meinst Bierleichen«, widersprach Pius spöttisch und bestellte für sich und Zeki.
Isabel entdeckte ein junges Paar, das durch die Reihen schritt und Flugblätter verteilte. Auch auf ihren Tisch flatterte das Faltblatt. Interessiert überflog es Pius und bekam ein glückliches Gesicht.
»Die Runde geht auf mich«, sagte er erfreut und reichte es an Zeki weiter. Auch er las das Flugblatt, in dem die Münchner Bevölkerung aufgerufen wurde, an einer Bürgerversammlung gegen die Demontage der Mingabräu teilzunehmen.
»Da gehst du hin«, sagte Zeki aufmunternd.
»Komm mit«, forderte Pius ihn auf.
»Ganz sicher nicht. Ich war in meinem ganzen Leben in keinem Verein. Und fange damit ganz bestimmt jetzt nicht an«, erwiderte Zeki bierernst.
Gerade als sie anstoßen wollten, tauchte Derya doch noch auf. Als wäre zwischen ihr und dem türkischen Kommissar nichts vorgefallen, grüßte sie alle drei freundlich und ging in das Gebäude.
»Schon eine Hübsche«, schwärmte Pius. »Hast du gemerkt, wie die dich anhimmelt, Zeki?«

Doch der hörte seine Bemerkung nicht, in Gedanken war er bei der Nacht in Deryas Schlafzimmer, die aus seiner Erinnerung gelöscht war. Ob zum Guten oder Schlechten, das vermochte er nicht zu entscheiden.

Kurz darauf kehrte Derya im Arbeitsdirndl an ihren Tisch zurück. Sie hatte eine Stofftasche bei sich.

»Herr Demirbilek, das haben Sie hier vergessen«, sagte sie mit bezauberndem Lächeln und ging wieder, um ihre Schicht zu beginnen.

»Was hast du denn vergessen?«

Pius griff nach der Tasche, um seine Neugier zu befriedigen. Doch geistesgegenwärtig entriss ihm Zeki die Tasche, in der er seine zurückgelassene Unterhose und die zwei Stofftaschentücher vermutete.

»Nichts, was dich angeht!«, schimpfte Isabel auf Pius ein, während Zeki hineinblickte. Selbst daran hatte sie gedacht, stellte er anerkennend fest. Seine Wäsche war fein säuberlich in Papier gewickelt. Obenauf lag ein Briefkuvert. Allah, warum machst du es mir gar so schwer?, flehte er gen Himmel.

Nach dem zweiten Bier verabschiedete sich Zeki. Es begann zu tröpfeln, als er sich mit der Stofftasche auf den Heimweg machte. Er beabsichtigte, in Ruhe mit Selma zu telefonieren, sie zu fragen, ob sie ihn sehen wollte. Er würde anbieten, sich ein paar Tage freizunehmen, um sie zu besuchen. Da führte ihn sein Weg an einem Abfalleimer vorbei. Nach kurzem Zögern warf er die Tasche samt ungeöffnetem Kuvert weg.

Ein paar Schritte weiter blieb er abrupt stehen und schimpfte sich einen Feigling.

Natürlich musste er wissen, welche Nachricht Derya für ihn hinterlassen hatte.

Danksagung

Sollten Sie, liebe Leserinnen und Leser, zu denjenigen gehören, die vor der Lektüre hinten nachsehen, wie der Fall ausgeht, so warne ich Sie hiermit ausdrücklich. Sie befinden sich am Ende von *Bierleichen,* nicht am Anfang.
Ein Geständnis: Mein zweiter Pascha hat mir beim Schreiben viel Freude, aber auch Kopfschmerzen bereitet. Ein verzwickter Fall. Wie der Titel verspricht, dreht sich alles um bayerisch-türkische Befindlichkeiten und ums Bier. Vielleicht nicht ganz so, wie man erwarten würde. Aber das wissen Sie ja möglicherweise bereits von Kommissar Paschas erstem Fall, der von Döner im weitesten Sinne handelt. Falls Sie lieber Wein trinken und Döner nicht mögen, keine Sorge, das ist beim Lesen kein Nachteil. Für die Kopfschmerzen war eine Figur verantwortlich, die als Täter herhalten sollte. Zeki aber sträubte sich, in die vorgedachte Richtung zu ermitteln – siehe obige Warnung. Das hatte unerwartete Konsequenzen. Vielleicht drücke ich diese beispielhaft am besten so aus: Ich diskutierte lauthals in meiner Schreibstube mit Zeki, um im Fall weiterzukommen, wurde beim Heimkommen mit »Alles klar, Herr Kommissar?« begrüßt oder eindringlich gebeten, Zeki daran zu erinnern, Selma in Istanbul anzurufen. Als ich das erledigen wollte und in meinem Handy nach seiner Nummer suchte, wurde mir klar, dass mein Kommissar ein gewisses Eigenleben entwickelt hatte. Ich mag das Genre des Kriminalromans deshalb

gerne, weil es mir erlaubt, über das – hoffentlich – spannende Erzählen hinaus den Figuren mit ihren Eigenwilligkeiten und Gefühlen nahe sein zu können. Ganz ehrlich, ich mag sie einfach, Isabel, Pius, Jale und Zeki mit seiner Familie, auch wenn sie mir hie und da den letzten Nerv rauben.

Machen Sie sich keine Sorgen, mir ist bewusst, dass ich ein Stück Fiktion geschaffen habe. Mehr nicht, aber auch nicht viel weniger. Deshalb bedanke ich mich bei meiner Familie aus Fleisch und Blut – Dagny, Lyn und Floyd, bitte seht mir nach, wenn es mal zu viel Pascha wurde.

Danke an: meine wunderbare Schwester Özlem und Anja Schauflinger fürs Lesen der Rohfassung. Den besten aller Brüder Ayhan, er weiß, warum. Meine Eltern und Schwiegereltern für ihre Hilfe. Michael Senn für die Rücksicht im Laden. Die Wochinger-Brüder für die Führung. Jean-Yves Diss und Saskia Vester für den Einsatz »Buchpremiere«. Andrea Naica-Loebell für vieles. Jochen Heidenstecker für die Mittagessen. Bernhard Seidel für die Musik. Michael Dörhöfer und der MKWU für die Kugeln. Roswitha Buchner und Uli Leipold für die Türkei-Begleitung. Andreas Bareiss für Option und FCB-Magazine. Isabell Zacharias für den Bayerischen Landtag. Thomas Lier für die Goethe-Einladungen. Andrea Balzer und Martin Hengstmann für den Salonabend. Alle Buchhändler und Veranstalter meiner Lesungen (ich lese so verdammt gerne).

Danke auch an: Meine Lektorin Andrea Hartmann, die selbst im Urlaub das Manuskript nicht ruhen ließ. Elke Virginia Koch für die beseelte Pressearbeit. Kerstin von Dobschütz für die redaktionelle Sorgfalt. Alle von der Verlagsagentur Lianne Kolf und alle bei Droemer Knaur für die grandiose Unterstützung und nicht zuletzt – vielen Dank an meine Leserinnen und Leser.

Ihr Su Turhan

Der Tote vom Eisbach

Su Turhan

KOMMISSAR PASCHA

Ein Fall für Zeki Demirbilek

Kriminalroman

Rechte Lust hat Zeki Demirbilek auf seine neue Aufgabe nicht. Er soll Chef sein. Gerade er. Teamresistent und streitsüchtig, wie er ist. Und dann dieses Angebot! Jetzt, wo er Schluss machen wollte – mit Deutschland, mit München, mit all dem Rotz, der ihn so nervt. Doch dann ziehen seine Kollegen eine grausam zugerichtete Leiche aus dem Eisbach – ein Türke, vermutlich. In seinen Körper ist das arabische Wort »Teufel« mit Reißnägeln eingraviert. Der erste Fall für Zeki Demirbilek alias Kommissar Pascha und sein bayerisch-türkisches Team!